D

다니엘
데론다

2

서양편 · 754

Daniel Deronda

다니엘 데론다 2

조지 엘리엇(George Eliot) 지음
정상준 옮김

한국연구재단 학술명저번역총서 서양편·754

다니엘 데론다

2권

1판 1쇄	2016년 12월 26일
원 제	Daniel Deronda
지 은 이	조지 엘리엇(George Eliot)
옮 긴 이	정 상 준
책임편집	이 지 은
펴 낸 이	김 진 수
펴 낸 곳	**한국문화사**
등 록	1991년 11월 9일 제2-1276호
주 소	서울특별시 성동구 광나루로 130 서울숲IT캐슬 1310호
전 화	(02)464-7708 / 3409-4488
전 송	(02)499-0846
이 메 일	hkm7708@hanmail.net
홈페이지	www.hankookmunhwasa.co.kr
블 로 그	http://blog.naver.com/hkm2012

책값은 뒤표지에 있습니다.

ISBN 978-89-6817-444-5 04840
세트 978-89-6817-442-1 04840

이 도서의 국립중앙도서관 출판시도서목록(CIP)은
서지정보유통지원시스템 홈페이지(http://seoji.nl.go.kr)와
국가자료공동목록시스템(http://www.nl.go.kr/kolisnet)에서
이용하실 수 있습니다.(CIP제어번호: CIP2016031691)

'한국연구재단 학술명저번역총서'는 우리 시대 기초학문의 부흥을 위해
한국연구재단과 한국문화사가 공동으로 펼치는 서양고전 번역간행사업입니다.

차례

D

Daniel Deronda

2권

D

1권

3권

4권

제3부

선택하는 처녀들

Daniel Deronda

제19장

> 나는 북쪽 끝에서 남쪽 끝까지 여행하면서 '온통 황량할 뿐이군.'이라고 외치는 사람을 가엾게 여긴다. 실로 그렇다. 세상이 제공하는 과실을 거두지 못하는 사람에게는 온 세상이 황량하다.
>
> 스턴 『감상 여행』[1]

데론다를 낭만적인 사람이라고 말한다면, 그 묘사는 그에 대한 그릇된 표현일 것이다. 그러나 차분하고 스스로를 억제하는 그의 외면 밑에는 열정이 숨어있어서, 그는 일상적 사건에서 시와 로맨스를 쉽게 찾아낼 수 있었다. 시와 로맨스는 세상에 늘 풍부히 존재한다. 다만 점액질의 냉담한 성격의 소유자에게만 그렇지 않을 텐데, 그런 사람은 어떤 시대에 살더라도 시와 로맨스를 지루하게 표현된 그릇된 사고양식으로 간주할 것이다. 시와 로맨스는 현미경[2]이 있는 방에도 존재할 수 있고 기차간에도 존재한다. 그것을 몰아내는

---

1 1권, "거리에서 — 칼레".
2 19세기 초에 새로운 현미경이 발달되었다.

것은 신사숙녀 승객들의 공허한 내면이다. 경외감과 애정의 충동을 느끼지 못하는 마음, 가까이 있는 것에서 멀리 있는 것으로 그리고 다시 멀리 있는 것에서 가까운 것으로 퍼져나가는 교감이 없는 마음에, 아득히 먼 창공에서부터 우리를 길러주는 어머니의 부드러운 가슴에 이르기까지 하늘과 땅을 구성하는 만물이 어떻게 시를 만들어주겠는가?

데론다에게 미라를 발견한 사건은 오레스테스나 리날도[3]에게 일어난 사건 못지않게 마음을 동요시켰다. 그는 그날 밤을 절반쯤 새면서 처음 강둑에서 미라를 본 순간 이후의 시간을 마음에 깊이 새겨진 기억을 되살려 생생하게 돌아보았다. 끈질기게 떠오르는 그 환영을 지우려고 책을 붙잡고 읽으려 했지만 인쇄된 글자는 그물망 같아서 그 사이로 지난 사건이 여전히 명료하게 보이고 들렸을 뿐이다. 두 시간 동안 그는 실제로 일어난 사건을 보았을 뿐 아니라, 따스하게 흘러드는 열렬한 희망과 두려움으로 그 사건이 일으킨 과거와 미래의 가능성을 보았다. 자신의 과거 경험 때문에 미라가 어머니를 찾는다는 사실은 그의 상상력을 특히 강하게 자극했다. 그는 그녀에게 공감하여 먼저 그녀가 어머니를 찾도록 도우려는 생각으로 기울었다. 그녀가 찾으려는 사람이 런던에 살아있다면 그들을

---

[3] 그리스 신화에서 아가멤논과 클리템네스트라의 아들인 오레스테스는 아버지를 살해한 것에 대한 보복으로 어머니와 그녀의 애인을 죽였다. 리날도는 샤를마뉴 전설과 타소의 『예루살렘의 해방』과 같은 십자군 전쟁의 이야기에 등장하는 인물.

찾아낼 방법이 있고, 그 방법은 적절한 장치를 가동시키기만 하면 과학실험처럼 교묘히 작동할 것이다. 그러나 이 점에서 데론다는 자신의 비슷한 경험에서 비롯된 착잡한 심정 때문에 자연히 미라에 대해 고심하게 되었다.

어머니를 알아내려는 욕구, 아니 어머니에 관해 알고 싶은 그의 욕구는 늘 두려움이 배어 있었다. 미라에게 어떤 일이 일어날지 상상해볼 때, 어렸을 때 헤어진 어머니와 오빠를 찾는 것이 결국은 불행한 일이 될지 모른다는 생각이 재빨리 그의 머리를 스쳤다. 보트에 타고 있을 때 그녀는 어머니와 오빠가 선량한 사람이라고 말했다. 그러나 전체적으로 보아 그 선량함이란 어린애의 천진난만한 무지와 그들을 간절히 그리워한 기억이 만들어낸 것일 수 있었다. 헤어진 지 10년이나 12년가량의 시간이 흘렀으면 훨씬 더 형편없는 인간이 되었을 가능성이 높았다. 그는 편견의 대상, 대체로 가장 고약한 편견의 희생자 편에 서려는 성향이 강했지만, 당대의 유대인에 대해서는 관심을 느낀 적이 없었다. 눈길을 끄는 멋진 옷을 입고 활보하든 아니면 뒷골목에 숨어있든 유대인에 대해 그가 아는 사실은 대개 극도로 불쾌감을 주는 것이었다. 학식과 교양이 있는 유대인에 대해서는, 그들이 물려받은 신앙을 버리고 자기들이 태어난 나라의 사람들과 융합되기를 바라는 것이 당연하다고 생각했다. 유대인이 받는 조롱의 시선은 대대로 물려받은 불행을 그가 동정하게는 했을 것이다. 그러나 한 인종에 대한 무차별적 조롱은 그런 조롱을 받을 이유가 있고 아담의 파렴치한 아들이라는 욕을 먹어 마땅한 별난 사람들에게 타격을 줄 수 있을 것이다. 신학을 거의 알지 못하는 카리브족[4]은 도둑질을 기독교 교리와 특이하게 연관된 관행으로 여기는데, 이런 견해에 그들은 경험적 근거가 있다고 말할 것이다. 데론다는 유대인의 특성과 그들의 생업에 대한 추악한 이야기를 모르려야 모를 수 (누가 그럴 수 있겠는가?) 없었다. 그는 과거와 현재의 역사 단절에 대해서 자주 항의하곤 했다. 하지만 그의 항의에 공감하는 다른 사람들과 마찬가지로 그도 실제 유대인에 대해서는 그들이 오랫동안 억압받은 민족의 미덕과 악덕을 갖고 있다는 것 이상의 특별한 결론을 얻으려고 관심을 쏟은 적이 없었다. 그러나 이제 미라의 갈망 때문에 구체적 가능성을 세세히 따져보자, 중년의 유대인 부인과 그의 아들을 찾아내는 일이 일으킬 결과에 대한 몹시 불쾌한 이미지가 떠올랐다. 분명 미라 자신은 정교한 세련미와 매력을 갖고 있으므로 그녀의 가까운 친척에 대해 호의적으로 가정할 수 있다. 그러나 — 더 잘 알려면 기다려야 한다. 어쩌면 메이릭 부인을 통해 미라의 입에서 나온 말을 듣고 단서가 될 암시를 얻을 수 있을지 모른다. 그녀의 목소리와 억양, 표정 — 성스러운 옷처럼 그녀를 감싼 감미로운 순수함 때문에 그는 머릿속에서든 실제로든 그녀를 가증스럽거나 오염된 것과 더더욱 관련시키고 싶지 않았다. 그러나 우리가 향을 피워 불쾌한 사실을 흐릿하게 가리면서

[4] 카리브 제도의 원주민들.

사용하는 멋진 말은 우리가 생각할 때 사용하는 언어와 다르다. 데론다는 가능한 일을 재빨리 상상하며 생각을 이어갔다. 그는 어떤 공적 수색자의 안내를 받아 음침한 거리에 들어서는 자신의 모습을 떠올렸다. 문을 넘어 들어서자 매처럼 눈초리가 날카로운 여자가 보였다. 부스스한 머리에 얼굴도 씻지 않은 그 여자는 굶주린 딸에게 남은 마지막 장신구를 팔려고 흥정하고 있었다. 또는 수다스럽고 스스럼없이 구는 젊은 유대인이 다가와 은근히 암시하는 장면이 떠올랐는데 어떤 부분에서 더 교활했기 때문에 더욱 섬뜩할 뿐이었다. 그 유대인은 신사의 취향을 잘 알고 있고 신사들이 어떤 거래를 제안하더라도 까다롭게 굴지 않으리라고 암시했다. 자신이 직접 경험한 이런 몇 가지 일이 데론다의 머릿속에서 이어졌다. 그를 너그럽게 봐주기로 하자. 그의 마음은 자연스럽게 모욕적 생각에 빠져드는 성향이 아니었고, 모세를 광고지 속 인물로 간주하는 식의 재치를 부리는 기질도 아니었다. 그러나 지금 그는 두려움에 사로잡혔다. 만일 미라의 부모가 기독교인이었다면, 중요한 차이점은 그의 불길한 예감에 더 광범위한 사실이 동원되었으리라는 것이다. 습관적으로 그는 알지 못하는 혈통을 두려움과 연결하곤 했다. 자신의 경우뿐 아니라 미라의 경우에도 그렇게 생각하는 것이 타당하게 보일 만한 충분한 이유가 있었다.

하지만 미라를 어떻게 할 것인가? 그녀에게 잠자리와 보호가 필요하다는 것은 두말할 나위 없었다. 그리고 그의 마음에서 일어난 기사도적 감정에 따르면, 그녀를 위해 자신 외에도 다른 사람의 관심을 더 신속하고 충실하게 끌어들일수록 그녀에 대한 자신의 의무를 더 잘 수행할 수 있을 것 같았다. 그가 혼자 그녀를 전적으로 책임질 수 있다 하더라도 그에게는 그럴 권리가 없었다. 그녀가 주는 매우 깊은 인상 때문에 그는 그녀가 스스로를 그와 무관한 독자적 존재로 생각하기 바랐다. 미래에 대한 막연한 상상이 떠오르자 터무니없는 생각이라고 떨쳐내려 했지만, 그 상상으로 인해 그는 자신의 행동을 자세히 보아온 사람들에게 미라와의 관계를 처음부터 알려줘야 한다는 걱정이 들었고, 까닭을 알 수 없을 정도로 더욱 걱정스러워졌다. 그는 자기 삶의 중요한 유대관계나 의무가 비밀에 감싸인 것을 몹시 싫어했고, 뒤엉킨 감정의 강력한 주문에 사로잡혀 비밀을 깨뜨릴 수 없었기 때문에 그 비밀을 더욱 혐오했다. 데론다는 자신의 행동으로 인해 어떤 진실이 다른 사람에게 망신을 주는 일은 없어야 한다고 — 인간에게 망신을 주는 진실이 전부 본인 스스로 만들어낸 것은 아니므로 — 맹세했다. 그러나 자신이 이 맹세를 깨뜨릴지 모른다는, 그리고 자신의 행위가 가장 훌륭하다고 세상에 발뺌하는 변명조의 궤변에 빠져들지 모른다는 일말의 두려움이 앞섰다.

그는 자신에게 일어난 이 특별한 사건의 전모를 다음 날 아침 식탁에서 휴고 경과 레이디 맬링거에게 들려주어야겠다는 결심을 했다. 그러나 메이릭 부인을 다시 찾아가서 뭔가 새로운 것을 알아낼 수도 있으므로 이 충동을 자제했고, 그곳에 다녀올 때까지 미루어야겠다고 결론을 내리며 마침내 잠자리에 들었다.

제20장

이 나약하고 타락한 세상에서도 때때로 우리가 전반적인 생활습관뿐 아니라 태도와 외모에서도 미덕의 징후와 특징을 극히 명백하게 드러내는 사람을 만난다는 것은 부정할 수 없다. 그래서 그들에 대한 우리의 판단은 지속적 검토의 결과가 아니라 오히려 직관적 통찰의 문제가 된다.

알렉산더 녹스, 수디의 『웨슬리의 생애』에서 인용함[5]

미라는 그날 밤에 잘 잤다고 말했다. 그녀는 맵의 검은 드레스를 입고 아래층에 내려왔다. 물기를 잔뜩 머금은 검은 머리카락이 서서히 마르면서 깨끗한 모근에서 둥글게 말리고 있었다. 뺨을 핼쑥하게 하고 눈 밑에 짙푸른 반원을 만들게 한 기나긴 슬픔과 밤샘이 끝나서 이제 안정되기 시작한 사람처럼 보였다. 맵은 미라에게 아침식사

---

5 알렉산더 녹스(1757~1831)는 신학자이자 작가이고 웨슬리에 관한 단평을 썼다. 로버트 수디(1774~1843)의 『웨슬리의 생애』(1820)는 녹스의 글을 부록에서 광범위하게 인용한다. 이 제사는 부록의 서두에 나오는 문단.

를 갖다 주고 아래층으로 내려오도록 이끌었다. 미라에게 맞는 작은 신이 집에 없어서 맵은 밖으로 달려 나가 작은 펠트 슬리퍼를 사왔고 슬리퍼가 멋지게 보여서 약간 자부심을 느꼈다. 미라가 빌려 입은 드레스는 발목까지 깡총하게 내려왔고 값싼 옷감이었지만, 발등에 모인 드레스 자락은 꽃봉오리 이파리처럼 고르고 고른 장식 같았다. 싸구려 벨트는 보석처럼 보였다.

"오, 제발, 엄마!" 미라가 응접실에 들어서자 맵은 두 손을 꼭 잡고 미라의 발을 내려다보며 소리쳤다. "슬리퍼 좀 보세요. 너무 예쁘게 잘 맞아요! 정말이지 미라는 부도어 여왕[6] 같아요. '만물을 보호하고 보상해주는 창조주가 만드신 가냘픈 두 발이 그녀를 지탱해준다. 그 발이 어떻게 그 위의 것을 떠받칠 수 있는지 궁금하다.'"

미라는 어린애처럼 자기 발을 내려다보았고, 그러고는 메이릭 부인에게 미소를 지었다. 부인은 속으로 말했다. '이 아이가 사악한 생각을 하는 건 상상도 할 수 없어. 하지만 현명한 사람은 내게 신중하게 처신해야 한다고 말하겠지.' 그녀는 미라의 미소에 답하며 말했다. "그 발이 최근에 무거운 짐을 너무 자주 떠받쳤을까봐 걱정이구나. 하지만 오늘은 쉬면서 내 말벗이 되어주렴."

"미라가 엄마에게 많은 이야기를 해드릴 텐데 난 못 듣겠네요." 맵이 투덜거렸다. 그녀는 흥미진진한 로맨스의 1권을 펼쳤지만 학

6 『아라비안나이트』에 나오는 인물로 결국 카마랄자만 왕자와 결혼한다.

생들을 가르치러 가야 해서 몇 장을 놓칠 수밖에 없다고 느꼈다.

케이트는 강을 따라가며 스케치하려고 이미 외출했고 에이미도 일이 있어서 나가고 없었다. 어머니는 이렇게 낯선 아가씨와 단둘이 있기를 바랐다. 그녀의 이야기는 몹시 슬프겠지만 그래도 꼭 들어야 했다.

그날 아침 앞쪽의 작은 응접실은 사원과 다름없었다. 햇살이 강물에 내려앉고 부드러운 공기가 열린 창문으로 들어왔다. 벽 위에서 영광스러운 증인들이 말없이 내려다보고 있었다. 천사의 호위를 받으며 승천하는 성모 마리아, 자신의 장엄한 우주와 함께 있는 숭고한 멜랑콜리아, 예언자들과 무녀들, 아테네 학파, 마지막 만찬, 아득한 과거의 여러 시대를 순간으로 여긴 신비주의자들, 엄숙한 홀바인과 렘브란트[7]의 두상, 비극의 여신, 생각에 잠기거나 놀고 있는 지난 세기의 아이들, 이탈리아의 시인들 — 이 모든 이가 작은 흑백 판화를 통해 거기 있었다. 어려움을 헤쳐가면서도 늘 쾌활한 얼굴로 고통을 이겨낸 말끔한 어머니는 수를 놓으려고 색 털실을 골랐다. 하피즈는 창문 선반에 올라가서 가르릉거렸고, 벽난로 위의 시계는 천천히 째깍거렸으며, 이따금 들려오는 바퀴 소리는 집안에 가라앉은 정적 너머에 존재하는 것 같았다. 메이릭 부인은 고요한 분위기 덕분에 미라가 말을 하고 싶을 거라고 생각했고, 정적을 깨뜨리지

---

7 렘브란트 하멘스존 반 리진(1606~1669). 네덜란드의 화가이자 초상화가.

않도록 자신도 입을 다물려고 마음먹었다. 미라는 전처럼 두 손을 포개 무릎에 올려놓고 발목을 서로 엇갈리게 하고 앉아서는 처음에 주위의 물건을 천천히 둘러보다가 마침내 평온하고 공손한 눈으로 메이릭 부인의 얼굴을 바라보았다. 이윽고 그녀가 부드럽게 말을 꺼냈다.

"저는 어머니의 얼굴을 무엇보다도 잘 기억하고 있어요. 하지만 제가 영국을 떠났을 때 일곱 살도 되지 않은 나이였어요. 그리고 지금은 열아홉이에요."

"그래, 이해할 수 있는 일이야." 메이릭 부인이 말했다. "아주 어렸을 때의 기억이 가장 오래 남기도 하거든."

"아, 네, 그것이 가장 어렸을 때의 기억이에요. 저의 하루는 잠에서 깨어나 어머니의 얼굴을 보고 사랑하는 것으로 시작한 것 같아요. 어머니는 얼굴을 제게 대고 팔로 그러안고 노래를 불러 주셨어요. 어떤 찬송가를 자주 부르셨어요. 그리고는 그 노래를 함께 부르도록 가르쳐주셨어요. 그것이 제가 처음 부른 노래였어요. 어머니는 언제나 히브리어 찬송가를 부르셨어요. 저는 그 말뜻을 몰랐기 때문에 그 말에 오로지 우리의 사랑과 행복이 가득 담겨 있는 것 같았어요. 제 작은 침대에 누우면 얼굴 위로 온통 흰색이 드리워져 있었는데 어머니는 저와 그 흰색 사이에서 고개를 숙이고 감미롭고 나지막한 목소리로 노래를 불러주시곤 했어요. 저는 깨어있을 때도 그 시절로 돌아간 제 모습을 꿈꿀 수 있어요. 그리고 잠자는 동안에 그 시절이 돌아오는 경우도 종종 있어요. 제가 어머니의 얼굴에 제 작은 손을 대면 어머니는 제 손에 입 맞춰 주세요. 때로는 꿈속에서 몹시 불안해지면서 우리 둘 다 죽었다는 생각이 들기도 해요. 하지만 그러고 나서 깨어나면 제 손은 이렇게 여기 있고 저는 잠시 얼떨떨해서 스스로를 알아보지 못해요. 하지만 어머니를 다시 만날 수 있다면 어머니를 알아볼 거예요."

"12년이 지났으니 어떤 변화가 있으리라고 예상해야겠지." 메이릭 부인이 부드럽게 말했다. "내 희끗희끗한 머리칼을 보렴. 10년 전에는 밝은 갈색이었어. 하루하루, 한 달 두 달, 시간이 쉴 새 없는 작은 새처럼 우리 위로 지나가면서 그 발자국을 앞뒤에 남긴단다. 특히나 마음이 무거운 새처럼 시간이 흐를 때는 무거운 발자국을 남기지."

"아, 제가 없어서 어머니 마음은 틀림없이 무거웠을 거예요. 하지만 우리가 다시 만나게 되면 얼마나 기뻐하실지 느낄 수 있어요. 저는 어머니를 얼마나 사랑하는지 알려 드릴 수 있고 오랫동안 슬퍼하신 어머니에게 큰 위안을 드릴 거예요! 그럴 수만 있으면 다른 것은 다 개의치 않을 거예요. 제가 고통을 겪으며 살아온 것을 기뻐할 거예요. 저는 절망에 빠졌어요. 온 세상이 파렴치하고 사악하게 보였어요. 사람들의 표정과 말을 참고 견디도록 도와주는 사람이 아무도 없었어요. 어머니는 이미 돌아가셨고 어머니에게 가려면 죽는 길밖에 없다고 느꼈어요. 그런데 마지막 순간에, 어제 제 몸이 물속에 잠기기를 바랐을 때 — 저는 죽음이 은총의 최고 상징이라고 생각했어요 — 바로 그때 선함이 살아있는 모습으로 제게 다가

왔고, 저는 삶에 대한 믿음을 느꼈어요. 그러고 나자, 참 이상하게도, 어머니가 살아계실 거라는 희망이 되살아났어요. 제가 오늘 아침에 부인과 여기 있게 되자, 평화와 희망이 밀물처럼 밀려왔어요. 저는 아무것도 원하지 않아요. 기다릴 수 있어요. 저는 바라고, 믿고, 감사하고 있으니까요. 아, 너무나 감사한 마음이에요! 부인께서 저를 나쁘게 생각하지 않으셨고, 저를 경멸하지 않으셨어요."

미라는 나지막한 목소리로 열렬히 말하면서 내내 그림처럼 조용히 앉아 있었다.

"수많은 사람이 우리처럼 느꼈을 거란다, 얘야." 일감을 바라보는 메이릭 부인의 눈에 눈물이 고여 눈앞이 흐릿해졌다.

"그렇지만 저는 그런 사람을 만나지 못했어요. 그들은 제게 다가오지 않았어요."

"어떻게 어머니와 떨어지게 되었지?"

"아, 그 말씀을 드리려고 한참 생각했어요. 말하기 겁나지만, 부인께 말씀드려야겠어요. 모든 일을 말씀드리겠어요. 제 아버지가 — 저를 멀리 데려간 사람은 아버지였어요. 저는 잠시 여행을 가는 줄로만 알았어요. 그래서 즐거웠어요. 제 작은 물건을 모두 담은 상자도 있었어요. 그렇지만 우리는 배를 탔고, 육지에서 점점 더 멀어져 갔어요. 그런데 제가 병에 걸렸어요. 아픔이 절대 끝나지 않을 것 같았어요. 그것이 제가 처음으로 겪은 고통이었어요. 끝없는 고통 같았어요. 하지만 마침내 우리는 육지에 오르게 되었지요. 그때 저는 아무것도 몰랐고 아버지의 말씀을 믿었어요. 아버지는 저를 위로

해주시고 어머니에게 돌아갈 거라고 하셨어요. 하지만 우리가 도착한 곳은 미국이었어요. 그리고 우리는 오랜 세월이 흐르고 나서야 유럽으로 돌아왔어요. 처음에 저는 언제 영국으로 돌아가느냐고 아버지께 종종 여쭤보았어요. 그리고 글 쓰는 법을 빨리 배우려고 애썼어요. 어머니에게 편지를 보내고 싶었기 때문이었지요. 그런데 어느 날 제가 편지를 쓰려고 끙끙거리는 것을 보시더니 아버지는 저를 무릎에 앉히고 어머니와 오빠가 죽었다고 하셨어요. 그래서 우리가 돌아가지 않는 거라고요. 저는 오빠를 조금밖에 기억하지 못해요. 한 번은 오빠가 저를 안아서 어디론가 데려간 적이 있었어요. 하지만 오빠가 늘 집에 있는 건 아니었어요. 저는 어머니와 오빠가 죽었다는 아버지의 말씀을 믿었어요. 두 사람이 땅속에 있다고 아버지가 말씀하셨을 때 영원히 눈을 감고 땅속에 누워 있는 모습을 보았어요. 아버지의 말씀이 사실이 아닐 거라고는 생각 못했어요. 그래서 매일 밤 침대에 누워 한참 울곤 했어요. 그런데 꿈속에서 어머니가 자주 나타나셨을 때는 어머니가 틀림없이 제 주위에 살아계신다고 생각했어요. 제가 늘 어머니를 볼 수 있는 건 아니지만. 그 생각에 위안을 얻었어요. 그렇게 생각하면 어둠속에 있어도 무섭지 않았어요. 낮에도 종종 얼굴을 가리고 눈을 감고는 어머니를 보고 어머니의 노랫소리를 들으려고 애쓰곤 했어요. 마침내 눈을 감지 않고도 그렇게 할 수 있게 되었어요."

미라는 강 쪽을 내다보면서도 행복한 환영을 떠올리는 듯 감미롭고 흐뭇한 얼굴로 말을 멈췄다.

“그래도 네 부친께서 네게 매정하게 대하신 건 아니겠지?” 잠시 후 메이릭 부인이 미라의 생각을 다시 일깨우려고 말했다.

“아뇨, 아버지는 저를 귀여워해주셨고 저를 가르치려고 애쓰셨어요. 아버지는 배우였어요. 집에서 자주 듣던, 아버지가 가시는 ‘코버그’라는 곳이 극장이라는 것을 나중에 알게 되었어요. 하지만 아버지는 연기 말고도 극장과 관련된 다른 일을 하셨어요. 아버지가 늘 배우였던 것은 아니었어요. 교사인 적도 있었어요. 아버지는 많은 언어를 알고 계셨어요. 아버지의 연기가 아주 훌륭하지는 않았을 거예요. 하지만 아버지는 무대 감독을 하시고, 희곡을 쓰고, 번역도 하셨어요. 가수였던 이탈리아인 여자가 우리와 함께 오래 살았어요. 두 분이 저를 가르치셨어요. 또 다른 선생님이 오셔서 제게 외우고 암송하도록 가르치셨어요. 저는 아주 어렸지만 열심히 공부했어요. 아홉 살도 채 되지 않았을 때 처음으로 무대에 섰어요. 저는 쉽게 배웠고 겁도 나지 않았어요. 하지만 그때부터 우리가 살아가는 방식이 싫어졌어요. 아버지에게 돈이 있었기 때문에 우리 주위에 화려하고 멋진 물건이 아무렇게나 널려 있었어요. 늘 남자여자들이 오갔고, 큰 소리로 웃어대거나 논쟁을 벌이고 으스대며 걸어 다니거나 손가락을 부딪쳐 딱딱 소리를 내고 조롱하기도 했어요. 많은 사람이 저를 귀여워해주고 달래주었지만, 보고 싶지 않은 얼굴도 있었어요. 하지만 그럴 때면 어머니를 떠올렸어요. 처음에 아무것도 몰랐을 때도 주위의 그런 것에서 몸을 사리며 피했고, 그런 것과는 다른 생각을 벗 삼았어요. 그리고 셰익스피어와 실러의 희곡과 시 등 많은 것을 읽었기 때문에 어릴 적부터 여러 가지 생각을 얻고 선과 악을 배웠어요. 아버지께서는 제가 훌륭한 가수가 될 거라고 믿으셨어요. 제 목소리가 어린아이치고는 경이로울 정도라고 여겼거든요. 그래서 아버지는 제게 최고의 교육을 시키셨어요. 하지만 아버지가 사람들에게 저에 대한 자랑을 늘어놓고 제가 자동 전축이라도 되는 양 언제나 노래를 시키고 구경하게 한 것은 고통스러웠어요. 열 살 때 한 번은 버림받고도 그것을 알지 못하고 주저앉아서 꽃을 만지작거리며 혼자 노래 부르는 어린 소녀를 연기한 적이 있었어요. 그 연기는 전혀 어렵지 않았어요. 하지만 박수소리와 극장에서 울리는 온갖 소음이 싫었어요. 칭찬을 받아도 전혀 기쁘지 않았어요. 그 칭찬은 전부 다 냉혹하게 느껴졌고 사랑이 없는 것 같았으니까요. 제가 태어나서 처음 받은 사랑과 믿음이 그리웠어요. 그래서 주위와는 전혀 다른 생활을 머릿속에 그려냈어요. 연극이나 다른 것에서 아름답게 보이는 것만 골라 그것으로 제 세계를 만들었어요. 주위에서 서로 다른 두 가지 생활이 서로 부딪히며 삐걱거리는 것은 제 살갗을 벗기는 예리한 칼날처럼 느껴졌어요. 무대 위에서는 착하고 온순하게 보이고 진심인 양 좋은 말을 하는 여자들이 연극이 끝나면 당장 거칠고 험악하게 굴었거든요. 제가 겁을 내고 움츠리는 것을 아버지는 때로 주시하셨어요. 그런데 어느 날 제가 연기를 연습하고 있을 때 이탈리아인 부인이 말씀하셨어요. '저 애는 절대 배우가 되지 못할 거예요. 자신이 아닌 다른 사람이 되는 것이 어떤 건지 전혀 감을 잡지 못하거든요. 지금이야 그래도 괜찮지만, 앞으로 알게 될 거예요. 저 애의 표정이나 연기는 기껏해야 노래하는 새처럼 보일 거예요.' 아버지는 화가 나셔서 그 부인과 말다툼을 하셨어요. 저는 혼자 앉아서 울었어요. 그 부인의 말을 들으니 제 앞에 길고 불행한 미래가 펼쳐진 것 같았으니까요. 저는 배우가 되고 싶지 않았어요. 하지만 아버지는 제가 배우가 되기를 바라셨죠. 얼마 후에 이탈리아인 부인은 우리를 떠났고 새로운 가정교사가 와서 여러 가지 다른 것도 가르치곤 했어요. 아버지는 제가 노래를 너무 많이 부르는 게 아닐지 걱정되셨던 거예요. 그래도 연기는 이따금 계속했어요. 마음속에서 반항심이 점점 커지면서 그런 생활에서 벗어나고 싶었어요. 하지만 어디로 가야 할지 몰랐고 또 세상이 무서웠어요. 게다가 아버지를 두고 떠나는 건 옳지 않은 일이라고 생각했어요. 그릇된 일을 하는 것이 두려웠어요. 제게 가증스럽게 보인 많은 사람과 똑같이 저 자신도 사악하고 가증스럽게 보일 거라고 생각했으니까요. 저는 아주 오랫동안 제 주위의 세상을 행복하게 느껴본 적이 없었어요. 그런데 제가 사악해진다면, 어머니와 함께 살고 있는 상상 속의 행복한 세계를 잃겠지요. 여러 해 동안 저는 이런 어린애 같은 생각을 해왔어요. 아, 그 시간이 얼마나 길던지!"

미라는 다시 생각에 잠겼다.

"네 의무에 대해 가르침을 받은 적이 없었니?" 메이릭 부인이 말했다. '종교'라는 단어는 쓰고 싶지 않았다. 최근에 유대 종교가 과거와 어떻게 달라졌는지 생각해보니, 자신이 명확히 알지 못한다는 것을 깨달은 것이다.

"네, 오로지 아버지의 뜻에 따라야 한다는 것을 배웠어요. 뉴욕에 살 때 아버지는 우리 종교에 그리 관심을 두지 않으셨어요. 제가 종교에 대해 잘 알기를 바라지 않으셨던 것 같아요. 하지만 어머니는 저를 유대교 회당에 데려가곤 하셨고 저는 어머니 무릎에 앉아서 난간 사이로 쳐다보며 영창과 노래를 들었던 기억이 났기 때문에 그곳에 가고 싶었어요. 아주 어렸을 때 한 번은 집에서 살짝 빠져나와 유대교 회당을 찾으려다가 길을 잃어 한참 헤매고 말았어요. 어떤 행상인이 제게 집을 물어 데려다주었지요. 아버지께서는 제가 없어져서 무척 걱정하셨고 잔뜩 화가 나셨어요. 저도 길을 잃고 몹시 무서웠기 때문에 그 후로 오랫동안 다시 찾아볼 엄두도 내지 못했어요. 그런데 이탈리아인 부인이 우리를 떠난 후에 우리는 하숙집으로 옮겼는데 그곳 안주인이 유대인이었고 신앙생활을 열심히 하는 사람이었어요. 그래서 그 부인께 유대교 회당에 저를 데려가 달라고 부탁했어요. 그 부인의 기도서와 성서를 읽었고, 돈이 생기면 책을 사달라고 부탁하기도 했고요. 어머니는 그 책들을 늘 곁에 두셨고 잘 아셨을 거라고 생각했어요. 그 글자를 보고 소리 내어 읽으셨다는 것을 알고 있었으니까요. 이렇게 해서 우리 종교와 민족의 역사를 조금씩 알게 되었고, 희곡이나 다른 책에서 읽은 유대인과 관련된 내용을 꿰어 맞추게 되었어요. 어머니는 우리 종교의 가르침을 충실하게 따르셨을 거라고 믿었으니까요. 어머니에 대해 아버지께 여쭤보는 것은 그만두었어요. 천벌 받을 무서운 말이지만, 아버지의 말씀을 믿지 않게 되었거든요. 아버지께서 언제나 사실 그대로 말씀하시는 건 아니고, 약속을 지킬 생각도 없이 약속하신다는 것을 알게 되었지요. 그래서 어머니와 오빠가 죽었다고 하셨지만 아직 살아계실지도 모른다는 의심이 들었어요. 나이를 먹고 더 많은 것을 알게 되면서 지난날을 거듭 돌이켜보니, 어머니도 속으셨고 오래지 않아 저를 다시 만날 걸로 믿으셨다는 확신이 들었어요. 아버지께서 저를 무릎에 앉히고 어머니와 오빠가 돌아가셨다고 말씀하신 건 제 마음을 편하게 해주려는 연기에 불과했다는 생각이 들었어요. 그 잔인한 거짓말이 제 마음속 깊이 파고들었고, 그래서 거짓말이 모두 싫었어요. 저는 몰래 어머니에게 편지를 보냈어요. 우리가 살았던 거리가 콜맨 가라고 알고 있었고, 그곳이 블랙프라이어 다리와 코버그 근처라는 것도 알고 있었어요. 그때 우리의 성은 코헨이었어요. 아버지는 우리의 성이 라피도스이고, 그것이 폴란드에 살던 우리 조상의 이름이라고 하셨지만요. 몰래 편지를 보냈지만 답장이 오지 않았어요. 그래서 희망이 없다고 생각하게 되었지요. 그 후로 미국에서 오래 살지 않았어요. 아버지께서 갑자기 짐을 꾸리시더니 함부르크로 갈 거라고 하셨고, 그래서 저는 차라리 기뻤어요. 앞으로 전혀 다른 부류의 사람들과 어울리게 될 거라고 생각했으니까요. 저는 독일어를 꽤 잘 알고 있었고 어떤 독일어 희곡은 거의 다 외우기도 했어요. 아버지는 영어보다 독일어를 더 잘 하셨어요. 그때 저는 열세 살이었는데 꽤 나이를 먹었다고 생각했어요. 저는 많은 것을 알고 있었지만, 실은 아는 것이 너무 보잘것없었어요. 다른 아이들은 제가 느낀 감정을 느낄 수 없을 거예요. 어머니에게서 떨어졌을 때

물에 빠져 죽었더라면 좋았을 거라고 종종 생각했어요. 하지만 아버지 말씀에 순종하고 고통을 받아들이기로 마음을 먹었지요. 달리 어떻게 할 수 있겠어요? 어느 날 배를 타고 유럽으로 오는 도중에 새로운 생각이 떠올랐어요. 그때는 멀미가 심하지 않아서 갑판 위에서 꽤 시간을 많이 보냈어요. 아버지께서는 연기를 하고 노래를 부르고 재담을 하시면서 승객들을 즐겁게 해주셨어요. 사람들이 아버지에 대해 쑤군거리는 말이 종종 제 귀에 들리곤 했어요. 어느 날 제가 바다를 바라보고 있는 데 제가 거기 있는 것을 알지 못한 사람 가운데 어떤 신사가 이렇게 말하더군요. '아, 그는 약아빠진 유대인 중 하나요. 불한당이 틀림없어. 남자들의 교활함과 여자들의 미모에서는 유대인을 따라갈 민족이 없소. 그가 자기 딸을 어떻게 팔아먹을 생각인지 궁금하군.' 이 말을 들었을 때 제 삶이 불행한 것은 제가 유대인이기 때문이고, 세상은 늘 끝까지 저를 하찮게 생각할 테고, 그것을 견딜 수밖에 없다는 생각이 들더군요. 저는 유대인이라는 잣대로 판단될 테니까요. 그런데 제 고통은 제 동포가 겪은 역경의 일부이고, 아주 오랫동안 이어진 긴 탄식의 노래의 한 부분이라고 생각하자 위안이 되었어요. 제 동족 중 많은 사람이 사악했고 사악한 일을 하면서 흥겨워했다면, 그건 그 가운데 정의로운 사람들, 형제의 죄 때문에 경멸받은 사람들이 견뎌낸 고난의 한 부분이 아니었겠어요? 하지만 부인께서는 저를 경멸하지 않으셨어요."

이 순간 미라는 불평할 것이 아니라 감사해야 할 이유가 있다는 것을 갑자기 떠올리며 마지막 문장에서 달라진 어조로 말했다.

"우리는 네가 다른 사람들에게서 부당한 비난을 받지 않도록 애쓸 거란다." 메이릭 부인은 이제 바느질을 계속하려는 생각을 단념하고 두 손을 포개고 앉아, 맵의 열렬한 표정 못지않게 열성적 관심을 띤 얼굴로 귀를 기울였다. "계속 얘기하렴. 모두 다 말해다오."

"그 후에 우리는 여러 도시에서 살았어요. 함부르크와 비엔나에서 가장 오래 살았어요. 저는 다시 노래 공부를 시작했고 아버지께서는 극장에서 돈을 버셨어요. 미국에서 많은 돈을 가져오셨던 것 같아요. 우리가 왜 미국을 떠났는지는 모르겠어요. 아버지는 얼마간 제 노래솜씨에 무척 흥분하셨고, 제게 끊임없이 어떤 부분을 연습하고 연기하게 하셨어요. 제가 오페라에 나갈 수 있기를 고대하셨지요. 그런데 제 성량이 풍부하지 않다는 것이 차차 분명해졌어요. 기대를 충족시키지 못했지요. 비엔나에서 저를 가르치던 선생님이 이렇게 말씀하셨어요. '네 목소리를 더 이상 혹사시키지 마라. 많은 대중 앞에서 노래할 수 있는 목소리가 아니야. 황금이기는 한데 사금 광석에 박힌 가느다란 금맥이지.' 아버지께선 몹시 실망하셨어요. 그 당시 저희 형편이 그리 좋지 않았어요. 아버지에 대한 제 감정은 아직 말씀드리지 않은 것 같아요. 저는 아버지께서 저를 귀여워하시고 즐겁게 해주시려는 걸 알고 있었어요. 그래서 아버지의 마음을 상하게 할까봐 두려웠지요. 하지만 아버지는 제가 무엇에서 즐거움과 행복을 느끼는지 늘 모르셨어요. 아버지는 매사를 가볍게 받아들이는 성격이셨어요. 오래지 않아 저는 제 중요한 관심사에 대해 아버지께 여쭤보지 않게 되었어요. 그런 질문을 하면 아버지는 늘 농담으로 흘려버리셨거든요. 우리 민족에 대해 조롱도 하셨어요. 한번은 사람들을 웃기려고 유대인의 기도하는 동작과 억양을 흉내 내신 적도 있었는데, 저는 그것을 도저히 참을 수 없었어요. 제 마음속에는 어머니에 관한 일 때문에 늘 분노가 도사리고 있었으니까요. 그래서 아버지와 단둘이 있었을 때 제가 말했어요. '아버지, 우리 민족을 조롱하는 기독교도 앞에서 우리 민족을 흉내 내는 연기를 하시면 안 돼요. 그들이 아버지를 조롱하도록 제가 아버지 흉내를 낸다면 나쁜 일 아닐까요?' 하지만 아버지는 그저 어깨를 으쓱하고는 웃음을 터뜨리면서 제 뺨을 꼬집으며 말씀하셨어요. '넌 그런 걸 할 수 없을 거야.' 이런 식으로 매사를 흘려버리셨기 때문에 저와 아버지 사이에 큰 벽이 생기게 되었어요. 저는 가장 중요하게 생각하는 것을 아버지에게 숨기려고 조심하게 되었고요. 제게 소중한 것이 비웃음을 받으면 참을 수 없을 테니까요. 세상이 제게는 지옥처럼 보였어요. 이 세상과 땅 위에서 살아가는 모든 인간의 인생이 익살극이나 쇼 같아서 큰 의미를 찾을 수 없는 것일까? 그렇다면 인간이 어려운 일을 무릅쓰며 고통을 선택하는 비극이나 그랜드 오페라는 무슨 까닭에 존재하는 걸까? 모든 것을 농담으로 돌려버리는 것은 어리석은 일 같았어요. 그런데 아버지께서 제가 가장 위대한 음악을 노래하고 그랜드 오페라에서 연기하기를 원하셨던 것은 보수를 가장 많이 받기 때문이라는 것을 알았어요. 그래서 아버지의 애정에 감사하는 마음이 줄었지요. 제가 아버지에 대해 느낄 수 있는 가장 다정한 감정은 연민이었어요. 네, 저는 때로 아버지를 동정했어요. 아버지도 나이가 들면서 달라지셨거든요. 그때쯤에는 활력이 떨어지셨어요. 기분도 더 좋지 않은 것 같았어요. 저나 다른 이들에게 그리 친절하지 않으셨어요. 그 후 몇 년간 유쾌한 기분이 다 사라져서 아무 말 없이 우울하게 집에 앉아계시는 때도 가끔 있었어요. 아니면 집에 들어오셔서 벌렁 드러누워 흐느끼곤 하셨어요. 제가 고통스러울 때 그랬듯이 말이지요. 제가 아버지 무릎에 손을 얹고 '무슨 일이 있으세요, 아버지?'라고 말하면, 아버지는 아무 대답 없이 저를 안고 제 팔로 아버지의 목을 감싸게 하고는 계속 우셨어요. 우리는 한 번도 솔직히 마음을 털어놓은 적이 없었어요. 그렇지만 아, 아버지를 보면 무척 안쓰러웠어요. 그런 순간에는 아버지께서 자신의 삶을 비참하게 느끼신다는 것을 알았기에 아버지의 머리에 뺨을 대고 기도를 드렸어요. 이런 순간이야말로 저를 아버지에게 단단하게 묶어준 시간이었지요. 어머니가 한때는 아버지를 무척 사랑하셨을 거라고 생각하곤 했어요. 그렇지 않았으면 아버지와 결혼하지 않으셨을 테니까요.

그러나 오래지 않아 끔찍한 시기가 닥쳐왔어요. 우리는 페스트[8]에서 머물다 비엔나로 돌아왔어요. 레오 선생님께서 조언을 하셨지만, 아버지는 제가 연기하고 노래도 부르도록 약속을 잡아놓으셨어요. 오페라 극장이 아니라 비엔나의 교외에 있는 극장이었어요. 그

---

8 헝가리 부다페스트의 동쪽 평평한 지역.

당시에 아버지는 극장 일에 관여하지 않으셨어요. 아버지가 무엇을 하셨는지 모르지만 아마 늘 도박장에 계셨을 거예요. 그렇지만 저를 극장에 데려가시는 일은 언제나 세심하게 신경을 써주셨어요. 저는 몹시 비참한 기분이었어요. 제가 연기하는 역할이 혐오스러웠어요. 배우 대기실에 와서 제게 말 걸고 싶어 하는 남자들도 있었어요. 여자나 남자나 모두 조롱하는 미소를 띠고 저를 쳐다보는 것 같았어요. 불이 활활 타오르는 화로 같았어요. 제가 그런 생활을 실제보다 더 나쁘게 묘사하는지 모르겠어요. 부인께서는 그런 생활을 잘 모르시겠지요. 그렇지만 현란한 조명과 조롱하는 얼굴들, 혐오스러운 역을 계속 연기하고 노래하는 일, 그러고는 무대 뒤에서 저를 뚫어지게 쳐다보는 사람들과 맞닥뜨려야 하는 것 — 이런 것이 어릴 때보다 훨씬 더 견디기 어려웠어요. 저는 그것을 참아냈어요. 그렇게 했어요. 아버지 말씀에 순종하고 일을 하려고 마음먹었으니까요. 제가 할 수 있는 더 나은 일이 무엇인지 알 수 없었어요. 그렇지만 목소리가 점점 가늘어진다고 느꼈고 연기가 좋지 않다는 것을 알고 있었어요. 어쩌다 제가 몰입할 수 있는 역이라서 사실 연기하는 게 아니라 마음속의 어떤 감정에 실려 갈 때를 제외하고 말이지요. 그런 때는 극히 드물었어요.

그런데 이런 와중에 어느 날 아침 아버지께서 감옥에 갇혔다는 소식을 듣게 되었어요. 아버지께서 저를 부르러 사람을 보내신 거였죠. 아버지께서는 감옥에 갇힌 이유를 말씀하시지 않고 어떤 주소를 알려주고 그곳에 가서 어떤 백작을 만나라고 하셨어요. 그 사람이 아버지를 석방시켜줄 수 있을 거라고요. 어떤 호텔의 라운지에 가서 백작을 만나게 해달라고 요청하고 그분에게 아버지를 만나러 가달라고 청하라는 것이었지요. 그곳에 가서 그분을 찾았더니, 얼마 전 어느 날 밤에 무대 뒤에서 처음 본 신사더군요. 그래서 저는 심란해졌어요. 그분이 저를 바라보고 제 손에 입을 맞췄을 때의 태도가 기억났거든요. 저를 조롱하는 거라고 생각했어요. 그렇지만 제 용건을 말씀드렸고, 그분은 즉시 아버지께 가보겠다고 약속하셨어요. 아버지는 바로 그날 저녁에 집에 돌아오셨는데 그 백작도 함께 오셨더군요. 그런데 저는 그분이 몹시 두려웠어요. 줄곧 제게 관심을 쏟아서 난처하게 했고, 제게서 눈을 떼지 않았으니까요. 저에 대해 어떤 마음을 갖고 있든 그 밑에는 유대 여자와 여배우에 대한 경멸이 도사리고 있다고 믿었어요. 그런데 바로 다음 날 극장에서 그분이 제게 다가와서 숄을 둘러주는 바람에 공포에 질리고 말았어요. 아버지는 제가 즐거운 표정을 짓기를 바라셨어요. 그 백작은 아주 젊지도, 아주 늙지도 않은 분이었고 머리칼과 눈은 희끄무레하고 키가 컸는데 걸음걸이가 무거웠어요. 저를 바라볼 때만 빼고 늘 침울하고 근엄한 표정이었어요. 저를 보며 미소 짓는 것을 보면 공포가 스며들어 온몸에 소름이 돋았어요. 왜 다른 남자보다 그분을 참는 것이 훨씬 어려웠는지 모르겠어요. 어떤 감정은 소리를 듣는 것 같아요. 왠지 모르지만 소리처럼 다가오니까요. 아버지께서는 저와 단둘이 있을 때 그분에 대한 이야기를 꺼내고 칭찬하시면서 아주 좋은 벗이라고 하셨어요. 저는 그분 덕분에 아버지가 감옥에서 나오셨다고 생각했기 때문에 아무 대답도 하지 않았어요. 그 백작이 다시 집으로 찾아왔을 때 아버지는 저와 그분만 남겨 놓고 밖으로 나가셨어요. 백작이 제게 무대에 서는 것을 좋아하느냐고 물으셨어요. 저는 아니라고 대답하고 오로지 아버지께 순종하기 위해서 연기를 한다고 말했어요. 그분은 항상 프랑스어를 쓰면서 '작은 천사'니 뭐니 하는 말로 저를 불렀는데 모욕으로 느껴졌어요. 그분이 제게 구애할 생각이라는 것을 알고 있었어요. 유대인도 아니고 귀족인 사람이 제게 사랑을 느낀다면 그런 감정의 절반은 실은 저에 대한 경멸이라고 저는 확신하고 있었지요. 그런데 그분이 제게 더 이상 연기를 할 필요가 없다고 하셨어요. 그분의 아름다운 저택을 방문해달라고 하셨고요. 그곳에 가면 제가 여왕처럼 모든 것을 누릴 수 있다고요. 저는 화가 나서 몸이 부들부들 떨렸기 때문에 말을 하기 어려웠어요. 그래서 '차라리 영원히 무대에 서겠어요.'라고 간신히 말하고 밖으로 나와 버렸어요. 황급히 방을 나오면서 보니 복도에서 아버지가 어슬렁거리고 있더군요. 제 마음은 산산이 부서지고 말았어요. 아버지를 지나쳐서 제 방에 들어가서는 문을 잠갔어요. 그 남자와 아버지가 저를 두고 음모를 꾸민다는 생각에 가슴이 찢어졌어요. 그런데 다음 날 아버지께서는 제게 밖으로 나오라고 설득하셨어요. 제가 오해했을 뿐이고 사정을 설명하시겠다고요. 제가 밖에 나와서 연기하고 예정된 일을 끝내지 않으면 우리는 망할 수밖에 없고 아버지는 굶으실 수밖에 없다고요. 그래서 저는 연기를 계속했어요. 그리고 일주일이 넘게 그 백작은 제 근처에 오지 않았어요. 아버지께서 우리의 숙소를 옮기셨고, 저와 극장에 갈 때 말고는 늘 집에 계셨어요. 어느 날인가 제 연기에 대해 비관적으로 말씀하시더니, 제가 대중 앞에서 계속 노래를 부를 수 없을 거라고 하셨어요. 목소리가 나오지 않을 거라고요. 그러니 앞날을 생각해야 하고, 터무니없는 감정으로 행운을 가로막으면 안 된다는 거였어요. 아버지께서 이렇게 말씀하셨죠. '네가 앞으로 뭘 하겠니? 집집마다 돌아다니며 문 앞에서 노래하고 구걸하는 신세가 될 거야. 네가 받은 훌륭한 제안을 받아들여야 해.' 저는 아무 말도 할 수 없었어요. 어머니를 생각하고 그다음에 아버지에 대해 생각하자 갑자기 무서워졌어요. 난생 처음으로, 아버지를 떠나더라도 잘못된 행동이 아니라는 느낌이 들었어요. 그런데 이튿날 아버지께서는 공연 약속을 모두 취소하셨다고 하셨어요. 프라하로 떠날 거라고요. 그 말에 의심이 들었고, 아버지의 뜻을 거슬러 행동해야겠다는 의지가 더 강해졌어요. 이틀에 걸쳐 짐을 꾸리고 떠날 준비를 했어요. 저는 아버지에게서 달아나야 하고 런던에 가서 어머니를 찾을 수 있을지 알아보겠다고 생각했어요. 돈이 조금 있었는데, 돈을 더 마련하려고 물건을 좀 팔았어요. 늘 들고 다닐 수 있는 작은 가방에 옷가지 몇 개 꾸려 넣고, 방심하지 않고 항상 경계했어요. 아버지께서 그 백작의 제안에 대해 입도 뻥긋하지 않으셨기 때문에, 저에 대한 음모가 있다고 확신하게 되었지요. 저를 정신병원에 끌어가려는 음모처럼 느껴졌어요. 예전에 정신병원의 사진을 보았는데 도저히 잊을 수 없었거든요. 그 사진은 제가 봐온 것과 무척 비슷해 보였어요. 으쓱거리며 걸어 다니거나 말다툼하고 짓궂게 노려보는 사람들, 교활한 잔꾀와 악의를 물씬 풍기는 얼굴들이. 그런 사악함에서 저를 지켜준 것은 제 의지였어요. 저는 하나님께 도와달라고 기도했어요. 경멸받는 여자들이 어떻게 살아가는지 잘 알고 있었거든요. 아버지에 대한 반감이 생겼어요. 아버지 뒷전에서 어른거리는 그 소름 끼치는 남자가 늘 보였으니까요. 부인께서는 제가 의심을 품을 이유가 충분치 않다고 생각하실지 모르겠어요. 어쩌면 제 느낌 말고는 별다른 이유가 없었을 거예요. 그렇지만 마치 환한 불이 제 마음을 비춰서 모든 것이 선명하고 뚜렷하게 보이는 것 같았어요. 잠잘 때도 똑같은 것들만 보였어요. 잠도 거의 이룰 수 없었어요. 여행하는 동안 어디서나 경계하고 주위를 살펴보았어요. 왜 그런지 모르지만, 아버지가 저를 두고 갑자기 사라져버리고 저는 달아날 수 없는 곳에 갇혀 그 백작과 단둘이 있게 되리라는 예감이 실제로 일어난 사건처럼 눈앞에 생생하게 떠올랐어요. 하나님이 경고해주시는 거라고 생각했어요. 어머니의 목소리가 제 영혼에서 들려왔고요. 어두워진 후에 프라하에 도착했는데, 길거리를 따라서 등불이 여러 개씩 밝혀져 있었지만 이상하게도 마차를 타고 가던 우리에게는 사람들의 얼굴이 잘 보이지 않았어요. 아버지는 바깥쪽에 앉아 계셨고 — 이제는 늘 담배를 피우셨죠 — 저는 깜깜한 어둠 속의 모든 것을 살펴보았어요. 어느 때보다도 선명하게 보였다고 믿어요. 희한하게도 명료한 의식이 마음속에서 바깥으로 나온 것 같았어요. 저는 길거리를 다닐 때 사람의 얼굴이나 모습을 유심히 보지 않는 편인데, 그날 밤에는 사람들 하나하나가 똑똑히 보였어요. 큰 호텔 앞을 지났을 때 그곳에 들어선 어떤 사람의 등만 보였지만 — 꽤 떨어진 곳의 커다란 등불이 그 등을 비추었을 때 저는 알았어요. — 그 사람이 어두운 곳으로 들어서면서 얼굴을 돌리기도 전에, 누구인지 알았어요. 제게 도움의 손길이 온 거였죠. 저를 구하려는 손길이 다가왔다고 믿어요. 그날 밤에 저는 잠을 자지 않았어요. 가장 수수한 옷을 입고 — 그 후로 내내 그 외투와 모자를 걸치고 다녔어요. — 날이 새서 대문 빗장을 빼는 소리가 들리기를 기다리며 앉아 있었어요. 누군가 새벽 4시에 기차역에 가려고 일찍 일어나더군요. 그래서 용기를 얻었어요. 외투 안에 작은 가방을 숨기고 누구에게도 들키지 않게 살짝 빠져나왔어요. 영국으로 가는 길을 알아내려고 이전에 오랫동안 철도안내서를 유심히 보아두었거든요. 그래서 해가 뜨기 전에 드레스덴 행 기차에 올라탈 수 있었어요. 그러고는 기뻐서 눈물을 흘렸어요. 제가 가진 돈으로 잘 버틸 수 있을지 모르지만 그럴 수 있기를 바랐어요. 가방에 든 물건과 귀에 건 작은 귀걸이를 팔 수 있고 빵만 먹으며 살 수 있으니까요. 딱 하나 두려웠던 것은 아버지께서 쫓아오실지 모른다는 거였죠. 그래서 조금도 쉬지 않고 길을 재촉했어요. 이따금 빵만 먹으면서. 브뤼셀에 도착해보니 돈이 모자랐어요. 그래서 팔 수 있는 물건을 죄다 팔았어요. 그런데 그곳에서 이상한 일이 있었어요. 외투 호주머니에 손을 넣어보니 10프랑 금화가 들어 있는 거예요. 어떻게 그 돈이 들어있는지 궁금해하다가 쾰른에서 오는 길에 옆자리에 앉았던 젊은 노동자가 생각났어요. 저는 사람이 무서웠기 때문에 누구든 말을 걸어오는 것이 싫었어요. 처음에 그 사람은 말을 걸려고 하다가 제가 싫어하는 것을 알고 그만두더군요. 아주 긴 여행이었어요. 저는 빵을 조금씩 먹었어요. 그가 음식을 먹어보라고 한 번 권했지만 거절했어요. 바로 그 사람이 그 금화를 주머니에 넣어주었을 거라고 믿어요. 그 돈이 없었으면 도버까지 오지 못했을 거예요. 도버에 도착해서 런던까지 꽤 먼 길을 상당 부분 걸어왔어요. 제 모습이 가난한 거지꼴이라는 것을 잘 알고 있었지만 너무 비참한 모습으로 보이고 싶지는 않았어요. 어머니를 만났을 때 그런 모습을 보시면 무척 슬퍼하실 테니까요. 그렇지만 아, 그렇게 찾아온 저를 어머니가 보실 거라는 희망은 너무 헛된 것이었어요! 런던에 도착하자마자 램버스[9]와 블랙프라이어 다리에 대해 물어보았는데, 아주 멀리 떨어져 있었고 게다가 길을 잘못 들기도 했어요. 마침내 블랙프라이어 다리에 도착해서 콜맨 거리가 어디 있는지 물어보았어요. 사람들이 고개를 가로젓더군요. 누구도 그곳을 알지 못했어요. 제 기억에는 현관 계단과 창문에 끼운 흰 타일, 건너편에 큰 문이 달린 커다란 벽돌건물이 생생히 남아 있는데. 그런데 그렇게 보이는 곳이 전혀 없더군요. 마침내 어떤 상인에게 코버그 극장과 콜맨 거리가 어디 있는지 물어보았더니 이렇게 말했어요. '아, 어린 아가씨, 그곳은 다 없어졌어요. 옛 거리는 허물어졌고 새 건물이 들

9 런던 남부의 자치구.

어섰지.' 저는 몸을 돌렸어요. 죽음의 손길이 제 몸에 닿은 기분이었어요. 그 상인이 '아니, 잠깐만, 아가씨! 콜맨 거리에서 뭘 찾으려는 거요, 응?'라고 말했어요. 아마 선의로 말했겠지요. 하지만 그의 말투를 참을 수 없었어요. 그리고 제가 무엇을 원하는지 어떻게 말할 수 있겠어요? 갑작스러운 충격에 눈앞이 깜깜하고 넋이 나간 기분이었어요. 갑자기 온몸에서 힘이 다 빠지고 기진맥진한 느낌이었어요. 하지만 제가 어디로 갈 수 있겠어요? 몹시 초라하고 먼지를 잔뜩 뒤집어 쓴 차림에다 수중에 가진 것도 없었어요. 길거리를 떠도는 거지처럼 보였지요. 어디에도 들어가기 겁났어요. 믿음이 완전히 사라졌지요. 버림을 받았다고 생각했어요. 프라하에서부터 런던에 도착할 때까지 희망이라는 열병에 걸려 정신이 나간 것 같았어요. 도움을 받았다고 생각했고, 마음을 굳게 먹고 어머니를 찾겠다는 일념뿐이었는데, 이제 완전히 낯선 세계에 서 있는 거였어요. 사람들은 저를 보면 나쁜 사람으로 생각할 테고, 저는 거지들 속에 끼어야 하고요. 저는 다리 위에 서서 강을 바라보았어요. 사람들이 기선을 타려고 걸어가고 있더군요. 그 가운데 가난하게 보이는 사람도 많았어요. 그런데 거리에서 벗어나면 차라리 마음이 편해지겠다는 느낌이 들더군요. 배를 타면 제가 혼자 있을 수 있는 곳으로 곧 데려다줄 거라고요. 그래서 저는 배를 탔고 남은 동전 몇 푼으로 빵 한 덩어리를 샀어요. 삶과 죽음에 대해서 생각해볼 시간을 벌고 기운을 좀 얻고 싶었어요. 어떻게 살아갈 수 있을까? 어머니를 다시 찾을 길이 있다면, 그것은 죽음밖에 없다는 생각이 다시 들었어요. 저는 생각할 기운을 얻으려고 빵을 먹었어요. 그 배는 강가를 따라 가다가 어딘가에 저를 내려주었는데 — 그곳이 어디인지는 모르겠어요 — 늦은 저녁 시간이었어요. 강가에서 떨어진 곳에 큰 나무 몇 그루가 있기에 그 아래에서 쉬며 밤을 보내려고 앉았어요. 곧 잠이 들었을 거예요. 깨어나 보니 아침이었어요. 새들이 지저귀고 풀숲에 흰 이슬이 매달려 있는데 온몸에 냉기가 돌고 너무 외로웠어요! 저는 일어서서 강을 따라 멀리까지 걸어갔다가 다시 돌아왔어요. 어디에도 갈 이유가 없었지요. 저는 고통 속에서 가만히 서 있는데, 주위 세상은 바쁘게 돌아가는 환영 같았어요. 몸보다 생각이 더 강하더군요. 생각이 물밀듯이 쏟아져 들어와 제 인생을 처음부터 바라보게 이끌었어요. 어머니에게서 강제로 떨어져 나온 후 줄곧 저는 낯선 사람이 마음대로 데려다가 부려먹은 집 잃은 아이 같았어요. 자기 삶이 어떤 것인지 전혀 생각하지 않고 오로지 그들을 위해 무엇을 할 수 있을지 생각하는 사람 말이에요. 제 삶은 그저 지친 몸으로 방랑하면서 가슴 깊이 시리는 외로움을 느끼는 것일 뿐이라고 생각했어요. 즐거움에 대한 기대는 전혀 없는데 명랑하고 흥겹게 굴어야 하는 것 같았어요. 그런데 이제는 사정이 더 나빠졌지요. 저는 또다시 길을 잃었고, 낯선 사람이 저를 주시하고 말을 걸까봐 두려워 죽을 것 같았어요. 세상이 너무 무서웠어요. 저를 아는 사람이 하나도 없고, 모두 저에 대해 나쁘게 생각할 테고요. 지금까지 남을 조롱하며 즐거워하고 다른 이들의 치욕을 비웃는 사람을 너무 많이 보았거든요. 제가 무엇을 할 수 있겠어요? 수치스러운 삶이 활활 불타오르는 벽처럼 저를 에워싼 것 같았어요. 어디를 보아도 이글거리는 열기에 몸을 움츠릴 수밖에 없었어요. 강한 햇빛에도 몸이 움츠러들었어요. 그러다보니 제가 느끼는 절망이 바로 죽음을 명령하는 신의 목소리라는 생각이 들었어요. 그런데 굶어죽으려면 시간이 오래 걸리겠지요. 그러자 제 동족에 대한 생각이 떠올랐어요. 이 땅에서 저 땅으로 쫓겨 다니며 괴로움을 겪고 방랑하면서 비참하게 살다가 죽은 사람이 많다는 것을 기억했어요. 제가 그렇게 죽더라도 처음 있는 일은 아닌 거지요. 기독교인들이 몹시 잔인한 전쟁을 벌이고 동란을 일으켰을 때 우리 선조들은 때로 자식을 죽이고 나서 스스로 목숨을 끊기도 했어요. 그릇된 배교자가 되지 않으려고요. 그런 생각을 하면 제가 제 삶을 끝내는 것이 옳은 일 같았어요. 제게도 재난이 닥쳤고, 악에 빠지는 것 말고는 다른 길이 보이지 않았으니까요. 그렇지만 제 마음은 스스로와 싸움을 벌였어요. 마음속에 반대하는 생각도 있었으니까요. 화염에 휩싸이더라도 스스로 죽음을 앞당기는 것은 잘못이라고 여기는 사람들이 있다는 것을 알고 있었어요. 제가 견뎌야 한다면 기운이 남아 있는 동안에는 참아내기를 바랐어요. 그렇지 않으면 제 삶의 어디에서 좋은 점을 찾을 수 있겠어요? 어린 시절부터 제 삶은 행복하지 않았어요. 아침마다 햇빛이 스며들면 '참아낼 거야.'라고 생각하곤 했어요. 하지만 전에는 희망이 늘 조금은 있었는데, 지금은 전부 사라졌지요. 이런 생각을 하면서 이리저리 배회하며 마음속으로 가장 높으신 분께 울부짖었어요. 그분이 제게 마음을 써주신다는 강한 믿음은 없었지만, 살아있을 때나 죽어서나 그분에게서 달아날 수 없을 테니까요. 제 영혼에서 기운이 빠져나가는 것 같았어요. 제 영혼의 저 아래 깊은 곳에서 홀로 버림받았다는 비탄이 터져 나왔어요. 생각할수록 더 지쳤고, 이윽고 생각이 완전히 사라지고 그저 하늘과 강과 영원한 신이 제 영혼에 담긴 것 같았어요. 제가 죽든 살아 있든 무슨 차이가 있겠어요? 죽으려고 강 속에 누우면, 잠을 자려고 눕는 것보다 더 엄청난 일일까요? 저는 잠자려고 누울 때도 늘 제 영혼을 신에게 맡겼으니까요. 저는 스스로를 체념했어요. 더 이상 기억의 소리가 들리지 않았어요. 제 안에 존재하는 것만 느낄 수 있었지요. 그건 지친 삶에서 벗어나고 싶다는 단 한 가지 갈망이었어요. 제 삶은 제가 맛볼 수 있을 위대한 평화의 바깥에 존재하는 고통으로만 보였으니까요. 그간의 사정은 이랬어요. 저녁나절이 되어 해가 기울자, 제가 기다려야 했던 것은 바로 그것뿐인 것 같았어요. 그러자 새로 기운이 나서 하려던 일을 결심할 수 있었어요. 제가 무엇을 했는지 아시지요. 죽으려고 했어요. 그런데 어떻게 되었는지 아시지요. 그분이 말씀하지 않으셨어요? 다시 믿음이 생겨났어요. 저는 버림받지 않았던 거예요. 그분이 저를 어떻게 처음 보셨는지 말씀하셨어요?"

메이릭 부인은 아무 대답도 못하고 미라의 이마에 입술을 댔다.

"그 아가씨는 정말이지 진주예요. 묻었던 진흙이 깨끗이 씻겨나간 거죠." 열성적인 자그마한 부인은 그날 저녁에 뒤쪽 응접실에서 데론다와 얼굴을 맞대고 앉아 미라의 이야기를 매우 실감나게 들려주고는 이렇게 끝맺었다.

"그녀의 어머니를 찾는 일에 대해서 어떻게 생각하세요?" 데론다가 말했다. "걱정스럽지 않으신가요? 솔직히 말씀드리면 저는 그렇습니다."

"아, 어머니는 좋은 분이라고 믿어요." 메이릭 부인이 재빨리 단호하게 말했다. "아니면 좋은 분이었다고요. 돌아가셨을지 모르니까. 난 그게 걱정돼요. 틀림없이 좋은 여자일 거예요. 악당 같은 아버지를 생각해보면 알 수 있어요. 그 아이가 누구에게서 선량한 마음을 물려받았겠어요? 밀가루를 보면 그 종자를 알 수 있는 거예요."

데론다는 이 대답에 좀 실망했다. 그는 자기 판단이 수긍되기 바랐기에 반대 의견을 제기하기 시작했다. 어머니에 대한 추측이 그 오빠에게는 들어맞지 않을 거라고 말했다. 메이릭 부인도 오빠가 그 부친을 닮아 비열한 사람일 거라고 단정했다. 광고를 내는 것에 대해서는, 코헨이라는 이름만 갖고 광고를 낸다면 아무 설명도 없이 테리어 두 마리를 찾겠다는 광고를 내는 편이 차라리 나을 거라고 말했다. 이 점에서는 메이릭 부인이 도와주었다. 광고를 내는 것에 대해 미라에게 이미 귀띔해보았는데 그 가엾은 아이의 공포심만 일으켰다는 것이다. 그녀는 자기 아버지가 틀림없이 그 광고를 볼 거라고 믿었다. 그는 신문에 실린 것을 글자 하나 빼놓지 않고 읽는 사람이라는 것이었다. 분명, 광고보다 더 안전한 방법이 있었다. 실종자를 찾는 일을 전문적으로 하는 사람을 동원해서 착수하는 것이다. 그러나 데론다는 의심스럽고 통탄스러운 결과를 낳을지도 모를 일을 시도하기 전에 조금 기다리는 편이 더 현명한 방법이라고 생각했고 메이릭 부인이 공감해주기를 바랐다. 더욱이나 그는 다음 주에 외국에 가서 두 달을 지내기로 예정되어 있었다. 그 모자를 찾으려고 손을 쓴다면, 결과가 어떻든 메이릭 부인이 아무 도움도 없이 혼자 맞닥뜨리는 일이 없도록 그는 가까이 있고 싶었다. 부인이 너그럽게도 미라를 계속 돌봐준다면 말이다.

"그런 임무를 뺏어가려는 사람이 있다면 우리는 몹시 샘이 날 거예요." 메이릭 부인이 말했다. "그 아이는 내 집에서 지낼 겁니다. 한스가 쓰던 방을 그 애에게 주겠어요."

"오래 기다려야 한다면 불만스러워하지 않을까요?" 데론다가 근심스럽게 물었다.

"그 점은 걱정할 필요 없어요. 미라는 계획을 세우거나 꾀를 내어 방안을 모색하는 성격이 아니니까. 오로지 순종할 뿐이지. 미라가 부친에게 어떻게 순종해왔는지 생각해봐요. 그 애가 부친에게서 달아나려고 결심하고 방법을 찾아낸 것은 스스로에게도 놀라운 일이었어요. 어머니를 찾는 것에 대해서도 그 애는 지금 믿고 의지하려는 생각밖에 없어요. 하나님이 당신을 보내서 자기를 구해주었고 우리가 친절하게 대해주기 때문에, 마찬가지로 애써 노력하지 않아도 어머니를 찾게 될 거라고 믿고 있어요. 그 애의 말을 듣고 있으면, 그 애가 꼭 어린애 같은 감정을 갖고 있다는 생각이 가끔 들어요."

메이릭 부인은 데론다가 건넨 돈이 미라에게 필요한 것을 마련하는 데 다 쓰이지 않기를 바랐다. 얼마 있으면 미라도 다른 여자애처럼 일을 하고 스스로 독립하고 싶어 할 것이다. 데론다는 그녀가 오래 쉬어야 한다고 주장했다.

“아, 그럼요. 우리는 절대 서두르지 않을 거예요.” 메이릭 부인이 말했다. “정말로 그 애를 다정하게 보살피겠어요. 당신이 외국에 나가서 주소를 알려주면, 우리가 어떻게 지내는지 편지로 알려줄게요. 그녀를 돕는 기쁨을 우리만 누린다면 공정하지 않을 테니까. 게다가 나는 미라뿐 아니라 당신에게 보탬이 된다고 여기고 싶어요.”

“그것은 상상이 아닙니다. 어젯밤에 부인이 아니었으면 제가 어떻게 할 수 있었겠어요? 전부 다 잘못되었을 겁니다. 한스와 친구가 되어서 가장 좋은 점은 어머니를 알게 된 거라고 그에게 말할 겁니다.”

이 대화를 나눈 후에 그들은 다른 방에 있는 아가씨들에게 갔다. 미라는 편안하게 앉아 있었고, 다른 아가씨들은 데론다 씨에 대해 알고 있는 사실을, 그가 한스에게 친절하게 해준 일이며 한스가 말해준 온갖 미덕을 그녀에게 말해주고 있었다.

“케이트는 매일 데론다 씨의 초상화 앞에서 향을 피워.” 맵이 말했다. “그리고 나는 경련이 일어나지 않도록 부적 삼아 데론다 씨가 서명한 종이를 작고 검은 실크 지갑에 넣어 목에 두르고 다녀. 그리고 에이미는 곱셈표를 그분의 이름으로 외우고. 그런데 이제 그분이 너를 우리에게 데려다주셨으니 존중심을 표현할 뭔가 특별한 일을 해야겠어.”

“그분은 너무 대단한 분이라서 아무것도 필요 없을 것 같아요.”

미라가 맵에게 미소를 지으며 말했고 더 진지한 표정을 짓고 있는 에이미에게 물었다. "지위가 높은 분이겠지요?"

"우리보다는 신분이 높은 분이야." 에이미가 말했다. "귀족과 관계있고. 틀림없이 그분은 우리가 바늘에 손가락을 찔려가며 만드는 공단 쿠션에 몸을 기대실 거야."

"그분의 신분이 높아서 기뻐요." 미라가 평소처럼 조용히 말했다.

"아니, 그것이 왜 기뻐?" 에이미는 미라의 감정을 조금 수상쩍게 여기면서 지금까지 드러나지 않았던 유대인의 특이한 성격이 드러날지 경계하며 말했다.

"왜냐하면 전에는 신분 높은 사람을 항상 싫어했거든요."

"아, 데론다 씨는 그렇게 높은 분은 아니야." 케이트가 말했다. "그분 때문에 우리가 귀족이나 준남작을 나쁘게 생각하지 않을 이유는 없어."

그가 방에 들어섰을 때 미라는 전날 밤처럼 고맙고 공손한 표정으로 그를 바라보며 일어섰다. 지금 그녀에게는 혼란스럽거나 대담한 기색이 전혀 없었다. 그녀가 받아온 연극 훈련은 가시적인 흔적을 조금도 남기지 않았다. 어쩌면 그녀의 태도는 아홉 살에 버림받은 아이를 연기한 후 그리 달라지지 않았을 것이다. 그리고 우연히 자신이 처한 혼잡한 주위환경을 그 나름의 명확하고 아름다운 형태에 흡수해버린 작은 꽃씨처럼, 그녀는 자신의 소박함과 진실함 속에서 성장해왔다. 데론다는 예전에 보지 못한 전혀 새로운 유형의 여성에 접하고 있다는 느낌이 들었다. 미라가 어린애 같은 것은 무지하기 때문이 아니었다. 그녀가 경험한 악과 고통은 그가 경험한 것보다 더 깊고 더욱 기이한 것이었다. 그는 마치 그녀가 우리와 다른 인종이 사는 멀리 떨어진 바닷가에서 온 사람인 양 그녀를 지켜보며 그녀의 말을 듣고 싶었다.

그러나 그렇게 느꼈기 때문에 그는 서둘러 방문을 끝내고 자리에서 일어섰다. 자신의 행동이 다른 사람에게 미칠 영향에 대해 평소처럼 활발한 상상력을 발휘하면서, 자신이 도와준 사람에 대한 호기심을 드러내거나 혹은 내키는 대로 많이 알아낼 권리가 있다는 듯이 남들 눈에 비칠까봐 염려스러웠던 것이다. 가령 그녀의 노래를 듣고 싶었지만 그런 욕구를 입에 올리는 것은 무례한 일로 보일 것이다. 그녀는 거절할 수 없을 테고, 그녀가 타인의 요구에 언제라도 재주를 보여줘야 하는 사람으로 취급된다는 느낌이 그의 뇌리를 떠나지 않을 테니 말이다. 그는 여자에게 바칠 수 있는 존중을 이 소녀에게 모두 바치려고 마음먹었다. 왜 그랬을까? 그는 몇 가지 타당한 이유를 들어 스스로에게 설명했다. 하지만 사람이 망설임 없이 넘쳐흐르는 강력한 의지로 어떤 일을 하더라도, 거기에는 말로 하기 어려운 동기가 숨어있기 마련이다. 어떤 행위는 한 인생이 오랫동안 간직해온 열정을 터뜨리는 감탄사처럼 보이기도 한다.

곧 데론다는 두 달간 런던을 떠나있을 터이므로 작별인사를 했고, 며칠 후 휴고 경과 레이디 맬링거와 함께 레브론으로 떠났다.

그는 결심한 대로 휴고 경 부부에게 미라 이야기를 털어놓았다. 준남작은 그 모자를 찾는 것은 그냥 내버려두는 편이 낫겠다고 확고하게 말했다. 레이디 맬링거는 그 가엾은 소녀에 대해 큰 관심을 기울였고, 유대인 개종을 위한 협회가 있으며 미라가 기독교를 받아들일 수 있다고 말했다. 그러나 휴고 경이 우스워하는 얼굴로 자기를 쳐다보자 자기 말이 어리석었다고 말하고 입을 다물었다. 레이디 맬링거는 아들이 필요한 가문에 딸만 낳은 여자로서 미안해해야 한다고 느꼈고, 그러므로 세상사가 모순처럼 보일 때는 자신의 이해력이 부족하기 때문일 거라고 생각했다. 하지만 무척 혼란스러운 기분이 들면 '다니엘에게 물어봐야지.'라고 혼자 생각하곤 했다. 대체로 다니엘은 그 가족에게 편안한 존재였다. 휴고 경도 다니엘을 위해 최선을 다하려고 마음먹은 후 그렇게 함으로써 결국 아들 대신 이 청년을 늘 곁에 둘 수 있는 즐거움을 얻었다고 느꼈다.

레브론의 도박장에서 궨덜린 할레스를 보게 될 때까지 데론다의 과거 삶은, 그가 아는 한은, 이러했다.

제21장

지식이 힘이라는 것은 잘 알려진 격언이다. 그러나 무지의 힘에 대해 적절히 사색하고 표현한 사람이 있었던가? 지식이 서서히 쌓아올린 것을 무지는 한 시간 만에 무너뜨린다. 지식은 수백 년 동안의 인내와 절제로 더욱더 많은 것을 발견하여 기록한다. 무지는 하루 저녁 식사를 마련하느라 그 기록에 불을 지피고, 여러 세대에 걸쳐 소진된 영혼으로 구운 고기의 풍미를 더한다. 지식은 의식을 훈련하고 지적 욕구를 정제하고 키워 그 자체를 숙련된 기술로 변화시키고 새로운 엿새간의 노동으로 인생을 다양하게 만든다. 이레째 되는 날 술에 잔뜩 취한 무지가 기름통과 성냥을 들고 나타나서는 태평하게 "없어져라"고 말한다. 그러면 형형색색의 창조물이 시커멓게 타버린다. 분명 지식은 힘이다. 그러나 그것은 당위성과 개연성을 의식하며 도덕적 관념에 의해 통제되는 힘이다. 반면에 무지는 눈먼 거인이라서 그를 속박에서 풀어놓기만 하면 오랜 세월에 걸쳐 세워진 인간의 미덕이라는 건물의 기둥을 흉겹게 움켜잡고는 기쁨을 주던 곳을 땅속에 묻힌 바빌론처럼 어둠속에 처박아버린다. 그리고 한 개인의 운명이 성장하는 과정에서 인생을 단편적으로 보면서 시력을 연마한 사람이라면 누군들 보지 못하겠는가? 사건들 간의 진정한 연계에 대해 무지하고 결과를 끌어낼 수단에 대해 잘못된 생각을 갖고 있으면 — 서서히 멀어지는 거리를 간과하고, 멀리 떨어져 있는 것을 마치 한 걸음에 닿거나 손으로 움켜잡을 수 있을 듯이 여기는 부실한 시력처럼 — 착각에 빠진 그 영혼은 파멸로 곤두박질친다는 것을?

궨덜린 할레스가 레브론에서 돌아오는 우울한 여행을 마치고 기차역에 내려서 오펜딘으로 가는 마차를 타려고 할 때가 아침 10시 반이었다. 그녀를 기다리는 마차도, 친척도 없었다. 도버에서 더 늦게 출발하는 기차를 타겠다는 전보를 보냈지만, 런던의 기차역에서 어정거리며 시간을 보내는 것을 참을 수 없어 먼저 출발한 것이다. 집까지 마차를 타고 30분이나 가야 하는 기차역에 아무 예고도 없이 도착하는 것이 어떤 일일지 생각해보지도 않았다. 그 역은 어디에도 가깝지 않고 어디에서나 등거리에 위치한 정거장 중 하나였다. 보호자 없이 혼자 여행하는 여자로서 큰 트렁크들을 지키면서 궨덜린은 철도 숙사라 불리는 큰 화실(火室)에서 마차를 구해오는 동안 기다려야 했다. 대기실 벽의 더러운 페인트와 먼지 낀 유리병 속의 김빠진 물, 회개하고 개종하라는 대문자 구절은 골치 아픈 집안일로 시작된 비참한 앞날의 한 부분처럼 보였다. 그래서 그녀는 성급히 오솔길과 들판이 내다보이는 바깥쪽 문으로 걸어갔다. 하지만 여기서는 햇빛도 우울하게 보였다. 가을 들판에 바람이 일어 나뭇잎과 풀을 흔들고 수탉 한 마리와 쉰 소리로 울어대는 암탉 두 마리의 깃털을 솟구쳐 올렸다. 암탉들은 다 큰 새끼들과 떨어져서 무엇을 해야 할지 모르는 것이 분명했다. 철도 역무원도 아둔해 보였다. 사팔뜨기 눈으로 궨덜린과 트렁크를 바라본 그의 무심한 눈길은 참을 수 없었다. 더군다나 새로 부임해온 사람이라서 그녀를 알지 못했고, 그녀의 신분이 그리 높지 않다고 생각했음이 분명했다. 더럽고 낡은 4인승 포장마차가 다가왔고 늙은 일꾼이 천천히 마차에 짐을 실었다. 이처럼 하찮고 변변찮은 일은 역사를 이루지 못한다. 하지만 삶의 대부분의 변화는 이런 것 없이는 설명할 수 없다. 이런 것이 계속 밀려들어 힘이 쌓이면서 어떤 기분을 만들어내고 마침내 그 기분은 어떤 지론이나 동기를 만들어낼 질량과 운동량을 확보한다. 심지어 철학도, 이런 식으로 영향을 미쳐 결정을 일으키는 힘에서 완전히 자유롭지 못하다. 경제적 수입이 전혀 없다는 생각이 뇌리에 박힌 채 자신과 무관해 보이는 누추한 곳에 홀로 던져진 철학자는 사물의 기원과 세상의 이치에 대한 사색을 당연히 그만두고 싶을 것이다. 이 세상은 명석한 사상가도 푸대접을 받는 곳이니 말이다. 그렇다면 그런 하찮은 것이 사교계에 나갈 준비를 갖춘 아가씨에게는 얼마나 더 큰 영향을 미칠까? 그녀에게 있는 것은 까다로운 취향과 팔에 두른 인도산 숄, 옆에 세워둔 20제곱피트 크기의 트렁크, 그리고 불쾌한 상상을 자극하는 가난이라는 새로운 의식을 지긋지긋하게 혐오하는 마음뿐이었다. 어쨌든 이런 것들이 가엾은 궨덜린에게 가혹한 영향을 미쳤고, 그녀의 반항심을 잠재우는 데 기여했다. 곤궁과 누추함, 굴욕 속에 사는 것이 무슨 소용이 있을까? 다시 집에서 살아가는 일은 이렇게 시작했고, 이것이 그녀가 앞으로 예상할 것을 보여주는 실례였다.

큰 트렁크는 온순한 마부를 짓누르고 다른 트렁크는 그녀의 앞자리에 밧줄로 묶인 가운데 불편한 4인승 마차를 타고 천천히 가는 동안, 불만에 찬 그녀는 속으로 이런 일에서 일어날 슬픈 변화를 소리 높이 탄식했다. 레브론에서 돌아오는 동안 그녀는 온 가족이

다시 외국으로 나가는 상상에 빠져들었다. 물론 수입이 조금은 틀림없이 남아 있을 테니 말이다. 엄마의 말이, 글자 그대로 무일푼이라는 뜻은 아닐 것이다. 그녀에게 위협적으로 닥쳐온 암울한 미래는 외국의 따분한 곳에 가서 가난하게 사는 것이었다. 그녀는 외국에서 살고 있는 가난한 영국인을 많이 보았고, 경멸받으며 궁핍하고 단조롭게 살아가는 그들의 생활에 자신을 대입해보았다. 앨리스와 버사, 패니, 이사벨 모두 옆에서 따분하게 성장할 것이고, 그러다 보면 그녀는 서른 살에 가까워지고 엄마는 더욱더 우울해질 것이다. 하지만 그녀는 불행을 순순히 받아들이며 자신을 내맡기지 않을 것이다. 불행이 닥쳤다는 것은 아직 완전히 믿기지 않았다. 그러나 지친 몸으로 이처럼 초라하게 도착한 귀향길에 혐오감이 일면서 불편한 잠에서 깨어나는 기분이었다. 예전의 불안한 꿈보다 더 고약했다. 거울 속의 자기 모습에 입을 맞췄을 때 느낀 자신에 대한 기쁨은 이제 아무리 멋진 아가씨가 되어도 소용없다는 생각에 시들어버렸다. 매력적이고, 영리하고, 기개 있는 아가씨가 된다한들 무슨 소용이 있을까? 사건은 어떻게든 끝나기 마련이고, 남자들은 가증스러웠다. 그래, 남자들은 가증스러웠다. 이 몇 마디의 말이 기억 속에 극히 선명하게 채워졌다. 하지만 지난 몇 시간 동안 그 말의 의미가 약간 달라졌다. 장물을 싫어하는 것과, 장물이라서 사용할 수 없기 때문에 더 싫어하는 것은 별개의 문제다. 궨덜린은 그랜코트와 결혼할 수 없도록 방해한 사람이 바로 그 남자였기 때문에 그에게 화가 났고, 지금 그녀의 비참한 운명을 만들어낸 장본인으로서 그에게 분개했다.

그러나 천천히 굴러가던 마차가 거의 목적지에 이르자, 저택의 창가에서는 가로수 길을 올라오는 둔중한 마차가 내려다보였다. 그래서 주랑 현관 아래 나타난 어떤 형체를 보았을 때 궨덜린의 마음에서 그리 이기적이지 않은 새로운 감정이 솟아올랐다. 마차에서 뛰어내려 그 아름답고 소중한 얼굴에 서글픈 주름살이 새로 새겨진 것을 보자 궨덜린은 엄마의 목을 두 팔로 끌어안았다. 그 순간 그녀가 느낀 슬픔은 오로지 엄마가 느낄 슬픔과 관련되어 있었다.

물론 엄마 뒤에는 불필요한 여동생 넷이 슬픈 얼굴로 서 있었다. 각자 가엾은 존재 — 우리의 수많은 누이가 그렇듯이 — 로서 남들에게는 전혀 중요하지 않은 자기만의 특별한 세계를 갖고 있었지만, 이제 궨덜린이 집에 왔으니 불행이 어떻게든 수그러들 거라고 느끼고 있었다. 궨덜린이 있으면 뭔가 흥미로운 일이 일어날 것이다. 그녀가 조급하게 그들의 키스를 받아주고 "자, 이제 가봐, 얘들아."라고 말했어도, 결단력이 강하고 권위 있는 사람 앞에서 나약한 사람이 느낄 법한 위안을 주었다. 선량한 메리 양의 태도가 온화하지만 우울한 것은 그녀가 이 가족을 사랑하고 아끼는 가정교사라는 점을 고려하면 여태까지 설명하기 어려웠는데, 이제 집안 전체의 분위기와 어울렸다. 그녀는 궨덜린의 인사를 받으리라고 기대하지 않았기에 트렁크를 내리고 마부의 삯을 치르느라 분주했다. 데이빌로 부인과 궨덜린은 서둘러 2층으로 올라가서 검은색과 노란색이 어우러진 침실에 들어가 문을 닫았다.

"걱정하지 말아요, 엄마." 궨덜린이 데이빌로 부인의 뺨에 흘러내리는 눈물을 다정하게 손수건으로 닦아주며 말했다. "걱정하지 말아요. 난 걱정 안 해요. 내가 뭔가를 할 거예요. 뭔가가 될 거예요. 일이 잘 풀릴 거예요. 내가 집을 떠나는 바람에 상황이 더 나빠진 것 같아요. 자, 그만하세요! 내가 집에 돌아왔으니 엄마는 기뻐해야지요."

이렇게 말하면서 궨덜린은 말 한 마디, 한 마디를 절실히 느꼈다. 너그러운 애정이 밀려들면서 너그러운 결단을 내릴 능력을 자극했다. 그리고 여행하는 동안 흐릿하게 보이던 자신 있는 계획들이 그 순간에 갑자기 새롭고 명확해졌다. 갑자기 그녀는 "뭔가"를 어떻게 할 수 있을지 알 것 같았다. 이때가 그녀에게서 최선의 모습이 드러난 순간 중 하나였고, 분별없는 어머니는 그 최고 수준 밑에 무엇이 있는지 다 잊고는 경탄하는 눈으로 딸을 바라보며 말했다.

"네게 축복이 있기를, 착하고 귀여운 딸아! 네가 행복하다면 나도 행복할 수 있단다!"

그러나 그날 시간이 지나면서 그 최고 수위는 점점 내려가고 있었다. 오래된 미끄러운 바위와 예전부터 잡초가 무성한 곳이 다시 드러났다. 재난이 예고되는 데 그치지 않고 가혹한 폭군 같은 동거인으로 모습을 드러내면서, 당연히 용기가 꺾일 수밖에 없었다. 지긋지긋한 마차 여행이 끝났을 때 궨덜린이 돌아온 곳은 예전과 다름없는 오펜딘이었고, 그녀에게 당장 필요한 물건은 여전히 그 자리에서 그녀의 몸을 편안하게 해주었다. 그녀는 크고 단단한 저택의 널찍하고 고요한 공간에서 쉬었고, 사치스러운 화장 도구도 그대로 남아 있어서 불편할 일이 하나도 없었다. 혼자 식사할 수 있도록 그녀가 좋아하는 음식을 작은 쟁반에 담아 그녀의 방에 가져오게도 했다. "오늘은 애들이 가까이 오지 않게 해주세요, 엄마. 엄마와 단둘이 있기로 해요."라고 그녀가 말한 것이다.

궨덜린이 물에 들어갔다 나온 백조처럼 싱싱한 모습으로 아래층에 내려와 거실로 들어가서 긴 의자의 엄마 옆자리에 앉아 쿠션에 기댔을 때, 그들을 덮친 불행은 아직 그녀에게 숨결을 내뿜지 않았던 것이다. 그녀는 어떤 이야기든 들어줄 마음의 준비가 되었다고 느꼈고 신중한 의도가 담긴 듯이 말을 꺼냈다.

"구체적으로 어떻게 할 생각이에요, 엄마?"

"아, 얘야, 이제 우리가 할 일은 이 집에서 이사하는 거야. 다행히도 헤인즈 씨는 우리가 이 집을 얻었을 때처럼 지금도 이 집에 들어올 마음이 있단다. 브래컨쇼 경의 대리인이 우리에게 유리하도록 그분과 세세한 문제를 조정할 거야. 너도 알다시피 그 대리인은 배즐리라는 사람이야. 심술궂은 사람은 아니지."

"브래컨쇼 경이 엄마에게 집세를 내지 않고 여기서 살게 해줄 것 같아요." 궨덜린이 말했다. 자신의 매력이 일으킨 경탄을 구별하는 데 재능을 쏟은 만큼 실무적인 일에 재능을 쏟지는 않았던 것이다.

"얘야, 브래컨쇼 경은 지금 스코틀랜드에 계시고 우리 사정을 전혀 알지 못하셔. 네 이모부도 그렇고 나도 그분께 부탁드리지 않을 생각이란다. 게다가 하인도 없고 난방에 들일 돈도 없으면 우리가 이 집에서 무엇을 할 수 있겠니? 이 집에서 빨리 나갈수록 더 낫단다. 알다시피 우리가 가져갈 것은 옷밖에 없어."

"그럼 엄마는 외국에 갈 생각이지요?" 궨덜린이 말했다. 결국, 그녀가 줄곧 생각한 것은 바로 이 방안이었다.

"오, 아니, 얘야, 아니야. 우리가 무슨 돈으로 여행할 수 있겠니? 너는 수입이나 생활비에 대해서 들은 적이 없었지." 데이빌로 부인은 미소를 지으려고 애쓰며 궨덜린의 손에 자기 손을 얹고 슬프게 덧붙였다. "그래서 이 일이 훨씬 더 견디기 괴로울 거야."

"그렇지만 우리가 대체 어디로 갈 수 있어요?" 이렇게 말한 궨덜린의 목소리에는 날카로움이 서려 있었다. 새로운 공포의 물결이 몸속에 흘러드는 느낌이었다.

"그건 전부 결정되었단다. 목사관에서 가구를 조금 얻을 거야. 거기서 나눠줄 수 있는 것을 전부 다." 데이빌로 부인은 주저했다. 자신 때문이 아니라 궨덜린에게 줄 충격 때문에 그 현실이 두려웠다. 궨덜린은 팽팽히 긴장한 상태로 뭔가를 기대하듯이 어머니를 바라보았지만 아무 말도 하지 않았다.

"우리는 소이어의 오두막으로 갈 거란다."

처음에 궨덜린은 치밀어 오른 분노에 얼굴이 하얗게 질린 채 잠자코 있었다. 그녀의 생각으로는 너무나 정당한 분노였다. 그런 다음에 그녀가 오만하게 말했다.

"그건 있을 수 없는 일이에요. 그런 것 말고 다른 방안을 생각해봤어야 해요. 이모부께서 그렇게 그냥 내버려둬서는 안 돼요. 난 그런 결정에 따를 수 없어요."

"애야, 달리 생각할 수 있는 방안이 뭐가 있겠니? 네 이모부는 정말이지 더할 나위 없이 친절한 분이야. 하지만 본인도 고통을 받고 계셔. 교육해야 할 자식도 있고. 그리고 네가 분명히 알고 있는지 모르겠구나. 이걸 기억해야 해. 우리가 완전히 빈털터리라는 걸. 네 이모부와 이모가 도와주는 것 말고는 우리에게 동전 한 푼도 없어. 두 분은 최대한 현명하게 적극적으로 도와주었어. 그리고 우리는 돈을 벌어야 해. 나와 네 동생들은 윈스터의 숙녀 자선 단체를 위한 식탁보 가장자리를 수놓고 교구민들이 페니코트 교회에 선물할 성작보를 만들 거란다."

데이빌로 부인은 두려운 마음으로 자질구레한 일을 알려주었다. 하지만 이렇게 하지 않으면 이 가엾은 아이가 어떻게 자신들이 처한 현실을 실감할 수 있겠는가? 이 아이가 뒷전에 어떤 생각을 감추고 있는지 몰라도 지금으로는 현실을 감수할 수밖에 없다. 그리고 이 어머니 자신도 뒷전에 뭔가 더 나은 것이 있으리라는 맹목적인 믿음을 갖고 있었다.

"하지만 소이어의 오두막 말고 다른 곳을 찾을 수 있을 거예요." 궨덜린이 과거에 소비세 징수관이 살았던 이 저택의 이미지에 (마치 '악몽'에 사로잡히듯) 사로잡혀 고집을 부렸다.

"정말이지, 그렇지 않아. 알다시피 집을 구하기 몹시 어렵거든. 그리고 단독으로 사용할 수 있는 집을 얻게 된 것도 고맙게 생각해야 할 거야. 아주 형편없는 집은 아니야. 작은 응접실이 두 개 있고 침실이 네 개 있어. 원할 때는 언제나 너 혼자서 편안히 있을 수 있단다."

엄마에 대한 공감과 배려의 물결이 이제는 멀리 쓸려나가서 수위가 무척 낮아졌기에 궨덜린은 애원조의 말을 무시했다.

"엄마의 재산이 단번에 다 사라졌다니 도무지 이해할 수 없어요. 그렇게 짧은 시간에 어떻게 확실히 알 수 있어요? 엄마가 내게 편지를 보낸 지 아직 일주일도 안 되었어요."

"그보다 훨씬 이전에 그 소식을 처음 들었어. 하지만 반드시 알려야 할 때까지 네 즐거운 시간을 망쳐놓고 싶지 않았단다."

"아, 너무 짜증스러워요!" 궨덜린은 다시 화가 나서 얼굴을 붉히며 말했다. "미리 알았더라면 내가 딴 돈을 집에 가져올 수 있었을 텐데. 그걸 몰라서 계속 있다가 돈을 잃었어요. 거의 200파운드나 되었는데. 그 돈이면 우리가 한동안 편히 지낼 수 있었을 텐데. 내가 어떤 계획을 실행에 옮길 때까지." 그녀는 잠시 말을 멈추었다가 더 충동적으로 덧붙였다. "모든 것이 내 뜻과 어긋났어요. 사람들이 내게 가까이 와서 내 용기만 꺾어버렸어요."

그녀가 말한 그 '사람들' 속에는 데론다가 포함되어 있었다. 그가 간섭하지 않았으면 그녀는 나폴레옹 금화 몇 개를 갖고 다시 도박장에 갔을 테고 손실을 만회할 수 있었을 것이다.

"하나님의 뜻에 우리를 맡겨야 한단다, 얘야." 데이빌로 부인은 도박 얘기가 나오자 깜짝 놀랐지만 감히 뭐라고 덧붙일 수 없었다. '사람들'이란 그랜코트를 뜻한다고 생각했지만 아무 말도 할 수 없었다. 그러자 궨덜린이 즉시 대답했다.

"하지만 나는 순순히 따르지 않겠어요. 그것에 저항해서 내가 할 수 있는 것을 하겠어요. 사람들의 사악함을 하나님의 뜻이라고 부른들 무슨 소용이 있어요? 우리가 돈을 잃은 것은 라스만 씨의 잘못 때문이라고 엄마가 편지에 썼잖아요. 그가 그 돈을 갖고 달아났어요?"

"아니, 얘야, 그건 네가 이해하지 못하는 일이야. 대규모의 투기가 있었단다. 그 사람은 이익을 내려고 했지. 광산이나 그런 종류의 사업과 관련된 일이었어. 그가 너무 큰 위험을 무릅쓴 거야."

"난 그런 일을 하나님의 뜻이라고 생각하지 않아요. 그 사람이 우리 돈을 경솔하게 관리했기 때문이고, 그러니 벌을 받아야 해요. 우리가 고소를 해서 재산을 되찾을 수 없어요? 이모부께서 그런 손해를 보고 가만히 앉아있을 것이 아니라 어떤 조치를 취해야 해요. 우리는 고소를 해야 해요."

"얘야, 그런 식으로 손해 본 돈은 법적으로 되찾을 수 없단다. 이모부 말씀으로는 이미 엎질러진 우유라는 거야. 게다가 법적인 조치를 취하려면 돈이 있어야 해. 파산한 사람에게는 법이 있어도 소용이 없어. 그리고 우리 돈은 다른 사람들의 돈과 함께 사라져버린 거야. 우리만 고통을 받는 게 아니야. 다른 사람들도 우리처럼 단념할 수밖에 없어."

"하지만 그런 이유로 체념하고 소이어의 오두막에 살면서 엄마가 푼돈을 벌려고 일하는 모습을 볼 수는 없어요. 난 그렇게 하지 않겠어요. 우리 신분과 교육에 더 적합한 일을 하겠어요."

"그렇게 한다면야 정말이지 이모부와 우리 모두 찬성할 거다, 얘야. 그리고 너를 더욱 칭찬하겠지." 데이빌로 부인은 곤란한 얘기를 꺼낼 기회가 뜻밖에 생기자 반가워하며 말했다. "더 나은 것이 가능한 데도 체념하고 더 나쁜 것을 받아들여야 한다는 말은 아니야. 이모부와 이모는 네 능력과 교육이 재산이라고 생각하시고, 네가 할 수 있을 일을 벌써 알아보셨단다."

"무슨 일인데요, 엄마?" 귄덜린는 화가 난 와중에도 조금은 흥미를 느꼈고, 낭만적인 일을 추측하지 않을 수 없었다.

"두 가지 일자리가 있단다. 하나는 어떤 주교의 집인데 딸이 셋이라는구나. 다른 하나는 꽤 수준 높은 학교라더라. 네 프랑스어 실력과 음악, 춤, 그리고 숙녀다운 매너와 습관이 두 군데에서 요구하는 사항과 딱 맞는대. 둘 다 보수는 연 100파운드란다. 그리고 당분간은," 데이빌로 부인은 걱정스러운 마음에 망설이며 말을 이었다. "우리가 답답하고 누추한 곳에서 살아야 할 테니 너는 거기서 벗어날 수 있도록 두 곳 중 하나를 받아들이는 것이 좋을 게야."

"아니, 나더러 마담 뮤니에르 집에 사는 그레이브즈 양처럼 되라고요? 싫어요."

"몸퍼트 박사의 집이 더 적합할 것 같구나. 주교님의 집에서는 고초를 겪을 일이 없을 거야."

"미안해요, 엄마. 가정교사는 어디서든 고초를 겪게 되어 있어요. 그리고 주교님의 집에서 경멸받는다고 다른 곳보다 더 즐거울 리도 없고요. 게다가 엄마도 잘 알다시피 나는 가르치는 걸 몹시 혐오해요. 내가 앨리스처럼 덜떨어진 여자애 셋과 갇혀 있는 것을 상상해 보세요! 가정교사가 되느니 차라리 이민을 가겠어요."

궨덜린은 이민을 가는 것이 정확히 어떤 일인지 설명할 필요가 없었다. 이 난감한 상황을 타개할 돌파구를 찾지 못해 데이빌로 부인은 입을 다물었다. 궨덜린이 이모부와 이모를 만나면 틀림없이 의견 충돌이 일어날까봐 걱정이었다. 궨덜린의 거만하고 반항적인 대답에는 어딘지 모르게 말을 삼가려는 기미가 있었고, 그녀가 어떤 명확한 계획을 마음에 품고 있음을 암시했다. 그녀가 현실에 대해서 무지하다는 것이 계속 드러나기는 했지만 그래도 어머니는 자신을 지배해온 강한 의지와 과감한 성향이 어떤 결과를 낳으리라는 믿음을 저버릴 수 없었다.

"내게 장신구가 조금 있어요, 엄마. 그걸 팔 수 있어요." 궨덜린이 말했다. "그러면 꽤 돈이 될 거예요. 나는 돈이 좀 필요해요. 갖고 다닐 정도로만. 원스터의 마샬이 장신구를 사줄 거예요. 그 사람이 내게 팔찌를 보여준 적이 있는데, 어떤 숙녀에게서 샀다더군요. 조코사가 그에게 가서 물어보면 알 수 있을 거예요. 물론 조코사는 우리를 떠나겠지만, 가기 전에 그 일을 할 수 있겠죠."

"그녀는 자기가 할 수 있는 일이라면 뭐든 다 할 거야. 정말로 소중한 사람이야. 그 얘기는 아직 하지 않았지. 자기가 저축한 돈을 모두 쓰라고 하더구나. 300파운드를. 그녀에게 조그만 학교를 차리라고 했어. 우리와 오래 살아왔기 때문에 새로운 집에 가정교사로 들어가기 어려울 거야."

"아, 그 주교의 집에 조코사를 추천해주세요." 궨덜린이 갑자기 환한 웃음기를 띠고 말했다. "틀림없이 나보다 나을 테니까."

"이모부 앞에서는 그런 말을 하지 않도록 특히 조심하렴." 데이빌로 부인이 말했다. "애써 알아보셨는데 네가 무시하면 마음 상하실 거야. 그렇지만 네가 이모부와 의논할 생각이라면 이모부가 반대하지 않을 다른 복안이 있겠지."

"먼저 다른 사람과 상의하고 싶어요. 애로우포인트 가족이 아직 퀘챔 홀에 머물고 있어요? 클레스머 씨도 거기 있고요? 하지만 그런 일은 전혀 모르겠죠, 가엾은 엄마. 제프리스에게 쪽지를 들려서 말을 타고 다녀오라고 시켜도 될까요?"

"아, 얘야, 제프리스는 우리 집 일을 그만두었단다. 그리고 말장수가 말을 가져갔어. 그렇지만 리크 농장에 있는 일꾼을 보낼 수 있을 거야. 애로우포인트 가족은 퀘챔에 머물고 있단다. 확실해. 애로우포인트 양이 일전에 명함을 남겼더구나. 그녀가 찾아왔는데 만나지 못했거든. 그렇지만 클레스머 씨에 대해서는 모르겠어. 오늘 중으로 전갈을 보내고 싶니?"

"네, 가급적 빨리. 쪽지를 쓰겠어요." 궨덜린이 일어서며 말했다.

"대체 무슨 생각을 하는 거니, 궨덜린?" 데이빌로 부인은 궨덜린이 재빨리 몸을 움직이며 기분이 좀 나아진 듯이 보이자 놀랍기도 하고 마음이 놓였다.

"무슨 일인지 신경 쓰지 마세요, 엄마." 궨덜린은 이렇게 말하고는 사과하려는 듯이 엄마를 위로하려고 잠깐 다시 앉았다. "나는 뭔가를 할 생각이에요. 그것이 완전히 결정될 때까지는 무슨 일인지 신경 쓰지 마세요. 그래야 엄마 마음이 편할 거예요. 사랑스러운 엄마 얼굴이! 3주 만에 10년이나 더 늙었어요. 자, 자, 울지 마세요!" 궨덜린은 양손으로 엄마의 얼굴을 잡고 떨리는 눈썹에 입을 맞췄다. "하지만 내 생각에 반대하거나 내가 하려는 일에 방해하지 말아 주세요. 나는 스스로 결정할 거예요. 이모부나 다른 사람의 명령에 따를 수는 없어요. 내 인생은 바로 내 문제니까요. 그리고 내 생각에는" — 이 부분에서 그녀의 목소리는 날카로운 조롱기를 띠었다 — "엄마를 소이어의 오두막에서 살게 하는 것보다는 더 나은 일을 할 수 있을 것 같아요."

이 말을 끝으로 궨덜린은 다시 일어섰고 책상으로 가서 클레스머에게 다음과 같은 편지를 썼다.

> "할레스 양은 클레스머 씨에게 경의를 표하며, 제게 큰 호의를 베풀어주셔서 가능하면 내일 방문해주시기를 감히 요청 드립니다. 이렇게까지 과감하게 클레스머 씨의 친절을 믿고 바라는 것은 매우 중대한 일이 있기 때문입니다. 집안에 불행한 일이 닥치는 바람에 저는 진로를 선택해야 하고, 오로지 클레스머 씨의 깊은 지식과 판단력에서 그 문제에 관한 조언을 기대할 수 있기 때문입니다."

"이 편지를 즉시 퀘챔에 보내주세요, 엄마." 궨덜린이 편지의 겉봉을 쓰면서 말했다. "심부름꾼에게 기다려서 답장을 받아오라고 말해야 해요. 지체 없이 당장 보내주세요."

그 순간에는 편지를 보낼 생각에 온 정신을 쏟았다. 그러나 그 문제를 확실히 처리하고 나자 다른 걱정이 들면서 불안감으로 어수선해졌다. 만일 클레스머가 퀘챔에 머물고 있지 않다면 무엇을 할 수 있을까? 자신의 행운에 대한 그녀의 믿음은, 말하자면, 약간 상처를 입은 것이다. 그녀에게 불리하게 상황이 전개되었다. 쉽게 손에 넣을 수 있었던 화려한 결혼은 끔찍한 흠집을 드러냈다. 룰렛 게임에서 승산은 그녀의 기대에 어긋났다. 게다가 전혀 알지 못하는 사람이 끼어들어 그녀가 마음대로 행동할 수 없게 했다. 세상사를 좌지우지한 시시한 사람들은 특히 그녀에게 가장 큰 손해를 입혔다는 점에서 비난받아 마땅했다. 궨덜린 할레스는 매우 아름답고 자의식이 강했으면서도 곧 닥쳐올 수모의 위협을 느꼈다. 난생 처음으로 이 세상이 고함을 지르며 성급하게 덤벼드는 군중처럼 느껴졌다. 그 속에서 그녀는 길을 잃었고, 특히 견디기 어려운 곤경에 처했는데도 수많은 여자보다 더 각별한 관심과 보호를 받지도 못했다. 만일 클레스머가 퀘챔에 머물고 있지 않다면, 그것은 다른 일과 마찬가지로 자신을 곤경에 빠뜨리려는 상황으로 볼 수 있었다. 어쩌면 달갑지 않은 부정적인 답변이 올지 모른다는 생각이 들자 그녀는 소이어의 오두막에 가지 않도록 자신을 구해줄 절박한 대안이나 아니면 결국 "취업"해야 할 필요성에 대해 머리를 짜내기 시작했다.

취업이란 자존심에 가장 큰 상처를 주고 취향에 가장 거슬리는 불쾌한 일을 한 마디로 요약하는 단어였다. 적어도 경험을 통해 상상할 수 있는 불쾌한 일에서는 그러했다.

하지만 클레스머는 그 저택에 머물고 있을지 모른다. 그럴 경우 앞으로 일어날 일을 생각하면서 궨덜린은 희망을 품었다. 그 희망을 통해, 자신의 특별한 곤경이 유명 인사나 뛰어난 인물의 전기(傳記)에 기록될 만한 사건이라고 생각하며 흐뭇한 기분을 느끼기도 했다. 그래서 그녀가 뛰어난 인물이라고 생각하느냐는 질문에 가까운 지인들이 대답하는 것을 들었더라면, "아니오."라는 첫 번째 대답에 몹시 놀랐을 것이다.

제22장

> 우리는 즐거운 상상에 잠겨
> 신기한 이상적 천을 자아내지. 하지만 우리의 삶은
> 그동안 베틀에서 분주히 열정적으로
> 북을 이리저리 움직이며, 우리의 행위에
> 습관적인 패턴을 만들어내지.

궨덜린의 편지는 "너무 이르지도, 너무 늦지도 않은 적절한 순간에"[10] 도착했기 때문에 퀘챔을 막 떠나려던 클레스머의 손에 전달될 수 있었다. 친절을 베풀어달라는 그녀의 호소를 들어주려고 그는 약간 불편을 감수하면서 그날 밤을 원스터에서 보냈다. 그가 퀘챔에서 머물지 않으려는 이유가 있었다.

그 장중한 저택은 막대한 비용을 들여 적절한 설비를 갖추었지만 실은 그에게 너무 무더웠던 것이다. 그 저택의 주인은 어떤 위대한

---

10 셰익스피어 『헨리 8세』 2막 3장 84절.

정치가들처럼 기존 질서에 대한 반란에 몹시 경악했고, 우리처럼 평범한 사람들은 그런 사건이 일어난 연후에야 비로소 그것이 바로 코앞에서 준비되어 왔음을 알 수 있다.

그 저택에는 평소처럼 많은 손님이 머물고 있었는데, 애로우포인트 양은 손님 중 한 사람이 자신에게 구혼하리라고 예감했다. 그는 좋은 가문 출신의 정치인이었고 귀족이 되리라고 확신했으며, 공적인 이유에서 작위를 적절히 뒷받침할 많은 재산이 필요하다고 느꼈다. 큰 재산을 상속받을 여자들은 각양각색이라서, 일찌감치 상속녀에게 관심을 둔 사람은 그녀의 얼굴빛이 너무 누리끼리하거나 너무 불그레하고, 키가 커서 비틀거리거나 키가 작아 땅딸막하고, 성질이 급하고 변덕스럽거나 멍하고 활기가 없으리라고 예상한다. 그러나 어떤 경우라도 그녀가 스스로를 자기 재산에 딸린 부속물로 여기고 그 재산이 가야 할 곳이라고 남들이 생각하는 곳에 시집가는 것이 당연하다고 여긴다. 하지만 자연은 "외동" 딸을 선사할 뿐 아니라 그렇게 잘못 점지해서 만들어낸 딸에게 이따금 명석한 두뇌와 강한 의지를 주어 우리가 좋아하는 관행을 따르지 않을 때가 있다. 애로우포인트 부부는 딸 캐서린이 이런 천부적 재능을 갖고 있어서 때때로 불안한 의혹을 느껴왔다. 캐서린은 가난한 귀족이나 조만간 귀족이 될 평민과 결혼하기를 요구하는 사회적 의무 관념을 받아들이지 않을 것이다. 게다가 그녀가 적절한 청혼을 계속 거절한 것도 그 부모를 불안하게 했다. 하지만 그들은 그녀가 클레스머와 사랑에 빠졌을 가능성에 대해서는 조금도 염려하지 않았다. 이렇게 장님이 되는 것은 흔히 있는 일이다. 왜냐하면 일반적으로 사람은 어떤 결과를 끌어내려고 최선을 다하면서도 그 결과가 나타나면 몹시 놀라고, 또한 아무 노력도 들이지 않으면서 바라기만 한 결과가 나타나지 않을 때도 몹시 놀라는 대단한 능력을 갖고 있기 때문이다. 부모들은 아들이 무식하게 되도록 가장 전통적이고 값비싼 수단을 사용하고 나서도 아들의 무지에 깜짝 놀란다. 남편과 아내는 애정을 지속하려는 노력을 조금도 기울이지 않다가 애정이 사라져버리면 서로 놀라워한다. 우리도 이웃이 우리에게 찬사를 보내지 않으면 몹시 놀라워하는 경향이 있다. 이렇게 해서 진실은 극히 있을 법하지 않은 일로 보이게 되는 것이다. 진실은 우리의 소망이 습관적으로 나태하게 짜 맞춘 것과는 전혀 다르다. 드디어 애로우포인트 부부가 경악할 시간이 되었다.

많은 재산을 상속받을 아가씨와 자존심이 강하고 독립적인 정신을 가진 남자 사이에 열정이 일어날 때 그들은 좀처럼 서로의 감정을 이해하지 못한다. 하지만 그럴 때의 어려움은 자존심 강한 남자가 끊임없이 핑계를 대며 몸을 사리지만 않는다면 극복될 수 있다. 일부러 멀리 떠나 있다가 잠시 만나면 감정을 드러내는 데 효과적이다. 그러나 더 효과적인 방법은 자주 어울리면서 서로의 취향과 감탄할 만한 자질에 충분히 공감하는 것이다. 특히 한 사람은 가르치는 입장이고 다른 사람은 다행히 뛰어난 이해력을 갖고 있어서 그 선생이 기쁨을 느끼는 경우에 그러하다. 역사적으로 유명한 이와 유사한 상황이 있었고, 이는 아벨라르[11]의 시대 못지않게 지금도 매력적이다.

그러나 애로우포인트 부부가 처음 클레스머를 고용해서 퀘챔으로 내려오게 했을 때 그들은 이와 같은 상황을 비교해본 적이 없었다. 일류 음악가를 고용하는 것은 부자의 특권이고, 캐서린의 음악적 재능은 온갖 혜택을 받을 만큼 뛰어났다. 그녀는 특히 시골에서 조용히 지내면서 음악을 깊이 연구하고 싶어 했다. 클레스머는 라플란드[12]를 제외한 온 유럽의 여자들이 숭배한다고 알려진 리스트[13] 만큼 유명한 음악가는 아직 아니었다. 그러나 그런 음악가라 하더라도 상속녀에게 으레 청혼하는 것은 아니다. 명예로운 음악가라면 그렇게 하지 않을 것이다. 캐서린이 그에게 그런 대담한 행동을 할 구실을 주리라는 것은 더더욱 생각할 수 없는 일이다. 애로우포인트 씨가 클레스머 앞으로 발행해준 상당한 액수의 수표는 그를 마부처럼 집안에 두더라도 탈 없는 사람으로 만들어 주는 것 같았다. 결혼에 대한 상상도 할 수 없는 곳에서는 아가씨의 감정이 다칠 염려가 없다.

클레스머는 특히 명예를 중시하는 사람이었다. 하지만 결혼이 공

---

11 피에르 아벨라르(1079~1142). 프랑스의 학자이자 성직자. 제자인 엘로이즈와의 관계로 인해 그녀의 부친에 의해 거세되었다.

12 유럽 최고 북부 지역.

13 클레스머는 리스트를 모델로 삼아 창조한 인물이라고 지적되어 왔다. 여성에 대한 민감한 감수성이나 벨리니에 대한 혐오, 연주와 작곡에서의 음악적 자질 등 몇 가지 관련성을 찾아볼 수 있다.

식적인 청혼으로 시작되는 일은 거의 없다. 게다가, 캐서린이 상상할 수 있다고 여기는 것의 한계는 그 어머니의 생각과 정확히 일치하지 않았다.

국외자들은 만일 애로우포인트 양이 일반적으로 인정되는 미인이었다면 클레스머가 사랑에 빠질 위험을 느꼈으리라고 생각하기 쉬울 것이다. 그것은 아름다움 중에서 가장 강력한 아름다움은 공감 이전이 아니라 공감 이후에 드러난다는 것을 참작하지 않기 때문이다. 예민한 인식과 고상한 판단력을 드러내는 사소한 말 한 마디 한 마디에서, 다른 사람에게 민감하게 반응하는 정신을 드러내는 소박한 말과 미소 하나하나에서, 매력적인 아름다움이 눈과 입술에 떠오른다. 매끄럽게 흐르는 드레스의 곡선이나 몸매의 자태도, 상대방의 의도를 결코 잊지 않는 사람이 들어설 때 되살아나는 신뢰감만큼 만족스럽지는 못하다. 다른 곳에서는 절대로 드러내지 않는 찡그림이나 웃음에 얼마나 깊은 의미가 쌓여 가는가! 일순간 번뜩이는 이해력을 드러내는 마음과 훌륭한 연주를 할 수 있는 손을 가진 인간의 육신은 얼마나 사랑스러움으로 충만한 것인가! 더 두드러진 미모는 때로 사랑스럽지만 — 이렇게 말해도 모독은 아닐 것이다 — 처음에는 어리석음에 대한 변명이 되고, 다른 변명들이 그렇듯이 반복되다가 결국에는 지루해진다. 클레스머는 눈에 띄는 미모에 매우 민감하기는 했지만 애로우포인트 양에게 열정적 애정을 느꼈다. 이것은 다면적 공감이 단조로운 매력에 승리를 거두는 여느 경우와 마찬가지로 모순이 아니다. 우리는 더 넓은 열정의 부족으로 시달릴 때보다 우리를 사로잡는 과도한 열정에 시달릴 때 덜 불만스러워한다. 그러나 진실을 따져보자면, 이른바 강렬함이란 스스로를 달리 어찌해야 할지 모르는 둔감함에 불과한 경우도 왕왕 있다. 탄호이저[14]는 육중한 체구의 근위병처럼 풍부한 담화를 나눌 줄 모르는, 상상력이 형편없는 기사였을 것이다. 멀린은 분명 호시절도 있었지만 감옥에 갇혀 절망했을 때 그저 같은 말을 되풀이하기만 했다. 비슷한 상황에서 율리시즈가 너무나 지루해 했기에 칼립소가 스스로 그의 출발을 종용했다는 것을 우리는 알고 있다. 이후에 그가 페넬로페를 버렸다는 기록이 실로 존재한다. 하지만 그녀는 실을 잣는 데 열중했고, 어쩌면 텔레마코스는 재산과 매일 먹는 음식에 대해 늘 안절부절못하는 야비하고도 협잡꾼적인 기질을 그녀에게서 물려받았을 것이다. 이처럼 이미 수상쩍은 추문에서는 친밀한 교류와 정절의 관계에 대한 어떤 추론도 끌어낼 수 없다.

잘 알고 보면 클레스머는 젊은 시절의 율리시즈처럼 다재다능하고 매력적인 사람이었다. 자연이 그에게 먼저 풍부한 재능을 주고

---

14 탄호이저와 멀린, 율리시즈는 이기적인 사랑 때문에 자신들의 의지에 반해 포로로 잡힌 인물이다. 탄호이저는 중세의 전설에 나오는 기사이고 비너스에 의해서 7년간 구금되었다. 멀린은 아서왕의 전설에 나오는 마술사로서 자신의 정부인 비비언에 의해 함정에 빠졌다. 율리시즈는 호메로스의 『오디세이』에 등장하는 영웅으로서 요정 칼립소에게 포로로 잡혀 있었다. 반면에 율리시즈의 아내인 페넬로페는 남편이 없는 동안 구혼하려는 사람들을 물리치기 위해서 끊임없이 천을 짜야 했고, 구혼자들이 늘 몰려들었기 때문에 그녀의 아들 텔레마코스가 격분해서 아버지를 도와서 어머니의 구혼자들을 살해한다.

나서 그 풍부한 재능을 다 사용할 지배적 능력으로 음악적 재능을 보태준 것 같았다. 그 지배적 능력은 멘델스존[15]에게서 그렇듯이 더없이 완벽한 연주뿐 아니라, 조화롭고 헌신적인 목적에 비추어 삶의 미래 전체를 통찰하는 열정적인 창조적 작품과 이론적인 믿음으로 표현되었다. 그에게 오만과 허영심 같은 결점이 있기는 했지만 그런 결함이 영국의 상류가정에서 흔히 목격할 수 있는 정도를 넘어서지는 않았다. 그리고 캐서린 애로우포인트는 침착하지 못한 그의 성향에 반응해서 충돌을 일으킬 만한 들뜬 마음을 갖고 있지 않았다. 타고난 상냥한 성격에도 불구하고 그녀는 어쩌면 너무 차갑게 느껴질 정도로 확고하고 자립적인 아가씨였다. 하지만 그녀는 사귀어가면서 새로운 모습을 속속 발견하게 되는 매력을 지닌 더할 나위 없는 사람 중 하나였다. 그런 사람들의 고결한 능력과 표현 때문에 우리는 그들이 온갖 주제에 대해서 뭐라고 말할지, 혹은 그들이 시도하는 것을 어떻게 실행할지 궁금해한다. 그래서 그들은 결국 지속적인 기대감뿐 아니라 지속적인 충족감을 일으키고, 그리하여 더없이 행복한 교류가 수축하고 확장되며 나아가는 것이다. 이럴 때 외적으로 드러나는 표상은 숭배자가 갖고 있는 이미지와 쉽사리 일치하게 된다. 오래지 않아 이 두 사람은 각자가 상대에게 흥미로운 존재라는 것을 의식하게 되었다. 하지만 "어느 정도나" 그런지는

---

15 펠릭스 멘델스존 바르톨디(1809~1847). 독일계 유대인으로 낭만주의 작곡가이며 클레스머의 또 다른 모델.

의심스러웠다. 클레스머는 애로우포인트 양이 자신을 애인으로 받아들이리라고는 상상조차 할 수 없었다. 그녀는 자신이 남들에게 다정한 배려 이상의 감정을 일으킬 수 있으리라고 생각하지 않았고, 자신의 재산에 홀리지 않은 남자에게서 그 이상의 표현을 듣게 되리라고 염려하지도 않았다. 두 사람은 서로 친밀하게 어울리는 것을 좀 지나치게 좋아했기에, 각자 어느 정도 자제해야 하는 데 만족했다. 이런 상황이었으므로 작년에 클레스머가 시골이나 런던의 저택을 방문하는 데 제한할 필요가 없다고 여겨졌다. 만일 애로우포인트 양이 가난하다면 자신이 피아노에서 우레 같은 격정을 쏟아 내거나 팔짱을 끼고 가령 북극처럼 아무 상관도 없는 주제에 대해 과장된 장광설을 늘어놓을 것이 아니라 그녀에게 열렬한 사랑을 고백했으리라는 것을 클레스머는 잘 알고 있었다. 한편 클레스머가 청혼한다면 청혼을 받아들여야 할 필연적인 이유를 그녀가 찾아내리라 생각했다. 가득 채워진 컵은 이래서 안전하다. 동요를 일으킬 소지가 없다고 늘 가정되므로 그것은 반쯤 빈 컵과 마찬가지로 넘쳐흐를 위험이 없다. 물론, 조용히 침묵하고 있는 감정이라도 슬금슬금 움직이는 시곗바늘처럼 같은 자리에 가만히 머물러 있지는 않는다. 이번에 퀘챔을 방문하면서 클레스머는 이제 다시는 오지 않겠다고 생각하게 되었다. 반면에 캐서린은 자신에 대한 그의 태도가 더 무뚝뚝해졌음을 민감하게 느꼈고, 그것이 인습적인 면을 제외한 모든 점에서 자신이 우월하다고 주장하려는 필요 없는 노력이라고 생각하며 다소 언짢게 받아들였다.

그러는 사이에 머지않아 귀족이 될 벌트 씨가 등장했다. 존경받는 정당인이었던 그는 사생활에서는 뚜렷한 의견이 없었지만 니제르 강 유역에 관해서는 확고한 의견을 갖고 있었고, 또한 브라질에 대해서도 정통했으며, 남태평양 제도[16]의 현 상황에 대해 단호한 주장을 펼쳤고, 자신의 의회 연설과 순회 연설에 세심한 노력을 기울였으며, 이 세상의 중심에서 살아가는 건강한 영국인이라면 누구나 갖고 있는 단단한 체구와 불그레한 얼굴의 소유자였다. 캐서린은 그가 상속녀에게 나무랄 데 없는 남편감이라는 묵계를 알고 있었고, 그에 대해서 참을 수 없이 지루한 사람이라는 것 외에는 달리 비난할 거리가 없었다. 벌트 씨의 자신만만한 태도는 사람들의 호감을 샀고, 그는 대위법을 모르는 것이 자기에게 불리한 점으로 간주될 수 있다고 생각하지 못했다. 그는 클레스머를 투표권을 가져야 할 진지한 개인으로 간주하지 않았고, 애로우포인트 양이 음악에 몰두하는 데 개의치 않았다. 그녀가 골동품 레이스를 사들이는 데 많은 돈을 쓰더라도 개의치 않는 것과 마찬가지였다. 그러므로 그는 정찬 식사가 끝난 후 클레스머가 영국의 정치에 이상주의가 결핍되어 있다고 격렬하게 토로했을 때 약간 놀랐다. 클레스머의 말에 따르면, 이상주의가 없기 때문에 서로 동떨어진 인종들의 상호관계가 결국은 오로지 시장의 요구에 따라 결정되었다는 것이었다. 그가 생각하

---

16 나제르 강 유역이나 브라질, 남태평양제도는 야심적인 정치가들이 매력을 느낄 만한 상업적 이해관계가 걸린 지역이었다.

기에 십자군은 관대한 감정을 결집할 수 있는 고귀한 정조를 표방했다는, 적어도 그런 핑계거리라도 있었다. 물론 악당들도 그 전쟁에 참가했다. 그렇지만 그 후에는 어떻게 되었는가? "싸게 사고 비싸게 팔라"는 선동적인 광고 주위에 악당들이 똑같이 세차게 몰려들었다. 이런 주제에 대해 이런저런 제스처를 쓰면서 한참 이어진 클레스머의 열변은 우연히 불이 붙었다가 부동의 침묵으로 가라앉은 불꽃 같았다. 벌트 씨는 클레스머의 의견이 엉뚱해서가 아니라 그가 영어의 관용어를 잘 구사할 줄 알고 유권자들의 정찬 식탁에서 효과적인 방식으로 요지를 제시할 줄 안다는 것에 놀랐다. 그것은 아마 클레스머가 폴란드인이거나 체코인, 아니면 사회적 격변에 처한 어떤 지역 출신으로 정치적 망명자이기 때문일 거라고 설명할 수 있었다. 그래서 그는 음악으로 밥벌이를 해야 했을 것이다. 그날 저녁 응접실에서 벌트 씨는 피아노에 앉아 있는 클레스머에게 처음으로 다가가서 말을 걸었다. 옆에 애로우포인트 양이 있었다.

"당신이 정치가이신지 미처 몰랐습니다."

클레스머는 그저 팔짱을 끼고 아랫입술을 내밀면서 벌트 씨를 빤히 쳐다보는 것으로 대답을 대신했다.

"공적 연설에 매우 익숙하셨던 모양입니다. 보기 드물게 말씀을 잘 하시니까요. 저는 그 의견에 동의하지 않습니다만. 고귀한 정조에 대해 말씀하신 것으로 미루어보건대 당신은 범슬라브주의자[17]인 것 같습니다."

"아뇨, 제 이름은 엘리야입니다. 방랑하는 유대인[18]이지요." 클레스머는 애로우포인트 양에게 번뜩이는 미소를 보내며 말했고, 갑자기 이해할 수 없이 피아노 의자 위에서 바람처럼 앞뒤로 몸을 흔들었다. 벌트 씨는 이 농담이 좀 불쾌하고 폴란드인답다고 느꼈다. 하지만 애로우포인트 양이 거기 있었기에 다른 곳으로 가고 싶지는 않았다.

“클레스머 씨는 세계주의적인 생각을 갖고 계세요.” 애로우포인트 양이 상황을 최대한 부드럽게 무마하려고 애쓰며 말했다. “여러 인종 간의 융합을 고대하시지요.”

“진심으로 말하건대, 클레스머 씨가 그저 음악가가 되기에는 재능이 너무 많으신 것 같습니다.”

“아, 그 부분은 조금 착각하셨군요.” 클레스머가 불끈 성을 내며 말했다. “음악가가 되기에 재능이 너무 많은 사람은 없습니다. 대부분의 사람은 재능이 너무 적거든요. 위대한 정치가가 그저 정치인에 불과한 사람이 아닌 것처럼, 창조적인 예술가는 그저 음악가에 불과한 사람이 아닙니다. 예술가는 세상 사람들이 오락을 기대하며 멍청

---

17 대체로 모든 슬라브 종족을 한 국가로 통일하려던 러시아의 운동을 지칭한다. 하지만 폴란드인들과 같은 몇몇 집단은 이 운동에 강력하게 반대했고 슬라브 종족의 독립을 위한 전반적인 투쟁에 반대했다. 1876년에 도스토예프스키와 같은 러시아 범슬라브주의자들은 불가리아의 슬라브족을 터키의 지배에서 구해낼 것을 황제 알렉산더 2세에게 촉구했다.

18 13세기의 기독교 전설에서 엘리야는 십자가를 지고 골고다 언덕으로 가는 예수를 놀린 죄 때문에 지상을 영원히 방랑하도록 저주받은 유대인이었다. 19세기에 괴테, 바이런, 유진 수 등은 이 전설을 다루는 작품을 썼다.

히 입을 벌리고 바라볼 때만 상자 속에서 튀어나와 세상 밖을 내다보는 정교한 꼭두각시 인형이 아닙니다. 우리도 다른 공인들처럼 국가를 통치하고 시대를 형성하는 데 돕고 있습니다. 우리는 입법자와 같은 지위에 있다고 생각합니다. 그리고 음악을 통해 효과적으로 말할 수 있는 사람은 의회에서 웅변을 늘어놓는 사람보다 더 어려운 일을 할 수밖에 없습니다."

이 말을 끝으로 클레스머는 피아노 의자에서 몸을 빙글 돌려 일어서더니 다른 곳으로 걸어가 버렸다.

애로우포인트 양은 얼굴을 붉혔고, 벌트 씨는 평소처럼 냉담하고 확고한 어조로 말했다. "저 피아니스트는 스스로를 하찮은 인간으로 여기지 않는군요."

"클레스머 씨는 피아니스트에 불과한 분이 아니세요." 애로우포인트 양이 변명하듯이 말했다. "진정한 의미에서 위대한 음악가이세요. 슈베르트[19]와 멘델스존과 어깨를 겨룰 분이에요."

"아, 숙녀들은 그런 일에 대해 잘 아시지요." 벌트 씨는 이렇게 말했지만, 클레스머가 스스로 바보라는 것을 보여주었으므로 그런 일이란 보잘것없는 것이라고 생각했다.

클레스머가 젠체하며 나설 때마다 유감스럽게 생각한 캐서린은 다음 날 음악실에서 기회를 잡아 이렇게 말했다. "어젯밤에 왜 벌트

---

19 프란츠 페테르 슈베르트(1797~1828). 오스트리아의 작곡가.

씨에게 그토록 흥분해서 말씀하셨어요? 그분은 나쁜 의도가 없었는데요."

"내가 그에게 사근사근하게 굴기를 바랍니까?" 클레스머가 다소 사납게 물었다.

"무례하게 대할 가치가 없다고 생각해요."

"그렇다면 당신은 그 사람을 참아주는 것이 어렵지 않은 모양이지요? 정치적 자본으로 바꿀 수 없는 것에는 황소처럼 둔감하고 진부한 말만 늘어놓는 정치가를 존경하는군요. 터무니없이 우둔한 그 사람의 마음이 영국 신사의 품위에 적합하다고 생각하고요."

"저는 그런 뜻으로 말한 게 아니에요."

"당신의 말은 내가 품위 없이 행동해서 내게 화가 났다는 뜻이지요."

"이제 진실에 조금 가까워지셨어요." 캐서린이 미소를 지으며 말했다.

"그렇다면 내 장례식 옷을 여행 가방에 넣고 즉시 떠나는 편이 낫겠소."

"저는 그렇게 생각하지 않아요. 제 오페레타에 대한 당신의 비판을 제가 참아야 하는 것처럼, 당신은 당신의 성마름에 대한 제 비판을 개의치 않으셔야지요."

"그렇지만 사실 개의치 않을 수 없어요. 당신은 내가 그에게 자기 분수를 알라고 말하지 않고 '그저 음악가'라는 무지하고 건방진 말을 참아주기 바랐겠지요. 내가 모욕당할 뿐 아니라 내 신을 모독하는 말을 들어주기를. 하지만 미안하게 되었소. 당신은 그 문제를 내 눈으로 바라볼 수 없으니. 당신은 아무리 음악을 이해하더라도 예술가의 분노를 이해할 수 없어요. 당신에게 예술가는 계급이 다른 사람이니까."

"맞아요." 캐서린이 약간 감정을 드러내며 말했다. "예술가는 제가 우러러보는 계급에 속해요. 저보다 높은 계급이지요."

탁자 앞에 앉아서 악보를 훑어보던 클레스머가 벌떡 일어서더니 약간 떨어진 곳으로 걸어가서 말했다.

"섬세한 배려로군요. 그건 고맙게 생각해요. 그렇지만 아무튼 나는 떠나는 게 좋겠소. 이제 완전히 떠나려고 마음먹었어요. 내가 없더라도 당신은 아주 훌륭하게 해나갈 수 있어요. 당신의 오페레타는 순조롭게 진행되고 있으니, 저절로 발전할 겁니다. 그리고 당신이 벌트 씨와 어울리는 건 '눈을 찌른 주먹'처럼 고통스러운 일이오. 게다가 내 선약을 지키지 못하고 있었어요. 이제 상트 페테르부르크로 가야겠소."

아무 대답도 없었다.

"내가 떠나는 편이 낫다는 데 동의하겠지요?" 클레스머가 약간 노여운 어조로 말했다.

"물론이에요. 당신의 일과 감정이 그렇게 하기를 원한다면 말이지요. 작년에 저희에게 그렇게 많은 시간을 할애해주신 것이 오히려 놀라웠어요. 어디 가시더라도 여기보다 몇 배는 더 흥미로운 일이 있을 테니까요. 여기 오신 것은 오로지 스스로를 희생하시는 일이라고 생각했어요."

"내가 왜 희생을 하겠소?" 클레스머는 다시 피아노에 앉아서 건반을 눌러 하이네[20]의 시 「나는 당신을 사랑했고 아직도 사랑한다네.」에 직접 붙인 멜로디를 아득히 먼 곳에서 부드럽게 울리는 메아리처럼 연주했다.

"그건 이해할 수 없었어요." 캐서린은 조금도 꾸밈없기를 바라며 어수선한 심정으로 말했다. 몹시 흥분한 상태라서 그녀는 마치 어떤 잔인한 요정이 억지로 시켜서 최대한도의 곱셈 작업을 하듯이 종이 한 장을 조각조각 찢고 있었다.

"어떤 이유도 상상할 수 없어요?" 클레스머가 팔짱을 끼고 물었다.

"그럴듯한 이유를 생각할 수 없군요."

"그렇다면 말하겠소. 당신이 내게 이 세상에서 가장 중요한 여자이기 때문이오. 내가 심장과 갑옷 사이에 달고 다니는 리본의 주인인 여왕이 바로 당신이니까."

캐서린은 손이 부들부들 떨려서 더는 종이를 찢을 수 없었다. 하물며 입술로는 말 한 마디도 낼 수 없었다. 클레스머가 말을 이었다.

---

20 하인리히 하이네(1798~1856)는 독일계 유대인 시인이자 수필가. 조지 엘리엇은 하이네를 좋아해서 1850년대에 그에 관한 에세이 네 편을 썼다. 하이네의 많은 작품에 슈베르트가 곡을 붙였다. 자신의 유대인성에 대한 하이네의 긍정적인 태도와 예후다 벤 할레비에 대한 그의 서사시에서 엘리엇은 영향을 받았을 것이다.

"설사 그 감정으로 뭔가 이룰 작정이더라도 주제넘게 구는 것은 이번이 마지막이오. 하지만 그건 불가능한 일이고 나는 그럴 의도가 전혀 없어요. 당신이 이런 말을 한 적이 있었지요. 당신에게 구애하는 남자가 모두 협잡꾼이 아닐지 의심하는 것이 어쩔 수 없는 당신의 운명이라고. 그리고 당신에게 구애하는 남자들이 당신 때문에 구애한다고 착각할 만큼 당신이 어리석다고 생각하는 것이 가장 화가 난다고. 그렇게 말하지 않았소?"

"비슷해요." 나지막하게 중얼거리듯 대답이 흘러나왔다.

"대단히 신랄한 말이었소. 그런데 적어도 한 남자는 5월에 피어난 무수한 꽃처럼 수많은 여자를 보았지만 당신 때문에 당신 주위를 좀처럼 떠나지 못하고 어정거렸소. 당신과 절대로 결혼할 수 없을 남자니까 그 남자의 말을 믿을 수 있을 거요. 이 말은 누군가 다른 남자에게 이롭겠지. 하지만 미노타우로스[21] 같은 벌트에게 당신을 먹잇감으로 내주지 말아요. 이제 가서 짐을 꾸리겠소. 애로우포인트 부인에게 갑자기 떠나게 된 것을 사과드리겠소." 클레스머는 말을 끝내고 벌떡 일어섰고 재빨리 문 쪽으로 걸어갔다.

"그럼 여기 있는 악보를 가져가셔야지요." 캐서린이 갑자기 기를 쓰고 입을 열었다. 그녀는 다른 탁자의 악보를 가져오려고 일어섰다. 클레스머가 돌아서서 다가왔고 그들은 긴 이절지 종이를 사이에

---

21 그리스 신화에서 황소의 머리와 인간의 몸을 가진 괴물. 미궁에 숨어서 인간의 제물을 먹고 살았다.

두고 마주보았다.

"내가 왜 나를 사랑하는 남자와 결혼해서는 안 되지요? 내가 그 남자를 사랑한다면?" 캐서린이 말했다. 이 말을 하기 위해 그녀는 갑판에서 구명보트로 뛰어내리려는 여자처럼 필사적으로 기를 써야 했다.

"그건 너무나 어려운 일일 거요. 불가능해요. 당신은 끝까지 견뎌낼 수 없을 거예요. 나는 당신이 맞닥뜨려야 할 고통을 바칠 가치 있는 사람이 아니에요. 그런 희생을 받아들일 수 없어요. 당신에게는 적절치 않은 혼사로 여겨질 테고, 나는 한없이 고약한 비난을 받게 될 겁니다."

"비난을 받을까봐 두려우세요? 저는 우리가 함께 살아가지 못하는 것 말고는 그 무엇도 두렵지 않아요."

결정적인 말이 나온 것이다. 각자가 바라는 결과에 대해서는 의심의 여지가 없었다. 남은 것은 다만 그 결과에 도달하는 방법이었다. 캐서린은 되도록 단도직입적인 방법을 선택하기로 마음먹었다. 그녀는 곧바로 서재에 있는 부모에게 가서 클레스머와 결혼하기로 약속했다고 말했다.

이 선언을 들은 애로우포인트 부인은 그지없이 절망적인 심경이었다. 장 자크[22]가 예술의 퇴폐적 영향력에 대한 에세이를 쓴 후 잠

---

[22] 루소. 루소는 문명 특히 교육의 많은 덫이 자연인을 타락시켰다고 주장했다. 조지 엘리엇은 젊은 시절에 루소의 영향을 많이 받았다.

에서 깨어, 아침식사로 던져준 날고기를 원시적인 부싯돌로 불에 굽는 법도 모르는 자연의 아이들 가운데 끼어있는 장면을 상상해보라. 혹은 생쥐스트[23]가 온갖 탁월성을 인정하지 않고 열렬히 매도한 후에 시종일관 이류에 불과한 자신의 연설, 가장 아둔한 애국자의 비슷한 수준의 연설을 정당화한 자신의 연설에 고마워하는 지지표를 받은 것을 상상해보라. 이와 비슷한 일이 타소의 전기를 저술한 여류작가에게 일어났다. 자신이 그 전기에서 죽은 레오노라에게 아무 무리 없이 요구한 일을 친딸 캐서린이 실행에 옮긴 것이다. 우리가 단단한 땅에 발을 딛고 때로 과식도 하면서 살아가는 한, 우리 자신의 웅변적인 말에 부응하고 잘 알려진 격언에 맞추어 살아가는 것은 지극히 어려운 일이다. 게다가 문학작품 속에서는 타당한 규범이 실생활의 규범과 다르다는 것은 오랫동안 인정되어온 사실이다. 애로우포인트 부인은 당연히 모든 일에서 최선을 바랐다. 그녀는 자신의 문학적 감수성이 가깝게 지내는 숙녀들보다 더 수준 높다고 느끼기를 좋아했다. 그뿐 아니라 사회적 고려사항에서도 그들보다 처지지 않기를 바랐다. 자신이 후원하는 음악가라는 관점에서 볼 때 클레스머의 특이한 성격은 재미있게 여기며 기꺼이 받아들여줄 수 있었다. 그러나 갑자기 사위라는 관점에서 보자, 세상 사람들이 수군거리는 소리가 살을 태우는 느낌이었다. 이 가엾은 숙녀는 자신

23 루이 앙트완 레옹 드 생쥐스트(1767~1794). 프랑스 혁명의 지도자 중 한 명으로 로베스피에르와 함께 단두대에 올랐다.

의 딸 캐서린을 탁월함의 귀감이라고 종종 자랑했다.

처음 받은 충격에서 부인은 분노 외에 모든 것을 잊고, 무기로 쓸 수 있는 말은 무엇이든 움켜잡았다.

"클레스머가 감히 네게 청혼했다면, 네 아버지가 그를 채찍질해서 영내 밖으로 쫓아내실 거야. 자, 여보, 말씀 좀 하세요."

이 난국에 대처하려고 아버지는 입에서 시가를 빼고 말했다. "이건 절대로 안 될 일이야, 캐서린."

"될 법이나 한 일이니?" 애로우포인트 부인이 소리쳤다. "제정신을 가진 사람이라면 누가 그걸 될 일이라고 생각하겠어? 차라리 독살이나 교살이 안 될 일이라고 말하는 게 낫지. 넌 코미디를 꾸며낸 거야, 캐서린. 그게 아니면 넌 미쳤어."

"저는 분명히 제정신이고 진지해요, 엄마. 그리고 클레스머 씨는 비난받을 이유가 없어요. 그분은 저와 결혼할 생각이 없었어요. 그분이 저를 사랑하신다는 것을 알게 되었고 저는 그분을 사랑하기 때문에 결혼하겠다고 말했어요."

"그런 말은 절대로 하지 마라, 캐서린." 애로우포인트 부인이 신랄하게 말했다. "모두 너에 대해 그렇게 말할 테니. 너는 유명한 얘깃거리가 될 거야. 모두 네가 돈을 받고 가르치러 집에 온 남자에게 청혼했다고 수군거릴 거야. 근본이 어떤지 아무도 모르는 사람에게. 집시에다 유대인이고, 그저 땅 위의 거품 같은 인간에게."

"염려 마세요, 엄마." 캐서린은 이제 화가 나서 말했다. "우리 모두 그분이 천재라는 것을 잘 알고 있어요. 타소가 그렇듯이."

"그 당시는 지금과 달랐어. 그리고 클레스머는 타소가 아니야." 애로우포인트 부인이 더 흥분해서 말했다. "그렇게 빈정거려봐야 날카로운 자극이 없어. 불효의 독침만 있을 뿐이지."

"엄마의 마음을 상하게 해드려 죄송해요. 하지만 제가 믿지 않는 관념과 제가 존중하지 않는 관습을 따르려고 제 인생의 행복을 포기하지는 않겠어요."

"그러면 의무감을 모두 버린 거냐? 너는 우리에게 하나밖에 없는 자식이고, 많은 재산을 적절한 사람에게 가져갈 의무가 있다는 것을 잊었어?"

"적절한 사람이 누구예요? 할아버지께서는 장사로 재산을 모으셨어요."

"여보, 가만히 앉아서 이런 말을 잠자코 듣기만 하실 거예요?"

"나는 신사란다, 캐서린. 우리는 네가 신사와 결혼하기를 기대하고 있어." 아버지가 애써 입을 열었다.

"그리고 우리나라에 확립된 제도와 관련된 사람이어야 해." 어머니가 말했다. "너 같은 처지의 여자는 진지하게 따라야 할 의무가 있어. 의무와 성향이 충돌할 때는 의무를 따라야 해."

"제가 그것을 부정하는 건 아니에요." 어머니가 흥분할수록 캐서린은 점점 냉정해졌다. "하지만 사람은 아주 진실한 말을 하면서도 그것을 잘못 적용할 수 있어요. 자신이 직접 하고 싶지는 않고 다른 사람에게 시키고 싶은 일에 의무라는 신성한 말을 쉽게 붙일 수 있거든요."

"그렇다면 네 부모의 소망은 네게 의무가 아니란 말이냐?"

"아뇨, 도리로 볼 때 의무이지요. 하지만 제 인생의 행복을 포기하기 전에 —"

"캐서린, 캐서린, 그건 네게 행복이 아니야." 애로우포인트 부인이 까마귀처럼 깍깍거리는 목소리로 말했다.

"글쎄요, 제게는 행복으로 보이는 것, 그것을 포기하려면 먼저 제가 귀족과 결혼하거나 귀족이 되려고 정당의 입장에 동조하는 사람과 결혼해야 한다는 부모님의 소망보다는 더 타당한 이유가 있어야 해요. 그보다 더 고귀한 의무가 가로막지 않는 한 저는 제가 사랑하고 존경하는 사람과 자유롭게 결혼할 수 있다고 생각하니까요."

"그런데 그 의무가 가로막고 있어, 캐서린. 너는 눈이 멀어 못 보겠지만. 여자의 의무는 자신의 신분을 낮추지 않는 거야. 그런데 너는 스스로를 낮추고 있어. 여보, 당신 딸에게 그 애의 의무가 무엇인지 말해주세요."

"캐서린, 클레스머는 네게 적합한 사람이 아니라는 것을 알아야 한단다." 애로우포인트 씨가 말했다. "그는 큰 사유지의 주인이 되기에 적합지 않아. 고약하게도 외국인으로 보이고. 실무적인 능력도 없는 사람이야."

"그런 것이 무슨 상관이 있는지 정말로 모르겠어요, 아빠. 영국의 토지가 외국인에게, 가령 네덜란드 출신의 군인이나 성격이 나쁜 외국인 여자의 아들에게 넘어가는 경우도 종종 있잖아요. 우리의 토지를 내일 판다면 주식거래소의 외국 상인의 손에 넘어갈 가능성이 아주 클 거예요. 성공한 사기꾼이 이 나라 땅의 절반을 사들일 거라고 모두들 말하잖아요. 제가 그런 흐름을 어떻게 막을 수 있겠어요?"

"결혼에 대해 왈가왈부해봐야 절대로 될 일이 아니란다, 캐서린." 애로우포인트 씨가 말했다. "국회에서 질의 응답하듯이 그 주제에 대해 따져봐야 아무 소용 없어. 우리는 다른 사람들과 똑같이 행동해야 한단다. 국가를 생각하고 공공의 이익을 생각해야지."

"이 문제가 공공의 이익과 무슨 상관이 있는지 모르겠어요, 아빠." 캐서린이 말했다. "상속녀에 대해서, 장사로 벌어들인 재산을 그녀가 어떤 특정 계층에 전달하기를 바라는 이유가 뭘까요? 제가 생각하기에는, 우습게도 뒤엉켜서 혼란에 빠진 구시대적 관습과 그릇된 야심 때문인 것 같아요. 저는 그것을 공공의 해악이라고 부르겠어요. 사람들이 자기들의 야심을 바꾸어서 새로운 공공의 이익을 만들어내는 편이 더 나을 거예요."

"그건 궤변일 뿐이야, 캐서린." 애로우포인트 부인이 말했다. "네가 귀족과의 결혼을 바라지 않는다고 해서, 사기꾼이나 협잡꾼과 결혼해야 하는 건 아니야."

"그런 말이 왜 나오는지 모르겠군요, 엄마."

"그래, 아마 모르겠지." 애로우포인트 부인이 의미심장하게 조롱조로 대답했다. "너는 우리가 서로를 이해할 수 없는 지점에 있으니까."

"그건 안 될 일이란다, 캐서린." 애로우포인트 씨가 아내의 격렬한 말 대신 듣기 좋은 말로 설득할 수 있기를 바라며 말했다. "클레스머 같은 사람은 너처럼 엄청난 재산을 가진 아가씨와 결혼할 수 없단다. 그런 일은 있을 수 없어."

"물론 그렇게 될 수 없어요." 애로우포인트 부인이 독단적으로 말했다. "그 남자 어디 있니? 그를 데려와라."

"그분을 데려와서 모욕을 당하게 할 수는 없어요." 캐서린이 말했다. "그런 식으로는 아무것도 이룰 수 없어요."

"그가 너와 결혼할 때 네 재산과 결혼하는 것이 아니라는 것을 그에게 알려주고 싶겠지." 애로우포인트 부인이 말했다.

"물론이에요. 만일 그렇다면, 그분이 그 사실을 알게 되기를 바라요."

"그렇다면 그를 데려오는 게 좋겠어."

캐서린은 음악실로 가서 "와보세요."라고만 말했다. 클레스머에게 미리 마음의 준비를 시킬 필요는 없다고 느꼈다.

"클레스머 씨," 애로우포인트 부인이 경멸조로 당당하게 말했다. "우리 사이에 오간 이야기를 되풀이할 필요는 없겠지요. 애로우포인트 씨가 우리의 결심을 알려줄 거예요."

"캐서린과 당신의 결혼은 순전히 언어도단이오." 애로우포인트 씨는 자신의 임무가 좀 지나치게 부담스러웠지만 부담을 덜기 위해 시가를 태우지도 못하고 당혹스러운 상태로 서서 말했다. "그건 전적으로 무모한 계획이오. 그만 못한 일로도 결투 신청을 받은 사람이 있소."

"당신은 비열하게 우리의 신뢰를 이용했어요." 애로우포인트 부인이 부담스러운 이야기를 남편에게 떠넘기려던 의도를 관철하지 못하고 갑자기 끼어들었다.

클레스머는 말없이 빈정거리듯이 고개를 깊이 숙여 절했다.

"그 요구는 우스꽝스럽기 짝이 없소. 당신은 그걸 포기하고 당장 이 집을 떠나는 게 좋겠소." 애로우포인트 씨가 말을 이었다. 돈에 관해서는 언급하지 않아도 되기를 바랐다.

"저는 따님의 소망을 알아보지 않고는 그 무엇도 포기할 수 없습니다." 클레스머가 말했다. "결혼 약속은 그녀와 했으니까요."

"그런 말 해봐야 소용없어요." 애로우포인트 부인이 말했다. "우리는 절대로 그 결혼에 동의하지 않을 거예요. 만일 캐서린이 우리 뜻에 순종하지 않으면 그 애의 상속권을 박탈하겠어요. 당신은 그 애의 재산과 결혼할 수 없어요. 당연히 당신은 그 점을 고려해야겠죠."

"마담, 제가 애로우포인트 양에 대해 유감스럽게 여긴 단 한 가지 문제는 바로 그녀의 재산이었습니다. 하지만 그 희생이 제 가치보다 더 크다고 생각하지 않는지 본인에게 물어봐야겠지요."

"그건 제게 희생이랄 것도 없어요." 캐서린이 말했다. "다만 부모님의 마음을 상하게 해드려서 죄송할 뿐이에요. 저는 그 재산이 제 인생의 지독한 불운이라고 늘 느껴왔어요."

"그렇다면 부모에게 반항하겠다는 말이냐?" 애로우포인트 부인이 말했다.

"클레스머 씨와 결혼하겠다는 말이에요." 캐서린이 확고하게 말했다.

"클레스머 씨는 우리가 누그러질 거라는 기대를 버리는 게 좋을 거예요." 애로우포인트 부인이 말했다. 여자들의 특권으로 간주되는, 모욕하고도 벌 받지 않을 수 있는 권리 때문에 부인의 태도는 더욱 고약해졌다.

"마담," 클레스머가 말했다. "몇 가지 이유 때문에 저는 반론을 제기할 수 없습니다. 하지만 마담이나 마담의 재산은 제가 가치 있게 여기는 그 어떤 것도 줄 수 없다고 생각한다는 것을 이해해 주십시오. 예술가로서 제 위상은 스스로 일군 것이고, 저는 그것을 그 무엇과도 바꾸지 않을 겁니다. 저는 따님을 부양할 능력이 있습니다. 그리고 제 삶의 동반자로 따님과 함께 살아가는 것 외에는 어떤 변화도 바라지 않습니다."

"하지만 이 집에서 나가야겠죠." 애로우포인트 부인이 말했다.

"즉시 가겠습니다." 클레스머는 절을 하고 방을 나섰다.

"오해가 없도록 분명히 말씀드리겠어요, 엄마." 캐서린이 말했다. "저는 클레스머 씨와 약혼한 사이라고 생각해요. 그리고 그분과 결혼할 생각이에요."

그 어머니는 고개를 돌렸고 물러가라는 표시로 손을 내저었다.

"참 잘 되었군." 캐서린이 방을 나서자 애로우포인트 씨가 말했다. "그런데 제기랄, 이 재산을 어떻게 해야 하지?"

"해리 브렌달이 있잖아요. 그 사람은 우리 가문의 성(姓)을 이어

받을 거예요.”

“해리 브렌달이라면 삽시간에 그 일을 해치울걸.” 애로우포인트 씨는 시가에 다시 불을 붙이며 말했다.

이렇게 되어 연인의 결심 외에는 아무것도 결정되지 않은 채 클레스머는 퀘챔을 떠난 것이다.

제23장

약속의 땅을 나눌 때와 마찬가지로 예술의 상속자들은 각자 자신의 몫을 차지하기 위해 치열하게 싸워야 한다. 예언된 방식에 따라서 증여가 이루어지고, 소유권은 없이 명의만 주어진다. 손에 넣지 못한 토지의 지도를 주머니에 넣고 다니는 것은 초라한 등본 보유권이나 마찬가지다. 그리고 상상 속에서 신발을 에돔[24]에 던지더라도 그 사람이 발바닥으로 자기 땅을 딛게 되리라는 보장은 거의 없다.

인간이 스스로에 대해 가장 끈질긴 믿음을 품는다는 사실의 증거는 끊임없이 자발적으로 고동치는 자기 만족감밖에 없다. 마치 숨어 있는 광기의 씨앗처럼 그런 자신감으로 자기들의 입지나 수단을 정확히 알지 못하면서도 세상을 움직일 수 있다고 믿는다.

---

[24] 에돔은 팔레스타인에 있는 지역. 다윗이 그 지역을 합병하여 에돔 사람들을 강제로 유대교로 개종시켰다. 이 부분은 구약성서의 시편 108장 9절 "에돔에 내 신발을 던지고, 필리스틴 사람들에게 승리를 거두리라."를 인용하고 있다.

“제발 교회에 가세요, 엄마.” 이튿날 아침에 궨덜린이 말했다. “클레스머 씨와 단둘이 만나는 게 더 좋아요.” (그는 11시에 찾아오겠다고 답장을 보냈다.)

“그건 예의가 아닌 것 같은데.” 데이빌로 부인이 근심스럽게 말했다.

“너무 진지한 일이라서 그런 터무니없는 관습을 생각할 여유가 없어요.” 궨덜린이 경멸하듯이 말했다. “그런 관습은 우스꽝스러울 뿐 아니라 모욕적이에요.”

“이사벨은 함께 있어도 괜찮겠지? 그 애는 구석에 앉아서 책을 읽을 거야.”

“아뇨, 안 돼요. 그 애는 손톱을 깨물면서 빤히 쳐다볼 거예요. 그럼 너무 짜증스러울 테고요. 내 판단력을 믿으세요, 엄마. 나 혼자 있어야 해요. 애들을 모두 데리고 교회에 가세요.”

물론 궨덜린은 자기 마음대로 할 수 있었다. 다만 메리 양과 동생 두 명이 집에 남아 식당 창가에 앉아서 집안에 다른 사람이 있다는 기척을 드러낼 것이다.

감미로운 일요일 아침이었다. 가을의 시들어가는 우울한 햇살이 낙엽으로 뒤덮인 잔디밭에 내려앉았다. 창문을 통해 화사한 사선 띠 모양으로 부드럽게 들어온 햇살은 오래된 가구와 그 가구들을 비추는 거울에, 화환 무늬를 비단에 수놓은 빛바랜 의자와 거무칙칙하고 수상쩍은 그림에, 궨덜린이 처음에 기쁜 마음으로 도착했을 때 세실리아 성녀를 흉내 내며 앉았던 낡은 오르간에, 허마이오니로

분장했을 때 그리스풍 의상을 입었던 작은 방의 열린 문 사이로 보이는 수북이 먼지 쌓인 자질구레한 골동품 위에 앉았다. 바로 그 순간 그녀의 머릿속에서 마지막 기억이 생생하게 떠올랐다. 그때 클레스머는 그녀의 포즈와 표정에 감명 받고 찬탄하지 않았던가? 그가 그때 한 말, 그가 생각했으리라고 그녀가 상상한 것이 이 순간 그녀에게 극히 예리하고 흥미롭게 되살아났다. 아마 살아오는 동안 이토록 남에게 의지한 적도, 다른 사람의 의견이 필요하다고 이토록 절실히 느껴본 적도 없었을 것이다. 그녀의 마음에서 새로운 정신이 일어나 퍼덕거렸고, 지금까지 즐겁게 직관적으로 파악한 자신을 신중하게 평가하려는 새로운 의식이 드러나고 있었다. 하지만 그녀는 마음속 독백에서 클레스머가 자신을 너무 조금밖에 보지 못한 것을 거듭 안타까워했다. 그가 호의적이지 못한 결론을 내린다면 너무 좁은 토대를 근거로 내린 결론임이 틀림없다. 그녀는 자신이 무슨 일이든 해낼 수 있을 만큼 영리하다고 느꼈다.

그가 도착할 때까지의 시간을 때우기 위해서 그녀는 책과 악보를 정리했고 피아노 위에 올려놓고 분류하기 시작했다. 그러다가 거울에 비친 자기 모습이 얼핏 보이자 그 이미지를 찬찬히 뜯어보려고 거울 쪽으로 걸어갔다. 장신구 하나 없이 검은 드레스를 입고 있어서 작은 왕관처럼 말아 올린 연갈색 머리칼과 네모지게 각진 웃옷 사이에 희고 따뜻한 살결이 돋보이는 그녀의 모습은 검은색과 흰색, 황갈색 대리석으로 조각품을 만드는 로마인의 묘기를 다시 구현해 보고 싶도록 예술가를 자극하는 모습이었다. 천천히 앞으로 걸어가는 자신의 모습을 보면서 그녀는 의기양양한 기분이 아니라 침울한 기분으로 단호하게 말했다. '나는 아름다워.' 결국 그녀는 아름답다는 조건을 외부의 누군가가 증언해주기를 가장 절실히 바란 것이다. 혹시라도 누군가 코의 생김새나 목과 뺨의 모양에 이의를 제기한다면, 이 부분에서 자신이 여성적 완벽함에 다다를 능력을 곧 보여줄 수 있으리라고는 판단하지 않았다.

이런 식으로 시간을 보낸 지 얼마 지나지 않아 마차 바퀴 소리와 크게 울리는 벨 소리, 문을 여는 소리가 들려왔다. 혹시라도 클레스머를 만나지 못해 실망할 일은 없겠다는 확신이 들었다. 그러자 가슴속에서 두근거리는 소리가 조금 더 크게 들려왔다. 스스로에 대한 자신감이 있었으면서도 그녀는 클레스머를 자신의 소망과 무관한, 자신이 통제할 수 없는 세계의 한 부분으로 여기며 두려워했다. 그 세계는 자신이 미소를 보내거나 눈살을 찌푸리며 쳐다보아도 멈추지 않고 타오를 황산염 같았다. 가엾은 아가씨! 여자의 운명에서 그녀가 처한 위기는 예전에 그랜코트와의 사건으로 경험한 것보다 더 심각했다. 그때는 그녀가 특정한 남자를 남편으로 받아들일 것인지가 문제였다. 지금 당면한 상황에서 가장 내밀한 문제는 그녀가 남편을 얻을 필요가 있는가, 스스로의 힘으로 현실적인 것을 획득하고 속박을 받지 않으며 야심을 충족시킬 수 있을 것인가 하는 것이었다.

클레스머는 응접실 옆에 달린 작은 방의 넓은 문에 서서 더없이 정중하게 인사했고, 그러면서 최고급 회색 캐시미어 바지와 완벽한 장갑('대가 중의 대가'도 다행히 대체적으로 인간적이다)으로 경의를 드러냈다. 퀜덜린은 평소와 달리 침울하게 그를 맞았고 손을 내밀면서 말했다. "이렇게 와주시다니 너무나 친절하세요. 저를 주제넘다고 생각하시지 않으면 좋겠어요."

"당신의 청을 명예로운 명령으로 생각했습니다." 클레스머가 그녀의 목소리에 어울리는 심각한 어조로 말했다. 사실 그는 퀜덜린의 얘기에 최대한 관심을 기울여주려고 자기 일을 젖혀둔 상태였다. 그러나 전날 일어난 사건 때문에 아직 흥분이 가라앉지 않았고, 그래서 그의 말투에는 평소보다 더 신랄한 기미가 감돌았다.

퀜덜린도 지금은 너무 긴장하고 있어서 격식을 차릴 여유가 없었다. 그녀는 피아노 가까이 서 있었고, 클레스머는 빛을 등진 채 피아노의 다른 쪽 끝에 서서 무시무시하게도 모든 것을 파악하는 듯한 눈으로 그녀를 바라보았다. 가식적인 태도를 취해봐야 소용없었기에 그녀는 지체 없이 말을 꺼냈다.

"상의를 드리고 싶었어요, 클레스머 씨. 저희는 재산을 전부 잃었어요. 가진 것이 하나도 없습니다. 그래서 저는 생활비를 벌어야 하고, 엄마가 곤궁하게 살지 않도록 생활비를 드리고 싶어요. 제가 생각할 수 있는 유일한 방법은 — 다른 것보다 더 마음에 드는 방법인데 — 배우가 되어 무대에 서는 거예요. 그러나 물론 더 높은 지위를 택하고 싶고, 그리고 제가 생각하기에 — 제가 할 수 있다고 생각하신다면," — 이 부분에서 퀜덜린은 조금 더 불안해졌다 — "가수가 되고 노래 공부하는 편이 더 좋겠어요."

클레스머는 피아노 위에 모자를 내려놓고, 정신을 집중하려는 듯이 팔짱을 끼었다.

"저는 잘 알고 있어요." 궨덜린의 얼굴이 창백해졌다가 붉어졌고 다시 창백해졌다. "제가 노래하는 방식에 결함이 매우 많다는 것을 알고 있어요. 하지만 저는 좋은 가르침을 받지 못했어요. 더 잘 배울 수 있고, 연구할 수 있을 거예요. 제가 무엇을 바라는지 이해하시겠지요. 노래를 하고 또 그리시[25]처럼 연기를 하면 더 높은 지위에 오를 수 있을 거예요. 당연히 가급적 높은 지위에 오르고 싶고요. 저는 당신의 판단을 신뢰할 수 있고, 제게 진실을 말씀해주실 거라고 믿어요."

어째서인지 궨덜린은 이제 이토록 진지하게 호소했으므로 그 진실이 자기에게 호의적일 거라고 믿었다.

하지만 클레스머는 대답하지 않았다. 그는 재빨리 장갑을 벗어서 모자 속에 가볍게 던져 넣고는 양손을 엉덩이에 올려놓고 방의 다른 쪽 끝으로 걸어갔다. 이 아가씨에 대한 동정심이 일었기에, 조심스럽게 말을 하고 싶었다. 그는 다시 몸을 돌렸고 이마를 살짝 찌푸리고는 뭔가를 묻듯이 그녀를 바라보며 부드럽지만 재빨리 말했다.
"예술가와 그들의 생활을 직접 본 적이 없겠지요? 내 말은 가수나 배우 같은 예술가 말입니다."

---

25 기울리아 그리시(1811~1869). 이탈리아의 소프라노 가수. 조지 엘리엇은 그녀의 공연을 몇 차례 보았고 감탄했다.

"아, 네, 없어요." 궨덜린은 지금껏 꽤 풍요롭게 살아온 아가씨의 생활에 너무나 당연한 사실을 언급하는 데 조금도 불안감을 느끼지 않고 대답했다.

"미안합니다만," 클레스머는 다시 피아노 옆에서 걸음을 멈추고 말했다. "이런 문제에 관해 결론을 내리려면 제반 사항을 고려해야 합니다. 당신은 아마 스무 살이겠지요?"

"스물한 살이에요." 슬며시 스치는 두려움을 느끼며 궨덜린이 말했다. "제 나이가 너무 많다고 생각하세요?"

클레스머는 아랫입술을 내밀고 속내를 알 수 없는 태도로 긴 손가락을 뻗어 올려 흔들었다.

"여느 사람보다 더 늦게 시작하는 사람도 많이 있어요." 궨덜린은 귀중한 정보를 나눠줄 수 있다는 식의 평소 의식을 무심코 드러내며 말했다.

클레스머는 그 말을 전혀 아랑곳하지 않고, 의도적으로 더 부드럽게 말했다. "아마 당신은 지금까지 예술가의 삶에 대해 생각해보지 않았을 겁니다. 그런 생각이나 그런 갈망을 품어보지 않았을 테고, 뭐라고 할까, 현재의 곤경이 닥칠 때까지 배우나 그런 부류의 사람이 되기를 바라지 않았겠지요?"

"솔직히 말해서 바란 적은 없었어요. 하지만 저는 연기를 좋아했어요. 연기를 해보기도 했고요. 기억하신다면, 제 연기를 보신 적이 있었지요. 저희 집에서 제스터 게임을 할 때 그리고 허마이오니 역을 맡았을 때 보셨지요." 궨덜린은 클레스머가 잊었을까봐 진심으로 걱정이었다.

“아, 그래요.” 그가 재빨리 대답했다. “기억해요. 잘 기억하고 있어요.” 그러고 나서 그는 방의 다른 구석으로 다시 걸어갔다. 소리 내어 논쟁하거나 말없이 속으로 논쟁을 벌일 때 그는 이런 동작을 억누르지 못했다.

궨덜린은 자신이 평가받고 있다고 느꼈다. 이렇게 뜸을 들이다니 불쾌했다. 하지만 그 저울질이 부정적인 쪽으로 기울 수 있으리라고는 아직 생각하지 않았다. 그래서 “수고스러우시겠지만 어떤 조언이든 들려주시면 대단히 감사하겠어요.”라고 아주 우아하게 말할 수 있었다.

“할레스 양,” 클레스머는 그녀 쪽으로 몸을 돌리고 약간 더 힘주어 말했다. “이 문제에 관해서 하나도 숨김없이 솔직히 말하겠어요. 만일 거짓을 덮어 씌워 상황을 너무 검거나 희게 칠해 놓으면 죄를 짓는 게 될 겁니다. 다른 사람에게 일부러 그릇된 길을 알려주는 사람은 신의 저주를 받겠지요. 그리고 이처럼 젊고 아름다운 아가씨, 올바른 길을 따라가면서 틀림없이 행복을 찾을 수 있는 사람을 내가 잘못 인도한다면 스스로를 악인이라고 생각할 겁니다.” 마지막 말에서 클레스머의 목소리가 가라앉으며 큰 속삭임처럼 들려왔다.

궨덜린은 예상치 못한 엄숙한 말에 가슴이 철렁 내려앉았고, 얼빠진 듯한 눈으로 그를 뚫어지게 보았다. 그는 말을 이었다.

“당신은 아름다운 숙녀입니다. 당신은 풍요롭고 안락한 환경에서 성장해왔어요. 당신이 하고 싶은 일을 해왔고요. '내가 이것을 꼭 알아야 해.'라든가 '이것을 꼭 이해해야 해.', '이 일을 꼭 해야 해.' 라고 스스로에게 말한 적이 없었을 겁니다." 클레스머는 무시무시하게도 해야 한다는 단어를 세 번 반복하면서 긴 손가락 세 개를 차례로 들어올렸다. "결론적으로 말해서 당신은 매력적인 아가씨 말고 다른 존재가 되어야 한다는 요구를 받은 적이 없습니다. 그런 아가씨의 흠을 잡는 것은 무례한 일이지요."

그는 잠시 말을 멈추었다. 그러고는 손을 다시 엉덩이에 올려놓고 억세게 보이는 턱을 내밀며 말을 이었다.

"자, 그런데, 그렇게 준비된 상태로 당신은 예술가로 살아보려 합니다. 힘겹게 끊임없이 노력하면서도 칭찬을 받을 수 있을지 없을지 모를 극히 불확실한 삶을 시도해보려는 것이지요. 빵과 마찬가지로 칭찬도 노고를 바쳐야 얻을 수 있는 것입니다. 그 두 가지 다 서서히 다가올 테고, 턱없이 부족할 겁니다. 뭐라고 해야 할까? 전혀 오지 않을 수도 있어요."

더 불쾌한 말을 늘어놓지 않아도 충분하리라고 어느 정도 기대하면서 이렇게 단념시키려는 클레스머의 논조는 그녀의 저항감을 일깨웠다. 그녀는 그에게서 고개를 조금 돌리면서 기분이 상한 기색으로 말했다.

"저는 당신이 예술가이시기 때문에 그 삶을 가장 명예롭고 즐거운 것으로 여기실 거라고 생각했어요. 그런데 제가 더 나은 일을 할 수 없다면요? 저는 다른 사람들이 겪어내는 위험을 참아낼 수 있을 거라고 생각해요."

"더 나은 일을 할 수 없다고요?" 클레스머가 약간 격앙된 어조로 말했다. "아니오, 할레스 양, 그 일을 최고로, 아니, 꽤 훌륭하게 해낼 수 있다면, 그보다 더 나은 일은 없습니다. 어떤 남자든 여자든 그보다 더 나은 일은 할 수 없어요. 나는 진정한 예술가의 삶의 가치를 떨어뜨리는 게 아닙니다. 오히려 높이고 있어요. 말하자면, 그런 삶은 최고의 유기체, 즉 완벽함을 사랑하고 그것을 위해 전력을 다하도록 태어난 사람 말고는 누구도 손에 넣을 수 없는 것입니다. 그런 사람은 진실한 연인들이 그렇듯이 참고 기다릴 줄 알고, '나는 아직 무가치한 존재이지만 내 애인인 예술은 가치 있고, 나는 내 애인에게 걸맞게 살아갈 것이다.'라고 말할 각오가 되어 있어요. 명예로운 삶이라고요? 맞아요. 하지만 그 명예는 내면의 소명의식과 고된 노고를 통해 얻는 성취에서 나오는 것이지요. 그런 삶을 의상처럼 걸칠 때는 아무런 명예도 없습니다."

어제의 흥분이 약간 되살아나면서 클레스머의 말은 당장의 친절한 의도에서 재빨리 어긋나 약간 멀어졌다. 그는 궨덜린에게 가급적 상처를 주지 않으면서 그토록 위험하고 지난한 경로를 밟아가기에는 부적합하다는 의식을 일깨우려 했다. 그러나 예술가가 무능한 존재라는 주장에는 늘 화가 났고, 지금은 격한 노여움에 휩싸일 위험이 있었다. 그것을 의식하자 그는 갑자기 말을 그쳤다. 그러나 궨덜린이 받은 주된 인상은 그가 자신에게 그런 일을 훌륭하게 해낼 능력이 없다고는 아직 말하지 않았다는 것이었다. 클레스머의 열변은 사물 전반에 대해 주문 같은 것을 거는 것 같았다. 그녀는 준비 과정의 어려움을 겁내지 않는다고 장담하고 싶었다. 그녀가 무대 위에 서서 대중 앞에 모습을 드러내기만 하면 사적인 생활에서 반드시 일어나리라고 확신한 효과를 거둘 거라는 믿음은 육신의 한 부분과 같았다. 그 믿음은 쉽사리 벗겨지지 않을 테고, 피를 흘리며 고통을 느껴야만 떨어져 나올 것이다. 그녀는 약간 집요하게 말했다.

"처음에는 곤경을 겪을 각오를 하고 있어요. 물론 누구도 갑자기 유명해질 수는 없겠지요. 그리고 여배우이든 가수이든 모두가 일류가 될 필요도 없고요. 제가 어떤 과정을 밟아야 할지 친절하게 일러 주시면, 용기를 내서 그 과정을 따르겠어요. 높은 언덕에 오르는 것도 개의치 않아요. 평지에서 무기력하게 가정교사가 되는 것보다는 쉬울 거예요. 당신이 권장해주시는 조치라면 무엇이든 따르겠어요."

클레스머는 이제 더 명료하게 말해야 한다고 생각했다.

"그 과정을 말해드리지요. 내가 권하는 게 아니라 당신에게 강요될 과정입니다. 무엇을 목표로 삼든 똑같습니다. 당신이 추구하는 것이 탁월함이든 명성이든 아니면 이류이든 삼류이든 마찬가지입니다. 당신은 일단 어머니의 보호 하에 런던에 가야 해요. 그리고 음악과 연극, 연기에 관한 훈련을 받아야 합니다. 당신이 하려는 것이 무엇이든 배워야 해요 —" 이 부분에서 궨덜린은 뭔가 말하려는 표정이었지만 클레스머가 손을 들어 만류하며 단호하게 말했다.

"알고 있어요. 당신은 능력을 연마해왔지요. 당신은 암송을 하고, 노래를 부를 수 있어요. 하지만 응접실을 기준으로 삼은 시각에서 연마한 겁니다. 친애하는 아가씨, 당신은 그 모든 것을 버리고 다시 배워야 해요. 당신은 무엇을 얻으려고 애쓰는지 알아야 합니다. 그런 다음에 당신의 마음과 몸은 끊임없는 훈련을 받아야 합니다. 다시 말하면, 당신의 마음도 훈련을 받아야 해요. 명성을 생각해서는 안 되니까요. 그 빛나는 촛불을 당신의 눈앞에서 치워버리고 오직 탁월함을 바라보세요. 당신은 물론 아무것도 벌지 못할 겁니다. 오랫동안 일자리를 얻지 못할 수 있어요. 당신 자신과 가족을 위해 돈이 필요할 겁니다. 하지만 그것은," 이 부분에서 클레스머는 이마를 찌푸렸고 사소한 일을 간단히 처리하듯이 손가락을 흔들었다. "돈은 아마 생길 거예요."

이 말을 듣는 동안 귄덜린의 얼굴은 붉으락푸르락했다. 그녀의 자존심은 무섭도록 날카로운 칼날에 찔리는 느낌이었고, 그의 마지막 말은 그 아픔을 뼛속까지 스며들게 했을 뿐이었다. 그녀는 동요된 감정을 드러내고 있음을 의식했다. 그래서 갑자기 의자가 있는 곳으로 걸어가서는 클레스머에게 의자를 가리킴으로써 곤혹감에서 벗어나려고 애썼다. 그는 의자에 앉지 않고 피아노에 몸을 기대어 그녀의 얼굴을 바라보려고 몸을 약간 돌렸다. 이 순간 그녀는 차라리 그를 불러 오지 않았더라면 좋았을 거라고 느꼈다. 이처럼 생전 처음 사회적 신분과 미모가 아닌 다른 기준으로 평가받는 경험은 견딜 수 없이 쓰라렸다. 클레스머는 진지한 목적에 열중하고 있었기 때문에 전과 같은 어조로 말을 이었다.

"자, 이렇게 헌신적으로 노력했을 때 어떤 결과를 공정하게 기대할 수 있을까? 당신은 그런 질문을 던지겠지요. 마땅히 그것을 주목해야 합니다. 당신에게 솔직하게 진실을 말하겠어요. 그 결과는 매우 불확실합니다. 그리고 그리 큰 가치가 없을 가능성이 농후합니다."

이처럼 잔인한 말을 내뱉으며 클레스머는 입술을 내밀었고, 미모에 둔감한 괴물처럼 안경 너머로 그녀를 바라보았다.

궨덜린은 눈에서 열불이 나는 것 같았지만 나약한 모습을 보이기 싫어서 더 감정을 억제하려고 애썼다. 그녀는 냉정한 목소리로 이렇게 말해야 했다.

"제 능력이 부족하거나 아니면 너무 나이가 많아서 시작할 수 없다고 생각하시는군요."

클레스머는 흠흠 소리를 내더니 다시 낮은 소리로 힘주어 말했다.

"그래요! 그런 욕망과 훈련은 7년 전에, 아니면 그보다 더 일찍 시작했어야 합니다. 아버지가 푼돈을 벌도록 도와주려는 돌팔이의 여섯 살배기 딸이나, 성가대원의 혈통이 오래 이어진 집안에서 노래하는 데 알맞은 목청을 물려받아 말을 배우듯이 노래하는 법을 배우는 아이, 이런 아이들이 더 유망합니다. 연기나 음악에서의 위대한 성취는 육체의 성장과 더불어 커집니다. 한 예술가가 '왔노라, 보았노라, 정복했노라.'라고 말할 수 있으려면 끈기 있게 연습하고 난 후에야 가능합니다. 천재성이란 처음에는 훈련을 받아들일 수 있는 큰 능력에 불과해요. 노래를 부르고 연기를 하려면 공으로 묘기를 부리는 곡예사의 정교한 솜씨처럼 더 훌륭하고 확실한 결과를 얻기 위해서 온몸의 기관을 알맞은 형태로 만들어야 합니다. 당신의 근육과 온몸이 시계처럼 약간의 오차도 없이 정확하게 움직여야 합니다. 이것은 성장기에, 습성이 굳어지기 전에 가능한 일이지요."

"저는 천재라고 자부한 적이 없어요." 궨덜린은 클레스머가 불가능하다고 제시하려는 일을 어떻게든 할 수 있을 거라고 여전히 느끼며 말했다. "다만 향상할 만한 능력이 약간 있을지 모른다고 생각했어요."

"그것을 부정하는 건 아닙니다." 클레스머가 말했다. "만일 당신이 몇 년 전에 올바른 궤도를 밟고 훈련을 잘 해왔으면 지금쯤은 청중 앞에서 노래하는 가수가 되었을 수도 있어요. 당신의 목소리가 대중에게 그리 큰 호평을 받았으리라고는 생각하지 않습니다만. 어쨌든 그랬으면 지금처럼 경험과 훈련, 가르침이 부족하다는 결점 없이 무대에 서서 당신의 매력적인 자태와 영리함으로 효과를 줄 수도 있습니다."

분명 클레스머는 잔인하게 보였지만, 잔인함과는 정반대의 감정을 느끼고 있었다. 우리가 한 가지 목적에 전념하고 있더라도, 우리의 말이 그 한 가지 충동에서 비롯된 궤도를 그대로 따라가는 것은 아니다. 하지만 클레스머의 말은 가엾은 궨덜린의 무지한 열망에 대한 동정심에서 우러나온 것이었다. 그녀가 선택하려는 경로의 비참하고 자질구레한 일을 그는 똑똑히 알고 있었고, 그런 것을 그녀의 마음에 확실하게 전달할 마음이 있더라도 그렇게 할 수 없었을 것이다.

하지만 궨덜린은 그의 말에 설득되지 않았다. 자신의 생각이 이미 응집되어 있었고, 자신이 불러온 조언자가 너무나 가혹하고 독단적인 판단을 내렸으므로, 그의 판단이 틀렸을 뿐 아니라 편견에 사로잡혀 있다고 생각했다. 우편을 통해 런던 극장의 매니저에게 편지를 보내고 그에게 약속을 잡아달라고 요청하는 것이 더 간단하고 현명한 방법일 거라는 생각이 들었다. 가수가 되는 것에 대해서는 더 이상 언급하지 않을 것이다. 자신의 노래에 대한 클레스머의 확고한 비판을 눈치 챈 것이다. 그러나 무대에서 연기하는 것에 대해서는 계속 상의할 수 있다고 느꼈다. 그래서 그녀는 반항적인 어조로 대답했다.

"물론 누구도 단번에 완벽한 여배우가 될 수 없다는 것은 저도 알고 있어요. 제가 성공할 수 있을지 미리 판단하는 것은 불가능하겠죠. 하지만 그렇기 때문에 시도해볼 수 있을 것 같아요. 그러는 동안에 극장에서 일거리를 얻고 돈을 벌면서 동시에 공부도 할 수 있을 거라고 생각할 수 있겠지요."

"그건 불가능합니다, 친애하는 할레스 양. 분명히 말하겠어요. 그건 있을 수 없습니다. 당신의 마음에서 이런 생각을 몰아내야겠군요. 그런 생각은 팬터마임처럼 현실과 사뭇 다릅니다. 신사 숙녀들은 화장을 끝내고 장갑을 끼고서 응접실에 들어가듯이 무대에 올라가도 별 무리가 없을 거라고 생각하지요. 그러나 어떤 매니저도 그렇게 생각하지 않아요. 당신은 대단히 우아하고 매력적인 아가씨지만, 만일 당신이 무대에 서고 싶어 하는 지망자로 스스로를 소개한다면 매니저들은 아마추어에게 무대에서 연기하도록 허락해주는 대가로 돈을 요구하거나 아니면 가서 더 배워오라고 말할 겁니다. 아무리 아름다운 말이라도 서커스에 나가려면 훈련받아야 하는 것처럼 당신도 무대에서 처신하는 법을 훈련 받아야 해요. 어떤 인물의 역을 맡아서 변함없이 연기하고 표정과 제스처, 목소리 등의 자연스러운 언어로 그 인물에 활기를 넣기 위해 공부해야 하는 것은 두말할 필요도 없습니다. 당신이 적합한 역을 당장 얻으리라는 것은 얼토당토않은 생각입니다."

"저는 사실 그 말씀을 이해할 수 없어요." 귄덜린이 다소 오만하게 말했다. 그러고 나서는 자제하며 다른 어조로 덧붙였다. "아주 서투른 여배우들도 역할을 맡아 연기하는 것은 어찌 된 일인지 설명해주시면 감사하겠어요. 극장에 여러 번 가보았는데, 제가 보기에는 연기도 못하고 아주 못생긴 여배우들이 있었거든요."

"아, 친애하는 할레스 양, 그것은 소비자 쪽에서 쉽게 할 수 있는 비판입니다. 우리는 슬리퍼를 사서 그것을 만든 솜씨가 형편없다고 내던져 버리지요. 하지만 그것을 만들려면 수습 기간의 노력이 필요하지요. 미안하지만, 현재 그런 여배우에게 당신이 가르쳐줄 수 있는 것은 전혀 없습니다. 하지만 그들이 당신에게 가르쳐줄 수 있는 것은 단언컨대 아주 많아요. 가령 그들은 목소리가 청중에게 들릴 수 있도록 음높이를 조절할 수 있어요. 십중팔구 많은 노력을 쏟지 않고는 그것도 불가능한 일입니다. 그저 무대 위에 서서 움직이는 것만으로도 예술이고, 그것도 연습이 필요해요. 알겠지만 우리는 지금 바느질품 파는 여자의 수입 정도를 버는 작은 극장의 단역 배우에 대해서 말하는 것이 아닙니다."

"물론 저는 그보다 더 많이 벌어야 해요." 퀜덜린은 논박을 당한다기보다는 어딘지 모르게 위축되는 느낌을 갖고 말했다. "하지만 저는 당신이 언급한 사소한 일을 꽤 잘 해내도록 배울 수 있다고 생각해요. 제가 아둔한 편은 아니거든요. 파리에 있을 때 정말이지 중요한 숙녀를 연기하는 여배우 두 명을 보았는데 그들은 숙녀 같지도 않았고 아주 못생겼었어요. 제게 특별한 재능은 없지만, 숙녀인 데다 도깨비처럼 생기지 않았다는 것은 무대에서도 장점이 될 거라는 생각이 드네요."

"아, 우리 서로의 생각을 명확히 알아봅시다." 클레스머가 순간 새로운 의미를 번뜩이며 말했다. "나는 당신이 진정한 예술가가 되려는 목표를 세우면 어떤 고충을 겪어야 하는지 말하고 있었어요. 음악과 연극을 탁월한 경지에 이르려면 고전해야 할 고귀한 천직으로 간주한다면 말입니다. 그렇다면 내 말이 변함없이 유효합니다. 21년간 가급적 느긋하게 일하는 교육을 받아온 후에 그런 공부를 시작하려면 몹시 힘겨울 겁니다. 기초적인 재주만 갖고 등장했을 때 당신이 받을 대접에 굴욕감을 느끼기도 하겠지요. 처음에 테스트를 받겠지요. 사람들이 이제는 당신의 큰 실수를 못 본 척 해주지 않을 겁니다. 처음에는 임시로만 받아들여질 겁니다. 당신은 자신이 이른바 지독히도 하찮은 존재라는 것을 참고 견뎌야 합니다. 극도의 참을성을 발휘해야만 조금이라도 성공을 거둘 수 있으니까요. 많은 사람 속에서 당신의 자리를 지켜가야 합니다. 결국에는 자리를 잃고 보이지 않는 곳으로 밀려날 수도 있어요. 당신이 이런 곤경을 똑바로 직시하면서도 노력해보겠다고 결심한다면, 그 선택이 불행한 것이었더라도 당신은 고귀한 목적을 품었다는 긍지를 갖게 될 겁니다. 상은 받지 못하더라도 어떤 가치는 갖게 되겠지요. 당신의 성공 가능성에 대한 내 판단을 알고 싶다고 하셨지요. 내 판단이 절대적으로 옳다고는 주장하지 않습니다. 그러나 여러 가지 가능성을 종합해 볼 때 내 판단은 이렇습니다. 당신이 이룰 수 있는 성취는 평범한 수준을 넘기 어려울 겁니다."

클레스머는 힘주어 재빨리 의견을 제시하고 나서 잠시 말을 멈췄다. 귄덜린은 꼼짝하지 않고 무릎 위에 포개놓은 손을 바라보고 있었다. 그러다 마침내 그가 나지막한 어조로 길게 끌면서 "하지만"이라고 말을 꺼내자 깜짝 놀라서 그를 쳐다보았다.

"하지만, 물론 젊은 숙녀가 대중 앞에 자기 모습을 드러낼 예술을 선택할 때, 다른 생각이나 의도를 갖고 있을 수도 있습니다. 의문의 여지 없이 아름다운 자태의 매력을 수단으로 쓸 수 있어요. 재주를 익히려고 노력할 필요 없이 자기 모습을 드러내서 찬사를 받기를 바랄 수 있습니다. 분명 연극에서는 그것이 어느 정도 통할 수 있습니다. 음악에서는 그렇지 않아요. 무대에서는 더 찬사를 받을 것이 없을 때나 미모에 주목하게 되지요. 그렇지만 이것도 어느 정도 훈련받지 않고는 불가능합니다. 앞서 말했듯이 어떤 경우든 기술적인 문제에 숙달되어 있어야 합니다. 하지만 그 점을 제외하면 이런 경우는 예술과 전혀 관련 없습니다. 이런 직업을 선택하는 여자는 예술가가 아니에요. 대개 그런 여자는 간단하고 쉬운 방법으로, 아마도 결혼을 통해서, 사치스러운 생활을 누리려고 합니다. 그런 결혼이 그녀에게는 가장 빛나는 기회이자 가장 진귀한 기회이지요. 그래도 처음에는 호화로운 생활을 하지 못할 겁니다. 당장은 자기가 먹을 빵 값도 스스로 벌 수 없을 거예요. 그리고 그녀가 받을 모욕에 대해서는 내 입에 담고 싶지 않습니다."

"저는 독립하기를 간절히 바라요." 귄덜린은 클레스머의 말에서 깊이 찔리는 상처를 받았고 혼란스러운 와중에도 자신에 대한 일말의 경멸을 감지하며 말했다. "그래서 제가 당장 일자리를 얻을 수 없을지 여쭤본 거예요. 물론 극장에서 일이 어떻게 진행되는지 몰랐어요. 그렇지만 제 힘으로 독립할 수 있을 거라고 생각했어요. 저는 돈이 없고, 누구의 도움도 받지 않을 거예요."

상처받은 그녀의 자존심은 이렇게 도움을 거부하지 않고는 편할 수 없었다. 클레스머에게서 조언이 아닌 다른 도움을 기대했다고 그가 상상한다면 참을 수 없었다.

"당신의 벗들에게 너무 가혹한 말을 하시는군요." 클레스머가 처음 대화를 시작했을 때의 부드러운 어조를 되찾으며 말했다. "당신을 괴롭혔는데, 그건 어쩔 수 없는 일이었어요. 진실을, 꾸밈없이 있는 그대로 당신에게 보여줘야 하니까요. 당신이 노력하는 예술가로서 고되고 힘겹게 오르는 길을 선택한다면, 그 선택이 잘못이라고는 말하지 않았고, 그렇게 말하지 않을 겁니다. 다만 그것을 선택할 때의 어려움과 당신에게 주어진 그리 위험하지 않고 더욱 개인적인 일을 택할 경우의 어려움을 비교해봐야 합니다. 만일 당신이 더 용감하게 선택하겠다고 결심한다면 나는 동업자의 이해를 바탕으로 당신과 악수를 나눌 수 있게 해달라고 청하겠어요. 그 조합 안에서 우리는 예술에 봉사하겠노라고 맹세하고, 동료를 도와줌으로써 예술에 봉사하기로 맹세하니까요."

궨덜린은 입을 다물고 다시 자신의 손을 바라보았다. 그런 결심을 하고 어쩔 수 없이 도움을 받아들이려는 마음과는 동떨어진 마음을 느꼈다. 잠시 기다린 후에 클레스머는 더욱 차분하고 진지하게 말했다.

"도와줄 의무가 있는 곳에서는 도움을 받아들일 의무도 있어야 합니다. 그것은 사사로운 의무로 따질 수 있는 문제가 아니에요. 그리고 당신의 앞날에 당장 영향을 미칠 실제적인 문제를 생각해보자면 — 내가 사적인 비밀을 털어놓는 것을 양해해주세요. 어떤 사건이 일어나리라고 예상하기 때문에, 당신을 더 쉽게 도울 수 있을 거예요. 당신이 조금도 염려할 필요 없이 런던에서 물론 당신 가족의 보호를 받으며 교습받고 지낼 수 있도록 말이지요. 빵을 벌기 위한 공부로 예술을 택하겠다고 결심한다면 처음에는 공부를 시작하기만 하면 됩니다. 노력하지 않아도 빵을 얻을 수 있을 거예요. 내가 말한 그 사건이란 결혼입니다. 실로 이 일은 비밀로 간직할 문제라고 생각해주겠지요. 나는 애로우포인트 양과 결혼할 예정이고, 그래서 내가 당신의 벗으로서 신뢰받을 권리는 갑절 이상으로 늘어날 겁니다. 당신이 그 고결한 노고를 선택한다면, 그녀는 당신과의 우정을 매우 높이 살 테니까요."

궨덜린의 얼굴이 발갛게 달아오르기 시작했다. 클레스머가 애로우포인트 양과 결혼할 예정이라는 소식은 전혀 놀라운 기분을 일으키지 않았다. 다른 때였으면 퀘챔에서 틀림없이 벌어졌을 소동을 재빨리 상상하며 재미있어했을 것이다. 그러나 지금은 클레스머의 말이 펼쳐 놓은 가까운 장래의 광경이 감정을 휘어잡고 상상력을 채웠다. 애로우포인트 양이 자신의 후원자가 될 수 있으리라는 암시는, 그 광경이 일으킨 혐오감에 또 다른 혐오스러운 점을 더해주었을 뿐이다. 클레스머가 그녀의 능력에 대해 굴욕적인 평가를 내리고 나서 도와주겠다고 제안한 것은 분노에 부채질하는 것 같았다. 그의 말은 실로 그녀의 자신감을 물어뜯었고, 피를 흘리는 아픈 상처로 바꿔놓았다. 자신을 다른 평가자 앞에 세워보겠다는 생각은 이제 그들도 가혹한 판단을 내릴지 모른다는 두려움에 젖어들고 말았다. 그녀가 알고 있는 재능을 그들도 인정하지 않을 것이다. 그러나 그녀는 감정을 억눌렀고, 대답을 하기 전에 자리에서 일어났다. 잠시 주저하는 모습은 자연스럽게 보였다. 그녀는 피아노로 걸어가서 멍하니 악보를 바라보며 그 귀퉁이를 두 손가락으로 집어 올렸다. 이윽고 그녀는 클레스머 쪽으로 몸을 돌렸고, 면담을 하는 동안 지금까지 드러나지 않았던 평소의 자신만만하고 대등한 태도를 거의 되찾으며 말했다.

"진심으로 축하드려요, 클레스머 씨. 저는 애로우포인트 양보다 경탄스러운 사람을 본 적이 없었어요. 그리고 오늘 아침에 온갖 친절을 베풀어주신 당신께도 감사드려야지요. 그렇지만 지금은 결정할 수 없군요. 말씀하신 대로 그 결심을 하게 되면, 당신이 허락해주신 도움을 받겠어요. 당신께 알려드리겠어요. 하지만 너무 큰 장애가 있을까봐 걱정스럽군요. 여하튼 큰 신세를 졌어요. 이렇게 수고해주시도록 청하다니 제가 너무 무례했어요."

클레스머는 속으로 '절대로 알려주지 않겠군.'이라고 말했다. 그러나 나무랄 데 없이 존중하는 태도로 그는 말했다. "언제라도 내게 명령을 내려주세요. 이 카드에 적힌 주소로 연락하면 언제라도 그리 지체하지 않고 나를 찾을 수 있을 겁니다."

그가 모자를 집어 들고 고개를 숙여 인사하려 했을 때, 궨덜린의 더 나은 자아는 클레스머가 명석한 통찰력으로 틀림없이 꿰뚫어보았을 배은망덕을 의식했고 이기적 실망감과 짜증스러운 기분으로 질식할 듯한 자아를 뚫고 올라가려고 필사적인 노력을 기울였다. 예전처럼 명랑한 눈으로 그를 바라보면서 그녀는 손을 내밀고 미소를 지으며 말했다. "제가 그릇된 길을 선택하더라도, 그게 당신의 아침 때문은 아닐 거예요."

"행복을 찾고 행복을 나눠주는 길이 아닌 다른 길을 절대 선택하지 않기를!" 클레스머는 열렬하게 말했고, 외국인처럼 그녀의 손가락에 가볍게 입술을 댔다. 다음 순간에 자갈길 위에서 점점 멀어지는 마차바퀴 소리가 들려왔다.

궨덜린은 평생 이토록 처참한 기분이었던 적이 없었다. 기분을 풀어줄 흐느낌이나 격정적인 눈물도 나오지 않았다. 눈에서 열불이 나는 느낌이었다. 정오의 햇살은 그녀의 삶에서 흥미로운 것이 사라졌음을 더욱 비참하게도 명료하게 드러냈을 뿐이다. 온갖 기억, 모든 물건, 펼쳐진 악보, 열려 있는 피아노, 거울에 비친 자기 모습도 짐을 모두 꾸린 이동 유원지의 너저분한 광경처럼 보였다. 자의식이 생긴 이래 처음으로 그녀는 비천한 처지의 자기 모습을 바라보고 있었다. 자신이 무시당하거나 팔꿈치에 찔리거나 난폭하게 떠밀리고, 삼등칸 기차표를 가진 승객처럼 취급되어서는 안 될 이유가 있다는 타고난 의식은 은근히 만류했는데도 사라져버리고 말았다. 그녀는 방안을 서성이지도 않았다. 실망이 낳은 앞날에 대한 전망이 너무나 마음을 짓누르며 사로잡고 있었다. 그녀는 긴 의자의 가장 어두운 구석에 몸을 던졌고, 열이 나는 눈꺼풀에 손가락을 대고 눌렀다. 클레스머의 말 한 마디 한 마디는, 일련의 새로운 느낌을 일으키고 획기적인 사건을 이루는 말이 대개 그렇듯이, 그녀의 기억에 낙인을 찍은 것 같았다. 몇 시간 전만 해도 그녀는 자신의 소망에 어울리는 막연한 미래를 상상하면서 스스로에 대한 만족감으로 입가에 미소를 띠고 있었다. 1년쯤 지나면 당대 가장 큰 찬사를 받는 줄리엣이 될 것 같았다. 혹은 가수가 되려는 생각을 클레스머가 고무한다면, 점진적 단계를 밟아 오페라에 설 것 같았다. 그동안 이따금 무대에 출연해서 돈과 박수갈채를 받으면서 말이다. 그렇게 되지 못할 이유가 있을까? 집에서나 학교에서, 지인들 사이에서 그녀는 우월함을 인정받곤 했다. 하지만 그녀가 몸담아온 사교계는 초급 산수에서부터 고급 예술에 이르기까지 모든 것이 실은 아마추어 수준이었다. 신사숙녀는 내키는 정도 이상으로 갈고닦을 이유가 없으므로, 그들의 수준이 완벽함에 이르지 못하는 것은 바로 그런 까닭이라고 점잖게 이해되곤 했다. 그런 이유만 아니면 그들은 더 훌륭한 글을 발표할 테고, 현재 세상이 참아줘야 하는 예술가보다 더 고상한 예술가가 될 수 있을 것이다. 그녀를 기만해온 이처럼 자신만만한 상상은 그리 예외적인 것이 아니었다. 그리고 그녀가 가장 지식이 풍부하고 절대로 아부하지 않을 사람과 상의했다는 것은 적어도 어느 정도 합리적인 행동인 셈이다. 하지만 클레스머에게 조언을 요청했을 때 그녀는 자신의 노래에 대한 그의 가벼운 비판의 이면에서 자신의 약점을 알아내려고 마음먹기보다는 그의 잠재적인 찬사를 기대하는 믿음을 품고 있었다. 그러므로 유쾌한 말을 기대하며 물어본 진실은 살을 갈가리 찢어놓는 채찍처럼 그녀를 내리쳤다.

"너무 나이가 많고 — 7년 전에 시작했어야 했고 — 당신이 이룰 수 있는 성취는 기껏해야 평범한 수준을 넘어서기 어려울 것이고 — 힘겹고 끊임없는 노고와 불확실한 찬사 — 빵을 서서히 벌 수 있고, 턱없이 부족할 수 있고, 어쩌면 전혀 얻지 못할 수도 있고 — 굴욕감과, 사람들이 당신의 큰 실수를 더는 못 본 척하지 않을 것이고 — 지독히 하찮은 존재." 이런 말이 뼈에 사무치게 쓰라렸다. 이보다 더 아픈 상처를 준 것은 그녀가 미인으로서 오로지 남편을 언을 목적으로 배우가 될 수 있으리라는 암시였다. 그녀에게 닥칠 "모욕"이 어떤 것인지 정확히 알지 못하지만, "모욕"이라 불리는 것이 자신과 결부된다는 생각만 해도 분노와 격정이 들끓었다. 또한 그의 신랄한 말이 불러일으킨 모호한 이미지와 더불어 그녀가 경험적으로 상상할 수 있는 불쾌한 상황이 더 선명하게 떠올랐다. 당장 돈을 벌 수 없다면 어떻게 엄마와 동생 넷을 데리고 런던에 갈 수 있을까? 또한 다른 사람의 보호를 순순히 받아들이고, 굴욕스럽게도 애로우포인트 양의 원조를 기꺼이 받아들이자고 엄마를 설득하는 것 — 이것은 가정교사가 되는 것 못지않게 고약했다. 아니, 그보다 더 고약했다. 클레스머가 딱 부러지게 예상했듯이 그녀가 온갖 노력을 바치더라도 그 결과가 변변찮은 것이라면, 다른 사람의 후의를 받고도 갚지 못했다는 의식 때문에 참담한 실망이 더욱 쓰라릴 테니 말이다. 의심할 바 없이 클레스머는 예술가를 도와주는 것에 대해 고상한 생각을 갖고 있었다. 그러나 이런 문제에 숙녀들이 어떤 감정을 느낄지 그가 어떻게 알 수 있겠는가? 이 문제는 완전히 끝났다. 그녀가 품은 것은 그릇된 희망이었고, 이제는 다 끝나버린 것이다.

"끝났어!" 교회에서 돌아오는 엄마와 동생들의 발자국소리와 목소리가 들리자 궨덜린은 깜짝 놀라 자리에서 일어나며 큰 소리로 말했다. 그녀는 서둘러 피아노로 다가가서 부지런을 떨며 악보를 그러모았다. 그러는 그녀의 창백한 얼굴과 열 오른 눈가에 화는 낼 수 없지만 보복은 할 수 있는 부당한 대우를 참고 견디려는 여자에게 어울릴 표정이 어려 있었다.

“자, 궨덜린.” 온화한 데이빌로 부인이 응접실에 들어서며 말했다. “바퀴자국을 보니 클레스머 씨가 왔다가셨구나. 그분과의 면담이 만족스러웠니?” 부인은 면담의 목적을 어느 정도 짐작했지만 넌지시 내비치기 두려웠다.

“만족스러웠느냐고요, 엄마?” 궨덜린이 높고 냉혹한 목소리로 말했다. 그녀가 그런 목소리를 낸 것은 너그러이 봐줘야 한다. 실은 울고불고 소란을 피울까봐 두려웠던 것이다. 결연히 오만하고 무관심한 태도를 취하지 않으면, 격렬하게 분출될 절망적 탄식에 빠져들 것 같았다. 그 탄식은 자기들에게 닥친 재앙을 다 합친 것보다 더 깊이 엄마의 마음을 도려낼 것이다.

“이모부와 이모는 너를 보지 못해 실망하셨단다.” 데이빌로 부인이 피아노 가까이 와서 궨덜린의 몸짓을 바라보며 말했다. “네가 쉬고 싶어 한다고만 말했어.”

“잘 하셨어요, 엄마.” 궨덜린이 어떤 악보를 치우려고 몸을 돌리면서 똑같은 목소리로 말했다.

“이제 엄마에게 뭔가 알려줄 수 없겠니, 궨덜린? 엄마는 늘 모르고 있어야겠어?” 데이빌로 부인은 딸의 태도와 표정에 너무나 민감했기에 괴로운 일이 있었으리라는 두려움이 퍼뜩 스쳤다.

“정말로 지금은 할 말이 전혀 없어요, 엄마.” 궨덜린이 더 높은 목소리로 말했다. “내가 어떤 일을 할 수 있다고 생각한 게 잘못이었어요. 클레스머 씨가 내 잘못을 깨닫게 해주었어요. 그게 전부예요.”

"그런 식으로 쳐다보며 말하지 말아다오, 얘야. 견딜 수 없구나." 데이빌로 부인이 갑자기 눈물을 흘리며 말했다. 그녀는 이루 형언할 수 없는 공포를 느꼈다.

퀜덜린은 속 입술을 깨물면서 잠시 아무 말 없이 엄마를 바라보았다. 그러더니 엄마에게로 걸어가서 엄마의 어깨에 손을 올려놓고 아주 나지막하게 말했다. "엄마, 지금은 아무 말도 하지 마세요. 달라질 수 없는 일에 대해 울고불고하면서 기운을 빼봐야 아무 소용도 없어요. 엄마는 소이어의 오두막에서 살 테고 나는 주교의 딸들에게 갈 거예요. 더 이상 할 말이 없어요. 그건 달라질 수 없어요. 그리고 누가 상관하겠어요? 우리가 무엇을 하든 다른 사람에게는 전혀 달라질 게 없어요. 우리 스스로도 개의치 않도록 애써야지요. 우리는 절망해서는 안 돼요. 난 절망하게 될까봐 두려워요. 내가 차분해질 수 있게 도와주세요."

데이빌로 부인은 딸의 얼굴과 목소리에 질려 겁을 먹은 아이 같았다. 부인은 눈물을 그치고 말없이 방을 나섰다.

제24장

> 나는 사물에 물음을 던져보지만
> 내 마음에 응답하는 것을 찾지 못하네.
> 온 세상이 몰인정하게 보이지.
>
> 워즈워스[26]

궨덜린은 이모부와 이모를 만나기 전에 클레스머와 면담을 마친 것이 다행이라고 생각했다. 이제는 자기 앞에 불쾌한 일만 남아 있을 뿐이라고 마음을 단단히 먹었다. 그래야 어떤 굴욕적인 일이 생기더라도 그 앞에서 차분한 태도를 끈기 있게 유지할 수 있으리라고 느꼈다.

궨덜린은 어머니와 함께 월요일에 목사관에 들러 비로소 이모부 내외를 만날 수 있었다. 그들은 목사관에 가는 길에 소이어의 오두

---

[26] 윌리엄 워스워드(1770~1850). 영국 낭만주의 시인. 여기 나온 제사는 "마거릿의 고뇌"에 나오는 부분이다.

막에 들렀고, 블라인드와 커튼이 없어서 거침없이 들어오는 한낮의 햇빛에 훤히 드러난 좁은 방들의 갈라진 틈새를 낱낱이 보았다. 목사관에서 가구를 조금씩 가져와서 비치하는 일은 아직 시작되지 않았다.

"대체 어떻게 견딜 수 있겠어요, 엄마?" 그 집에서 나와 걸음을 옮기며 궨덜린이 말했다. 휑한 맨 벽과 바닥, 양배추 줄기가 남아있는 조그만 텃밭, 온통 먼지와 거미줄투성이인 주목 정자를 둘러보는 동안 그녀는 입을 열지 않았다. "저 벽장 같은 방에서 엄마와 네 동생이 살아야 하고, 연두색과 노란색 벽지가 엄마의 눈에 거슬릴 텐데? 그리고 나도 없이?"

"너는 견디지 않아도 된다는 것이 내게 좀 위안이 될 거야."

"돈을 벌어야 하는 것만 아니면, 가정교사로 가느니 차라리 그 집에서 살겠어요."

"미리부터 그 일에 반감을 갖지 말렴, 궨덜린. 주교 관저에 가면 호화로운 물건 천지일 거야. 넌 그런 것을 언제나 좋아했잖아. 가파르고 좁은 계단을 오르락내리락하고 온 집안에 울리는 그릇들의 딸그락 소리와 동생들 말소리를 듣는 것보다는 그편이 오히려 쉽다는 것을 알게 될 거야."

"이건 악몽 같아요." 궨덜린이 충동적으로 말했다. "엄마가 그런 집으로 가도록 이모부께서 그냥 내버려두신다는 걸 믿을 수 없어요. 뭔가 다른 조치를 취했어야 해요."

"터무니없이 굴지 마라, 얘야. 이모부가 무엇을 하실 수 있겠니?"

“그건 이모부께서 찾아내실 일이죠. 우리 같은 지위의 사람이 갑자기 이런 식으로 몰락한다면, 세상은 너무나 놀라운 곳이에요.” 궨덜린이 말했다. 그녀에게 친숙한 다른 세계는 그녀에게 기분 좋은 미래를 보장하려는 합당한 이치에 따라 구성된 곳이었다.

이처럼 완전히 새로운 재앙에 짓눌려 그녀는 기분 내키는 대로 말했다. 다른 사람들의 인생에서 일어나는 부침에 관해서라면 더 적절하게 말했을 것이다. 그녀가 덕스러운 말보다는 영리한 말을 더 열망했지만 말이다. 이것은 그녀의 말을 고려할 때 기억해야 할 점인데, 그녀의 말은 대체로 실제 의도보다 더 고약했다.

궨덜린은 자신이 받은 상처를 예리하게 의식하고 있었지만, 이모부와 이모가 예전보다 더 다정하고 친절하게 맞아주었을 때 일말의 양심의 가책을 느끼지 않을 수 없었다. 또한 그들이 생활방식이나 아들의 교육에서 절약할 필요성을 품위 있고 유쾌하게 말하는 태도에도 놀라지 않을 수 없었다. 여자의 시적 아름다움이 유행하는 옷차림에 가려 보이지 않듯이 가스코인 씨의 훌륭한 성격은 세속적 기회를 노리는 성향에 약간 가려져 있었지만, 이처럼 갑자기 운세가 기울어지자 대단히 돋보였다. 그는 신속히 체계적으로 절약에 착수해서 자기 마차를 포기했고, 그뿐 아니라 낡은 의복을 바꾸어야 할지 다시 확인해보았고, 아침식사에서 고기를 금지했고, 주간지를 구독하지 않기로 했다. 또한 에드위를 학교에서 데려왔고 자신의 지도하에 아들들이 공부할 시간을 정했으며, 집안 살림을 가급적 검소하게 꾸려가도록 지시했다. 건강한 사람에게 절약은 그 나름의 즐거움을 주는 법이고, 목사의 정신은 온 집안에 퍼져 나갔다. 집안의 가장을 귀감으로 여긴 가스코인 부인과 앤은 실로 소중했던 것에 대해서 전혀 아쉬워하지 않았다. 그리고 데이빌로 부인과 그 자식들이 겪어야 할 변화가 두 가족이 입은 손실에서 가장 큰 타격이라고 진심으로 슬퍼했다.

앤은 렉스에 관련해서 느낀 분노를 이제야 동정심으로 녹일 수 있었다. 가스코인 부인은 이 고난이 조카딸에게 이로운 영향을 미치기를 바랐지만, 그 이로움을 늘리기 위해서 쓰라린 말을 덧붙이는 것이 자신의 의무라고는 생각하지 않았다. 두 사람은 집안의 비품 중에서 오두막에 보낼 블라인드와 커튼을 마련할 궁리에 바빴다. 그러나 섬세하게 배려하는 마음으로 이런 문제를 뒷전으로 미뤘고, 처음에는 궨덜린의 여행 이야기와 그녀가 집에 돌아와서 어머니에게 위안이 되겠다는 말을 나눴다.

사실 궨덜린이 그 엄청난 사건에 대한 불만을 바로 주위 사람들에게 터뜨린다면 그 어떤 근거로도 이를 정당화할 수 없었다. 그리고 이모부가 그녀에게 가급적 많은 혜택을 제공할 일자리를 얻어주려고 무진 애를 썼다고 확고하고 친절한 목소리로 말을 꺼냈을 때, 그녀는 다른 사람이 모두 따르는 훈련에 참가하라는 명령을 받은 듯이 풀이 죽어서 더욱 민첩하게 주의를 기울였다. 가스코인 씨가 그랜코트를 잊은 것은 아니었다. 하지만 그쪽에서 일이 진전될 가능성은 너무 막연했기 때문에, 그처럼 건전한 분별력을 가진 사람은 막연한 가능성을 기반으로 결정내릴 수 없었다. 그런 불확실성 때문에 현재 상황에서 조카딸을 위해 최선을 다하려는 행동을 늦춰서는 안 된다.

"나는 시간을 낭비할 수 없다고 생각했단다, 귄덜린. 네가 꽤 존중받을 수 있는 좋은 집안의 일자리는 당장에 구할 수 있는 것이 아니거든. 그리고 아무리 오래 기다려도 몸퍼트 주교의 관저보다 더 편안하게 지낼 곳은 찾기 어려울 거야. 그 주교와 몸퍼트 부인은 나를 알고 계셔. 그것은 물론 네게 이로운 점이지. 편지가 순조롭게 오갔단다. 그런데 몸퍼트 부인이 확실한 계약을 맺기 전에 너를 보고 싶어 하더구나. 놀랍지 않은 일이지. 그 부인은 런던으로 가는 길에 너를 원스터에서 만나려고 계획을 세우고 있단다. 네게는 그 면담이 다소 괴롭게 여겨지겠지. 하지만 조금 시간을 두고 마음의 준비를 할 수 있을 게다."

"그 부인이 왜 저를 보고 싶어 하는지 아세요, 이모부님?" 귄덜린은 세 딸을 둔 몸퍼트 부인이 밝혔으리라고 예상할 수 있는 여러 이유를 재빨리 속으로 훑어보며 말했다. 평가를 받기 위해 자기 모습을 보여주어야 하는 사람에게 그 이유는 모두 다 불쾌한 것이었다.

목사는 미소를 지었다. "걱정 말아라, 얘야. 그 부인은 내 말을 통해 알 수 있는 것보다 더 정확하게 너를 알고 싶을 게야. 그리고 어머니란 사람들은 자기 딸들의 동무에 대해서 당연히 신중을 기한단다. 네가 매우 어리다고 부인에게 말했어. 하지만 부인이 스스로 딸들의 교육을 면밀히 감독하기 때문에 나이에 대해서는 그리 걱정하지 않는다더구나. 부인은 높은 취향에 엄격한 원칙을 가진 여성이라서, 집안에 프랑스인을 들이기 싫어한단다. 부인이 네 매너와 소양을 더없이 훌륭하게 평가할 거라고 믿는단다. 그리고 종교와 도덕 교육은 부인과 주교가 직접 맡을 게야."

귄덜린은 감히 대답할 수 없었다. 하지만 전반적인 앞날에 대한 명백한 혐오감을 억누르자 얼굴과 목이 평소와 달리 짙붉게 물들었고, 그 홍조는 재빨리 나타났다가 금세 가라앉았다. 앤은 다정한 마음으로 걱정스러워 작은 손으로 사촌의 손을 잡았고, 가스코인 씨는 너무 친절한 사람이어서 이런 갑작스러운 변화가 귄덜린 같은 아가씨에게 가혹한 시련으로 여겨지리라는 것을 모를 리 없었다. 하지만 상황을 가급적 유쾌하게 제시하기로 마음먹었으므로 그는 반대 의견을 가정하여 그에 대답한 것이 아니라 편안하게 소견을 밝히는 어조로 말을 이었다.

"나는 그 일을 매우 존중한단다. 그래서 앤이 몸퍼트 부인의 요구에 조금이라도 들어맞았으면 앤에게 그 자리를 얻어주고 싶었을 거야. 그 가정에서는 정말로 최고의 교육이 지속적으로 이루어지고 있다고 볼 수 있어. '가정교사'라는 말은 잘못 붙인 이름이야. 그 주교님의 관점은 나보다 더 분명하게 저교회파[27]의 색채를 띠고 있지. 그램피언 경과 가까운 사이이고. 사적으로 엄격하기는 해도 공

---

27 저교회파는 영국 성공회의 한 분파로서 복음주의적 성격이 강하며 교회의 의식을 그리 중시하지 않는 분파였다.

적인 문제에서는 결코 편협한 분이 아니란다. 사실 그분처럼 자기 주교 관구에서 반감을 사지 않는 주교도 드물어. 내게 늘 친절하게 대해주셨고. 그분이 승진하기 전에 이 주교 관구의 목사로 계실 때 우리가 성서 공회[28]에 대해 약간 논쟁을 벌이기는 했지만 말이지."

이런 사실이 자신에게는 다분히 만족스러운 의미를 함축하고 있었으므로 그는 그것이 조카딸의 마음에 어떤 영향을 미칠지 상상할 수 없었다. "교육의 지속," "주교의 관점," "사적으로 엄격," "성서 공회" — 이런 말은 마치 뱀이 모두 독주머니를 갖고 있고 제멋대로 편의에 따라 물거나 침으로 찌른다고 생각하는 숙녀를 가르치려고 풀어놓은 몇 마리의 뱀 같았다. 자기 앞에 펼쳐진 전망 때문에 이미 위축된 궨덜린에게 이런 말은 빛을 모아 점점 더 뜨겁게 만드는 볼록 렌즈 같았다. 그 말들은 선량한 이모부에게서 그렇듯 설득력 있는 사색의 연결 고리를 이루지 못했다. 그녀는 필사적으로 대안을 찾기 시작했다.

"엄마가 다른 일자리에 대해서 말씀하셨던 것 같은데요?" 그녀는 확고하게 감정을 억제하며 말했다.

"그렇단다." 목사가 다소 경시하는 듯이 말했다. "하지만 학교에서 가르치는 일이야. 네가 그곳을 선택하더라도, 나는 그걸 만족스럽게 여기지 않을 거야. 알고 있겠지만, 학교에서 가르치는 일은 훨

---

28 성서 공회는 성서를 여러 가지 언어로 유통시키고 다른 나라에 성서를 보내주기 위해 결성된 단체였다.

씬 더 고되고 다른 점에서도 그리 좋지 않지. 게다가 네가 그 일을 얻을 가능성도 높지 않고."

"아, 정말이지." 가스코인 부인이 말했다. "그 일이 훨씬 더 힘들 거야, 궨덜린. 네게 적합하지도 않고. 혼자서 침실을 쓸 수도 없을 거야." 그러자 학창 시절의 다른 구체적인 정황이 떠올라서 궨덜린도 이 대안이 고통을 줄이지 못할 거라고 인정할 수밖에 없었다. 그녀는 다시 이모부를 바라보며 그의 생각을 수용하는 듯이 말했다.

"몸퍼트 부인이 언제 저를 부르러 보내실까요?"

"그건 확실하지 않아. 그렇지만 부인이 너를 만나볼 때까지는 다른 제의를 염두에 두지 않겠다고 약속했어. 네 처지에 매우 다정하게 공감하셨지. 아마도 2주일 내로 연락이 올 거야. 그런데 내가 지금 나가봐야겠구나. 교회 영지의 일부를 특히 좋은 조건으로 임대하게 될 거야."

그 목사는 아주 유쾌하게 말을 마쳤고, 궨덜린이 분별력 있는 아가씨답게 상황에 잘 적응할 거라고 만족스럽게 확신하며 방을 나섰다. 상황에 적합하게 말했으므로 그 결과도 적합하리라고 자연스럽게 가정했다. 집안과 교구에서 권위 있는 인물로서 그는 다루기 어려운 인물에게 "훈계를 해달라"는 요청을 받곤 했는데, 사람들은 그런 조처가 도덕적 강제력이 있다고 여겼다.

"우리 모두에게 헨리는 정말이지 든든한 버팀목이야!" 남편이 방을 나서자 가스코인 부인이 말했다.

"정말 그래요." 데이빌로 부인이 진심으로 말했다. "유쾌한 성격은 그 자체가 행운인 것 같아. 나도 그런 성격이었으면 좋았을 것을."

"그런데 렉스는 아버지를 꼭 닮았어." 가스코인 부인이 말했다. "그 애에게서 편지를 받고 우리는 큰 위로를 얻었단다. 그 편지를 조금 읽어줄게." 그녀는 이렇게 덧붙이며 호주머니에서 편지를 꺼냈다. 앤은 좀 겁이 났다. 왜 그런지 알 수 없었다. 다만 궨덜린 앞에서는 렉스에 대해 입도 뻥긋하지 않겠다고 작정했었다.

자식자랑을 하고 싶은 어머니는 편지를 훑어보면서 낭독할 문장을 찾았다. 하지만 그 부분에 최근에 있었던 사건을 자세히 암시하는 듯한 말이 기대 이상으로 새겨져 있음을 알게 된 것 같았다. 그녀는 고개를 들고 편지를 접으면서 이렇게 말했다.

"여하튼 렉스는 우리가 겪게 된 고통 때문에 자기가 어른이 되었다고 말했어. 일을 최대한 많이 해야 할 이유가 생겼다고. 그래서 대학 연구원이 되고 학생들을 가르치고 한 동생의 교육을 책임지고, 더할 나위 없이 훌륭한 일을 모두 할 작정이란다. 편지에 재미있는 얘기를 많이 썼는데, 그게 바로 그 애다운 점이지. 이런 말을 썼더라고. '제가 배 타고 떠나는 것을 막을 수 있도록 때 맞춰서 어머니가 지극히 선량하고 열심히 일하는 아들을 찾는 광고를 내셨다고 말씀드려 주세요. 그리고 제가 그 자리에 지원한다고요.' 이 편지가 금요일에 왔는데, 렉스가 태어난 이후에 남편이 그렇게 감동받은 것은 처음이야. 우리가 입은 손실을 만회해주는 이득 같았지."

실은 그 편지 덕분에 가스코인 부인과 앤은 순수하게 친절한 마음으로 궨덜린을 대할 수 있었다. 궨덜린은 그들의 태도를 매우 다정하게 느꼈고, 앤에게 미소를 지으며 '지금은 괜찮지, 그렇지?'라고 말하려는 듯이 앤의 뺨을 살짝 꼬집었다. 그녀는 쓸데없이 심술궂게 구는 성격이 아니었고, 다른 사람을 비참하게 만들면서 이기적 즐거움을 느끼지도 않았다. 다만 다른 사람이 자신을 비참하게 하는 데 격렬한 반감을 느꼈을 뿐이다.

그러나 오두막에 필요한 가구에 대한 대화로 넘어가자 궨덜린은 내키지 않는 관심조차 보이지 않았다. 그녀는 그날 아침에 남들이 자기에게 기대하는 바를 최대한 다 들어주었다고 생각했다. 그리고 자기 내면에서 벌어지는 갈등을 남들에게 드러내지 않은 것이야말로 영웅적 행위라고 느꼈다. 자신에게 주어진 단 하나의 명확한 전망에 대해 움츠리며 느낀 혐오감은 예상보다 더 강했다. 무엇보다도, 몸퍼트 부인에게 인정을 받든 받지 못하든 자신을 내보여야 한다는 것은 이미 아픈 상처를 짓누르는 것 같았다. 심지어 가정교사를 하겠다고 나서는 마당에도 평가받고 거부될 수 있을 것 같았다. 자신은 자존심이 상해도 그 주교와 아내를 받아들이기로 마음먹었는데, 그럼에도 그들은 자신을 받아들일 것인지 고려하게 된다. 쳐다보거나 말하거나 입을 다물고 있는 자신의 태도가 부정적으로 평가될 수 있다. 끊임없이 가르쳐야 하는 세 소녀와 함께 지내며 스스로를 억제하는 불행한 일에 착수하고서도 여전히 검열이 지속될 것이다. 몸퍼트 부인은 항상 감독할 테고, 궨덜린에게 내키지 않는 이런저런 일을 늘 요구할 것이다. 어쩌면 주교는 진지한 주제에 관한 자신의 의견을 알아내려 할 것이다. 바로 얼마 전만 해도 예쁜 아가씨로서 사교계에서 늘 인기를 누렸고, 발랄하고 대담한 대화로 재치를 부리며 6주 전만 해도 주교 때문에 당황하기보다는 그의 우둔함을 동정했을 궨덜린은 이제 자신의 앞날이 고행소(苦行所)에 들어가는 것 같다고 느꼈다. 클레스머가 뭐라 말했든 멀리 달아나서 배우가 되겠다는 무모한 생각이 그 자유분방함으로 그녀를 유혹했다. 그러나 그의 말은 아직도 그녀의 영혼을 무겁게 짓눌렀다. 그 말은 그녀의 자존심과 처녀의 품위를 두려움에 떨게 했다. 그녀는 무례하고 뻔뻔스럽게 행동하는 천박한 사람 가운데 끼어있는 자신의 모습을 막연히 상상해보았다. 상류사회의 강력한 창살을 통해서는 볼 수 없는, 이빨을 드러내며 싱글거리거나 능글맞게 웃어대는 불쾌한 남자들. 궨덜린이 대담한 성격이기는 했지만 그 대담함은 수단을 가리지 않고 부나 권력을 추구하는 사람의 대담함과는 전혀 달랐다. 숙녀로 대접받아야 한다는 필수조건은 그녀의 골수에 박혀 있었다. 그녀가 도박장에서 여주인공이 되기를 꿈꾸었을 때의 필요조건은, 누군가 그녀를 정중하게 대우하지 않는다든가 아니면 데론다처럼 그녀를 감히 빈정거리는 시선으로 바라본다든가 하는 일이 감히 일어나서는 안 된다는 것이었다. 보호받고 응석을 부리며 온갖 자질구레한 일에서 자기감정을 최우선으로 고려하게 하는 것은 그녀의 인생에서 음식이나 옷가지처럼 당연한 일이었다. 클레스머가 그런 점을 경고하지 않았더라도, 정중한 태도를 기대할 수 없는 낯선 사람들 사이에서 스스로에게 의존하는 것은 매력적인 자유라고 생각할 수 없었을 것이다. 그보다는 주교단의 고행소를 참아내는 것이 덜 불쾌한 일이었다. 고행소에서도 응석을 부릴 수 없고 자신의 감정이 존중받을 수 없는 것은 분명하지만 말이다. 세상의 하고많은 사람 중에서 바로 자신 — 모든 상황이 결합하여 전혀 다른 운명을 맞도록 만들어준 그녀 자신 — 에게 닥친 이 가혹한 운명에 대한 반발심은, 자신의 운명에서 기대한 것과 실제로 자신에게 일어날 일을 상상하면서 시간이 지날수록 줄지 않고 점점 더 커졌다. 집안에 닥친 곤경이 다른 가족은 더 견디기 쉬울 거라고 그녀는 생각했다. 가엾은 엄마에게는 그러했다. 엄마는 즐겁지 않게 사는 데 늘 익숙했기 때문이다. 그녀가 몸퍼트 주교의 집에 가서 얼마간 인내심을 발휘하면 상황이 더 나아질 것인지 생각해보면, 그런 엄청난 일을 겪은 후 자신에 대한 희망을 품는 것은 어리석음에 불과할 것이다. 아마도 능력이 뛰어나다는 인정을 결코 받지 못할 테고, 어느 모로 보아도 자신의 소망이 즐겁게 이루어질 것 같지 않았다. 그녀처럼 아름다운 아가씨들은 못생긴 가정교사도 호감을 사서 청혼 받는 줄거리의 로맨스 소설을 읽고서 그런 줄거리를 자신의 미래에 옮겨 상상하면서 위안을 삼는다. 그러나 궨덜린이 경험을 통해 청혼과 결혼에 대해 깊이 생각하며 자신의 낙원으로 여겼더라도, 그녀의 마음은 과거와 미래의 가까운 사건에 너무 짓눌려서 기대하는 바를 아주 멀리까지 투사할 수 없었다. 그녀는 세상에 메스꺼움을 느꼈고, 자신의 삶을 처음부터 끝까지 돌아보아도 살아야 할 이유를 찾을 수 없었다. 고통에 대한 종교적 관점은 전혀 도움이 되지 않았다. 그녀의 생각에 자신의 곤경은 전부 다른 사람의 불쾌하거나 사악한 행동에서 빚어진 것이기 때문이었다. 그리고 실로 이 세상에서 기대할 만한 유쾌한 일은 하나도 없었다. 그녀의 감정은 이러했다. 곤경에 관해 들어본 그 밖의 얘기들은 전부 만들어낸 말에 불과해서 마음속으로 받아들이고 되풀이할 만큼 매력적이지 않았다. 노동과 필요한 일을 완수할 때의 즐거움, 내적 외적 행동의 중요성, 지속적인 발견의 과정으로서 인생의 전반적인 기쁨, 의당 바쳐야 할 용기와 참을성, 근면함(공동의 짐을 나누기 위해 이것을 바치지 않는다면 비열하기 그지없다), 교사라는 직업의 중요한 가치 — 이런 것에 대한 웅변적 설교를 듣더라도 그녀에게는 희미하게 들리는 주장에 지나지 않았을 것이다. 그녀에게 영향을 미친 것은 자신의 변함없는 의견이었는데, 가령 숙녀가 가정교사가 된다, 즉 "일자리를 얻는다."라는 것은 비참하게 영락하는 것이고 기껏해야 동정적으로 베풀어주는 친절을 받게 되리라는 것이었다. 그리고 가엾은 귄덜린은 행복을 자신의 우월함이나 빛나는 화려함과 떼어내서 생각한 적이 없었다. 이런 것이 그녀를 버리고 떠날 위험에 처했을 때 인생이 살 만한 가치가 없다고 느꼈다고 해서, 그녀가 여느 사람들과 너무 달라 우리의 동정심을 받지 못할 인간이라고 내칠 수는 없다. 우리가 전반적 상황에 대한 저급한 견해에 유혹을 느끼는 순간은 대개 우리가 스스로에 대해서는 민감하게 느끼지만 여타의 사람들이 더욱 중요하게 여기는 문제에 대해서는 둔감하게 반응할 때이다. 확실히, 자기 앞에 펼쳐진 인생의 미로에서 실마리를 찾지 못한 젊은 아가씨는 가련한 존재이다. 태평하게 걷던 길이 가로 질러 끊어져버린 듯이, 스스로에 대한 불신과 자신의 행운에 대한 불신이 갑자기 충격적으로 그녀에게 밀어닥친 것이다.

그녀는 원래 건강한 체질이었지만, 받아들일 수 없는 반감은 그녀의 몸에도 영향을 미쳤다. 몸이 마비되는 듯했고 어떤 일에도 손을 댈 수 없었다. 가장 절박하지 않은 일, 식사를 하는 것조차 짜증스러웠다. 어떤 주제에 대해서든 다른 사람의 말은 그녀의 감정을 고려하지 않고 무지한 상태에서 그녀에게 요구하는 것이었기에 부당하게 보였다. 그녀는 낙심한 젊은이들이 빠지기 쉬운 자살에 대한 공상에 잠기는 성격이 아니었다. 그녀의 마음을 사로잡았던 분노를 일으킨 생각은, 몹시 싫어하는 방식으로 살 수밖에 없다는 것이었다. 그녀는 목사관에 다시 가지 않도록 조심했다. 고분고분하게 보이고 온순하게 말해야 하는 것이 너무도 참기 어려웠다. 그 끔찍한 오두막의 가구에 대해서는 관심을 보이려는 노력조차 할 수 없었다. 메리 양은 가족을 도와주려고 일부러 남아있었고, 조코사 같은 사람들은 그런 일을 좋아했다. 앤이 만나러 왔을 때도 그녀가 자기 방에서 나오지 않는 바람에 그녀의 어머니는 변명을 해야 했다. 퀜덜린은 차분한 태도를 잃지 않겠다고 스스로에게 약속했지만, 동기를 찾을 수 없는 무력감에 빠지고 말았다. 그녀는 생각했다. '앞으로 차차 가식적인 태도를 취할 거야. 하지만 그걸 왜 지금 시작해야 해?'

그녀의 어머니는 말없이 괴로워하며 그녀를 지켜보았다. 그리고 딸의 응석을 다정하게 받아주던 습관에 빠져들어서, 궨덜린이 생각하리라고 짐작되는 것을 생각하기 시작했고, 모든 일이 사랑하는 딸을 덜 비참하게 할 방향으로 나아가기 바랐다.

어느 날 궨덜린이 검은색과 노란색이 어우러진 침실에 있을 때 어머니는 그녀의 옷가지를 살펴보고 정리한다는 구실로 서성이고 있었다. 궨덜린이 갑자기 일어서더니 장신구가 들어 있는 보석 상자를 가져왔다.

"엄마." 그녀가 윗부분을 훑어보며 말을 꺼냈다. "이걸 잊어버리고 있었어요. 왜 이것에 대한 말을 하지 않았어요? 이 장신구를 팔도록 해보세요. 이것과 헤어지더라도 엄마는 개의치 않겠죠. 오래전에 주셨잖아요."

그녀는 위쪽 칸막이를 들어 올리고 아래쪽을 들여다보았다.

"그 장신구 없이 잘 지낼 수 있더라도, 궨덜린, 나는 널 위해 그걸 간직하고 싶구나." 데이빌로 부인은 궨덜린이 무언가에 대해 말을 꺼냈으므로 안도감을 느끼며 옆에 앉았다. 그들의 관계는 평소와 달라져 있었다. 이제는 어머니가 딸의 기운을 북돋우려고 노력한 것이다. "아니, 저 손수건이 어떻게 여기 있지?"

귀퉁이가 찢어진 손수건은 궨덜린이 터키석 목걸이를 말아서 쑤셔 넣었던 것이었다.

"우연히 저 목걸이와 같이 있었어요. 내가 급히 서둘렀거든요." 궨덜린은 손수건을 꺼내 주머니에 넣으며 말했다. "그 목걸이는 팔지 마세요, 엄마." 그녀가 덧붙였다. 전에는 목걸이를 되찾은 것이 몹시 불쾌했지만 지금은 그것에 대한 새로운 감정이 몰려들었다.

"그럼, 얘야. 그건 네 아버지의 사슬로 만든 거란다. 다른 것도 팔지 않는 게 좋겠구나. 값이 많이 나갈 것은 없단다. 내게 있던 가장 좋은 장신구는 오래전에 없어졌거든."

데이빌로 부인은 얼굴을 붉혔다. 그녀는 대체로 궨덜린의 계부에 대해서, 그가 아내의 보석을 가져가서 처분해버린 것 같은 일을 전혀 언급하지 않았다. 잠시 후 그녀가 말을 이었다.

"이것으로 경비를 충당하겠다고 기대한 적은 없었어. 네가 간직하고 있으렴."

"이 장신구는 소용없을 거예요, 엄마." 궨덜린이 냉정하게 말했다. "가정교사는 장신구를 달지 않으니까요. 이모의 자선단체 아이들이 입는 것처럼 거친 회색 모직 외투와 밀짚모자를 만들어주면 좋겠어요."

"아니, 얘야, 그런 식으로 생각하지 마. 너는 우아하고 세련되기 때문에 몸퍼트 가족이 너를 더 좋아할 거야."

"몸퍼트 가족이 내가 어떤 모습이기를 바랄지 전혀 모르겠어요. 내가 그들이 원하는 대로 되지 않으면 안 된다는 걸로 충분해요." 궨덜린이 신랄하게 말했다.

"그 주교의 집에 가는 것 말고, 네가 덜 혐오스럽게 느낄 수 있는 것이 있으면, 제발 무엇이든 말해다오, 궨덜린. 속내를 얘기해주렴. 네가 원하는 거라면 무엇이든 그걸 위해 노력할 거야." 어머니가 간청하듯 말했다. "내게 숨기지 말아다오. 함께 견디도록 하자."

"아, 엄마, 말할 것이 전혀 없어요. 내가 할 수 있는 더 나은 일이 없어요. 그 가족이 나를 받아준다면 운이 좋다고 생각해야겠죠. 돈을 조금 벌어서 엄마를 위해 쓸 수 있겠죠. 그것이 내가 생각해야 하는 유일한 일이에요. 올해 나는 돈을 쓸 일이 없을 거예요. 엄마에게 80파운드를 전부 드리겠어요. 그 돈으로 살림을 얼마나 충당할 수 있을지 모르지만. 하지만 엄마의 가엾은 손가락이 닳아버리도록 바느질을 할 필요는 없어요. 눈을 크게 뜨고 엄마의 사랑스러운 눈에 남은 눈물 자국을 모두 없애버리세요."

궨덜린은 평소와 달리 이렇게 말하면서도 어머니를 위로하지 않았다. 어머니를 쳐다보지도 않았고, 터키석 목걸이를 만지작거리며 바라보고 있었다.

"네 다정한 애정에 축복이 있기를, 사랑하는 딸아!" 데이빌로 부인은 눈물을 글썽이며 말했다. "지금 구름이 드리워졌다고 절망하지는 말아라. 너는 아주 젊으니까. 너를 위해서 여전히 큰 행복이 마련되어 있을 거야."

"행복을 기대할 이유가 있는지 모르겠어요, 엄마." 궨덜린이 냉담한 어조로 말했다. 데이빌로 부인은 입을 다물었고, 전에 종종 생각했듯이 '그랜코트 씨와 무슨 일이 있었던 걸까?'라고 생각했다.

"이 목걸이는 내가 간직할게요, 엄마." 궨덜린은 그것을 따로 놓고 보석 상자를 닫았다. "나머지는 큰돈이 되지 않아도 팔도록 하세요. 어떻게 하면 되는지 이모부께 물어보세요. 나는 그것을 다시 쓸 일이 없을 거예요. 수녀처럼 살아갈 테니까. 그런 생활을 선택한 가였은 여자가 모두 나 같은 심정이었을지 궁금해요."

"불행을 과장하지 마라, 애야."

"내가 느끼는 감정을 있는 그대로 얘기하고 있는데, 그것이 과장인지 아닌지 어떻게 알 수 있어요? 다른 사람의 감정을 말하는 게 아니잖아요."

그녀는 찢어진 손수건을 호주머니에서 꺼내어 조심스럽게 목걸이를 쌌다. 데이빌로 부인은 그 행동을 보며 약간 놀랐지만, 딸의 날카로운 마지막 말에 물어볼 엄두가 나지 않았다.

궨덜린이 비극적 분위기를 풍기며 언급한 그 '감정'은 가정교사가 된다는 사실만으로는 설명될 수 없는 것이었다. 그녀는 전반적인 실의에 빠져 있었다. 앞으로 해야 할 일에 대한 혐오감만이 아니었다. 그 혐오감은 고행소를 넘어 온 세상으로 퍼져나갔다. 그녀가 설사 자유롭더라도 큰 즐거움을 느낄 만한 것을 세상에서 찾을 수 없기 때문이었다. 당연히 그녀에게 그런 불만은, 당대의 일부 남자들이 능력에 비해 하는 일이 너무 제한되어 느끼는 답답함이나 잠재력을 쏟아 부을 가치가 없다는 선험적 확신을 느낄 때의 불만보다 더 적어 보이지 않았다. 그녀를 교육하는 데 그들보다 비용이 적게 들었다고 으레 그녀가 더 폭넓은 감정과 더 예리한 지적 통찰력을 갖게 되지는 않는다. 그녀가 느낀 슬픔은 여성적인 것이었다. 그러나 여자로서 그녀가 그 슬픔을 견디는 것이 덜 힘들지는 않았다. 그녀는 프로메테우스처럼 비극적인 어조로 말할 권리가 있다고 느꼈다.

그런데 그녀가 터키석 목걸이를 간직하기로 마음먹고 그것을 손수건에 말아서 처음 돌려받았을 때 넣어두었던 화장품 가방에 다시 넣으려고 일어서게 한 충동은 더욱 특이했고, 그리 합리적이지 못하다고 불릴 만했다. 그것은 그녀의 자신감이나 공포심에 붙어 있는 미신에서 비롯된 것이었다. 그런 미신은 이론적이고 과학적인 논리에도 불구하고 강한 개성을 가진 사람들에게 남아서 좀처럼 없어지지 않는다. 자신에 대한 두려움이나 희망은 자신을 두둔하거나 반박하는 합리적 논리보다 더 강력하다. 궨덜린은 왜 갑자기 목걸이를 버리지 않겠다고 결심했는지 스스로도 명확히 알 수 없었다. 들판에 홀로 있는 것을 알았을 때 왜 때로 겁에 질리는지 알 수 없는 것과 마찬가지였다. 그녀는 데론다에 대해 혼란스러운 감정을 갖고 있었다. 상처받은 자존심과 분노일까? 아니면 어떤 경외심과 특별한 신뢰일까? 막연하지만 마음을 지배하는 감정이었기에 그 목걸이를 간직할 수밖에 없었다. 우리 마음속에는 지도가 그려지지 않은 광대한 영역이 존재한다. 돌풍과 폭풍우처럼 몰아치는 우리의 격정을 설명하려면 그 영역을 고려해야 한다.

제25장

> 메마르기 그지없는 괴팍한 이기심에 빠져버린 마음, 솔직한 욕망이 다 무뎌져서 동기가 우유부단한 기대로 퇴화된 마음, 곳곳에 무성한 잡초 속에서 별나게 일어나는 기분으로 변덕스러운 충동이 드는 마음, 이런 마음에서 '왜'와 '무엇 때문에'를 어떻게 추적할 수 있을까? 이런 마음은 의무의 압박을 받지 않고 형성된, 너무나 일반적인 인생에서 생기곤 한다. "우리는 제멋대로 행동할 자유가 너무 많아서 타락한다."고 테렌티우스[29]가 말한다. 아니, 더 익숙한 말로 표현하자면 이렇게 말할 수 있다. "당신 좋으실 대로"는 나쁜 지침이라고.

재계의 실력자는 말을 아끼면서 자기 의사를 드러내 공채(公債)에 영향을 미친다. 이와 마찬가지로, 귄덜린이 레브론을 떠났다는 사실을 알게 된 그랜코트가 그 상류층 휴양지는 바덴보다 더 불쾌한 굴이라고 우연히 말했을 때, 그 말은 러시에게 그의 후원자가

[29] 180/190~159BC. 로마의 희극 시인.

곧장 디플로로 돌아갈 생각이라는 것을 분명히 알려주었다. 그 의도를 실행에 옮기는 일은 의도를 품는 것보다 분명 더 오래 걸릴 것이다. 사실 그랜코트는 출발하자는 명확한 언질을 주지 않고 이튿날도 계속 빈둥거렸다. 어쩌면 러시가 그 명령을 예상하리라고 느꼈기 때문일 것이다. 그는 꾸물거리며 몸단장을 했고 완벽한 외모가 시들어버린 모습으로 내려왔기에 산뜻한 얼굴빛과 피가 흐르는 손은 노골적인 천박함을 드러내는 징후처럼 보였다. 그는 테라스와 도박장, 독서실에서 꾸물거리며 주위에 있는 누구에게나, 무엇에나 무관심하게 대하는 데 전념했다. 하지만 레이디 맬링거와 마주쳤을 때는 약간 노력을 기울여서 모자를 들어 인사하며 걸음을 멈추고는, 광천수를 권하는 그녀의 말을 알아들었음을 입증하느라 이렇게 말했다. "네, 도박장 옆에 언제나 광천수가 있다는 것은 축복받은 일이라고 누군가 말하더군요."

"아, 그 말은 농담이었어요." 그랜코트가 무기력하게 진지한 어조로 말하자 순진한 레이디 맬링거는 그 말을 오해했다. "도시와 강에 관한 옛날 농담을 모방한 것이었죠."

"아, 그럴 수도 있겠군요." 그랜코트는 표정이 전혀 바뀌지 않은 채 대답했다. 레이디 맬링코트는 이 이야기를 휴고 경에게 들려줄 가치가 있다고 생각했고, 그는 이렇게 대답했다. "아, 여보, 그는 바보가 아니오. 그가 농담을 알아듣지 못한다고 생각하면 안 돼요. 그는 대개의 사람처럼 자기 패를 쓸 줄 아는 사람이오."

"내가 보기에는 분별력이 있는 사람 같지 않았어요." 레이디 맬링거가 스스로를 변명하며 말했다. 그녀는 그랜코트를 만나는 데 은밀히 반감을 느끼고 있었다. 그랜코트는 그녀가 아내의 결함으로 여기는 것, 즉 휴고 경에게 아들을 낳아주지 못한 사실을 알려주는 살아 있는 큰 상징이나 다름없었다. 그녀는 남편이 자기를 선택한 것을 상당히 후회하리라고 늘 생각했다. 남편이 매우 선량한 사람이 아니었다면 결국 자신을 꽤 거칠게 대했을 것이다. 신사들은 실망을 맛보는 것을 물론 좋아하지 않는다.

그랜코트는 데론다에게도 아는 척해주었다. 그리 고마운 심정은 아니었지만 데론다는 극히 예의 바르게 주의해 인사했다. 데론다는 사회적 관습의 바탕에 대해 논리적으로 따져보아도 자신의 출생에 부친을 탓하지 않을 수 없는 상처가 남아있다는, 어린 시절에 뿌리박힌 감정을 떨쳐낼 수 없었다. 그 상처만 아니었으면 그랜코트의 장래가 자신의 것이 될 수도 있었으리라고 생각하면서, 그렇기 때문에 분개하고 있다고 비칠 행동은 하지 않겠다고 의연하게 결심했다. 다른 사람의 좌절에 터무니없이 비열한 적의와 승리감을 느끼는 데 쉽게 빠져드는 사람들을 보았지만, 자신은 그런 추악한 구렁텅이에 빠지지 않겠다고 결심했으므로 거기에 등을 돌렸고, 소유물에 집착하듯이 자기 내면의 다정한 애정에 매달렸다. 확실히 자존심이 큰 도움이 되었다. 천박한 사람들이 가난한 집안의 구질구질한 가사도구처럼 과장하곤 하는, 자신의 불리한 처지를 인정하지 않으려는 자존심이었다. 자신이 그랜코트 같은 인간을 시기한다고 여겨지지 않도록 처신할 것이다. 그러나 제멋대로 해석하는 것을 막을 방도는 없다. 그랜코트는 사실 그 불쌍한 녀석 데론다가 친사촌일 거라고 믿어 의심치 않았고, 자기들의 판이한 지위에 억눌려 속으로 움츠리고 있다고 믿었다. 불운한 사람이 옆에 있으면 그렇지 않을 때보다 훨씬 더 유쾌하다. 상대의 질투심과 상대적 결핍감을 상상하는 일은 이기심에 늘 따라다닌다. 그랜코트가 자신의 지배력을 맛보려고 질투심을 일으키려는 대상은 그의 애완견만이 아니었다. 그러므로 그는 테라스에서 데론다와 디플로 근처의 사냥터에 대해 예의 바르게 몇 마디 대화를 나누었고 이렇게 말하기까지 했다. "사냥철이 되면 한두 번 신나게 질주하러 디플로에 오게."

러시는 출발이 지연되어도 불쾌감을 느끼지 않고 매우 즐겁게 시간을 보냈다. 휴고 경과 잡담을 나누면서, 그랜코트의 형편이 디플로에 대한 권리를 기꺼이 내놓도록 영향을 미칠 수 있을지에 대한 휴고 경의 질문에 답하며 시간을 보냈다. 사적으로 뒤얽힌 그랜코트의 속사정을 준남작이 이미 충분히 알고 있었으므로 러시는 침묵을 지켜야 할 의무가 없다고 느꼈다. 화창한 가을날에 산책로를 따라 어슬렁거리면서 폭군 같은 후원자가 없는 자리에서 그에 대해 거리낌없이 말하는 것은 무엇보다도 기분 좋은 일이었다. 휴고 경은 재미있는 추문에 기꺼이 귀를 기울였고, 그런 것을 '특이한 소행'이라고 부르곤 했다. 하지만 그런 소문을 너무 심각하게 받아들일 사람에게는 전하지 않으려고 조심했다. 그는 조카의 비밀에 대해 무엇을 알고 있든 데론다에게 절대로 말해주지 않았다. 데론다는 그랜코트를 희뿌연 피가 흐르는 인간이라고 생각했지만, 그의 몸에서 어떻게 적혈구가 씻겨 나갔는지에 대해서는 관심이 없었다. 러시는 그러지 않을 이유가 없을 때는 누구라도 즐겁게 해주려는 방침과 의도를 갖고 있었다. 그리고 준남작은 러시를 쉽게 다룰 수 있는 사람 중 하나로 여기며 늘 잘해주었다. 그런 사람은 엄밀히 말해서 신사가 아니지만 신사들의 사교계에 늘 들락거리므로, 훼손될까봐 걱정할 필요 없이 편안하게 꺼내 입는 옷장 속의 두 번째로 좋은 옷처럼 더 쓸모가 있었다.

"그래, 상황이 어떻게 돌아가는지 알려주게나." 휴고 경이 말했다. "이 혼인이 결국 성사될 것 같은지 아니면 다른 일 때문에 돈이 더욱 절실하게 필요할지 말일세. 그랜코트는 라이랜즈에 부담을 주는 것보다 내 계획을 받아들이는 게 훨씬 나을 거야."

"지당하신 말씀입니다." 러시가 말했다. "다만 그에게 강요해서는 안 됩니다. 냄새가 코를 자극하도록 그가 지나가는 길에 살짝 놓아야지요. 그랜코트는 자기에게 이익이 되는 일에 늘 이끌리는 사람이 아닙니다. 특히 그 일이 경에게도 이익이 된다는 것을 알고 있으면 말이지요. 물론 저는 그를 따라다니고 있습니다. 그의 옆에 있으려고 모든 것을 포기했고, 이제 15년은 족히 지났습니다. 제 자리를 대신할 다른 사람을 쉽게 구할 수 없을 겁니다. 무척 특이한 성격이거든요. 헨리 그랜코트는 그런 사람입니다. 최근 몇 년 사이에 그런 성격이 더 굳어졌어요. 하지만 저는 변함없는 성격으로 그가 스무 살이었을 때부터 일종의 후견인 노릇을 해왔지요. 그때 그는 정말이지 비범하게 매력적인 젊은이였어요. 지금도 마음이 내키면 그렇게 할 수 있을 겁니다. 저는 그에게 애정이 있어요. 그는 제가 곁에 없으면 훨씬 더 나빠질 겁니다."

휴고 경은 공감이나 찬성을 표현할 필요가 없다고 생각했고, 어쩌면 러시 자신도 이런 식으로 자신의 동기를 표현한 말이 곧이곧대로 받아들여지리라고 기대하지 않았을 것이다. 하지만 자기 자신을 대화의 한 가지 주제로 삼는 것을 어떻게 마다할 수 있겠는가? 사람은 스스로를 옷감과 리넨으로 치장하듯이 말로도 근사하게 치장해야 한다. 그리고 러시의 말을 듣고 있는 사람은 꼬치꼬치 따지기를 좋아하는 사람이 아니었다. 휴고 경 같은 국회의원은 말로 치장하는 것이 필요하다고 인정할 것이다. 그래서 그 대화는 서로에 대한 평가가 조금도 달라지지 않은 채 이어졌다.

하지만 러시가 느긋하게 기대한 무기한의 출발연기는 이튿날 아침에 그랜코트가 그를 보자마자 이런 질문을 던졌을 때 끝나고 말았다.

"파리 행 기차를 탈 준비는 하고 있습니까?"

"출발할 생각인지 몰랐는데요." 러시는 이렇게 말했다. 정확히 말하자면, 불시에 기습을 받은 것은 아니었다.

"알 수 있었을 텐데요." 그랜코트는 타버린 시가 끝부분을 바라보며, 혐오감을 드러내고 독단적으로 거만하게 굴 때 흔히 쓰는 나지막한 목소리로 말했다. "모든 일을 처리해주세요, 아시겠지요? 짐승 같은 인간들과 같은 칸에 타지 않도록 신경 쓰시고. 그리고 내가 출발했다는 작별 카드를 맬링거 가족에게 보내주고."

그래서 그들은 이튿날 파리에 도착했다. 그러나 그랜코트가 시종과 함께 파리에 머무는 동안 곧장 디플로에 가서 모든 것이 제대로 되어 있는지 살펴보라는 제안 혹은 명령을 받았을 때 러시는 만족했다. 그러고 며칠 후에야 그는 마차를 원스터 역에 대기시키라는 전보를 받았다.

러시는 그동안의 시간을 적극적으로 활용해서 말 사육장과 집안에 대한 그랜코트의 명령을 모두 처리했을 뿐 아니라 궨덜린에 대해 알 수 있는 것을 모두 알아냈고 오펜딘의 상황이 어떻게 돌아가는지도 알아냈다. 그 가족의 불운에 대한 소식이 그랜코트의 변덕스러운 고집에 어떤 영향을 미칠지 도무지 짐작할 수 없었다. 그 아가씨가 전에는 수줍어했지만 이제는 가난뱅이가 되었기 때문에 그의 청혼을 받아들일 거라는 논리로 생각해보면, 전에 그랜코트가 청혼을 주저한 이유 중의 하나라고 러시가 짐작한, 거절당할 가능성을 무릅쓰는 것에 대한 견디기 어려운 반감은 그런 상황 덕분에 사라질 것이다. 반면에, 틀림없이 받아들여지리라는 확실성은 그랜코트로 하여금 나방처럼 뚜렷한 의지 없이 여기저기 빠져들게 할 만한 "그런 종류의 조건"이었다. 러시는 여러 해 동안 자기 후원자를 면밀히 관찰해왔으므로, 누구보다도 그랜코트를 잘 알았을 것이다. 하지만 그랜코트를 안다는 것은 그가 특정한 경우에 어떻게 행동할 것인지 의혹을 품는 것과 다를 바 없었다. 그는 현대 프랑스 연극의 주인공처럼 겉으로 너그럽고 아량 있게 행동할 수도 있을 것이다. 그런 주인공들은 거짓말과 비열한 짓을 일삼다가 갑자기 개과천선해서 도덕적으로 뛰어난 인물이 되기 때문에, 막이 내린 후에 어떤 삶이 이어질 것인지 청중에게 신뢰를 주지 못한다. 실로 마지막 장면에서 가장 명예로운 행동은 돈을 목적으로 상속녀에게 청혼하는 것을 거부하고 무일푼의 매력적인 아가씨와 결혼하겠다고 결심하는 것 아니겠는가! 그러나 그랜코트의 전반적 성격에서 러시가 확신하는 점이 몇 가지 있었는데, 그중 하나는 그의 마음속의 온갖 충동 중에서 가장 일어나지 않을 감정이 관대함이라는 것이었다. 하지만 그물처럼 뒤얽힌 여러 갈래 길에서 어떤 곤충을 이리저리 움직이게 하는 내적 충동의 작용을 알아야 할 때, 그 곤충이 머리를 뒤로 젖히고 걷지 않으리라는 전반적인 확실성이 무슨 소용이 있을까? 그러므로 러시는 그랜코트와 궨덜린의 관계가 과연 어떤 결말에 이를지 짐작할 수 없어 어리둥절했고, 그러면서도 그들이 절대 결혼하지 않으리라는 완벽한 확신을 얻고자 했다. 그랜코트가 상속녀와 결혼하거나 글래셔 부인과 결혼한다면 기꺼이 동의했을 것이다. 상속녀와 결혼한다면 장래의 상속권이 있어도 현재로는 얻을 수 없는 풍요를 당장 누릴 수 있을 것이다. 글래셔 부인과 결혼한다면 그 아내는 러시에게 큰 신세를 졌다고 생각할 것이다. 러시는 글래셔 부인과 늘 좋은 사이로 지내왔다. 그리고 미래의 그랜코트 부인이 사교계에 받아들여지지 못하더라도 그의 개인적인 안락함에는 아무 영향도 미치지 않았다. 또한 현재의 관심거리인 두 가지 혼사가 다 이뤄지지 않더라도 그는 개의치 않았을 것이다. 그러나 남편에게 골칫거리만 안겨줄 아가씨와의 결혼을 막고자 자신이 최선을 다하는 것은 당연한 일이라고 생각했다. 그 아가씨가 남편의 오랜 벗에게 치명적 위협을 주지 못하더라도 애먹이며 괴롭히리라는 것은 두말할 나위 없었다. 러시 씨는 오랜 벗으로서 최대한 안락한 미래를 보장받을 수 있기를 진심으로 바랐다. 개처럼 비참하고 단조롭게 살아왔으므로 그런 보상을 받을 자격이 있다고 생각했다. 그 개가 아무런 방해 없이 여러 가지 취향을 누려왔고 큰 저택에 살면서 이득을 얻었어도 말이다. 그는 자신에게 바람직한 것을 손에 넣기 바랐고, 누구에게도 해를 끼칠 생각은 없었다. 바로 지금 상황을 불편하게 하는 시건방진 궨덜린에게 약간 해를 입힐 마음만 아니라면. 그러나 사치와 음악을 좋아하고 더없이 느긋한 기질을 가진 아마추어 예술 애호가, 누구보다도 메스꺼움을 느끼지 않을 아첨쟁이에게도 그 나름의 감정이 있으리라고 예상해야 한다. 그리고 러시 씨는 대체로 세상 사람들에게 재능 있고 유쾌한 인물로 보이곤 했다. 그는 단 한 명을 제외한 다른 사람들에게는 모욕을 당하지 않겠다고 마음먹었다.

이처럼 불완전한 전략을 마련한 다음에 러시는 그랜코트가 도착하기를 기다렸다. 그 전투가 어떻게 시작될 것인지 궁금해하는 것 말고는 달리 할 일이 없었다. 그랜코트는 도착한 첫날 마구간에 관심을 쏟았고, 여러 가지를 지시하는 가운데 크라이테리온에게 여성용 안장을 얹으라고 말구종에게 명령하고 그 말의 걸음걸이를 살펴보게 했다. 이처럼 명확한 목적을 드러낸 명령 때문에, 러시는 자기가 먼저 얘기를 꺼내서 변덕스러운 결과를 일으킬 것인지 다시 진지하게 생각해보았고, 그러면서도 의심을 일으킬 만한 조처가 취해진 것은 아니라고 믿었다. 다음 날 아침에 일어났을 때 그는 그랜코트가 어제처럼 기분이 좋고 이야기를 나눌 기미를 조금이라도 보이면 궨덜린과 그녀의 가족에 대한 흥미로운 사실을 슬쩍 내비쳐서 어떤 효과를 낳는지 알아내고 자신의 행동 지침을 얻어내기로 마음먹었다. 그러나 그랜코트는 이야기를 나눌 기색이 아니었고, 심지어 그의 편의에 관한 질문에도 물고기처럼 눈 하나 깜박이지 않고 침묵으로 일관했다. 그는 편지를 읽고 나서 러시에게 그가 처리해야 하거나 전달할 것을 지시했다. 그러고 나서는 그 쓸모 있는 인물을 냉대했기에 러시는 방을 나서려고 일어섰다. 하지만 그가 방을 나오기 직전에 그랜코트가 고개를 약간 돌리고는 활기 없이 "아!"라고 툭 던지듯 말했다.

"무슨 일입니까?" 러시가 말했다. 그가 먼지 묻은 과자를 존경에 찬 태도로 받아먹지는 않는다는 것은 이미 알고 있을 것이다.

"문을 닫아주시오. 복도에 대고 말할 수는 없으니."

러시는 문을 닫고 앞으로 걸어가서 자리에 앉기로 했다.

잠시 후에 그랜코트가 말했다. "할레스 양이 오펜딘에 있소?" 그는 러시가 틀림없이 그녀에 대해 알아보았으리라고 생각했고, 그 질문을 러시가 원하지 않을 거라고 생각하며 재미있어 했다.

"글쎄요, 잘 모르겠는데요." 러시가 무관심하게 대답했다. "그 집안이 완전히 파산했거든요. 그들과 가스코인 가족 모두 돈을 다 잃었답니다. 어떤 파렴치한 은행업자 때문이지요. 그 불쌍한 어머니는 동전 한 푼 없는 모양입니다. 부인과 딸들은 노동자의 오두막 같은 작은 집으로 옮겨서 웅크리고 살아야 하고요."

"거짓말 마시오." 그랜코트가 간신히 들릴 정도의 낮은 목소리로 말했다. "그건 재미도 없고, 다른 목적도 이루지 못하니까."

"무슨 말입니까?" 러시는 평소보다 더 초조하게 말했다. 자기 앞날의 전망이 전보다 더 혼란스럽게 보였다.

"그저 사실을 말하세요, 아시겠어요?"

"내가 꾸며낸 이야기가 아닙니다. 몇몇 사람에게서 그 이야기를 들었으니까. 브래컨쇼의 시종 베이즐리가 그중 하나였죠. 그는 오펜딘을 임대할 새 사람을 구하고 있어요."

"내 말은 그걸 묻는 게 아니오. 할레스 양이 거기 있습니까 아니면 없습니까?" 그랜코트가 전과 같은 어조로 말했다.

"정말이지, 모릅니다." 러시가 다소 심술이 난 듯이 말했다. "그녀는 어제 떠났을 수도 있어요. 가정교사 자리를 구했다는 말을 들었어요. 내가 알기로는, 그녀가 그곳으로 갔을 수도 있습니다. 그러나 당신이 그녀를 만나고 싶어 한다면 그 어머니가 딸을 불러 오겠지요." 그럴 의도는 없었지만 조롱조의 말이 무심코 입 밖으로 흘러나왔다.

"허친스를 보내서 내일 그녀가 오펜딘에 있을지 알아보시오."

러시는 움직이지 않았다. 주어진 상황에서 어떤 말을 할 것인지 미리 심사숙고한 많은 사람이 그렇듯이 그는 뜻밖에 일어난 짜증스러운 기분 때문에 그런 상황이 아니었지만 미리 준비한 말을 몇 가지 발설하지 않을 수 없다고 느꼈다. 그랜코트가 실로 너무나 어처구니없는 곤경에 빠져들 것 같았으므로 그것에 대한 항의 없이 그가 첫발을 내딛도록 내버려둘 수는 없었다. 러시는 아주 신중하게 합리적이고 친절한 어조로 말해왔지만 자신이 후원자에게 매우 유용하다고 생각했으므로 과감하게 말하기로 마음먹었다.

"당신은 지금 불속에 뛰어들려 한다는 것을 염두에 두는 게 좋을 겁니다, 그랜코트. 평범한 불장난을 저지를 수 있는 게 아니에요. 이 말은 곧 전부거나 아무것도 아니라는 뜻입니다. 당신의 청혼이 받아들여지기를 바라는지 어떤지 마음을 정해야 합니다. 또한, 만일 거절된다면, 그것을 어떻게 받아들일지 마음을 정해야지요. 이쪽이거나 저쪽이에요. 또다시 여섯 주 동안 그녀를 쫓아다닐 수는 없는 노릇이니까."

그랜코트는 아무 말 없이 무릎에 내려놓은 신문을 눌러놓고는 다시 시가에 불을 붙였다. 러시는 그의 그런 동작이 이야기를 들을 마음이 있다는 표시로 받아들였고 그 기회를 이용하겠다고 마음을 굳혔다. 그는 그랜코트를 망설이게 하는 강력한 이유가 무엇인지, 수락의 가능성인지 거절의 가능성인지 가급적 분명히 알아내고 싶었다.

"지금은 상황이 전보다 더 심각해 보입니다. 그녀의 가족을 부양해야 하니까요. 당신의 장모가 거지처럼 살게 내버려둘 수는 없겠지요. 그 혼인은 엄청나게 성가신 일이 될 겁니다. 결혼을 하면 당신은 예전에 겪어보지 못한 속박을 받겠지요. 그리고 금전적인 점에서 보면 당신은 운신의 폭이 그리 넓지 않습니다. 그리고 결국 그 결혼으로 당신이 무엇을 얻을 수 있겠어요? 당신이 상속인을 선택하는 문제에서는 현재 가진 자산이나 미래에 얻을 자산에서 아무 제재도 받지 않기 때문에 마음대로 할 수 있어요. 그렇지만 그 자산을 그저 변덕스러운 마음으로 계속 저당 잡힌다면 유감스러운 일이지요. 열두 달도 지나지 않아서 그 변덕을 후회하게 될 겁니다. 당신이 그런 식으로 당신의 인생을 엉망으로 만든다면 유감스러울 겁니다. 만일 그 결혼으로 실질적인 것을 얻을 수 있다면, 문제가 달라지겠지만."

친근하게 항의하는 동안에 러시의 어조는 차차 더욱 매끄럽게 구슬리는 말투로 변해갔다. 그런 주장을 하는 것이 순전히 도박이라는 것을 잊어버릴 지경이었다. 그가 말을 마쳤을 때 그랜코트는 시가를 입에서 빼고는 섬세한 손가락 끝으로 담뱃잎을 밀어넣고 축축한 끝부분을 바라보며 말했다.

"할레스 양과의 결혼을 당신이 반대한다는 것은 이미 알고 있소." 이 부분에서 그는 잠시 말을 멈추었다가 다시 이었다. "하지만 그것이 내가 결혼하지 않아야 할 이유라고는 생각하지 않소."

"나도 당신이 그럴 거라고 생각하지 않아요." 러시는 매끄러운 어조가 아니라 냉담하게 말했다. "내가 내세운 이유는 그것이 아닙니다. 많은 경험을 해온 당신이 감상적인 유행가의 주인공처럼 행동하면서 스스로를 우스꽝스럽게 만드는 것이 그 결혼에 반대할 이유가 된다고 생각했지요. 무엇을 위해 그런 일을 한다는 겁니까? 아시다시피 당신은 전에 마음을 정하지 못했어요. 당신이 그녀를 무척 좋아한다는 것은 있을 수 없는 일이죠. 그리고 그녀가 어떤 장난질을 칠 수 있을지는, 레브론에서 들은 이야기로 판단할 수 있을 겁니다. 여하튼 내가 지적하고 싶은 것은, 이제는 우유부단하게 행동할 수 없다는 겁니다."

"맞는 말이오." 그랜코트가 얼굴을 돌려 가느다란 눈으로 러시를 뚫어지게 바라보며 말했다. "더 이상 망설일 생각이 없소. 아마도 선생에게는 불쾌한 일이겠지. 하지만 그 점에 대해서 내가 조금이라도 신경을 쓰리라고 생각한다면 엄청난 오산이오."

"아, 그렇다면," 러시는 손을 호주머니에 넣은 채 일어서면서 마음속에 아직 남아 있는 독설을 느끼며 말했다. "당신이 마음을 정했다면야! 그 문제의 다른 면이 남아 있을 뿐이군요. 나는 그녀가 당신의 청혼을 수락할 것이 절대적으로 확실하고 가난 때문에 다른 선택의 여지가 없으리라는 가정 하에서 말해왔어요. 그렇지만 그 아가씨가 당신을 받아들이리라는 예상은 전적으로 확신할 수 없는 문제입니다. 변덕스러운 말괄량이 아가씨니까. 그리고 전에 그녀가 달아났을 때는 그럴 만한 이유가 있었어요."

러시는 한두 걸음을 내디뎠고 그랜코트에게서 약간 떨어져 있었지만 거의 정면으로 그의 앞에 섰다. 그는 이런 말이 빚어낼 결과 때문에 자기감정을 억제할 필요는 없다고 느꼈다. 자신이 현재의 지위를 강력하게 점유하고 있는 것은 자신의 유용한 쓰임새 때문이라는 것을 알고 있었다. 설사 말다툼이 일어나더라도 조만간 그랜코트는 자신을 필요로 할 것이다. 궨덜린 때문에 얼마 동안은 자신이 내몰릴 거라고 예상했다. 그리고 이 순간 그는 말다툼을 무릅쓰도록 자신을 몰아가는 기분에 휘둘렸다.

"그녀에게는 자기 나름의 이유가 있었어요." 그가 더욱 의미심장하게 되풀이했다.

"나도 전에 그런 결론을 내렸소." 그랜코트가 경멸하듯이 빈정거리며 말했다.

"그래요. 그렇지만 당신은 그 이유가 뭔지 모를 겁니다."

"당신은 알고 있는 모양이군." 그랜코트는 그 이유에 관심 있다는 것을 속눈썹을 치켜뜨는 정도로도 드러내지 않았다.

"그래요. 당신도 알아두는 게 좋을 겁니다. 만일 그녀가 그 이유를 가슴에 묻고 당신을 받아들인다면, 당신이 그녀에게 미칠 영향력을 스스로 판단할 수 있도록 말이지요. 나로 말할 것 같으면, 그녀가 당신을 받아들일 가능성이 없다는 데 내기를 걸겠어요. 그녀는 카델 체이스에서 리디아를 만났고, 자초지종을 다 들었으니까."

그랜코트는 당장에 아무 대답도 하지 않고 담배만 계속 피웠다. 꽤 한참 지나서도 그가 침묵을 지켰으므로 러시는 서성이며 창밖을 내다보았다. 자신이 과감하게 던진 수가 어떤 효과를 일으켰는지 보지 못하고는 방을 나서고 싶지 않았다. 그는 그런 일을 계획한 자신을 그랜코트가 비난하리라고 예상했다. 당시 글래셔 부인은 100마일 떨어진 개즈미어에 살고 있었으므로. 그리고 자신이 계획을 꾸민 사실을 순순히 인정할 생각이었다. 그의 관심사는 그랜코트가 이미 그 사실을 알고 놀라서 달아난 아가씨에게 구애할 작정이었다는 것을 알게 되면 결심이 흔들리지 않을까 하는 것이었다. 마침내 그랜코트는 자기 쪽으로 몸을 돌리는 러시를 다시 바라보며 경멸하듯이 말했다. "그래서 어떻다는 거요?"

확실히 이 말은 러시가 부른 "장군"에 "외통장군"으로 맞선 대답이었다. 러시는 그랜코트에 대해 그 어느 때보다도 강한 분노를 느꼈지만, 또 다른 수를 두는 것이 쓸모 있을 듯이 행동한다면 백치 같은 짓이었다. 그는 한쪽 어깨를 약간 으쓱하고는 밖으로 나가려 했다. 그때 그랜코트가 의자에 앉은 채 탁자 쪽으로 몸을 돌리고는 아무 일도 없었던 듯이 조용히 말했다. "거기 있는 펜과 종이를 밀어주시겠소?"

우레 같은 고함을 지르며 위협하는 상관이라도 그랜코트처럼 독단적인 주문(呪文)은 걸 수 없었을 것이다. 스스로 그의 말에 순종하고 있음을 알게 된 몇몇 사람은 어째서 그에게 복종을 하는 것 대신에 더 뜨끈한 지옥으로 가라는 말을 하지 못했는지 이해할 수 없었을 것이다. 자기에게 밀어진 펜과 종이를 잡고 그가 말했다. "이 편지를 쓰는 동안만 기다리시오."

그는 느긋하게 휘갈겨 썼고, 짤막한 쪽지에 재빨리 주소를 썼다. "허친스에게 이것을 당장 가져가라고 해주시겠소?" 그랜코트가 편지를 밀면서 말했다.

러시의 예상대로 오펜딘의 할레스 양에게 보내는 편지였다. 그는 짜증스러운 기분이 가라앉자 격렬한 말다툼이 없었던 것이 다행이라고 생각했다. 하지만 자신이 실점(失點)했으며, 그것에 대한 대가를 어떤 방식으로든 치르게 되리라고 생각했다. 자신이 그 사실을 밝힘으로써 당장 드러난 결과는 분명 그랜코트의 결심이 더 확고하게 굳어진 것이었다. 그러나 수수께끼 같은 그랜코트의 마음이 그런 결과로 나아간 특이한 과정을 설명해보려는 근거를 찾지 못해 러시는 그저 턱을 치켜들었다.

제26장

그는 진홍색 옷감과 금, 향유,
튀루스의 뱃짐을 실은 흰 당나귀들을 몰고 온다,
내 의지를 매수하려고. 나는 그를 쫓아내라고 명하고,
내 확고한 결심에 관한
그의 더러운 추측을 입 밖에 내지 못하게 할 것이다.

그래, 그 결심은 확고하다.
그러니 그에게 그의 짐을 펼쳐놓게 하라.
확고함은 그 나름의 선호가 있어,
더 강력히 저항하려고 더 강력한 유혹을 갈망한다.
금을 던져버리려고 그 감촉을 느끼고,
술 취하지 않은 입술을 느끼려고 포도주의 냄새를 맡는다.
부드러운 삼베와 상아, 깃털을 바라보고는
말한다, "다 아름답지만 하나도 갖지 않겠어."
그러고는 유혹의 면전에 조롱한다.

어느 날 가스코인 씨는 몸퍼트 부인이 다음 주 화요일에 원스터에서 궨덜린을 면담하기로 결정했다는 흐뭇한 소식을 전하려고 오펜딘에 왔다. 그랜코트 씨가 디플로에 돌아왔다는 소식을 우연히 들었다는 말은 입에 올리지 않았다. 목사는 궨덜린을 흠모한 그 남자의 여행 목적지가 레브론이었다는 것을 그녀와 마찬가지로 알지 못했고, 현재의 불행한 상황에서 화려한 미래의 기억을 되살리는 것은 몰인정한 일이라서 필요 없다고 여겼다. 속으로는 조카딸의 이해할 수 없는 변덕을 유감스럽게 여겼지만, 먼저 이상하게 행동한 사람은 그랜코트였다고 생각하면서 조카딸의 입장을 옹호했다. 그랜코트는 각별한 관심을 보이다가 그것을 정점으로 이끌어갈 최고의 기회가 다가왔을 때 갑자기 다른 곳으로 가버린 것이다. 목사는 현실적인 판단력으로 이제 조카딸에 대한 자신의 가장 큰 의무는 그녀가 자기 운명의 변화를 결연히 직시할 수 있도록 용기를 북돋워주는 것이라고 생각했다. 그 운명을 비껴갈 사건이 일어날 뚜렷한 징조가 전혀 감지되지 않았기 때문이다.

"너는 다양한 경험에 흥미를 느끼게 될 거야, 얘야. 그리고 네게 요구되는 역할을 훌륭히 수행했을 때 더 가치 있는 여자가 되리라는 것을 나는 의심치 않는단다."

"제가 그 일을 좋아하리라고 믿는 척할 수는 없어요." 궨덜린이 이모부에게 처음으로 약간 성마른 기색을 드러내며 말했다. "하지만 그것을 견뎌야 한다는 것은 잘 알고 있어요."

그녀는 이모부의 충고를 따랐던 다른 상황을 떠올렸다. 그때 목사는 그녀가 이와 전혀 다른 앞날을 좋아하게 되리라고 기대했다.

"네 분별력으로 그 상황에서 적절히 처신하는 법을 알게 될 거란다." 가스코인 씨가 약간 더 엄숙하게 말했다. "나는 몸퍼트 부인이 너를 보면 기뻐할 거라고 믿고 있어. 어느 모로 보나 윗사람인 그 부인과의 관계에서 네가 어떻게 처신해야 할지 알게 되겠지. 어린 네가 어려운 처지에 놓이게 되었지만, 어떤 면에서 보면 오히려 그렇기 때문에 그 일이 더 쉬울 거야. 그리고 우리 마음이 응징에 순응한다면, 모든 응징에는 은혜가 있단다."

궨덜린의 마음이 할 수 없는 일이 바로 그것이었다. 이모부가 돌아간 후 혼자 있게 되자, 최근 고통을 겪는 동안에도 거의 나오지 않았던 쓰라린 눈물이 고이더니 천천히 흘러내렸다. 그녀의 마음은 그녀가 젊어서 고충을 견디기 쉬울 거라는 말을 부정했다. 젊은 시절에 행복을 느끼지 못한다면, 과연 언제 행복을 누릴 수 있을까? 자신에게 가능한 행복이 어떤 것인지 상상해보면, 예전처럼 필요악이 섞이지 않은 순수한 환상이 떠오르지 않았다. 예전처럼 응어리에 대한 의혹 없이 삶의 열매를 딸 수 있다는 상상은 이제 할 수 없었다. 그렇지만 이처럼 세상에 대한 전반적인 환멸, 아니, 쉽게 탁월한 경지에 이르도록 타고나지 않은 자기 자신에 대한 환멸은 절망적인 느낌을 한층 강화했을 뿐이었다. 환멸은 발치의 황량한 길을 둘러싸고 멀리 뻗어 있는 메마른 불모의 땅이었고, 그녀는 그 길에 발을 내디딜 용기가 없었다. 그녀는 고통이 아니라 기쁨의 부재라고 불리는 편이 타당할 상황에 대항하는 열정적 젊음의 첫 번째 위기에 처했다. 그것은 인생의 아침에 처음으로 맛보는 쓰라린 실망이었다. 세월이 흘러 차분해지면 우리는 그것을 경험의 일부로 희미하게 기억하면서 스스로 울타리를 둘러 막아놓았던 그 불합리하고 불경한 감정을 참아주기 어렵다고 느끼곤 한다. 격정에서 벗어나 재앙을 누구나 다 겪을 수 있는 위험으로 바라볼 때, 그대나 그 남자 혹은 그 여자가 아니라 바로 내가 고통을 당해야 한다는 사실에 놀라워하며 고뇌를 느끼는 것은 터무니없이 불합리한 격정으로 보인다. 하지만 어쩌면 다정한 사람들 앞에서 자진해서 방벽을 쌓고 마음속의 상처를 용감하게 말없이 견뎌내고 훗날 위대한 행위를 이룬 사람이라도, 처음에는 자기가 받은 상처에 분개하며 놀라워하고, 자신의 멋진 욕망이 허용되지 않았다고 말벌 침에 쏘인 듯 펄펄 뛰면서 온 우주가 자기에게 고통을 주는 부당한 곳에 불과하다고 느꼈을 수 있다. 가엾은 퀜덜린의 마음은 거의 그런 상태였다. 설사 그녀가 겪는 불행이 다른 아가씨에게도 종종 일어난다손 치더라도 무슨 상관이 있을까? 평생 살아오면서 그녀가 유일한 관심사로 느낀 것은 바로 자신에게 그런 일이 일어났다는 것이었다. 그녀가 의지와 재능으로 큰 재산을 모을 만큼 남달리 뛰어나지 못하다고 클레스머가 주장했을 때 느낀 것도 바로 그것이었다. 몸퍼트 부인의 끊임없는 가혹한 요구와 세 명의 몸퍼트 양에게 쾌활하게 대해야 한다는 따분한 요구, 그리고 오로지 순종적인 태도를 보여주고 자기 생각은 속으로 간직해야만 하는 처지에서 그녀가 느낄 것도 바로 그것이었다. 폐위된 여왕보다 더 고통스러운 좌천도 있다. 스스로를 신성한 존재라고 믿었던 사람이 온갖 경배가 다 사라지고 그 자신은 경배를 다시 일으키고 자신감을 되살려줄 기적을 행할 수 없다는 것을 알게 되었을 때를 상상해보라. 이런 환멸이나 이런 무력감 같은 것이 가엾게도 이 버릇없는 아가씨에게 닥친 것이다. 이 아가씨는 사랑스러운 입술과 눈, 당당한 몸매를 갖고 있었지만, 이제 그 안의 마술적인 매력이 다 사라진 것 같았다.

그녀는 하릴없이 앉아 있던 길고 낮은 의자에서 일어나 한쪽 손바닥으로 팔꿈치를 잡고 다른 손으로 턱을 고인 채 거실을 서성였다. 눈물 한 방울이 천천히 흘러내렸다. 그녀는 이렇게 생각했다. '어렸을 때부터 늘 엄마가 행복하지 않다고 느꼈어. 그런데 이제는 내가 엄마보다 더 불행할 것 같아.' 그녀는 젊음을 잃고 기쁨을 느끼지 못하며 이런 일을 하든 저런 일을 하든 개의치 않는 자신의 모습을 잠시 그려보았다. 그런 상상을 하다 보니 어쩔 수 없이 엄마의 모습이 되살아났다. '가엾은 엄마! 이제 엄마에게는 상황이 더 나빠질 거야. 내가 엄마에게 돈을 조금 보태줄 수 있겠지. 내가 지금 신경 써야 하는 건 그것밖에 없어.' 그러고 나자 새로운 상상이 이어지면서, 폭삭 늙어 백발이 된 엄마의 모습과 더는 젊지 않고 시들어버린 자신의 모습, 그리고 사랑과 기억을 간직한 채 마주보는 두 얼굴이 떠올랐다. 엄마가 '가엾은 궨덜린도 이제 애처롭게 시들었구나.'라고 생각하리라는 것을 그녀는 알고 있었다. 그러자 생전 처음으로 분노가 아니라 애정 어린 비통함에 눈물이 솟구쳤다.

그녀는 문 쪽을 향하고 있었기에 들어오는 엄마를 볼 수 있었다. 아니, 눈에 눈물이 가득 고여 있어서 엄마의 모습은 거의 보이지 않았다. 그녀는 서둘러 손수건으로 눈물을 훔쳤다. 손수건을 떼기 전에 자신을 감싸는 엄마의 팔이 느껴졌고, 마음속으로 본 광경이 이어지는 듯한 느낌에 압도되어 감정을 억누르려던 의지가 사라지고 말았다. 뺨을 맞대고 그녀는 자기도 모르게 다시 울음을 터뜨렸다.

데이빌로 부인은 손에 들고 온 것 때문에 이미 불안하고 걱정스러웠다. 사랑하는 딸의 감정이 조금 진정될 때까지 말을 꺼낼 수 없었다. 눈물을 흘리는 고통스러운 모습은 언제나 가급적 보이지 않아야 한다고 생각한 궨덜린은 다시 손수건으로 눈물을 훔쳤고, 긴 한숨을 내쉬고 고개를 젖히고는 파리한 얼굴로 떨고 있는 어머니를 보았다.

"아무 일도 아니에요, 엄마." 궨덜린은 비탄에 잠긴 자기 모습을 보고 엄마가 이토록 불안해하고 있다고 생각했다. "이제 다 끝났어요."

데이빌로 부인이 얼싸안았던 팔을 풀자, 궨덜린은 엄마의 손에 들린 편지를 보았다.

"그 편지는 뭐예요? 더 나쁜 소식이 또 있는 거예요?" 그녀는 신랄한 말투로 물었다.

"네가 어떻게 생각할지 모르겠구나, 얘야." 데이빌로 부인이 편지를 손에 든 채 말했다. "이 편지가 어디에서 왔는지 짐작 못할 거야."

"짐작해보라고 하지 마세요." 궨덜린은 상처가 짓눌린 듯이 성마르게 말했다.

"네게 온 편지란다, 궨덜린."

궨덜린은 간신히 알아볼 수 있을 정도로만 고개를 들었다.

"디플로에서 왔어." 데이빌로 부인이 딸에게 편지를 건네주며 말했다.

그녀는 그랜코트의 불명확한 필체를 알고 있었다. 얼굴이 빨갛게 달아올랐지만 어머니는 놀라지 않았다. 하지만 편지를 읽는 딸을 보며 편지의 목적이 무엇일지 무척 궁금해하고 있는데, 딸의 얼굴에서는 핏기가 사라지고 있었다. 펼친 편지를 엄마에게 내민 궨덜린은 입술까지도 새파래 보였다. 편지는 간결하고 격식을 차리는 문구로 쓰여 있었다.

> "그랜코트 씨는 할레스 양에게 안부를 전하며, 내일 2시 이후에 오펜딘을 방문하여 그녀와 단둘이 만날 수 있을지 알고자 합니다. 그랜코트 씨는 레브론에서 바로 얼마 전에 돌아왔으며, 그곳에서 할레스 양을 만나기를 고대했습니다."

데이빌로 부인은 편지를 읽고, 뭔가를 묻는 듯이 바라보며 편지를 딸의 손에 올려놓았다. 궨덜린은 편지가 바닥에 떨어지도록 내버려두고 몸을 돌렸다.

"답장을 써야 한단다, 얘야." 데이빌로 부인이 소심하게 말했다. "심부름꾼이 기다리고 있거든."

궨덜린은 긴 의자에 털썩 주저앉아 두 손을 꽉 움켜잡았고, 어머니를 보지 않고 눈앞을 뚫어지게 응시했다. 어떤 소리에 깜짝 놀라서 무슨 일이 일어났는지 알아내려고 귀를 기울이는 사람 같았다. 갑자기 돌변한 상황에 어리둥절할 수밖에 없었다. 몇 분 전만 해도 그녀는 자신에게 선택의 여지를 주지 않는 폭군 같은 운명에 절망적인 반항심을 품고, 도저히 피할 수 없는 불쾌하고 단조로운 앞날을 내다보고 있었다. 그런데 보라, 이제 선택의 순간이 다가온 것이다. 하지만 가장 압도적인 감정이 승리감이었을까 아니면 공포였을까? 궨덜린은 하찮은 존재로서의 쓰라림을 처음 맛보고 있을 때 들려온 자신의 매력에 대한 찬사에서 승리감을 얼마간 느끼지 않을 수 없었다. 자신의 삶에 대한 일종의 지배력을 되찾은 것 같았다. 그러나 그 지배력을 어떻게 사용할 것인가? 이 부분에서 공포가 밀려왔다. 조급히 펼쳐서 휙휙 넘기는 책장의 그림들처럼 그랜코트와의 관계에서 겪었던 모든 일이 신속히 선명하게, 그렇지만 단편적으로 되살아났다. 유혹적인 매력, 마음의 동요, 받아들이려는 결심, 마지막의 혐오감에 이르기까지. 사랑스러운 아들과 함께 있던 검은 눈의 예리한 얼굴, 궨덜린 자신의 맹세(그것이 그와 결혼하지 않겠다는 약속이었던가?), 그리고 그 폭로 장면으로 상징된 남자들과 사물의 가치에 대한 새로운 불신. 되돌릴 수 없는 경험이 만들어낸 환영 앞에서 처음 혼란스러운 순간에, 마음을 진정시킬 생각이 떠오르기 전에, 그녀는 타고난 공포심으로 겁을 먹고 위축되었다.

다시 찾아온 선택의 순간이 무슨 소용이 있을까? 그녀가 바라는 것은 무엇일까? 무엇이든 다른 것을 바라는 걸까? 아니! 그렇지만 씨앗이 자라나는 의식의 어두운 구석에서 새로운 소망이 싹트고 있었다. '그 사실을 몰랐으면 좋았을 것을!' 두려운 마음으로 그녀는 그랜코트의 방문을 허락하지 않아도 되도록 자신을 구해줄 무언가를, 그 무엇이라도 바랐다.

긴 시간이 흐른 것은 아니었다. 하지만 데이빌로 부인은 꽤 길게 느꼈기에 부드럽게 말을 꺼내는 것이 좋겠다고 생각했다.

"답장을 써야겠지. 귄덜린. 아니, 내가 대신 써줄까? 네가 불러주는 대로."

"아뇨, 엄마." 귄덜린은 한숨을 쉬며 말했다. "펜과 종이를 준비해 주세요."

그것은 시간을 벌기 위한 것이었다. 그랜코트의 방문을 거절할 것인가? 덧문을 닫고, 무슨 일이 일어날지 내다보지도 않을 것인가? 그렇지만 그녀가 지금 있는 바로 그 자리에 계속 있으리라고 확신하면서? 그녀의 젊은 활기는 따뜻한 흐름이 되어 공포심 사이로 흘러들었고, 사건을 이룰 어떤 것을 향해, 예전처럼 멋지게 보이고 말할 기회를 향해 나아가려고 꿈틀거렸다. 내일에 대한 관심이 이제는 더 이상 막다른 골목에 갇혀있지 않았다.

"시종이 몇 분 기다린다고 그렇게 불안해할 이유는 없어요, 엄마." 편지를 쓸 준비를 마치고 기다리는 듯이 자기를 바라보는 데이빌로 부인에게 항의하며 귄덜린이 말했다. "하인들은 당연히 기다릴 거라고 생각해요. 내가 당장 답장을 쓸 거라고는 예상하지 않아요."

"맞아, 얘야." 데이빌로 부인은 꾸지람을 들은 듯이 대답하고 몸을 돌려 자리에 앉아서 가까이 있던 바느질거리를 집었다. "네가 원한다면 시종이 15분 더 기다릴 수 있을 거야."

부인은 아주 단순하게 말하고 행동했지만, 아마도 교묘하게 계산된 말이었을 것이다. 궨덜린은 그 말과 정반대로 빨리 서두르고 싶은 충동을 느꼈다. 급히 서두르면 신중하게 선택해야 하는 이 난관에서 벗어날 수 있을 것이다.

"엄마의 바느질이 끝날 때까지 하인을 기다리게 할 생각은 아니었어요." 그녀는 두 손을 들어 목덜미에 구불구불 흘러내린 머리칼을 매만지며 말했다. 그러면서 그녀는 자리에서 일어나 가만히 서 있었다.

"그렇지만 네가 결정할 수 없다고 느끼면?" 데이빌로 부인이 공감하듯이 말했다.

"결정을 내려야죠." 궨덜린은 이렇게 말하고 책상으로 걸어가서 앉았다. 그러는 동안 그녀의 마음속에는, 슬쩍 빠져나갈 방법을 궁리하면서도 대화를 계속 이어가는 사람의 머릿속처럼, 생각이 밑바닥에서 바삐 흐르고 있었다. 그의 방문을 허락해서는 안 될 이유가 무엇일까? 허락한다고 그녀가 무엇에든 얽매이는 것은 아니었다. 그는 그녀를 좇아 레브론에 갔다. 물론 그의 의도는 예전에 넌지시 비치기만 한 청혼을 곧바로 실행에 옮기려는 것이 분명했다. 그러면 어떻다는 말인가? 그녀는 거절할 수 있다. 그를 거절할 수 있는 자유, 그녀가 하고 싶은 일을 왜 사절해야 한다는 것인가?

"그랜코트 씨가 레브론에서 방금 돌아왔다면," 퀜덜린이 펜을 든 채 등을 기대고 앉아있는 것을 보고 데이빌로 부인이 말했다. "우리에게 일어난 불행한 사건에 대해 들으셨는지 궁금하구나."

"그처럼 지위가 높은 남자에게는 문제가 되지 않을 거예요." 퀜덜린이 다소 오만하게 말했다.

"어떤 남자들에게는 문제가 될 거야." 데이빌로 부인이 말했다. "거지나 다름없는 집안에서 아내를 선택하고 싶지 않을 테니까. 우리가 여기 오펜딘에서는 예전처럼 큰 지붕 밑에서 지내고 있지만 소이어의 오두막에서 그를 만난다고 상상해보렴. 대개의 남자는 처가 식구 때문에 따분해지거나 무거운 짐을 지게 될까봐 두려워한단다. 만일 그랜코트 씨가 그 사실을 알고 있다면, 그것은 너에 대한 애정을 확실히 입증하는 것이겠지."

데이빌로 부인은 평소와 달리 힘주어 말했다. 부인이 그랜코트에 대해 어떤 의견이든 과감하게 피력한 것은 이번이 처음이었는데, 그것은 그를 두둔하는 주장으로 들릴 수밖에 없었다. 부인은 평소에 그런 주장이 소용없을 뿐 아니라 오히려 악영향을 미칠 수도 있다고 생각했다. 그런데 지금 이 말은 예상하지 못한 강력한 영향을 미쳤다. 퀜덜린의 마음에 새로운 가능성을 일깨운 것이다. 자신이 하지 않겠다고 이미 작정한 일을 할 경우에, 그랜코트가 엄마를 위해 무엇을 해줄 수 있을지 상상하게 된 것이다. 이런 생각이 새로 밀려들어 너무 흥분한 나머지, 그녀는 급히 다른 곳으로 불려갈 것을 아는 사람처럼 눈앞의 일을 서둘러 끝내야 한다고 느꼈다. 답장을 써야 한다. 그러지 않으면 한없이 늦춰질 것이다. 결국 그녀는 바란 대로 서둘러 행동했다. 서둘러 행동하면, 절대적 결정에 이르지 않고 가급적 많은 문제를 미해결 상태로 내버려둘 구실이 생긴다.

그녀는 답장을 썼다. "할레스 양은 그랜코트 씨에게 안부를 전합니다. 그녀는 내일 2시 이후에 집에 있을 것입니다."

쪽지에 주소를 쓰기 전에 그녀가 말했다. "벨을 눌러 주세요, 엄마. 벨 소리에 응답할 하인이 남아 있으면 말이죠." 그녀는 사실 집안일을 누가 하는지도 모르고 있었다.

편지를 보내고 퀜덜린은 다시 일어서서 한 팔을 쭉 뻗은 다음 머리에 올려놓고 안도감이 섞인 긴 신음 소리를 냈다. 그제야 어머니는 용기를 내어 물어보았다.

"뭐라고 답장했니, 퀜덜린?"

"집에 있겠다고 했어요." 퀜덜린이 좀 오만하게 말했다. 그러더니 잠시 후에 덧붙였다. "그랜코트 씨가 온다고 어떤 일이 일어날 거라고 기대해서는 안 돼요, 엄마."

"난 아무 일도 기대하지 않는단다, 얘야. 네가 네 감정을 따르기를 바랄 뿐이야. 그런데 그 감정이 어떤 것인지 말해주지 않았지."

"말해봐야 무슨 소용이에요?" 퀜덜린이 어머니의 지당한 말에서 비난의 기미를 느끼며 말했다. "즐거운 얘깃거리가 있으면 반드시 말할 거라고 믿으세요."

"그런데 그랜코트 씨는 네가 방문을 허락하면 이미 그를 받아들인 거라고 생각하실 거야. 그의 편지를 보면 청혼하러 온다는 것을 분명히 알 수 있으니까."

"좋아요. 나는 그를 거절하는 기쁨을 맛보고 싶어요."

데이빌로 부인은 깜짝 놀라서 딸을 올려다보았다. 그러나 궨덜린은 더는 질문 받고 싶지 않다는 듯이 이렇게 말했다.

"그 보기 싫은 바느질거리를 내려놓으세요. 나랑 가로수 길을 산책하러 나가요. 난 숨이 막힐 것 같아요."

제27장

욕망이 돛을 가다듬고,
상황이 산들바람을 일으켜 돛을 부풀린다.

그랜코트가 말구종에게 크라이테리온을 타고 뒤에서 따라오라고 이르고 자신은 아름다운 검은 말 야리코를 타고 디플로에서 오펜딘까지 쾌적하게 달려올 때, 궨덜린은 거울 앞에 앉아 있고 어머니는 세심하게 빗질한 길고 풍성한 연갈색 머리칼을 모아 묶고 있었다.

"그냥 느슨하게 묶어서 둥글게 말아주세요, 엄마." 궨덜린이 말했다.

"귀걸이를 갖다 줄게." 머리 손질이 끝나고 거울에 비친 모습을 바라보면서 데이빌로 부인이 말했다. 거울에 비친 궨덜린의 눈이 최근보다 더 반짝이고 그늘이 걷혀서 원래의 평온하고 생기발랄한 얼굴로 되돌아갔다는 것을 느끼지 않을 수 없었다. 어머니는 뭔가를 추측했고 그래서 목소리가 조금 경쾌해졌다. "귀걸이를 달면 좋지 않을까?"

"아뇨, 엄마. 장신구는 달지 않겠어요. 검은 실크 드레스를 입겠어요. 청혼을 거절할 때 입을 수 있는 옷은 검은색뿐이에요." 궨덜린이 엄마에게 예전처럼 미소를 지으며 말했고, 가운을 벗으려고 일어섰다.

"그랜코트 씨는 결국 청혼을 하지 않을 수도 있어." 데이빌로 부인은 은밀한 의도로 이렇게 말했다.

"만일 그렇다면 그건 내가 미리 거절했기 때문일 거예요." 궨덜린이 말했다. "결국 똑같은 얘기예요."

이렇게 말하면서 그녀는 오만하게 머리를 약간 젖혔다. 긴 검은색 드레스를 입고 아래층으로 내려갔을 때, 확고하게 균형 잡힌 머리와 탄력 있는 몸매가 돋보였다. 바싹 마른 식물에서 그렇듯 최근의 모습에서는 볼 수 없던 자태였다. 어머니는 생각했다. '저 애가 원래대로 돌아왔어. 그 사람이 오는 것이 분명 즐거운 거야. 거절하기로 정말 결심한 걸까?'

이 생각을 입 밖에 냈으면, 궨덜린은 꽤 화를 냈을 것이다. 잠자는 동안만 잠시 중단되고 지난 24시간 동안 그랜코트와의 결혼에 찬성하거나 반대하는 이미지와 주장이 끊임없이 번갈아 의식을 사로잡은 나머지, 미리 정해놓은 결론이 더 이상 마음을 지배하지 못해서 아마 더 화를 냈을 것이다. 상반된 욕망에서 생겨난 상반된 생각에 번갈아가며 빠지다보니 어떤 결론도 확고해 보이지 않는 상태에 이르렀다. 입으로는 예전의 결심을 되뇌었겠지만, 피가 다 빠져나간 껍데기에 불과했다. 그러므로 열심히 기회를 노리는 사람이 "하나님의 뜻대로 될지어다."라고 말하는 것처럼, 그것은 떨리는 생명의 일부가 아니었다. 그녀는 그랜코트를 받아들일 작정이 아니었다. 그의 편지를 받은 순간부터 그를 거절할 생각이었다. 하지만 그렇기 때문에 달갑지 않은 이유를 정면으로 직시해보려는 생각이 들었다. 그러다보니 이윽고 그 이유에 대한 두려움이 조금 가셨고, 그녀가 알고 있는 사실에 상상력을 통해 여러 방식으로 살을 붙일 수 있었다. 그 몇 가지 방식은 그녀가 알고 있는 사실의 면모를 바꿔 놓은 것 같았다. 적극적인 상상력을 발휘하면서 수상쩍은 대상을 바라보면 그 대상에 수십 가지 다양한 형체를 부여할 수 있다. 그녀가 위스퍼링 스톤즈에서 그 여자를 만나기 이전에 느낀 망설임의 불분명한 이유는 지금 전혀 중요하지 않았다. 카델 체이스에서의 그 날만 아니라면 지금 그랜코트와 결혼하는 데 아무 장애도 없을 거라고 그녀는 속으로 말했다. 바로 그날과 이후에도 그녀는 합리적으로 생각해보거나 이해득실을 따져보지 않았고, 그저 충동적인 반발에 따라 행동했다. 그 충동에 대항해서 질문을 던지는 것은 급류에 대항해서 소리를 질러보는 것과 마찬가지였다. 그 충동은 그녀의 처녀다운 자존심과 질투심에서 비롯되었을 뿐 아니라, 눈앞에 끼어든 다른 여자의 불행한 모습에서 받은 충격에서 비롯되었고, 또한 그릇된 행위에 대한 두려움에서 비롯되기도 했다. 이 두려움은 사실 막연했고 그녀의 일상과 동떨어진 것이었지만 그럼에도 강렬했다. 그녀는 숙녀의 언행에 걸맞은 품행으로 인정되는 것에 대해서는 조금도 망설임이 없었다. 그러나 수치스럽고 올바르지 않고 떳떳하지 않다고 여겨지는 어두운 영역에서는 자존심과 뒤섞인 공포를 느끼며 움츠러들었다. 수치심은 별도의 문제로 치더라도, 다른 사람에게 의도적으로 해를 입힌다면 죄를 짓는 일이라고 느꼈을 것이다.

그러나 이제 되돌아보면, 그녀는 글래셔 부인과 아이들이 정확히 어떤 상황에 처해 있는지 알고 있는 걸까? 그녀는 모종의 약속을 했고, "당신의 소망에 방해가 되지 않겠어요."라고 말했다. 그런데 다른 여자가 그랜코트와 결혼한다면, 실제로 글래셔 부인의 소망에 결정적인 장애가 될까? 아니, 그녀와 아들이 실제로 해를 입게 될까? 그랜코트가 결혼을 하더라도 상황이 달라지지 않거나 아니면 더 나아질 수 없을까? 왜냐하면 어떤 여자가 결혼해서 자기 주장을 내세울 줄 안다면 못할 일이 없을 테니 말이다. 궨덜린의 적극적인 상상력은 이렇게 주장했다. 결혼에 대해서, 말하자면, 결혼한 남녀 간의 영향이나 요구, 의무에 대한 그녀의 생각은 자성(磁性) 전류나 폭풍의 법칙에 대한 개념만큼이나 모호했다.

'엄마는 관리를 잘하지 못했어.' 그녀는 자기가 보아온 어머니의 경험을 이런 식으로 요약했다. 그녀는 전혀 다른 식으로 관리할 것이다. 그리고 결혼의 시련이라는 주제는 데이빌로 부인이 딸과 함께 세밀히 검토하기 위해 선택할 수 있는 주제가 아니었다.

'엄마와 이모부가 글래셔 부인에 대해서 알게 되면 뭐라고 말할까!' 궨덜린은 속으로 논쟁을 벌이며 생각했다. 그 문제에 대해 입을 다물어야 하는 상황이 아니더라도, 자신이 그들에게 그런 얘기를 들려주는 장면은 상상도 할 수 없었다. '사람들이 과연 뭐라고 말할지 궁금해. 아니면, 그랜코트 씨가 다른 여자와 결혼하고 다른 아이들을 얻으면 사람들이 뭐라고 말할지 알고 싶어!' '사람들'이 뭐라고 말할지 고려하다 보면, 감정이 확고하지 않고 매사가 불분명해 보이는 부분에서 판단을 내릴 때의 어려움에서 벗어날 수 있다. 기억을 되살려 보면, '사람들'은 사생아를 둔 아버지보다 사생아를 더 수상쩍게 여기고 사생아에게서 사회적 혜택을 박탈하는 것을 더 타당하게 여긴다는 사실을 알 수 있다. '사람들'은 그녀가 글래셔 부인과 자식들에 대해 그리 염려할 이유가 없다는 판단을 내리는 것 같았다.

하지만 그 부인과 아이들이 또 다른 면에서 마음에 걸렸다. 다른 사람들이 뭐라고 생각하든, 일단 분노와 혐오감이라고 해도 지나치지 않을 감정이 쉽게 사라지지 않았다. 그것은 그녀와의 관계보다 틀림없이 더 강렬했을 과거의 비밀로 가득 찬 이미 닳아버린 인생이 자신과 결합하기를 기대한다는 분노와 혐오감이었다. 사실 그녀는 그랜코트와의 관계에서 사랑이라는 문제를 생각해본 적이 거의 없었다. 바람직한 결혼이란 사랑이 아닌 다른 감정과 관련된 일로 늘 여겨졌다. 누군가에게 반하는 것은 남자의 역할이고, 구혼도 남자에게 달린 일이었다. 그랜코트의 과거를 어렴풋이 알기 전에 궨덜린은 그가 자신에게 반했음을 드러낸 태도에 반감을 전혀 느끼지 않았다. 다만 그의 과거에 대해서, 그것이 자신을 의도적으로 모욕한 것인 양, 분개한 것이다. 그는 그녀에게 의도적으로 접근했고, 돌이켜보면 그의 구애는 혐오감을 일으켰다. 어쩌면 다른 남자의 인생도 이처럼 비밀로 가득할지 모른다. 그래서 그들의 청혼을 받는 여자의 무지한 상상은 우스갯거리에 불과하고, 남자들은 뒷전에서 그것을 비웃을 것이다.

이런 혐오감과 분노가 그녀의 마음속 깊이 스며들었다. 지난 몇 주간 고통스러운 다른 일 때문에 그 격렬한 감정은 무뎌져서 기억 속에 가라앉았다. 하지만 그 감정의 메아리가 아직도 울리고 있었기에 그녀는 그랜코트를 받아들이지 않겠다는 자신과의 약속을 굳건히 고수했다. 그녀는 새로운 결정을 내릴 의도가 전혀 없었다. 다만 어떤 점을 생각하고 말할 것인지 생각했다. 혹시라도 결심을 바꾸도록 유혹하는 것이 있다면, 그것은 "가엾은 엄마"에게 편안한 생활을 제공할 수 있으리라는 기대였을 것이다. 그것은 실로 유혹적이라고 그녀는 인정했다. 그렇지만 아니! 그를 거절할 것이다. 한편, 그가 거절당하러 오고 있다는 생각을 하면 기운이 솟았다. 그녀는 다시 흰 고삐를 손에 쥐고 있었다. 온몸에 새로운 기운이 흐르면서, 클레스머와의 면담 이후 헤어날 수 없었던 기진맥진한 상태에서 벗어나게 해주었다. 이제는 자신의 능력에 대한 평가를 갈구하는 것이 아니라, 자신의 지배력을 행사할 것이다.

자갈길 위에서 말발굽 소리가 들려왔을 때, 메리 양이 그랜코트에게 문을 열어주고 그녀에게 와서 그가 응접실에 있다고 말해주었을 때, 난처하게도 가슴이 두근거린 것은 바로 그것 때문이었을까? 몇 시간에 걸쳐 마음을 다잡았고 의기양양한 상황이었지만 분명 아무 소용도 없었다. 절망에 빠진 상황에서 갑자기 들이닥친 그랜코트와 마주치는 편이 차라리 나았을 것이다. 응접실로 들어가면서 그녀는 온 힘을 집중해서 스스로를 통제해야 했다. 그래서 그녀는 침울하고 우아한 태도로 그에게 손을 내밀었고, 건강하기를 바란다는 그의 말에 똑같이 나지막하고 활기 없는 목소리로 대답할 수 있었다. 이내 화환이 수놓인 의자에 앉은 — 궨덜린은 똑바로 앉아서 눈을 내리깔았고, 그랜코트는 2미터쯤 떨어진 곳에 앉아 왼손으로는 모자를 잡고 다른 팔은 의자 등받이에 올려놓은 채 그녀를 바라보았다 — 두 사람을 그림 구경하듯 바라본 사람은 구혼이 결정되지 않은 어정쩡한 상태라고 결론을 내렸을 것이다. 구애가 시작된 것은 분명했다. 그녀는 기분 좋게 조금 떨어진 곳에 앉아서 은은한 장미 향기를 풍기며 오로지 그녀에게 관심을 쏟고 있는 이 말 없는 남자에게서 이미 구애를 받고 있다고 느꼈다. 그도 구애하고 있다고 여겼다. 그는 자신이 그곳에 있는 것이 아무 영향도 미치지 못하리라고 생각할 사람이 아니었다. 그리고 어떻게 반응할 것인지 분명히 예측할 수 없는 아가씨에게서 더없이 짜릿한 맛을 느끼는 남자였다.

"당신을 레브론에서 만나지 못해 실망했습니다." 그는 사랑의 번민이 극히 소량 가미된 평소의 느릿느릿한 말투로 말을 꺼냈다. "당신이 없으니 그곳을 참을 수 없더군요. 그저 소굴 같은 곳이었어요. 그렇게 생각하지 않아요?"

"제가 없을 때 그곳이 어떤지는 판단할 수 없습니다." 궨덜린이 다소 장난기를 회복하고 그에게로 눈길을 돌리면서 대답했다. "제가 있을 때는 꽤 마음에 드는 곳이라서 가능하면 더 오래 머물렀을 거예요. 하지만 집안에 골치 아픈 문제가 생겨서 돌아와야 했어요."

"당신이 레브론에 간 것은 매우 잔인한 일이었어요." 그랜코트는 그 골치 아픈 문제에 대해 전혀 관심을 두지 않았고, 귄덜린은 — 왜 그런지 몰랐지만 — 그가 그 문제를 당장 명확히 알게 되기를 바랐다. "그러면 모든 일이 엉망이 된다는 것을 당신은 분명히 알았을 겁니다. 그간 지속된 모든 일의 핵심이자 정수가 당신이라는 것을 알고 있었잖아요. 당신은 나에 대해 전혀 상관하지 않는 겁니까?"

진지하게 들릴 목소리로 "그래요."라고 말할 수는 없었다. 마찬가지로 "아니오."라고 대답할 수도 없었다. 하지만 그것 말고 달리 무슨 말을 할 수 있을까? 이 곤란한 처지에서 그녀는 얼굴과 목이 붉게 달아오른 채 다시 눈을 내리 깔았다. 그랜코트는 새로운 상태에 처한 그녀를 보았고, 그녀가 끌리는 마음을 드러내고 있다고 믿었다. 하지만 그녀가 그것을 더 명확하게 보여줘야 한다고 결정했다.

"혹시 더 깊은 관심을 느끼는 대상이 있습니까? 매력적인 사람이라거나, 약혼을 했다거나. 그렇다면 내게 그 사실을 알려주는 것이 지극히 온당한 일이겠지요. 우리 사이를 가로막는 어떤 남자가 있습니까?"

'아뇨, 그렇지만 한 여자가 있어요.'라는 대답이 마음속에 저절로 떠올랐다. 하지만 그 말을 어떻게 입 밖에 낼 수 있을까? 그것을 비밀로 하겠다고 그 여자에게 약속하지 않았더라도, 그랜코트와 그 문제에 관한 이야기를 나눌 수는 없었다. 그러나 그녀가 사회적 관습에 따라 '당신의 의도를 잘 알겠습니다 — 대단히 영광입니다 — 등등'의 말을 늘어놓으며 그의 청혼을 거절할 수 있을까? 잡아먹을 수 있도록 가까이 오라는 솔직한 요청을 받은 물고기라면 딱 부러지게 거절할 수 있다. 그러나 물고기가 헤엄치다가 그물에 걸린 것을 알게 되었다면 어떻게 할까? 그물은 별도로 치더라도, 당장 과감하게 결정적인 말을 할 수 있을까? 궨덜린은 이 문제에 대해서 명확하게 생각을 정리할 시간이 없었다. 그래서 그녀는 입을 다물 수밖에 없다고 느꼈고, 잠시 후에 그랜코트가 말했다.

"다른 사람을 더 선호한다고 이해하면 되겠습니까?"

궨덜린은 이제 당혹스러운 상태를 참을 수 없어 그 어려운 문제에 돌진해서 벗어나려고 마음먹었다. 그래서 다시 눈을 들고 전처럼 명료하고 도전적 기미가 도는 말투로 "아뇨."라고 말했고, '그래서 어떻다는 건가요? 나는 당신을 받아들일 마음이 없어요.'라고 그가 이해하기를 바랐다. 그랜코트는 자신의 자부심에 영향을 미칠 것 같으면 무엇이든 이해할 수 있었다.

"당신에게 끈질기게 조르는 일 따위는 절대로 하지 않을 겁니다. 나 자신을 따분한 인간으로 만들면서 당신을 얻는 건 바라지 않아요. 내게 희망이 전혀 없다면, 당장 그렇게 말해달라고 부탁해야겠군요. 말을 타고 어디로든 가버릴 수 있게 말입니다."

놀랍게도 궨덜린은 결국 말을 타고 떠나버리는 그랜코트의 모습을 떠올리자 돌연한 공포를 느꼈다. 그렇게 되면 자신에게는 무엇이 남을까? 예전의 비참함뿐이다. 그녀는 그가 그 자리에 있는 것이 좋았다. 그녀는 결정적인 대답을 미루려고 다른 얘기에 매달렸다.

"유감스럽게도 우리 집에 어떤 일이 있었는지 모르실 거예요. 최근에 저는 엄마가 겪고 있는 고충에 대해 많이 생각해야 했어요. 그래서 다른 일은 전부 뒷전으로 밀려났어요. 엄마의 재산을 모두 잃어서 우리는 이 집을 떠날 거예요. 제가 다른 데 정신이 팔려있는 듯이 보이더라도 양해해주십사고 부탁드려야겠어요."

직접적인 호소를 피하면서 궨덜린은 침착함을 어느 정도 되찾을 수 있었다. 그녀는 당당하게 말하면서 그랜코트를 똑바로 바라보았다. 속내를 알 수 없는 그의 길고 가는 눈이 그녀와 마주쳤고, 신기하게도 그녀의 눈길을 끌었다. 신기하게도. 왜냐하면 남녀 사이에 미묘하고 다채롭게 전개되는 드라마는, 도미노 패처럼 명확히 정해진 표시에 따라 결합되는 말로는 표현될 수 없는 경우가 종종 있기 때문이다. 생각이라는 단어로 당신 이웃의 마음속에 스치는 것을 알려줄 수 없듯이, 어디서나 쓰이는 사랑이라는 단어로는 서로 간에 매력을 느끼는 무수히 미묘한 방식을 표현할 수 없다. 그 매력이 어느 쪽에서, 궨덜린인지 아니면 그랜코트인지, 더 복합적으로 작용하고 있는지는 알아내기 어려울 것이다. 그 순간 그의 가장 강한 욕구는 이 여자, 처녀다움과 장난기가 자극적으로 결합된 이 여자를 완전히 지배하는 것이었다. 그녀가 어떤 사실을 알고 자기에게서 달아난 사건은 그녀의 반감을 억누르고 승리를 얻겠다는 욕구를 자극했다. 그리고 그는 승리를 거두리라고 믿었다. 그리고 그녀는 — 아, 지배하려는 욕구에서는 가련하게도 비슷했지만! — 그녀는 사막에서 신기루에 이끌리는 목마른 사람처럼 압도되었다. 숨이 막힐 듯한 운명에 무력하게 종속되지 않을 수 있는 구원책이 바로 여기, 이 남자가 바치는 경의에 있다는 생각에 머릿속이 완전히 압도되었다.

그동안 그들은 내내 서로를 바라보았다. 그랜코트는 다른 일들이 결정되었으므로 하찮은 얘기라는 듯이 천천히 열의 없이 말했다.

"이제 데이빌로 부인의 재산 손실로 당신이 더 이상 시달리지 않을 거라고 내게 말해주세요. 그 문제로 부인이 짓눌리지 않도록 내게 맡겨 주세요. 그런 일이 없도록 부양할 권리를 내게 주십시오."

이 말이 그의 입을 통해서 조금씩 중단되며 세련되게 느릿느릿 흘러나왔기에, 궨덜린은 꿈같은 인생을 그려볼 수 있었다. 그 말이 의식에 스며들자 마치 포도주를 한 잔 마신 듯한 느낌이었다. 갑자기 모든 일이 한층 수월해졌고, 뭔가를 탐내는 것이 그리 나쁜 일이 아니고, 사람들도 대체로 그리 불쾌하지 않게 보이는 것 같았다. 이 순간 궨덜린은 이 남자에게 환상적인 사랑을 느꼈다. 그는 말을 너무나 잘 골라서 썼고, 오로지 자상한 경배의 화신이었다. 그녀가 당면한 절망적 고통에서의 해방감을 벌써 맛보는 사이에, 강렬한 반감이나 두려움, 양심의 가책 같은 단어는 통증의 기억처럼 흐릿해졌다. 그녀는 어느새 엄마에게 달려가서 다시 명랑하게 구는 모습을 상상했다. 그러나 그랜코트가 말을 멈춘 순간 그녀는 갈림길에 서 있다는 것을 의식했다.

"매우 너그러우세요." 그녀는 눈길을 돌리지 않고 부드러운 어조로 말했다.

“당연히 그렇게 하도록 받아들이는 겁니까?” 그랜코트는 새로운 열망이 조금도 담기지 않은 목소리로 말했다. “내 아내가 되기로 동의하는 겁니까?”

이제 궨덜린의 얼굴은 하얗게 질리고 말았다. 왠지 모르지만 자기도 모르게 일어나서 조금 떨어진 곳으로 걸어갔다. 그런 다음에 몸을 돌렸고 양손을 포개 앞에 놓고는 말없이 서 있었다.

그랜코트도 즉시 일어섰고, 의자 위에 놓인 모자를 여전히 잡고 있었다. 이 궁핍한 아가씨가 자신의 빛나는 청혼을 받아들이는 데 분명 망설이고 있다는 것은 그를 자극했고, 여러 해 동안 경험하지 못한 예리한 흥미를 느끼게 했다. 그녀의 망설임이 순전히 글래셔 부인을 알기 때문이더라도 흥미는 반감되지 않았다. 이처럼 떠날 준비를 갖춘 태세로 그가 말했다.

“내게 가라고 명령하는 겁니까?” 아무리 친숙한 수호신도 이보다 더 효과적인 말을 알려줄 수는 없었을 것이다.

“아뇨.” 궨덜린이 말했다. 그를 떠나도록 그냥 놔둘 수는 없었다. ‘아뇨.’라는 부정의 대답은 뭔가를 와락 움켜잡은 것이었다. 결국 자신은 그 엄청난 결정을 향해 서서히 표류하고 있었던 것 같았다. 그러나 돛을 미리 올렸을 때 표류는 물의 흐름 외에도 다른 것에 좌우된다.

“내 애정을 받아들이는 겁니까?” 그랜코트가 달리 움직이지 않고 다만 모자를 들어 옆구리에 끼고는 그녀의 눈을 똑바로 바라보며 말했다. 그런 식으로 눈이 마주치자 언제까지나 말을 하지 않아도 괜찮을 것 같았다. 그렇지만 아무리 오래 기다린들 어떻게 앞뒤가 맞지 않는 말을 할 수 있을까? 그녀는 무엇 때문에 그를 붙들었을까? 그는 어떤 설명도 하지 않았다.

"네." 법정에서 자기 이름을 부르는 소리에 대답하듯이 엄숙하게 궨덜린의 입술에서 이 말이 흘러나왔다. 그는 그것을 엄숙하게 받아들였고, 그들은 여전히 같은 자세로 서로를 바라보았다. 희열을 가져올 "네."라는 대답을 그런 식으로 받아들인 경우가 예전에 혹시라도 있었을까? 그랜코트는 그녀에게서 약간 떨어진 곳에 있는 것이 더 좋았고, 궨덜린의 태도에서 풍기는 막연한 금지에 의해 딱딱하게 격식을 차린다고 느끼는 편이 더 좋았다.

그러나 그는 마침내 모자를 내려놓았고, 가까이 가서 그녀의 손을 잡아 가볍게 입술을 대고는 다시 내려놓았다. 그녀는 그의 행동이 완벽하다고 생각했고, 장난치고 싶을 만큼 홀가분한 기분이었다. 이 순간 "네."라는 대답은 필연적 결과를 일으키지 않았기에, 그녀의 음울한 앞날의 반전을 가로막을 것이 없었다. 몸퍼트 가족에게서 해방된 자신과 소이어의 오두막에서 벗어난 엄마의 모습이 그녀의 환상을 채웠다. 행복하게 입술을 비쭉거리며 그녀가 말했다.

"엄마를 만나시지 않겠어요? 엄마를 모셔올게요."

"잠시 그냥 있도록 합시다." 그랜코트는 익숙한 자세로 왼손 검지와 엄지손가락을 조끼 주머니에 넣고 오른손으로 구레나룻을 쓰다듬으며 궨덜린을 옆에서 바라보았다. 그의 모습은 이브닝 파티에서 소개받은 기분 좋은 신사와 다르지 않았다.

"달리 할 말이 있으세요?" 궨덜린이 장난치듯 말했다.

"그렇소. 당신은 어떤 얘기를 들을 때 무척 따분하게 느낀다는 것을 알고 있소." 그랜코트가 다소 공감하듯이 말했다.

"제가 좋아하는 이야기일 때는 그렇지 않아요."

"얼마나 빨리 결혼할 수 있을지 물어본다면 성가시겠소?"

"오늘은 그럴 거예요." 궨덜린이 건방지게 턱을 치켜들며 말했다.

"그렇다면 오늘 말고 내일 말해주시오. 내가 내일 오기 전에 생각해봐요. 2주일 아니면 3주 내로, 가급적 빨리."

"아, 저와 함께 있으면 지루할 거라고 생각하시는군요." 궨덜린이 말했다. "결혼한 다음에는 약혼 시절만큼 아내와 많은 시간을 보내지 않는 남편들을 보았어요. 하지만 어쩌면 저도 그편이 더 좋을 거예요."

그녀가 매력적으로 웃었다.

"무엇이든 당신이 좋아하는 것을 갖게 될 거요." 그랜코트가 말했다.

"제가 좋아하지 않는 것은 갖지 않아도 되고요? 말해주세요. 왜냐하면 저는 좋아하는 것을 좋아하기보다 싫어하는 것을 더 싫어하거든요." 궨덜린은 아무리 시시한 말을 해도 귀엽게 보이는 여자의 낙원에 있다고 느꼈다.

그랜코트는 잠시 대답을 하지 않았다. 이것은 그가 자기 나름대로 많이 겪은 미묘한 문제였다. "모르겠소. 이 세상이 너무 야만적인 곳이라서 좋아하지 않는 것이 늘 불쑥불쑥 튀어나오니까. 당신이 따분해하지 않도록 내가 늘 막아줄 수는 없소. 당신이 크라이테리온을 타고 사냥에 나가기 좋아하더라도, 그 녀석이 어쩌다 넘어지는 것을 내가 막을 수는 없지."

"아, 내 친구 크라이테리온, 그 말은 요새 어떤가요?"

"지금 밖에 있소. 당신이 그 녀석을 볼 수 있도록 말구종에게 타고 오라고 했지. 어제 한두 시간 동안 여성용 안장을 올려놓았고. 창가에 가서 그 녀석을 보시오."

그들은 굽은 길을 천천히 돌고 있는 말 두 마리를 보았다. 멋지게 손질된 아름다운 말을 보자 궨덜린의 가슴에 전율적인 희열이 스쳤다. 그 말은 그녀가 최근에 자세히 들여다 본 지긋지긋한 가난과 굴욕에 즐겁게 대조되는 지배력과 호사스러운 쾌락의 상징이었다.

"내일 크라이테리온을 타보겠소?" 그랜코트가 말했다. "그렇게 하겠다면 준비를 시켜 놓겠소."

"무엇보다도 그렇게 하고 싶어요." 궨덜린이 말했다. "다시 전속력으로 말을 달리면서 몰입해보고 싶어요. 그런데 지금은 가서 엄마를 모셔와야겠어요."

"그러면 내 팔짱을 끼고 갑시다." 그랜코트가 말했고 그녀는 순순히 따랐다. 그들의 얼굴은 거의 같은 높이였으므로 닿을 듯이 가까웠고, 그는 그녀를 바라보았다. 그녀는 애인으로서 그의 매너가 과거에 읽은 소설 속의 묘사보다 더 기분 좋게 느껴졌다. 그가 갑자기 키스할까봐 경계심이 들지도 않았고 너무나 태평한 기분이었기에 방의 한복판에서 갑자기 걸음을 멈추고는 짓궂은 장난기와 진지함이 뒤섞인 어조로 말했다.

"아, 생각해보니까, 내가 싫어하는 것에서 당신이 지켜줄 수 있어요. 나는 러시 씨와 어울리는 것이 싫어요."

"어울리지 않게 될 거요. 그를 쫓아내겠소."

"당신은 그 사람을 좋아하지 않으세요?"

"전혀 좋아하지 않소. 불쌍한 작자라서 내게 붙어있게 내버려두었지." 그랜코트는 극히 무심하게 천천히 말했다. "내가 어린 소년이었을 때 친지들이 그를 고용해서 나와 함께 여행을 보냈지. 그는 언제나 털이 거친 짐승 같은 인간이었소. 돼지와 아마추어 예술 애호가 사이의 튀기라고나 할까."

귄덜린은 웃었다. 모든 것이 매우 친절하고 자연스럽게 보였다. 그랜코트의 까다로운 성미 덕분에 친절함은 더욱 커졌다. 문에 이르자 그는 그녀를 위해 느긋하고 완벽하게 경의를 드러내는 태도로 문을 열어주었다. 실로 그는 온 세상의 남편감 중에서 가장 불쾌하지 않은 사람일 거라고 그녀는 생각했다.

데이빌로 부인은 침실에서 초조하게 기다리고 있었다. 귄덜린은 방으로 들어가서 재빨리 다가서는 어머니의 양 볼에 입을 맞추고 나지막이 말했다. "내려가세요, 엄마. 그랜코트 씨를 만나보세요. 그 사람과 약혼했어요."

"아니, 애야!" 데이빌로 부인은 기쁘다기보다 엄숙하고 놀라운 표정이었다.

“정말이에요.” 궨덜린은 똑같은 어조로, 그리고 질문해봐야 소용 없다는 의미를 함축하는 재빠른 말투로 말을 이었다. “전부 다 결정 되었어요. 엄마는 소이어의 오두막에 가지 않을 거고, 나는 몸퍼트 부인에게 심사받지 않을 거예요. 그리고 모든 일이 내가 원하는 대로 될 거예요. 그러니 당장 같이 내려가요.”

제4부

궨덜린의 선택

Daniel Deronda

제28장

특정한 한 인간을 아는 것보다 인류 전반을 알기가 더 쉽다.
라로슈푸코[1]

그랜코트가 오펜딘을 나서고 한 시간 후에 궨덜린이 약혼했다는 중대한 소식이 목사관에 전해졌고 가스코인 부부는 앤과 함께 그날 저녁을 오펜딘에서 보냈다.

"애야, 그토록 강한 애정을 받게 되었다니 축하한단다." 목사가 말했다. "진지한 얼굴이구나. 당연하지. 평생 이어질 결합이란 엄숙한 일이거든. 그런데 그랜코트 씨가 행동하고 말한 방식을 보면, 우리의 역경에서 좋은 일이 벌써 일어난 것 같구나. 네 남편이 될 사람의 자상하고 너그러운 마음을 목격할 기회를 얻었으니."

가스코인 씨는 그랜코트가 데이빌로 부인을 부양하겠다고 암시한 말을 언급했다. 궨덜린은 그랜코트가 청혼하면서 말한 한 부분을

---

1 프랑수아 드 라로슈푸코(1613~1680). 도덕적 경구와 의견을 쓴 프랑스 작가.

잘 기억했다가 엄마에게 한 글자도 틀림없이 정확하게 옮긴 것이다.

"하지만 네가 독일에 가지 않고 한 달도 더 전에 그와 약혼했더라면, 틀림없이 약혼했을 테니까, 그랜코트 씨가 똑같이 관대하게 처신했을 거야, 궨덜린." 가스코인 부인은 그 문제에 관해 자신의 의무를 다해야 한다고 느끼면서 말했다. "이제는 더 이상 변덕을 부릴 여지가 없지. 진실로, 네가 변덕을 부릴 마음이 없으리라고 믿고 있어. 참을성을 갖고 그렇게 굉장한 청혼을 해준 남자에게 여자는 큰 은혜를 입은 거야. 하지만 네가 합당한 감정을 느끼고 있겠지."

"저는 그렇게 느끼는 것 같지 않아요, 이모님." 궨덜린이 건방지게 엄숙한 어조로 말했다. "약혼할 때 어떤 감정을 느끼는 것이 합당한지 모르겠어요."

목사가 궨덜린의 어깨를 톡톡 두드리며, 순진하게 버릇없이 구는 아이에게 하듯이 미소를 지었다. 그래서 그의 아내는 남편의 몸짓을 불쾌하게 느껴서는 안 된다는 지시로 받아들였다. 앤은 궨덜린에게 입을 맞추고 "행복하게 살기를 진심으로 빌어."라고 말했고 그러고는 뒤로 물러나 앉아 눈물을 참으려고 애썼다. 최근에 그녀는 렉스를 둘러싼 작은 로맨스를 상상해왔다. 렉스가 여전히 궨덜린을 갈망한다면, 궨덜린의 마음이 고통을 겪으며 부드러워져서 사랑으로 바뀌고 그래서 결국에는 그들이 결혼할 수 있으리라고 말이다. 그리고 그 로맨스는 자신이 착한 누이답게 기뻐할 수 있도록 해달라는 기도와 렉스가 부자가 되지 않는 한 자신이 궨덜린을 도와주려는 생각만 하도록 해달라는 기도로 바뀌었다. 그런데 이제 전혀 다른 일을 기뻐해주려면 자비심이 필요했다. 이 가족 행사에 메리 양과 네 아가씨, 키가 큰 앨리스와 쏙닥거리기 잘 하는 버사와 패니, 말을 잘 듣는 이사벨까지 모두 동석했다. 모든 얘기가 궨덜린이 얻을 명예와 영광으로 적절히 귀결되었고, 현실의 삶이 『찰스 그랜디슨 경』[2] 못지않게 흥미진진했다. 그날 저녁 시간은 대체로 나이 든 두 숙녀의 추측에 대한 목사의 확고한 답변으로 이어졌다. 그는 이럴 때 재산 양도를 언급하는 것을 자기 의무로 생각할 수 없다고 말했다. 재정적 문제를 그랜코트 씨에게 맡겨야 하고, 그렇게 하는 것이 탈이 없을 것이다.

"라이랜즈와 개즈미어가 어떤 곳인지 정확히 알고 싶어요." 데이빌로 부인이 말했다.

"개즈미어는 그리 대단치 않을 거요." 가스코인 씨가 말했다. "하지만 라이랜즈는 우리나라에서 가장 훌륭한 영지 중 하나라고 알고 있소. 드넓은 공원과 매우 훌륭한 숲이 있고. 저택은 이니고 존스[3]가 건축했는데, 천장에 이탈리아 양식으로 그림이 그려져 있어요. 그 영지는 1년에 만 2천 파운드의 수입을 낸다고 알려져 있소. 성직록을 받는 교회가 두 군데 있는데 하나는 그랜코트 가문에서 선사한 목사관이오. 그 토지의 일부는 저당 잡혀 있을게요. 그래도 그랜코

---

2 새뮤얼 리처드슨(1689~1711)의 마지막 소설(1754)로 표제 인물이 덕스러운 주인공으로 등장한다.

3 이니고 존스(1573~1652). 영국의 유명한 건축가이자 디자이너.

트 씨는 외아들이오."

"이미 가진 것에다 스태너리 경이 된다면 더할 나위 없이 대단한 명사가 될 거예요. 생각 좀 해보세요. 그랜코트 영지가 있죠, 맬링거 영지가 있죠. 그런 데다 준남작이 될 테고, 게다가 귀족 작위도 받을 테고." 가스코인 부인이 손가락으로 하나씩 세다가 넷째 손가락에서 멈추고는 덧붙였다. "하지만 사람들 말로는 귀족 작위를 받아도 딸려오는 토지는 없을 거라더군요." 새끼손가락에 들어갈 것이 없어서 유감스러운 듯이 말했다.

"귀족 작위를 받을 가능성은 희박하다고 봐야겠지." 목사가 분별력 있게 말했다. "현재의 귀족과 그랜코트 씨 사이에 사촌이 두 명 있으니 말이오. 사망이나 다른 이유로 어쩌다 한 사람에게 유산이 집중되는 것은 분명 심각하게 고려해봐야 할 문제요. 그런 일이 지나치게 일어나지 않도록 빌어야겠지. 맬링거 그랜코트 맬링거 경 — 그의 칭호는 이렇게 되겠지 — 이 되고 그에 따른 재산을 소유하는 것은, 어떤 사람이 받더라도, 귀중한 능력이오. 그것이 잘 사용되기를 바랍시다."

"그 아내는 얼마나 대단한 지위를 얻겠어, 궨덜린!" 가스코인 부인이 말했다. "실로 크나큰 의무이지. 몸퍼트 부인에게 지체하지 말고 당장 편지를 보내야 해요, 헨리. 약혼했다는 구실을 댈 수 있어 다행이에요. 그렇지 않으면 그 부인이 불쾌하게 느낄 테니까. 좀 콧대가 높은 여자거든."

'지독히 끔찍한 일에서 벗어났어.' 궨덜린이 생각했다. 몸퍼트라는 이름만 들어도 소름이 끼쳤다. 저녁 내내 그녀는 말을 거의 하지 않았고, 그날 밤 작고 흰 침대에서 잠을 거의 이루지 못했다. 건강하고 젊은 그녀가 밤잠을 이루지 못하는 것은 흔치 않은 일이었다. 그리고 잠을 못 이루고 뒤척이는 것을 어머니가 알지 못하도록 조심한 것은 그녀에게 더욱 드문 일이었다. 그러나 그녀의 마음은 전혀 새로운 상태였다. 스스로에 대한 자신감을 갖고 남들을 잘 다룰 수 있다고 느끼던 그녀가 바로 얼마 전만 해도 선택하지 않겠다고, 아니, 선택해서는 안 된다고 생각한 결정적 조처를 이제 막 취한 것이다. 이제는 물러설 수 없었다. 그녀는 눈앞에 펼쳐진 아주 많은 것이 마음에 들었다. 뒤로 물러선다면 그때는 마음에 드는 것이 하나도 없었다. 하지만 예전에 한 점의 의혹 없이 온 마음으로 동의한 결심의 그림자가 그 결정에 집요하게 들러붙었다. 베개를 베고 눈을 활짝 뜬 채 "눈먼 자들이 볼 수 있는 어둠을 바라보며"[4] 누워 있는 동안, 자신이 예전에 혐오감을 느끼며 놀라서 피한 바로 그 일을 이제 받아들이기로 했다는 생각에 섬뜩해졌다. 자기 행위의 옳고 그름의 문제가 공포를 일으킨 것은 처음 있는 일이었다. 양심의 가책을 느낄 때는 늘 위로를 하거나 선물로 보상함으로써 불편한 마음을 가라앉힐 수 있었다. 그러나 이 순간 새로운 의식이 눈을 떴다. 자신이 비밀을 알고 레브론으로 달아났을 때 쓰라린 마음에 내뱉었

---

4 셰익스피어, 소네트 27, 8행.

던 조급한 말을 평생 지속할 생각으로 자진해서 받아들일 위기에 처한 것 같았다. 그때 그녀는 무슨 일을 하든 아무 의미도 없고, 가급적 최대한 즐겁게 지내기만 하면 된다고 말했다. 그렇게 멋대로 살아가는 것, 올바름에 대한 관심을 전부 내팽개쳐버리는 것이 갑자기 그녀를 공포에 떨게 했다. 그것은 일어날 법한 재앙의 그림자를 유령처럼 이끌고 그녀에게 다가왔다. 그 재앙은 그저 이름에 불과한 것이 아니었다. 지금까지 무시해왔지만 마음속에 스며든 종교적 가르침의 감화력과 그녀를 둘러싼 무시무시하고 냉혹한 무언가의 더 깊은 영향이 복수의 신이라는 흐릿한 개념에 집중되는 것 같았다. 그녀가 갈망한 화려한 지위, 결혼하면 누릴 거라고 상상한 자유, 따분하고 변변찮은 처녀시절에서의 해방, 이 모든 것이 바로 그녀의 눈앞에 펼쳐져 있었다. 하지만 배고픈 그녀에게 다가온 그것은 신성모독의 더러운 병균이 붙은 음식 같았다. 그녀는 두려움에 떨면서 그것을 움켜쥐어야 한다. 깜깜한 어둠 속에서 외롭게 작은 침대에 누워있는 그녀의 저항적 자아는 돌이킬 수 없는 결정을 내린 후 처음으로 습격한 공포에 대항해서 반격을 가할 수 없었다. 불행한 얼굴의 그 여자와 아이들, 그랜코트 및 두 사람의 관계가 찰싹 들러붙은 치욕의 기억처럼 계속 되풀이되어 상상 속에 떠올랐다. 차차 다른 생각이 모두 지워지면서, 자신이 그 장면을 자기 인생에 끌어들였다는 의식만 남았다. 오랜 시간 깨어있다 보니 몽롱한 상태에 빠져드는 것 같았다. 창문에 달린 커튼 옆으로 아주 희미한 빛이 스며들었고 점점 더 오싹하게 냉기가 돌았다. 그녀는 더 이상 참을 수 없어 소리쳤다. “엄마!”

“그래, 얘야.” 데이빌로 부인이 즉시 잠에서 깬 목소리로 말했다.

“엄마 옆으로 갈게요.”

그녀는 곧 엄마 어깨에 기대 잠이 들었고 늦게까지 계속 잤다. 꿈속에서 휘황찬란한 무도회장을 보다가 눈을 떠보니 엄마가 조그만 꾸러미를 들고 침대 옆에 서 있었다.

“잠을 깨워 미안하구나, 얘야. 그런데 이걸 당장 줘야 할 것 같았어. 말구종이 크라이테리언을 데려왔단다. 그 사람은 다른 말을 타고 왔는데, 여기 있을 거라고 하더구나.”

궨덜린은 침대에서 일어나 앉아 꾸러미를 풀었다. 그것은 유약을 입힌 작고 정교한 보석 상자였다. 그 안에는 빛나는 다이아몬드 반지와 함께 편지가 들어있고, 접은 색종이에 이런 글이 적혀 있었다.

> “내가 12시에 도착할 때 우리의 약혼 기념으로 이 반지를 끼고 있어요. 당장 필요한 비용을 위해 가스코인 씨의 이름으로 발행된 수표를 동봉하겠소. 물론 데이빌로 부인은 적어도 얼마간은 오펜딘에 계속 머무실 거요. 내가 오펜딘에 도착할 때 당신이 더 가까운 곳에서 내게 명령을 내리기 시작할 날을 일찍 잡아주었기를 바라고 있소.
>
> 당신에게 헌신적인
> H. M. 그랜코트”

수표에는 500파운드가 적혀 있었다. 궨덜린은 그것을 편지와 함께 엄마에게 내밀었다.

"무척 친절하고 자상한 사람이구나!" 데이빌로 부인이 무척 감격해서 말했다. "하지만 사실 나는 사위에게 의존하지 않는 편이 더 좋단다. 나와 네 동생들은 아주 잘 지낼 수 있어."

"엄마, 엄마가 다시 그런 말을 하면, 나는 결혼하지 않을 거예요." 궨덜린이 화가 나서 말했다.

"얘야, 네가 오로지 날 위해서 결혼하는 것은 아닐 거라고 믿어." 데이빌로 부인이 간청하듯이 말했다.

궨덜린은 어머니에게서 멀리 있는 쪽 베개에 머리를 파묻었고, 반지를 그냥 내버려두었다. 자신이 결혼하려는 이유를 이처럼 도외시하려는 말에 화가 났다. 어쩌면 성을 낸 더 깊은 이유는 오로지 엄마 때문에 결혼하는 것은 아니라는 의식 때문이었을 것이다. 그녀는 여러 점에서 그 결혼에 매료되었고, 엄마의 체념보다 더 강력한 이유들이 반대했지만 그녀를 가로막을 만큼 강력하지 못했다. 그녀는 눈뜨자마자 자신의 약혼이 돌이킬 수 없는 사실이라는 증거를 보았다. 간밤의 온갖 지긋지긋한 환상과 공포, 주장을 대낮의 햇빛에 비춰봐야 한다. 그러면 그것들이 어쩌면 무력해질 것이다.

"내가 바라는 것은 네 행복이란다, 얘야." 데이빌로 부인이 간청하듯 말을 이었다. "너를 괴롭힐 말은 하지 않을게. 반지를 끼지 않을 거니?"

잠시 궨덜린은 아무 대답도 하지 않았지만 머릿속에서는 생각이 활발히 이어졌다. 마침내 그녀는 말을 달릴 때처럼 행동하려고 마음먹으며 몸을 일으켰다. 머릿속에서 어떤 생각이 줄달음치더라도 활기차게 나아갈 것이다.

"약혼반지는 언제나 애인이 직접 끼워주는 줄 알았어요." 그녀는 웃으면서 손가락에 반지를 쑥 밀어넣고, 매력적으로 고개를 갸웃거리며 바라보았다. "반지를 왜 보냈는지 알겠어요." 엄마에게 고개를 끄덕이며 말했다.

"왜?"

"반지를 끼워주게 해달라고 내게 간청하기보다는 내가 직접 끼는 게 더 나은 거예요. 아하! 자존심이 대단히 강한 사람이에요. 하지만 나도 그렇죠. 우리는 서로 잘 맞을 거예요. 무릎 꿇고 아양 떠는 남자는 질색이에요. 정말이지 그랜코트 씨는 정떨어지는 사람은 아니에요."

"칭찬치고는 매우 인색하구나, 궨덜린."

"아뇨, 남자에 대한 칭찬으로는 그렇지 않아요." 궨덜린이 명랑하게 말했다. "그런데 이제 일어나서 옷을 입어야겠어요. 이리 와서 머리 손질을 해 줄래요, 엄마?" 그녀는 엄마의 얼굴을 끌어당겨 뺨에 대고 비비면서 말을 이었다. "그리고 가난하게 살겠다고 말하면서 고집을 부리지 말아줄래요? 엄마는 편안하게 지내는 걸 견뎌야 해요. 엄마 마음에 들지 않더라도. 그리고 지금 그랜코트 씨의 행동은 나무랄 데 없이 완벽해요, 그렇지 않아요?"

"물론 그렇지." 데이빌로 부인은 결국 궨덜린이 약혼자를 좋아하는 모양이라고 믿으며 기운을 냈다. 그 약혼자는 어떤 아가씨에게 관심을 보일 때 그 아가씨의 감정에 반드시 영향을 미칠 수밖에 없는 남자라고 생각했다. 말(言)을 평가할 때 그렇듯이 구혼자를 평가할 때는 교양 있는 사회에서 그가 어떤 평판을 얻고 어떻게 두각을 드러내는지 봐야 한다. 그 밖의 것은 많이 알기 어렵다. 그리고 데이빌로 부인이 몹시 걱정스러운 것은 그랜코트의 성격이 아니라 그를 받아들이는 궨덜린이었다.

이날 아침 그 기분은 어쩔 수 없이 새로운 단계를 지나고 있었다. 화장을 하면서도 그녀는 자신의 모든 지식을 동원해서 자신의 결혼을 정당화할 근거로 삼았다. 그리고 그랜코트의 아내가 되었을 때 글래셔 부인의 아이들을 한없이 너그럽게 대하도록 그를 설득하겠다는 결심에 대해 많이 생각했다.

'내가 그와 결혼하지 않더라도 그녀에게 무슨 이득이 있겠어? 그는 마음이 내켰으면 그녀와 결혼할 수 있었을 거야. 하지만 내키지 않았던 거지. 어쩌면 그녀 탓인지도 몰라. 그녀에게 내가 알지 못하는 점이 많이 있을 거야. 그리고 그는 그녀에게 여러 모로 잘해주었겠지. 그렇지 않으면 그녀가 그와 결혼하기를 원하지 않을 테니까.'

그렇지만 이 마지막 생각은 당장 의심스럽게 보였다. 글래셔 부인이 그랜코트와 자기 자식들 사이에 다른 아이가 끼어들지 못하도록 배척하려는 것은 당연했다. 이런 감정을 이해하면서 궨덜린은 글래셔 부인의 요구를 해결할 다른 방법을 생각해냈다.

'어쩌면 우리에게는 아이가 없을 거야. 그렇게 되면 좋겠어. 그럼 그는 그 귀여운 소년에게 재산을 물려주겠지. 이모부 말씀으로는,

그랜코트 씨가 영지를 마음대로 처분할 수 있다니까. 휴고 맬링거 경이 사망한 다음에는 재산이 늘어나서 두 사람에게 나눠줘도 충분할 거야.'

이렇게 생각하자 자기 아들만 상속자가 되어야 한다고 주장한 글래셔 부인이 순전히 무분별한 여자 같았다. 두 가문에서 물려받을 두 배의 재산은 그랜코트가 다른 여자와 결혼하더라도 글래셔 부인에게는 전혀 해가 없다는 보장이나 다름없다. 더군다나 그 아내, 궨덜린 할레스가 공정한 비난을 받지 않도록 처신하겠다고 의기양양하게 결심했으니 말이다. 이 처녀는 늘 비난받을 일이 없다고 생각해왔다. 잘못은 오로지 다른 사람들에게 있는 것이다.

이처럼 자신이 글래셔 부인에게 해를 입히는 것은 아니라는 주장이 점차 마음을 사로잡는 사이에 놀랍게도 그랜코트의 과거에 대한 혐오감은 점점 부차적인 감정이 되고 말았다. 자신이 처음에 부당한 일로 여긴 것을 선택함으로써 사악함의 경계를 넘어섰다는 의식 때문에 공포에 떨면서 뜬 눈으로 밤을 새우고 나니, 그의 소행에 대한 감정은 무뎌졌다. 그녀는 그랜코트가 어떤 사람이든 그에 대해 무한한 지배력을 행사할 수 있다고 생각했다. 그를 사랑하는지 스스로에게 물어본 적이 없었으므로, 그가 가진 유쾌한 장점은 그만큼 더 이득인 셈이었다. 가엾게도 궨덜린은 결혼 생활의 제어하기 어려운 힘을 전혀 겁내지 않았다. 그것은 어떻게 관리하느냐의 문제일 뿐이고 자신은 그런 부분을 대처하는 법을 알고 있다고 생각했다. 그랜코트의 과거와 관련해서, 그의 소행이 과연 여느 남자와 상당히 다른 것이었을까 하는 새로운 의혹이 일었다. 그래서 남자들 일반에 예상되는 것을 알아내려는 작은 계획을 생각해냈다.

그러나 세상에 달리 무엇이 진실이든, 그녀의 머리칼은 승마에 적합하게 손질되었다. 그녀는 당장 말을 탈 수 있도록 승마복을 입고 내려갔다. 젊음에 도취되어 다시 한 번 끓어오르는 피를 느끼고, 지난 날 자신의 인생을 생각하며 느낀 대담한 기분을 되찾고 싶었다. 이미 무거운 짐 하나가 그녀에게서 떨어져 나갔다. 찬란한 햇빛을 받으며 활발하게 움직일 때는 자신의 선택에 대한 의혹이 들더라도, 하찮은 존재로 노예 같은 굴종 상태를 견디는 것 말고 선택의 여지가 없다고 느끼는 것보다 압박감이 덜했다.

"들어가서 공작부인처럼 치장하세요, 엄마." 그녀는 계단을 내려가다 갑자기 몸을 돌리고 말했다. "손으로 뜬 레이스를 머리에 쓰고요. 엄마는 공작부인처럼 보여야 해요. 이 상황을 황송해하면서 받아들이면 안 돼요."

그랜코트가 그녀의 왼손을 부드럽게 잡고 반지를 보았을 때 그녀가 진지하게 말했다. "매사를 배려해주시고 보석도 보내주시다니 무척 친절하세요."

"내가 잊은 것이 있으면 말해주겠소?" 그가 그녀의 손을 자기 손으로 부드럽게 감싸며 말했다. "당신이 바라는 거라면 무엇이든 하겠소."

"하지만 저는 아주 터무니없는 것을 원해요." 궨덜린이 미소를 지으며 말했다.

"그래, 그럴 거라고 예상하고 있소. 여자들은 늘 그렇지."

"그렇다면 무분별하게 굴지 않겠어요." 궨덜린이 손을 빼내고 고개를 쾌활하게 젖히면서 말했다. "다른 여자들과 똑같다는 말은 듣지 않겠어요."

"그런 말은 하지 않았소." 그랜코트가 평소처럼 엄숙하게 말했다. "당신은 여느 여자와 전혀 다르니까."

"그게 무슨 뜻인지 말씀해주시겠어요?" 궨덜린은 도전하듯이 조금 떨어진 곳으로 걸어가며 말했다.

그랜코트는 잠시 쉬었다가 대답했다. "당신은 내가 사랑하는 여자요."

"아, 대단히 멋진 말씀이에요!" 궨덜린이 웃으며 말했다. 그가 한때 야릇한 상황에서 다른 여자에게 틀림없이 쏟았을 그 사랑이 익숙하게 느껴졌다.

"그 보답으로 멋진 말을 해주시오. 우리가 언제 결혼할지 말해봐요."

"아직은 아니에요. 저 구릉 너머로 최대한 빨리 달리고 난 다음에요. 질주하고 싶은 마음이 너무 강해서 지금은 다른 생각을 할 수 없어요. 사냥철이 시작되면 좋겠어요. 일요일이 20일, 27일, 월요일, 화요일." 궨덜린은 그랜코트를 바라보면서 귀엽게 고개를 까닥이며 손가락으로 세었고, 한 손바닥으로 다른 손바닥을 살짝 스치며 의기양양하게 말했다. "열흘이 지나면 시작하겠군요!"

"그럼 열흘 안에 결혼하도록 합시다." 그랜코트가 말했다. "그러면 마구간에 권태를 느끼지 않을 테니."

"그런 말에 대한 대답으로 여자들은 뭐라고 말하나요?" 궨덜린이 장난치듯이 말했다.

"동의하지." 그 연인이 약간 방심해서 대답했다.

"그렇다면 저는 동의하지 않겠어요!" 궨덜린은 승마용 긴 장갑을 손에 끼면서 점점 즐거운 눈빛으로 그를 줄곧 바라보았다.

두 사람 모두에게 유쾌한 장면이었다. 더 투박한 애인이라면 그녀의 귀여운 버릇과 자세를 감상하지 못했을 테고, 애무를 하려는 어리석은 시도 — 극적 효과를 완전히 망쳐놓는 — 로 그 장면을 망쳐놓았을 것이다. 그랜코트는 극적 효과를 더 좋아했다. 그리고 궨덜린은 마음이 놓이자 여왕처럼 군림하는 놀이를 하면서 점점 더 신이 났다. 만일 클레스머가 배우가 되려고 의식적으로 애쓰는 게 아니라 이처럼 무의식적으로 연기하는 그녀를 더 자주 보았더라면, 그녀의 성공 가능성을 더 높이 점쳤을지도 모른다.

기분 좋게 속보로 달리고 나자 그녀는 몹시 들뜬 기분이었고 그래서 결혼을 앞당기는 것에 대해 긍정적으로 생각해보았다. 결혼하고 나면 그녀의 생활은 처음부터 끝까지 이 멋진 오락 같을 것이다. 자발적으로 약속한 것에 대해서 더는 속으로 논쟁을 벌이지 않을 것이다. 그래서 그녀는 혼숫감과 관련된 관습을 따르기 어렵더라도 3주 후로 결혼식 날을 잡는 데 동의했다.

러시는 물론 정식으로 통보받지 않았어도 숱하게 드러나는 정황으로 보아 약혼 사실을 알고 있었다. 그 결과 뭔가 얘기가 있으리라고 예상했다. 그러나 며칠이 지나도 그랜코트가 침묵을 지키자 그는 다소 초조해졌다. 그 변화가 자신의 장래에 영향을 미치리라고 생각했고, 정확히 어떤 영향을 받을지 알고 싶었다. 그는 더는 반대하는 전략을 쓰지 않기로 했다. 반대 그 자체를 그가 좋아한 것은 아니었다. 그는 쉽게 그랜코트에게 많은 골칫거리를 만들어줄 수 있었다. 하지만 그렇게 하면 자신에게 해가 될 테고, 그의 목적은 성가신 일을 만들어내는 것이 아니었다. 궨덜린 양의 기가 좀 꺾인다면 물론 유감스럽지 않을 것이다. 하지만, 결국 어떤 일이 일어날지는 아무도 모른다. 그랜코트가 심술궂게 외고집을 부린 것도 처음 있는 일은 아니었다. 하지만 이 아가씨에 대해서 변덕스럽게 행동하는 것을 보면 그가 어쩐지 달라보였고 어딘가 불길한 숙명에 이끌리는 파멸한 사람 같았다. 그처럼 엄청난 행운을 타고난 남자가 자기 인생을 필요 이상으로 망쳐놓는 것은 실로 가련한 일이었다. 결혼을 반대하는 주장을 편 후에 러시는 그로 인해 빚어진 고약한 결과를 알아차리게 되었다. 그랜코트가 러시에게 일을 시키지 않고 직접 힘들여 편지를 쓰고 명령을 내린 것이다. 그런 식으로 러시의 쓸모를 무시하는 것 같았고, 심지어 수년간 이어진 습관과 달리 드레스룸에서 혼자 아침을 먹기까지 했다. 그러나 손님이 북적거리지 않는 집에서 그들은 어쩔 수 없이 마주칠 수밖에 없었다. 러시는 그런 기회를 잡아 서둘러 말했다. 어느 날 정찬식사가 끝난 다음이었다. 그날 그랜코트는 오펜딘에서 정찬을 하기 어려웠던 것이다.

"그런데 결혼식은 언제입니까?"

그랜코트는 포도주를 조금 마시고 식탁에서 일어나 난롯가 옆의 안락의자에 느긋이 기댄 채 시가를 피우고 있었다. 벽난로에서 참나무 장작을 태우는 불길이 날름거리며 벌겋게 타오르고 보기 좋은 미묘한 색깔의 재가 가장자리에 쌓여 있었다. 적갈색의 벨벳 브로케이드가 덮인 의자는 창백하고 이목구비가 반듯한 그의 얼굴과 정교한 긴 손에 잘 어울리는 배경이었다. 시가를 빼면 그의 모습은 모로니[5]의 초상화처럼 보인다고 상상할 수 있었다. 그 화가는 속내를 알 수 없는 눈매와 기품 있는 분위기를 경이롭게 표현했을 테고, 그 위대한 대가의 초상화는 그랜코트가 기질적으로 그렇듯이 활기 없는 말벗이 되었을 것이다. 그러나 그는 평소처럼 뜸을 들이지 않고 대답했다.

"10일이오."

"여기 머물 생각이겠지요."

"얼마간 라이랜즈에 가서 머물 작정이오. 그렇지만 사냥을 하러 돌아올 거요."

이렇게 대답한 후에 그랜코트는 말을 이어갈 생각이 있을 때 흔히 그랬듯이 늘쩍지근하게 불분명한 소리를 냈다. 러시는 말이 이어지기를 기다렸지만 아무 말도 나오지 않았다. 그가 다른 것을 물어보려고 했을 때 불분명한 소리가 다시 터져 나왔고 조심스러운 제

---

5 지오바니 바티스타 모로니(1520~1578). 이탈리아의 초상화 화가.

안이 흘러나왔다.

“선생 자신을 위해 새로운 계획을 세우는 게 좋겠소.”

“아니, 나더러 닻줄을 끊고 당장 떠나라고요?” 러시는 이럴 때 화를 내지 않겠다고 각오하고 있었다.

“그 비슷한 얘기요.”

“신부가 내게 반감을 갖고 있군요. 당신이 내 도움을 받지 못할 때 그녀가 보완해줄 수 있으면 좋겠군요.”

“당신이 여자들에게 불쾌감을 주는 건 나도 어쩔 수 없소.” 그랜코트가 달래듯이 사과하며 말했다.

“정확히 말하면, 한 여자에게 그렇지요.”

“그건 차이가 없소. 문제가 되는 한 사람이 그녀니까.”

“15년이나 봉사를 해왔는데 아무 대비책도 없이 쫓겨날 수는 없다고 생각해요.”

“선생은 내게서 뭔가를 떼어내서 남겨놓았을 거요.”

“보잘것없어요. 내가 당신을 위해 무언가를 모아준 적은 종종 있었지만.”

“1년에 300파운드를 지급하겠소. 하지만 런던에서 살면서 내가 선생을 필요로 할 때 내 일을 봐줄 수 있어야 해요. 나는 좀 돈이 부족할 테니까.”

“당신이 올 겨울에 라이랜즈에서 살지 않을 예정이라면, 내가 그곳에 내려가서 스윈턴이 어떻게 되고 있는지 알려줄 수 있어요.”

“원하신다면. 내 눈에 띄지만 않는다면 선생이 어디 있든 개의치 않소."

"대단히 고맙군요." 러시는 예상한 것보다 이 문제를 훨씬 수월하게 받아들일 수 있었다. 그는 그랜코트가 차차 예전처럼 자기 도움을 필요하게 되리라고 확신하면서 기운을 냈다.

"가급적 빨리 짐을 꾸리는 데 이의 없으시겠지?" 그랜코트가 말했다. "토링턴 부부가 올 테고 할레스 양이 여기 와서 승마를 할 거요."

"기꺼이 그렇게 하죠. 내가 개즈미어에 가서 할 일이 없을까요?"

"아니, 내가 직접 가겠소."

"당신이 좀 궁핍하다는 것과 관련해서, 그 계획을 생각하는 것은—?"

"날 그냥 내버려두시오, 아시겠소?" 그랜코트는 들릴 듯 말듯 나지막하게 말하고는 시가를 난롯불에 던져버리고 일어서서 나가버렸다.

그랜코트는 그날 저녁을 작은 응접실에서 혼자 보냈다. 탁자 위에는 신사들이 펼쳐보지도 않으면서 가까이 두는 다양한 종류의 신간서적이 쌓여 있었지만 그는 소파에 앉아서 (철학자들이 그렇듯이) 정치적이든 희극적이든 냉소적이든 낭만적이든 그 책들에 손도 대지 않고 생각에 잠겨 있었다. 사색을 좋아해서가 아니라 노력을 들이기가 싫어서, 조로(早老)의 세계와 비슷한 내면세계에 빠져서 이렇게 앉아있으면, 눈에 보이지 않는 철학을 힘겹게 뒤쫓지 않더라도 몇 시간이 놀랍도록 빨리 지나간다. 이런 상태에서는 행동에 대한 요구가 과거와 현재 그리고 미래의 막연한 이미지 속으로 서서히 빠져든다. 또한 환영의 세계에서 충동이 일어났다가 사라지고, 덧없는 충족조차 거부하며 끊어진다. 이런 상태는 머리털이 희끗희끗하게 세어갈 때 종종 찾아온다. 때로는 젊은 시절의 다양한 감수성이 벗겨져 나가면서 두드러지는 엄청난 이기심의 몸통처럼 맹렬한 완고함과 집요한 습성과 함께 찾아오기도 한다.

하지만 그랜코트는 숱이 많지는 않아도 밝고 가느다란 금발을 갖고 있고, 그의 기분이 순전히 기운이 빠져 쇠잔해진 탓이라고는 설명할 수 없다. 인간의 내면에서는 우리가 알지 못하는 정신의 화학작용이 일어나고 있으므로, 나태하게 침체되거나 솜털처럼 부드럽고 연약한 상태라도 뭔지 모를 부식성 물질이나 폭발성 물질이 마련될 수 있다. 잠에서 깨어난 어떤 인부가 아무 원한도 없이 아직 자고 있는 동료의 생명을 짓뭉개려고 무거운 돌을 들어 올린다면, 그에게는 인간의 행동을 어지간히 예상할 수 있게 해주는 습득된 동기가 없다고 생각할 수 있다. 그러나 심지어 신사도 간접적인 방법으로 스스로를 위험인물로 만들어 그가 다음에 무슨 일을 저지를지 알 수 없는 불안감을 일으키고, 그럼으로써 슬프게도 동료애를 깨뜨릴 수 있다.

이날 저녁 그랜코트의 생각은 어두운 연못에서 끊임없이 퍼지며 사라지고, 수면 밑에서 올라오는 어떤 충동으로 끊임없이 다시 퍼져나가는 작은 파문 같았다. 중앙의 깊은 곳에서 솟구치는 충동은 궨덜린의 이미지에서 일었다. 하지만 그 이미지가 일으킨 생각을 설명하려면 모든 시대의 연애 시인을 참고해도 충분치 않았을 것이다. 특이하게도 그가 느낀 만족감은 궨덜린이 자기를 사랑하고 그녀가 자기에게서 달아났을 때의 질투심과 분노를 그 사랑으로 극복했다는 믿음에서 나온 것이 아니었다. 오히려 그는 주도면밀하게 관심을 쏟아주는데도 그녀가 자신을 사랑하지 않는다는 데서 그녀가 꽤 예외적인 아가씨라고 생각했다. 그리고 그녀의 가족에게 갑작스러운 재난이 닥치지 않았다면 그녀가 자기를 받아들이지 않았을 가능성이 매우 높다고 생각했다. 그녀가 처음부터 자신의 구애에 응하지 않고 변덕스럽게 살짝 빠져나가려 한 것은 몹시 약오르게도 매력적이었다. 그럼에도 불구하고 그녀는 그를 받아들일 수밖에 없었고, 속으로는 계속 반감을 품고 있더라도 경기에 출전하도록 훈련받은 말처럼 무릎을 꿇을 수밖에 없었다. 대체로 그랜코트는 자신에 대해 강한 애정을 품은 아가씨를 얻을 때보다 이런 생각에서 더 큰 즐거움을 느꼈다. 반항적인 마음을 굴복시킴으로써 얻은 이 즐거움은 자신이 호의를 보여준 어떤 여자도 자신의 영향력에 전적으로 무심할 수 없다는 습관적인 확신과 더불어 무르익었다. 앞으로 자신이 그녀에게 반하기보다는 그녀가 자기에게 매혹될 가능성이 더 커보였다. 아무튼 그녀는 복종해야 한다. 장차 그의 아내로서 그녀가 그를 제외한 모든 사람을 지배하는 데 적합한 자만심과 활기를 가진 여자이기에 그는 즐거움을 느꼈다. 자기에게 그저 다정하게 굴고 걱정하며 간청하고 기꺼이 순종하려는 여자에게는 관심이 없었다. 그는 자기를 지배하고 싶어 하는 여자, 다른 남자를 지배할 수 있는 여자의 지배자가 될 작정이었다.

러시는 그랜코트에게 조언하려다 실패했기 때문에 휴고 경과 소통하는 편이 낫겠다고 생각했다. 준남작은 부담스럽지 않은데다 보수가 나쁘지 않아 신사에게 적합한 일자리를 마련할 능력이 있을 사람이었다. 러시는 장차 그런 일자리를 구할 필요가 없을 거라고 자신할 수 없었기에, 준남작에게 자신에 대한 우호적인 의무감을 일깨우고 싶었다. 그래서 그는 다음과 같은 편지를 썼고, 그 가족이 레브론에서 돌아와서 머물고 있다는 파크 레인으로 편지를 보냈다.

친애하는 휴고 경,

저희가 영국에 돌아온 후 그 혼사는 확고히 결정되었고, 이제 3주 내로 결혼식이 치러질 예정입니다. 신붓감의 어머니가 최근에 전 재산을 잃은 것은 그랜코트에게 더 고약한 일이지요. 그는 그 가족을 부양할 돈을 마련해야 할 것입니다. 현재 현금이 부족한 상태라서. 다른 계획에 의존하지 않는다면 어리석은 방법으로 현금을 마련하겠지요. 저는 곧 디플로를 떠날 예정이므로 그 문제에 대한 이야기를 더 이상 나눌 수 없습니다. 제가 조언을 드린다면, 제 생각에 경의 신뢰를 받는 데론다 씨가 그랜코트의 초대를 받아들여 (다른 사람들도 방문할 예정입니다) 이곳을 잠시 방문하겠다고 제안하고, 경께서 희망 사항과 제안하시는 가격의 범위를 데론다 씨에게 충실히 알려주십사 하는 것입니다. 그런 다음에 데론다 씨가 그랜코트에게 현금이 필요하리라는 사실은 암시하지 말고 다만 경께서 간절히 바라시는 일이라고 넌지시 귀띔하면서 그 이야기를 꺼내는 것입니다. 제가 이미 전에 디플로 상속권에 대해 경께서 상당한 금액을 제공할 의향이 있으실 거라고 추측하는 식으로 말한 바 있습니다. 그러나 데론다 씨가 명확한 제안을 갖고 오신다면, 전혀 다른 효과를 낼 것입니다. 십중팔구 앞으로 한동안 그는 그 교섭을 타결하려 들지 않을 것입니다. 그러나 그 제안은 그의 마음속에 더 깊이 뿌리를 내리겠지요. 지금은 이 지역의 사냥터를 높이 평가하고 있지만, 그런 제안을 받은 상황에서는 이 지역에 싫증을 느낄 가능성도 있고, 재촉 받지 않더라도 현금에 대한 생각이 머릿속을 떠나지 않을 것입니다. 저는 결국 경께서 원하시는 대로 성사되리라고 장담합니다. 제가 시베리아로 추방되는 것도 아니고 언제든 연락을 받을 수 있는 곳에 머물 것이므로, 앞으로 차차 경께 더 큰 도움을 드릴 수 있을 것입니다. 하지만 현재로는 중재자로서 데론다 씨가 가장 적합하다고 생각합니다. 그랜코트가 무엇보다도 고약하게 분개하는 일은, 요청하지도 않았는데 변호사들이 자기 코앞에 서류를 들이미는 것입니다.

레브론에서의 체류로
올 겨울을 더없이 건강하게 지낼 수 있으시리라 믿으며
휴고 경께 충실한
토머스 크랜머 러시 올림

휴고 경은 아침식사 시간에 이 편지를 읽고는 데론다에게 넘겨주

었다. 데론다는 런던에 셋방을 얻어두었지만 자신이 옆에 없으면 휴고 경이 불편해했기에 런던에서 지내는 일은 거의 없었다. 이야기를 나누기 좋아하는 준남작은 데론다에게 애정을 느낄 각별한 이유가 없었더라도 젊은 말벗이 곁에 있는 것을 좋아했을 것이다. 그 젊은이는 특별한 실망을 느꼈으면서도 상속자라든가 상속 문제 전반에 대한 쾌활한 시각을 견지하는 데 적합한 조화롭고 아름다운 얼굴을 갖고 있었다. 그리고 두 사람의 견해와 취향에 깊이 깔려 있지만 그리 거슬리지 않는 차이점이 있어도 데론다에 대한 준남작의 애정은 줄지 않았다. 어쩌면 오히려 더 강해졌을 것이다. 남녀관계에서 그 비슷한 차이가 있을 때 그 차이점이 이미 존재하는 애정에 짜릿한 맛을 더해주어서 애정을 더욱 강하게 만들어 주듯이. 휴고 경은 자기 자신을 긍정하지 않은 것은 아니었지만 동물원을 구경하듯이 자유주의적 관점에서 인간과 사회를 보았고, 데론다가 자기와 다르다는 점에서 일종의 자부심을 느꼈다. 그 자부심이 목소리를 낼 수 있다면 이렇게 말했을 것이다. '이 멋진 젊은이가 보이지? 어디서나 볼 수 있는 젊은이는 아니야, 그렇지? 어떤 점에서 보면 내 사람이야. 내가 그를 어릴 때부터 키웠거든. 하지만 당신은 쉽사리 그에게 뭐라고 딱지를 붙일 수 없을 거야. 그는 자기 나름의 견해를 갖고 있으니까. 내가 그의 나이였을 때와는 전혀 다르지.' 준남작의 이런 감정은 데론다의 균형 잡힌 마음에 의해 지속되었다. 데론다는 우리가 여성적이라고 일컫는 다정함에 이끌려 행동했고, 일상의 자질구레한 일에서 양보하곤 했다. 그러면서도 당연히 남성적이라고 여겨지는 강직한 판단력과 독자적 의견을 갖고 있었다.

데론다는 그 편지를 읽고 말없이 돌려주었다. 속으로는 러시가 자신을 그 가족 문제에 쓸모 있는 국외 중재자로 간주한 방식에 몸을 사렸다.

"어떻게 생각하나, 다니엘? 자네에게는 꽤 유쾌한 일이겠군. 오랫동안 디플로를 보지 못했고, 다음 주에 내려가면 사냥개들과 멋지게 달려볼 수 있을 테니." 휴고 경이 말했다.

"사냥하러 내려가지는 않을 겁니다." 데론다가 꼼꼼하게 빵에 버터를 바르며 말했다. 그는 이처럼 속이 뻔히 들여다보이는 설득에 반감을 느꼈다. 지능을 가진 동물이라면 당연히 그런 설득에 관심을 기울이지 않는다. 만일 디플로에 간다면, 휴고 경을 기쁘게 해주려고 유쾌하지 않은 일을 해야 할 것이다.

"러시의 생각이 괜찮은 것 같네. 그런 기회를 놓치면 유감스럽겠지."

"제가 가는 것이 백부님의 목적에 중요하다고 생각하신다면, 그건 다른 문제겠지요." 데론다가 무언가를 억누르는 듯이 여전히 냉담하게 말했다. 그는 준남작이 그 일을 성사시키려고 작정했음을 알고 있었다.

"자, 그 예쁜 도박꾼, 레브론의 다이애나를 보게 될 거야. 틀림없어." 휴고 경이 명랑하게 말했다. "그들이 결혼하면, 그녀를 토핑애비로 초대해야 할 거요, 루이자." 그는 레이디 맬링거를 바라보며 그녀도 이미 사정을 다 아는 듯이 덧붙였다.

"누구 말씀이세요?" 레이디 맬링거는 사실 그 대화를 듣지 않고 있었다. 그녀는 처음 몇 모금 마신 커피와 못마땅한 소맷부리, 그리고 테레사를 치과의사에게 데려가야 한다는 생각 — 상류층 부인들의 관심사가 대개 그렇듯이 해롭지 않고 약간은 칭찬해줄 만한 관심사 — 에 정신이 팔려있었던 것이다. 누군가 그녀의 외모에 대해 묻는다면, 불그스레한 금발(당대에 유행하던 색깔)에 작은 매부리코, 약간 튀어나온 푸른 눈과 섬세한 눈썹을 갖고 있고, 그녀보다 마른 친구들은 통통하다고 말할 몸매에 확대된 아기 손처럼 둥글고 움푹 들어간 손을 가진 여자라고 할 수 있다.

"당신이 레브론에서 본 그 아가씨와 그랜코트가 결혼할 예정이라오. 그 아가씨 생각나지 않소? 룰렛 게임을 하던 할레스 양."

"맙소사! 그랜코트 씨에게 바람직한 결혼인가요?"

"그건 그가 뭘 바람직하다고 여기는가에 달려 있소." 휴고 경이 미소를 띠고 말했다. "어쨌든 그 아가씨와 친지에게 재산이 전혀 없어서 그가 꽤 많은 돈을 지출하게 되었소. 내 목적에서 보면, 바람직한 결혼이지. 상당한 현금을 주겠다고 하면 그는 디플로의 상속권을 포기할 생각이 있을 테니까. 그러면 우리는 그곳을 완전히 소유할 수 있고, 내가 죽으면 당신은 편안히 가고 싶은 곳으로 갈 수 있을 거요. 나는 어디로 가든."

"죽음에 대해 그렇게 가볍게 얘기하지 않았으면 좋겠어요, 여보."

"천만에, 그건 무거운 이야기요, 루이자. 적어도 4만 파운드의 묵직한 현금을 내야 할 테니."

"그런데 왜 그들을 토핑 애비에 초대해야 하지요?" 레이디 맬링거가 말했다. "나는 레이디 크랙스톤처럼 도박하는 여자를 좋아하지 않아요."

"아, 그녀와 일주일을 함께 지내도 그리 성가시지 않을 거요. 게다가 그녀는 레이디 크랙스톤과 달리 도박을 조금 해봤을 뿐이오. 내가 휘그당원이기 때문에 중개인인 건 아닌 거와 마찬가지지. 나는 그랜코트를 기분 좋게 해주고 싶고, 그에게 이곳을 많이 보여주고 싶소. 그랜코트가 디플로에 그리 애착을 갖지 않도록 말이오. 이 문제로 그를 만나자고 해야 할지 아직 모르겠소. 만일 다니엘이 디플로에 간다면, 그에게 미끼를 내밀 수 있겠지. 그러면 내게 큰 도움이 될 걸세." 마지막 말은 데론다에게 건넨 것이었다.

"다니엘은 그랜코트 씨를 좋아하지 않을 거예요. 그렇지 않아요?" 레이디 맬링거가 물어보듯이 데론다를 바라보며 말했다.

"어쩌다 좋아하지 않는 사람들을 모두 피할 수는 없습니다." 데론다가 말했다. "디플로에 가겠어요. 그보다 더 나은 일이 있을 것 같지 않군요. 휴고 경께서 바라시니까요."

"과연 믿음직스러워!" 휴고 경이 무척 기뻐하며 말했다. "그리 유쾌하지 않은 일이더라도, 새로운 경험이 될 걸세. 내가 젊었을 때는 달갑지 않은 일이 없었어. 자네는 다양한 사람과 가지각색의 매너를 보아야 해."

"네, 그렇지만 이미 그 사람을 보았고, 그의 매너도 어느 정도 알고 있습니다." 데론다가 말했다.

"멋진 매너는 아니었겠죠." 레이디 맬링거가 말했다.

"글쎄, 알다시피 그의 매너는 당신과 같은 여성에게 인기가 있소." 휴고 경이 약 올리듯이 말했다. "스물두세 살 때 그는 보기 드물게 잘생긴 청년이었지. 그의 부친처럼. 하지만 상속녀와의 결혼 문제에서는 아버지를 닮지 않았군. 만일 애로우포인트 양을 얻고 내 땅도 차지한다면, 제기랄, 그는 멋진 공국(公國)을 만들었을 거요."

데론다는 내키지 않는 마음으로 디플로에 가겠다고 동의했지만, 계획된 방문을 예상하다 보니 그런 마음이 줄어드는 것을 느꼈다. 그 아가씨의 결혼이라는 극적 사건이 흥미를 끈 것이다. 러시가 알려주었던 바, 그녀가 이제 남편으로 받아들인 남자의 청혼에서 달아났었다는 사실에 비춰보면, 그녀의 도박이 새로운 시각에서 달리 보였다. 그녀가 어떤 점에서 분명 반감을 느낀 청혼을 이제 받아들일 수밖에 없었던 것은 들뜬 사교생활에서 빈곤한 처지로 전락했기 때문일 것이다. 이런 사정을 고려해보면, 그녀는 힘겹게 몸부림을 칠 것 같았다. 이러한 인생의 고난과 고투는 특히 그의 동정심을 이끌어냈다. 그것은 자신의 출생에 대해 추측하고 깊이 생각하면서 고통을 느낀 어린 시절의 경험 때문일 것이다. 그는 한스 메이릭에게 그랬듯이, 타인을 지켜주고 구해주고 그들의 삶에 무언가가 회복되도록 도와주면서 그럴수록 그들에게 마음이 끌렸다. 운 좋은 사람들에게서 냉담하게 뒷걸음질 치려는 성향도 있었는데, 이유를 쉽게 알 수 있는 그런 성향을 극복하려고 애써야 했다. 그러나 예전에 궨덜린의 목걸이를 되찾아주게 했고 지금도 작용하는 마음의 움직임에는 평소의 열렬한 공감을 넘어선 무언가가 있었다. 그녀의 여성적 매력에서 기인하는 무엇이었다. 그는 그런 매력을 매우 민감하게 받아들였고, 의도적으로 이상향으로 상상한 자신의 미래상에 그 매력을 뒤섞었다. 하지만 그의 성격의 주름진 골을 더듬을 수 있는 사람이라면 그가 한 여자를 사랑하면서도 침묵할 가능성이, 그리 열정적이지 않은 많은 남자의 경우보다 더 크다고 생각했을 것이다. 섬세한 귀가 달린 새 앞에 모이를 뿌려놓아 보라. 모이를 먹고 싶은 마음이 간절하더라도 그 새는 당신이 감지할 수 없는 억제력 때문에 다가오지 않는다. 우리가 서아프리카의 부시맨과 다르듯이, 정신적 욕구나 다른 여러 욕구 때문에 자제력을 발휘하는 감수성은 사람마다 제각기 다르다. 데론다가 두 여자에 대한 상상에 꽤 사로잡혀 있으면서도 어느 쪽에든 구애하는 것은 있을 수 없다고 생각한 점은 그의 억제력을 예시하는 듯했다. 한스 메이릭은 데론다가 중세 기사 같은 성향을 갖고 있다고 비웃은 적이 있었다. 지금 데론다의 마음속에서 미라와 궨덜린에 대해 어떤 일이 일어나고 있는지 알았더라면 한스는 자기 말을 뒷받침하는 증거를 발견했을 것이다.

그는 디플로를 방문하겠다는 편지를 지체 없이 보냈고, 그가 방문해주면 매우 기쁘겠다는 정중한 답장을 받았다. 그 답장이 순전히 거짓말은 아니었다. 그랜코트는 휴고 경이 자기 환심을 사려고 데론다를 방문하게 했을 거라고 짐작했다. 휴고 경의 목적을 거절하려고 마음먹은 것은 아니었다. 또한 친사촌이리라고 짐작한 그 멋진 녀석이 이미 경탄하며 본 멋진 아가씨의 약혼자로서 헨리 맬링거 그랜코트의 당당한 연인 행세를 목격하며 질투심을 느낄 것도 전혀 불쾌하지 않았다.

그랜코트 자신은 자신의 지배력을 위협하지만 않으면 그 무엇에 대해서도 질투하지 않았고, 자신이 지배력을 잃을 가능성은 전혀 없다고 생각했다.

제29장

분명 내게 올바른 목소리로 말하는 사람이라면,
남자든 여자든 그를 따라가리라.
물이 고요히 달을 따라 흘러
온 지구를 돌아 어디로든 가듯이.

월트 휘트먼[6]

"지금 사촌들이 디플로에 와 있소." 그랜코트가 말했다. "디플로에 가겠소? 내일? 데이빌로 부인을 모시러 마차가 올 거요. 방을 어떻게 꾸미고 싶은지 말해줘요. 우리가 라이랜즈에 가 있는 동안 집안을 근사하게 꾸며야 하니까. 그런데 내일밖에 시간이 없소."

그는 오펜딘의 응접실 소파에 비스듬히 앉아있었다. 옆자리 사람을 지켜보는 데 큰 관심을 느끼는 사람의 자세로, 한 손과 팔꿈치를 의자 등받이에 기대고 다른 손은 겹친 무릎 사이에 밀어넣었다. 바

6 1819~1892. 19세기 미국의 대표적인 시인. 이 구절은 「가창법」에서 인용되었다.

느질을 언제나 싫어한 궨덜린은 약혼 이후 겉으로 보기에는 열성적으로 바느질 습관을 들였고, 지금은 흰 수예품 한 장을 들고 있었다. 자세히 살펴보면 잘못 뜬 바늘땀이 많이 보일 것이다. 여드레나 아흐레 동안 그들은 주로 승마를 하면서 시간을 보냈다. 하지만 조금 남는 시간은 늘 이처럼 더 어려운 교제에 할애했다. 하지만 궨덜린은 이런 교제도 불쾌하지 않다는 것을 알게 되었다. 그녀는 그랜코트에게 꽤 만족했다. 지금껏 살아오면서 무엇을 보았고 어떤 일을 했는지 발랄하게 물어보면 그는 느린 말투에 잘 어울리게 대답했다. 처음부터 그녀는 그가 무슨 말을 해야 하는지 잘 아는 사람이라고 생각했다. 그리고 그의 천부적 성격에 어리석은 구석이 눈곱만큼도 없고, 그뿐 아니라 다른 사람들, 즉 그가 원치 않는 일을 하는 사람들이 온통 멍텅구리라는 의미를 교묘하게 전한다고 줄곧 느꼈다. 최고를 장악할 수 있는 사람이라면 경멸하는 능력도 최고 수준이다. 연인으로서 그랜코트의 행동은 바람에 실려 온 장미 향기처럼 거슬리지 않게 은근히 연모하며 경배하는 정도를 넘지 않았고, 그 효과를 십분 발휘해서 허영심을 충족시켰다. 실은 어느 날엔가 그가 그녀의 뺨이 아니라 약간 귀밑의 목에 키스한 적이 있었다. 궨덜린은 깜짝 놀란 나머지 눈에 띄게 흥분한 기색으로 벌떡 일어섰고, 그러자 그도 일어서서 말했다. "미안해요. 불쾌했나요?" "아, 아무것도 아니에요." 궨덜린은 이렇게 말했지만 자기 자신이 좀 두려웠다. "다만 참을 수 없었어요. 귀 밑에 키스 받는 것을." 그녀는 약간 장난스럽게 웃으며 다시 자리에 앉았지만 알 수 없는 두려움에 심장이 계속 두근거렸다. 지금 그녀는 가엾은 렉스를 조롱했듯이 마음대로 그를 조롱할 수 없었다. 그녀의 흥분이 비난하는 기색을 띤 것 같지 않았으므로 그는 기꺼이 그 경계를 다시 넘지 않았다.

그날은 이슬비가 내려 말을 타러 갈 수 없었다. 그러나 보상이라도 하듯이 런던에서 소포가 도착했다. 데이빌로 부인은 그랜코트가 주문한 아름다운 물건을 보고 감탄할 수 있도록 탁자 위에 늘어놓은 후 조금 전에 방을 나섰다. 이 순간 궨덜린은 자기 인생의 배경이 될 것을 즐겁게 누리고 있었다. 그녀는 무릎에 양손을 올려놓고 귀엽게 고집을 부리는 태도로 말했다.

"왜 내일밖에 시간이 없는 거죠?"

"이튿날은 사냥개를 데리고 처음 사냥에 나서는 날이기 때문이오."

"그다음 날은요?"

"그다음에는 이틀간 멀리 다녀와야 하기 때문이오. 따분한 일이지. 하지만 하루 갔다가 다음 날로 돌아올 거요." 그랜코트는 그녀의 달라진 낯빛을 알아차리고 무릎 사이에 끼었던 손을 빼어 그녀의 손에 얹고 말했다. "내가 떠나는 것에 반대하는 거요?"

"반대해봐야 소용없잖아요." 궨덜린이 차갑게 말했다. 그녀는 그가 누구에게 가는지 짐작한다고 말하고 싶은 유혹, 다 털어놓고 거리낌없이 말하고 싶은 유혹에 최대한 저항하고 있었다.

"아니, 그렇지 않소." 그랜코트가 그녀의 손을 감싸며 말했다. "출발을 연기하겠소. 그리고 하루만 비울 수 있도록 밤에 출발하겠소."

그는 그녀가 성깔을 부린다고 생각했고 그러는 이유를 알고 있다고 생각했다. 이 순간에 그녀는 특히 매력적으로 보였다.

"그러면 출발을 연기하지 마세요. 하지만 밤에 여행하시고요." 궨덜린은 자신이 명령을 내릴 수 있다고 느꼈고, 이 독단적인 명령으로 짜증스러운 기분을 약간 풀어버리려 했다.

"그럼 내일 디플로에 오겠소?"

"아, 그럼요. 당신이 원하신다면." 궨덜린이 높은 목소리로 무심결에 동의했다. 다른 생각에 정신이 팔려서 그가 자기의 손을 잡고 있는 것도 알지 못했다.

"당신은 우리 같은 불쌍한 남자들을 얼마나 가혹하게 대하는지!" 그랜코트가 목소리를 낮춰 말했다. "우리는 늘 최악의 대접을 받고 있소."

"정말 그런가요?" 궨덜린은 평소보다 더 천진난만하게 보이는 눈으로 그를 바라보며 물었다. 그녀는 이 평범한 농담이 이 애인에 관한 거짓 없는 진실이라고 믿고 싶었다. 만일 그렇다면 자신의 행동도 정당화될 수 있다. 만일 모든 것을 알 수 있다면, 그랜코트보다 글래셔 부인이 더 비난받을 사람으로 보일지 모른다. "당신이 언제나 최악의 대접을 받고 있어요?"

"그렇소. 내가 당신에게 친절하게 대하는 만큼 당신이 내게 친절하게 대하고 있소?" 그랜코트가 눈을 가늘게 뜨고 그녀의 눈을 들여다보며 말했다.

궨덜린은 한 방 얻어맞은 느낌이었다. 자신이 무척 많은 것을 받았다는 사실을 의식했다. 그래서 자신이 지배하고 있다는 의식은 억눌리고 가라앉아, 주위를 돌아보아도 이제는 예전으로 돌아갈 수 없다는 생각이 밀려왔다. 마치 다른 사람이 고삐를 잡은 마차에 올라타기로 동의한 것 같았다. 그리고 세상 사람들이 바라보고 있는데 마차에서 뛰어나오는 것은 그녀의 성격에 맞지 않았다. 그녀는 무지해서 동의한 것이 아니었다. 이제 그녀가 할 수 있는 말은, 자신이 모르지 않았다는 고백밖에 없을 것이다. 해명할 수 있는 권리는 사라져버렸다. 이제 그녀가 할 일은, 자신의 양심이 강요하는 내키지 않는 참회의 뾰족한 가시에 살이 벗겨지지 않도록 순응하는 것뿐이었다. 속으로 몸서리를 치면서 그녀는 단호하게 마음의 자세를 바꾸었다. 잠시 말이 그친 동안 그녀는 눈길을 돌리지 않았고, 갑자기 미소를 띠면서 말했다.

"당신이 내게 친절한 만큼 내가 당신에게 친절하다면, 당신의 너그러움이 빛을 잃을 거예요. 그 너그러움이 최대한으로 커지지 않을 거예요. 지금은 그렇지만요."

"그럼 키스를 한 번 해달라고 부탁해서는 안 되겠군." 그랜코트는 이처럼 색다른 구애에 큰 대가를 치르는 데 만족했다. 그 구애는 결혼을 극히 미묘하게 대조적으로 예시했다.

"단 한 번도 안 돼요!" 궨덜린이 건방지게 도전하듯이 고개를 까닥거리며 말했다.

그는 그녀의 작은 왼손을 들어 입술에 댔고, 그런 다음에 존중하듯이 손을 내려놓았다. 그가 혐오스럽지 않은 사람이라는 말은 확실히 변변찮은 칭찬이었다. 그는 거의 매력적이었다. 이 순간 그녀는 이 남자보다 다른 남자를 더 좋아할 수 없을 거라고 느꼈다. 그의 과묵함은 뭐라 말할 수 없는 즐거운 느낌을 주었다.

"말이 났으니 말인데," 그녀가 다시 일감을 집어들며 말했다. "디 플로에 토링턴 대위 부부 말고 다른 분들도 오셨어요? 아니면, 당신은 그 부부가 늘 둘이서 얼굴을 맞대고 있도록 내버려두고 있나요? 그분은 시가를 피우며 말씀하시고 부인은 뒷머리에 쪽을 붙이고 대답하실 것 같아요."

"부인은 여동생과 함께 왔소." 그랜코트가 어렴풋이 미소를 지으며 말했다. "그밖에 남자 두 명이 있소. 그중 한 사람은 당신이 알고 있으리라 믿소."

"아, 그렇다면 내가 좋게 생각하지 않는 사람이군요." 궨덜린이 머리를 흔들며 말했다.

"그를 레브론에서 만났을 거요. 젊은 데론다, 맬링거 가족과 함께 사는 젊은이요."

궨덜린의 심장이 갑자기 쿵쾅거리며 뛰는 것 같았다. 수예품을 꼭 잡으려고 힘을 주다보니 손가락이 차가워졌다.

"그와 말을 나눈 적은 없었어요." 그녀는 자신에게 일어난 변화를 눈치채일까 염려하며 말했다. "불쾌한 사람 아니에요?"

"아니, 특별히 그렇지는 않소." 그랜코트는 한없이 무기력한 특유의 어조로 말했다. "스스로를 좀 대단하게 생각하지. 그를 소개받은 줄 알았소."

“아뇨. 내가 돌아오기 전날 저녁에 누군가 그의 이름을 말해주었어요. 그게 전부예요. 그는 누구예요?”

“휴고 맬링거 경의 피후견인이라고 할 수 있소. 전혀 중요하지 않은 사람이지.”

“아, 가엾은 사람! 몹시 불쾌한 처지겠군요!” 궨덜린이 빈정거릴 의도 없이 무심코 말했다. “비가 그쳤는지 모르겠어요!” 그녀는 창밖을 내다보려고 일어섰다.

다행히 이튿날에는 비가 오지 않았다. 궨덜린은 예전에 어머니와 함께 마차를 타고 돌아온 날처럼 크라이테리온을 타고 디플로에 갔다. 그녀는 승마복을 입으면 언제나 더 과감해지는 기분이었다. 게다가 승마복을 입은 자태가 더없이 멋지게 보인다는 즐거운 믿음을 갖고 있었다. 그런 믿음 덕분에 만나기 겁나는 사람을 보아도 용기를 잃지 않을 수 있을 것이다. 데론다에 대한 분노는 서서히 미신적인 두려움으로 바뀌었다. 그가 그녀의 생각을 강제로 억눌렀기 때문에 생겨났을 그 감정은, 그가 그녀의 인생에 처음 간섭한 그 사건이 미래에 미칠 영향을 예시할지도 모른다는 두려움이었다. 미신은 흔히 그런 감정에서 생겨난다. 스스로에 대해 격앙된 감정을 갖고 있어서 금성이 우리를 위협하며 비추는 것 같고, 어떤 거지의 축복이 우리의 용기를 북돋워준다. 그리고 미신은 그것에 담긴 희망이나 불길한 예감을 종종 입증하는 결과를 수반한다.

점심식사를 하기 전에 궨덜린은 토링턴 부인과 데이빌로 부인과 함께 방들을 돌아보았다. 혹시 데론다와 마주치면 서로 고개 숙여 인사만 하면 되고 다른 행동은 할 필요가 없을 거라고 생각했다. 그녀는 그를 가급적 주시하지 않을 작정이었다.

결국 그녀는 너무 거센 강박적 충동에 사로잡혀 자존심을 지킬 수 없다는 것을 알게 되었다. 데론다와 처음 같은 방에 있게 된 순간부터 그를 주시하는 것 말고는 한 일이 없는 것 같았다. 그것 말고는 평소에 하던 일을 자동적으로 했을 뿐이었다.

그랜코트가 식탁에 앉았을 때 말했다. "데론다, 할레스 양의 말로는 자네를 레브론에서 소개받지 못했다는데?"

"할레스 양은 저를 기억하지 못하실 겁니다." 데론다는 아주 소박하게 그녀를 바라보았고, 두 사람은 고개 숙여 인사했다. "제가 할레스 양을 보았을 때 열심히 몰두하고 계셨거든요."

그런데 그는 목걸이를 돌려준 사람이 그라는 것을 그녀가 짐작하지 못하리라고 생각하는 걸까?

"그 반대예요. 아주 잘 기억하고 있어요." 궨덜린은 다소 불안한 감정을 억누르고 그의 시선에 대한 답례로 그를 새롭게 찬찬히 살펴보며 말했다. "제가 룰렛 게임을 하는 것을 좋지 않게 생각하셨죠."

"어떻게 그런 결론을 내리셨습니까?" 데론다가 진지하게 물었다.

"아, 제 게임을 불길한 눈으로 보셨거든요." 궨덜린이 고개를 돌리고 미소를 지으며 말했다. "당신이 구경하러 오셨을 때 돈을 잃기 시작했어요. 그때까지는 계속 따고 있었거든요."

"레브론 같은 소굴에서 룰렛 게임을 하는 건 끔찍하게 따분한 일이지.” 그랜코트가 말했다.

“저는 돈을 잃고 나서야 따분한 일이라는 것을 알았어요.” 귄덜린이 말했다. 그녀는 얼굴을 그랜코트 쪽으로 돌리고 미소를 지으며 말했지만 곁눈으로 데론다를 바라보았고, 그가 너무나 진지하게 꿰뚫는 시선으로 자신을 응시하고 있는 것을 알았다. 그 시선은 그녀가 돈을 잃었을 때 그가 지었던 조롱기 어린 미소보다 더 예리했고, 클레스머가 내린 판단보다 더 예리한 칼날 같았다. 그녀는 다른 이들의 대화를 듣고 싶은 듯이 고개를 돌렸지만 속으로는 데론다만 생각했다. 그의 얼굴 생김새와 표정에는 마치 상대방이 그릇된 기준을 갖고 있기라도 하듯이 상대의 의견에 영향을 미치려고 을러대며 마음을 불안하게 하는 구석이 있었다. (이처럼 잘못을 바로잡으려는 힘을 얼굴에 드러내면서도 결국에는 자신의 말이나 행동으로 교화력을 쓸모없게 하는 사람을 누군들 알지 못할까?) 이제 처음 들어본 그의 목소리를 그녀의 귓전에서 매일 울리던 그랜코트의 질질 끄는 단조로운 목소리와 비교해보면, 바이올린의 깊은 선율과 오후의 햇빛을 받으며 띄엄띄엄 이어가는 가금류나 게으른 신사들의 대화처럼 대조적이었다. 데론다가 스스로를 대단하게 생각한다는 그랜코트의 말이 옳을지 모른다고 그녀는 생각했다. 굴욕을 느끼게 하는 우월함을 묘사할 때 그는 그런 말을 잘 썼다. 하여튼 식탁의 대화는 우역(牛疫)과 자메이카[7]에 관한 화제로 넘어갔고, 룰렛 이야기는 더 이어지지 않았다. 그랜코트는 자메이카의 흑인이 짐승 같은 침례교파 캘리반[8]이라고 주장했다. 데론다는 자신이 늘 캘리반에게 공감을 느껴왔으며 캘리반도 당연히 자기 나름의 관점이 있고 좋은 노래를 부를 줄 안다고 말했다. 데이빌로 부인은 부친이 바베이도스에 농장을 갖고 있었지만 자신은 서인도제도에 가본 적이 없다고 말했다. 토링턴 부인은 만일 흑인들 사이에서 살아간다면 절대로 침대에서 잠을 잘 수 없을 거라고 말했다. 그녀의 남편은 혼혈인종만 없다면 흑인을 꽤 수월하게 다룰 수 있다고 말하면서 아내의 말을 정정했다. 데론다는 백인이 혼혈인종에 대해 감사해야 한다고 말했다.

이처럼 왈가왈부하며 세련된 대화가 지속되는 동안 궨덜린은 젤리를 깨지락거리면서 말하는 사람을 하나씩 돌아가며 쳐다보았다. 데론다를 쳐다볼 때 불편하지 않도록 하기 위해서였다.

'저 사람은 나를 실로 어떻게 생각하고 있을까. 틀림없이 나에 대해 관심을 느꼈을 거야. 그렇지 않으면 목걸이를 돌려보내지 않았을 테니까. 그는 내 결혼에 대해 어떻게 생각할까? 대체 무슨 생각

---

7 당대의 화제가 되었던 사건들. 1865년에 가축 질병이 돌았고, 그해 10월에 자메이카에서 폭동이 일어났으며 에어 총독이 반란을 무자비하게 진압했다. 조지 엘리엇은 현실 세계와 자신의 허구적 세계를 연대에 따라 연결하고 있다.

8 셰익스피어의 『템페스트』에 등장하는 인물 캘리반은 인간과 짐승이 뒤섞인 혼혈 노예로 묘사된다. 캘리반을 언급하면서 그랜코트는 폭동을 일으킨 자메이카의 흑인들과 혼혈인, 특히 백인과 흑인의 혼혈이었던 조지 윌리엄 고든을 비웃고 있다. 고든은 침례교 선동자로 악명 높았으며 에어 총독에 의해 처형되었다. 에어 총독에 대해 칼라일은 영웅으로 갈채를 보냈지만 존 스튜어트 밀은 폭군으로 규탄했다.

으로 매사에 저렇게 엄숙하게 행동하지? 디플로에는 왜 왔을까?'

이러한 의문은 데론다의 순수한 경탄을 받고 싶은 불안한 갈망의 목소리로 그녀의 마음속에 울려 퍼졌다. 그의 비판적인 시선에 처음 분개했을 때 뿌리를 내린 갈망이었다. "전혀 중요하지 않은 하찮은 인물"인 이 남자의 의견에 왜 이토록 마음을 쓰는 것일까? 그녀는 그 이유를 찾아낼 시간이 없었다. 그 의견에 신경을 곤두세우고 있기 때문이었다. 응접실에서 그랜코트가 무슨 일 때문에 밖으로 불려 나갔을 때 그녀는 미리 의도하지는 않았지만 데론다에게 다가갔다. 그는 외따로 있는 탁자에서 책자를 뒤적이고 있었다. 그녀가 그에게 말했다.

"내일 사냥하러 가실 건가요, 데론다 씨?"

"네, 그럴 겁니다."

"그럼 사냥에 대해서는 반대하지 않으시나요?"

"사냥에 대해서는 구실을 찾아냅니다. 제가 잘 빠져드는 죄이지요. 보트를 타거나 크리켓을 할 수 없을 때."

"제가 사냥하는 것에 반대하시나요?" 궨덜린이 건방지게 턱을 치켜들며 말했다.

"당신이 선택한 일에 대해서 저는 반대할 권리가 없습니다."

"제가 도박하는 것에 대해 반대할 권리가 있다고 생각하셨어요." 궨덜린이 고집스럽게 말했다.

"그렇다면 죄송합니다. 저는 반대한다고 말한 기억이 없는데요." 데론다가 특별한 의도 없이 크고 진지한 눈으로 늘 그렇듯 똑바로 바라보며 말했다. 그의 눈빛에는 그와 같은 많은 남자를 곤경에 빠뜨린 특이한 점이 있었다. 까맣지만 온화하고 강렬한 그의 눈은 그 눈길이 닿은 누구에게나 특별한 관심을 보여주는 것 같았다. 그래서 도움이 필요한 사람이 동정심이 강한 사람을 볼 때 마음속에서 종종 일어나는 요구사항을 자신의 권리처럼 거리낌없이 그에게 주장하게 할 것 같았다. 구걸할 때도 우리는 상대의 선량함을 이유 삼아 터무니없는 것을 요구한다. 이런 영향력이 궨덜린에게 스며들고 있었다.

"당신은 제가 다시 도박을 하지 못하게 막으셨어요." 그녀가 대답했다. 그러나 이 말을 하자마자 얼굴과 목이 붉게 물들었다. 데론다도 목걸이와 관련해서 멋대로 행동한 것을 의식하며 얼굴을 붉혔다.

더는 아무 말도 할 수 없었다. 그녀는 어리석게도 의도치 않은 얘기를 꺼냈다고 느끼며 창가로 얼굴을 돌렸고, 그렇지만 이렇게 서로를 이해하려고 시도한 것이 조금은 다행이라고 생각했다. 데론다도 그것이 싫지 않았다. 궨덜린은 확실히 전보다 더 매력적으로 보였다. 그리고 레브론에서의 그날 이후 그녀의 내면에서 변화가 일어나고 있음이 분명했다. 자신의 과오를 의식하며 갈등하는 마음이 새로운 영혼을 일깨운 듯했다. 그 영혼은 유치하게 자신만만하던 예전의 마음보다 더 나을 수도, 더 나쁠 수도 있었다. 그녀가 두려워하게 된 것 가운데 만족감을 어지럽히는 내면의 어떤 힘도 있었다.

그날 저녁에 데이빌로 부인이 말했다. "데론다 씨가 네 게임을 망쳐놓았다는 말이 실제로 있었던 일이니, 아니면 농담이었니, 궨덜린?"

부인은 호기심을 느꼈고, 그랜코트 씨와 관련되지 않은 일은 용감하게 물어볼 수 있었다.

"아, 내가 돈을 잃기 시작했을 때 그분이 우연히 구경하고 있었던 것뿐이에요." 궨덜린이 무심하게 대답했다. "내가 그분을 주목한 거죠."

"당연히 그랬겠어. 아주 눈에 띄는 젊은이니까. 이탈리아 그림을 연상시키더구나. 그의 핏줄에 외국인의 피가 흐른다는 것은 남들 얘기를 듣지 않아도 짐작할 수 있었을 거야."

"정말 그렇대요?" 궨덜린이 말했다.

"토링턴 부인이 그렇게 말하더라. 그가 누구냐고 일부러 물어봤거든. 부인 말로는 그의 어머니가 신분이 높은 외국인이라더라."

"그의 어머니요?" 궨덜린이 다소 날카롭게 말했다. "그러면 아버지는 누구예요?"

"글쎄, 모두 그가 휴고 맬링거 경의 아들이라고 말한단다. 그분이 그를 키워주셨지. 데론다 씨는 피후견인으로 알려져 있지만 말이야. 토링턴 부인 말로는, 만일 휴고 맬링거 경이 재산을 마음대로 처리할 수 있으면 본처 소생의 아들이 없기 때문에 데론다 씨에게 넘겨줬을 거라더라."

궨덜린은 입을 다물었다. 하지만 어머니는 확연히 달라진 딸의 얼굴빛을 보고는 토링턴 부인의 잡담을 그대로 전한 것을 후회했다.

다시 생각해보니 딸에게 들려주기에 적합하지 않은 이야기 같았다. 데이빌로 부인은 딸에게 이른바 세상 물정을 알려주고 싶지 않았고, 실로 자신이 그런 지식을 딸에게 불어넣지 않았기를 바랐다.

그 순간 궨덜린의 마음속에는 그 미지의 어머니 — 틀림없이 검은 눈에 슬픔이 어려 있을 — 의 모습이 떠올랐다. 디플로에 걸린 휴고 경의 크레용 초상화 속 얼굴은 데론다와 닮은 구석이 하나도 없었다. 이제는 젊지 않은 검은 눈의 아름다운 여자는 궨덜린에게 "양심의 문제"가 되어 있었다.

그날 밤 촛불 하나만 흐릿하게 타고 있을 때 작은 침대로 들어가서 그녀가 말했다.

"엄마, 남자들은 대체로 결혼하기 전에 자식을 얻어요?"

"아니, 얘야, 그렇지 않아." 데이빌로 부인이 말했다. "왜 그런 것을 물어보니?" (그러나 그 이유를 안다고 생각했다.)

"만일 그렇다면 내가 알아야 하니까요." 궨덜린이 약간 성난 어조로 말했다.

"데론다 씨와 휴고 맬링거 경에 대한 얘기를 생각하고 있구나. 그건 아주 특이한 경우란다, 얘야."

"레이디 맬링거도 알고 있어요?"

"납득할 만큼 충분히 알고 있겠지. 그건 확실해. 데론다 씨가 그 가족과 함께 살아왔으니까."

"데론다 씨에 대한 사람들의 평판은 나쁘지 않나요?"

"글쎄다, 물론 그분은 좀 불리한 처지에 있지. 레이디 맬링거의 아들일 경우와는 전혀 다르니까. 재산도 상속받지 못하고, 세상에서 중요한 인물로 여겨지지도 않거든. 하지만 그의 출생에 대해서 누구나 알고 있는 건 아니야. 보다시피, 그는 매우 좋은 대접을 받고 있어."

"그분이 그 사실을 알고 있는지 궁금해요. 자기 아버지에 대해 분개하고 있는지도."

"얘야, 왜 그런 생각을 하니?"

"왜냐고요?" 궨덜린이 충동적으로 말하며 침대에서 벌떡 일어나 앉았다. "아이들은 자기 부모에게 화를 낼 이유가 있지 않아요? 부모가 결혼을 하든 말든 아이들은 어쩔 도리가 없잖아요?"

그러나 어떤 생각이 갑자기 밀려오는 바람에 그녀는 다시 쓰러지듯 베개에 누웠다. 몇 달 전이라면 느꼈을 생각 — 자신이 어머니의 재혼을 비난하는 듯이 보일 거라는 — 때문만이 아니었다. 지금 가장 큰 느낌은, 자신의 결혼을 금지된 일로 명령한 듯한 저주에 이르렀다는 것이었다.

얘기는 여기서 중단되었고, 궨덜린은 잠이 들 때까지 가만히 누워 자신의 결혼을 반대하는 여러 이유와 싸우며 몸부림쳤다. 그 이유는 이제 뜻밖에도 한 남자의 과거 삶에 투영되어 그녀를 새롭게 짓눌렀다. 그 남자와의 사소한 관계는 어떤 숨은 친화력에 의해 그녀의 가장 깊은 감정의 층에 파고들었다. 온갖 논란을 벌이는 와중에, 그녀가 그랜코트를 서로에 대한 의무를 다하며 맺어질 사람으로가 아니라 결혼하기 편리한 남자로만 받아들였다는 사실이 자신의 결혼을 변호할 수 없는 이유에 포함되지 않는가 하는 물음으로 고민하지 않았다는 사실은 특징적인 점이었다. 궨덜린의 생각은 가련하게도 유치했다. 그러나 인생의 큰 난관은 유치한 상태의 우리를 덮치는 경향이 있다. 우리가 현명하게 판단하려면, 현명하지 않은 사람에게 상황이 어떻게 보이는지 알아야 한다고 나는 생각한다. 그렇게 보이는 양상이 세계 역사의 더 넓은 부분을 차지하기 때문이다.

아침이 되자 그녀는 두 배로 흥분했다. 그녀는 사냥을 나갈 것이다. 예법에 대한 망설임 때문에 사냥에 따라나서지 못할 위험이 있었지만, 토링턴 부인이 함께 갈 만큼 말을 잘 탄다는 사실을 알게 된 것이다. 그래서 렉스와 엉뚱한 짓을 벌인 후 처음으로 그녀는 다시 사냥에 나섰다. 데론다를 다시 볼 수 있을 것이다. 전날 밤 이후로 그에 대한 관심이 무척 커졌기에 그녀는 사람들이 신분이 노출된 유명 인사에 대해 기대하듯이 미처 보지 못한 그의 어떤 면모를 볼 수 있기를 기대했다. 그는 어떤 사람이 되려는 것일까? 과거에 어떤 삶을 살아왔을까? 전혀 중요하지 않은 하찮은 사람으로서. 상황이 조금만 달랐더라면 그랜코트처럼 중요한 인물이 되었을 것이다. 아니, 그랜코트가 소유할 바로 그 사유지를 차지했을 것이다. 그녀의 상상력은 어쩔 수 없이 그쪽으로 줄달음쳤다. 그러나 지금 데론다는 언젠가 토핑 애비의 안주인이 될 그녀를 볼 테고, 자기 아내의 칭호이어야 할 경칭이 그녀에게 붙여진 것을 보게 될 것이다. 이렇게 상황이 조금만 달랐으면 어떻게 되었으리라는 명료하고도 무익한 생각을 떠올린 것은 궨덜린에게 획기적인 새로운 사건이었다. 그녀는 가장 좋은 것이 손에 들어오더라도 자신의 당연한 권리보다 못한 것으로 여기며 일말의 의혹도 없이 받아들이곤 했다. 그러던 그녀가 자신을 유혹한 지위를 이제 새로운 시각에서, 다른 사람을 가혹하고 부당하게 몰아낸 것으로 보아야 했던 것이다. 데론다에 관해 들었던 소문 때문에 그는 글래셔 부인과 아이들과 한 통속이 된 것 같았다. 그녀는 그 무리 앞에서 사죄하는 태도를 취하고 있다고 느꼈다. 지금까지는 늘 자신을 둘러싼 무리가 자기에게 사죄해야 한다고 생각했다. 어쩌면 데론다도 이런 생각을 하고 있을 것이다. 그가 글래셔 부인에 대해 알고 있을까? 자신이 알고 있었다는 사실을 그가 안다면 자신을 경멸할 것이다. 그러나 그는 그런 일을 알 리 없다. 그 문제는 젖혀두더라도, 그는 자신을 그랜코트와 결혼하기 때문에 경멸하지 않을까? 자신의 행동에 대한 데론다의 판단이 자신의 능력에 대한 클레스머의 판단처럼 끈질기게 그녀의 의식을 파고 들었다. 하지만 자신의 결혼에 대한 반대 의견에 저항할 여지는 더 넓었다. 우리의 행위를 스스로에게 정당화하는 일은 우리의 능력으로 남에게 깊은 감명을 주는 것보다 훨씬 쉽기 때문이다. 우리는 무능함에 대해 변명할 때 '내가 어쩔 도리가 있겠어?'라는 말을 즐겨 쓰지 않는다. 그러나 궨덜린은 이렇게 말하면서 약간 솟아오르는 힘을 느꼈다.

'다른 사람이 저지른 일에 내가 어쩔 도리가 있겠어? 내가 마음을 바꿔 그랜코트 씨와 결혼하지 않겠다고 선언해도, 상황은 잘 풀리지 않을 거야.' 그리고 마음을 바꾸는 것은 순전히 불가능한 일이었다. 그녀가 올라탄 마차의 말들이 전속력으로 달리고 있었다.

이처럼 젊고 의기양양하며 필사적인 기분은 밀물처럼 거듭 밀려온다. 그녀는 다시 굴욕적인 상태로 돌아가기보다는 차라리 자기 앞의 무엇에든 도전할 태세였다. 이제는 후자의 경우에도 전자의 경우만큼이나 고약한 일이 많으리라는 생각에서 위안을 찾기도 했다. 그러나 지금 당장 즐거운 일은 사냥에 나서는 것이었고, 그곳에서 데론다를 보고 그도 그녀를 보리라는 사실이었다. 그가 자신에게 매우 큰 관심을 보인다는 느낌은 늘 숨어 있다가 그에 관한 다른 생각보다 먼저 튀어나오곤 했다. 그러나 오늘은 어제처럼 그에게 무슨 말이든 하고 싶어 안달난 듯이 어리석게 행동하지 않겠다고 결심했다. 사실 사냥에 정신이 팔려 여념이 없을 것이다.

오랜 시간 동안 그러했다. 데론다는 사냥터에 있었고, 그녀를 볼 수 있는 곳에 있었던 때도 꽤 여러 번이었다. 그러나 그것은 퀜덜린이 예전에 딱 한 번 맛본 자극적 기쁨을 더해주었을 뿐이다. 승마의 기회를 놓치는 것만 빼면 어떤 장애가 있더라도 상관없이 언제나 즐거움을 줄 것 같은 기쁨이었다. 두 사람은 우연히 마주치지도 않았다. 말을 달리다보니 그들은 오펜딘 가까이 이르렀다. 잿빛이 감도는 11월 오후의 쾌적하고 어둑한 대기에 서쪽하늘에는 노란빛이 길게 뻗어있는 가운데 퀜덜린은 디플로의 일행과 함께 집으로 돌아갔다. 그들은 오펜딘에 이르는 길로 그녀를 바래다주고 있었다. 이제 의기양양한 흥분이 사라지자 그녀는 데론다에게 말을 걸 기회가 없었던 것이 아쉽고 초조했다. 그는 이틀 내로 떠날 예정이므로 다시 만날 수 없을 것이다. 그에게 무슨 말을 할까? 그것은 분명치 않았다. 그녀는 그에게 말하고 싶었다. 그랜코트가 옆에 있고, 토링턴 부인과 남편, 그리고 또 다른 신사가 앞에서 달리고 있었다. 데론다의 말발굽 소리가 뒤에서 들려왔다. 그에게 말을 걸고 싶고 자기에게 말하도록 유도하고 싶은 갈망이 점점 커지고 있었다. 주위 사정을 다 무시하고 오로지 자기 의지를 주장하려 들지 않으면 그럴 가능성이 없었다. 세상의 질서가 궨덜린 양에게 굴복할 수 있는 부분에서는 굴복하도록 만들어야 한다. 그들은 조금 전에 소나무와 너도밤나무 숲을 빠져나왔다. 저물녘의 숲을 에워싼 정적은 마음을 짓누르는 것 같았고, 그래서 더 조급해졌다. 약간 떨어진 뒤에서 다시 들려오는 말발굽 소리는 더욱 속을 태웠다. 그녀는 말의 고삐를 잡아당기고 뒤돌아다보았다. 그랜코트도 몇 걸음 더 나아가다 멈췄다. 하지만 그녀는 채찍을 휘두르며 장난스럽게 명령하듯이 고개를 옆으로 끄덕이며 말했다. "계속 가세요! 데론다 씨와 얘기를 나누고 싶어요."

그랜코트는 망설였다. 하지만 그는 어떤 제안을 들어도 망설였을 것이다. 그에게는 난처한 상황이었다. 결혼 전의 어떤 신사도 이처럼 장난스럽게 내린 명령에 딱 부러지게 거절할 수 없을 것이다. 그는 천천히 말을 달렸고, 그녀는 데론다가 다가올 때까지 기다렸다. 그는 말없이 묻는 눈길로 그녀를 바라보았다. 그녀는 그의 말에 나란히 보조를 맞추면서 즉시 입을 열었다.

"데론다 씨, 제 무지를 깨우쳐주셔야겠어요. 제가 도박을 하는 것이 왜 나쁘다고 생각하셨는지 알아야겠거든요. 제가 여자이기 때문인가요?"

"꼭 그런 것은 아닙니다. 하지만 당신이 여자라서 더 유감스러웠어요." 데론다는 억누를 수 없는 미소를 떠올리며 말했다. 이제는 목걸이를 보낸 사람이 그였다는 사실을 둘 다 분명히 인정해야 한다. "남자도 도박을 하지 않는 편이 더 낫다고 생각합니다. 정신을 못 차리게 하고, 병이 될 수 있는 취미니까요. 게다가 다른 사람은 손실을 보는 데 속으로 기뻐하며 동전 더미를 재빨리 쓸어가는 건 혐오스러워 보이지요. 어쩌다 빠져든 게 아니라 그 이상이라면 저열한 취미라고 불러야 합니다. 그런 것 말고도 운세가 불가피하게 뒤집히는 일이 인생에 많이 있다 보니, 한 사람의 이득이 다른 사람의 손실이 되는 경우를 어쩔 수 없이 보게 되지요. 인생의 추악한 면 중 하나입니다. 그래서 그런 경우를 더 늘려서 즐거움을 얻을 것이 아니라 가급적 줄이고 싶은 거지요." 이렇게 말하는 동안 데론다의 목소리는 성난 기색을 띠었다.

"하지만 우리가 상황을 어찌할 수 없다는 것을 당신은 인정하시겠지요." 궨덜린이 낮은 목소리로 물었다. 그의 대답은 전혀 예상치 못한 것이었다. "제 말은 우리의 의도와 상관없이 상황이 그렇다는 뜻이에요. 우리의 이익이 다른 사람에게 손실이 되는 것을 언제나 막을 수는 없어요."

"물론입니다. 그러니 도울 수 있는 곳에서 도와야 합니다."

궨덜린은 속으로 입술을 깨물고 잠시 가만히 있다가 억지로 장난기를 띠며 말했다.

"그런데 제가 여자라서 더 유감스럽게 여기는 이유는 무엇인가요?"

"아마 당신들이 우리보다 더 낫기를 바라기 때문일 겁니다."

"하지만 우리는 남자들이 더 낫기를 바란다고 생각해보세요." 궨덜린이 '장군!'이라고 소리치듯 말했다.

"그건 좀 어려운 문제군요." 데론다가 미소를 지으며 말했다. "아마 이렇게 말했어야 했을 겁니다. 우리는 각자 상대가 훌륭하면 더 좋겠다고 생각한다고요."

"보다시피, 저는 당신이 저보다 더 낫기를 바랐어요. 당신도 그렇게 생각하셨고요." 궨덜린은 고개를 끄덕이고 웃으며 말했고, 말을 앞으로 몰아서 그랜코트에게 다가갔다. 그는 아무 말도 하지 않았다.

"제가 데론다 씨에게 무슨 말을 했는지 알고 싶지 않으세요?" 궨덜린은 자존심 때문에 자신의 행동을 설명해야 했다.

"아, 알고 싶지 않소." 그랜코트가 냉정하게 말했다.

"이제 처음으로 무례한 말을 하셨군요. 제가 하려는 말을 듣고 싶지 않으시다니." 궨덜린이 장난스럽게 입을 삐죽거리며 말했다.

"당신이 내게 하는 말을 듣고 싶소. 다른 남자에게 한 말이 아니라." 그랜코트가 말했다.

"그럼 이건 듣고 싶으실 거예요. 제가 도박하는 데 왜 반대했는지 데론다 씨에게 말해달라고 했어요. 그랬더니 좀 설교를 하더군요."

"알겠소. 하지만 그 설교는 빼주시오." 그랜코트는 궨덜린이 데론다에게 말을 건 것에 대해 그가 신경을 썼다고 상상한다면 그녀의 착각이라고 알려주고 싶었다. 하지만 말을 달려 앞서 가라는 명령을 들은 것은 그의 마음에 들지 않았다. 그녀는 그가 기분이 상했다는 것을 알았지만 개의치 않았다. 데론다가 모자를 들어 인사하고 몸을 돌려 다른 사람들과 함께 디플로로 돌아가기 전에 그에게 말을 건네려는 목적을 이룬 것이다. 그녀의 약혼자는 그녀를 오펜딘에 바래다주었고, 목적지를 밝히지 않은 여행으로 다음 날 온종일 떠나 있을 거라고 작별인사를 했다. 그랜코트가 그 여행을 따분한 일이라고 한 것은 맞는 말이었다. 그는 기차를 타고 개즈미어에 갈 예정이었다.

제30장

참회도, 고해도, 성직자도
명하지 않지만, 그들은 자기들의 사라진 세월이
타버린 잿더미에 주저앉아야 한다.

무질서하게 뻗은 건물이 누더기처럼 합쳐진 집을 상상해보라. 그 집의 가장 나은 부분은 회색 석재로 지어졌고 붉은 타일이 붙어 있으며, 한쪽 구석에 둥근 탑이 불쑥 튀어나왔고, 거무칙칙한 원뿔형 지붕에 얹힌 수탉 모양의 바람개비는 한여름의 반짝이는 빛과 녹음 속에서나 한겨울의 낮게 드리워진 구름과 눈 덮인 나뭇가지 사이에서 유쾌하게 보인다. 뜰은 뻗어나가는 나무들로 그늘져 있다. 한쪽에는 큰 삼목이 무성하게 자라고 있고, 그 뒤쪽으로 스코틀랜드산 전나무들이 부서진 둑 위에서 늘어진 뿌리를 드러내고, 그 너머의 숲에 까마귀들이 서식한다. 다른 쪽에는 덤불로 덮인 연못에서 물새들이 퍼덕이며 소리를 질러댄다. 주위를 둘러보면 공원이라고 불릴 만한 넓은 풀밭의 가장자리에 오래된 밭이 있고 작은 감옥처럼 보이는 석조 오두막이 파수병처럼 서 있다. 대문 밖으로 나서면, 한때는 아름다운 농촌이었지만 이제는 탄광으로 시커멓게 변해버린 곳에 양초 달린 모자를 쓰고 다니는 사람들과 형제들이 주로 살고 있다. 불쾌한 얼굴빛 때문에 그들은 개즈미어의 아이들 — 그곳에서 3년쯤 살아온 글래셔 부인의 귀여운 네 아이 — 의 눈에 특히 수상쩍게 보였다. 이제 11월이 되어 화단에는 꽃 한 송이 없고 나뭇잎도 다 떨어진 채 거무칙칙한 연못이 바람에 떨고 있으므로, 혹자는 그곳을 상중(喪中)인 것처럼 보이게 하는 검은 길과 검은 언덕에 어울리는 검은 집이라고 말했을 것이다. 다만 아이들이 자갈길 위에서 개들과 함께 놀고 있을 때는 예외였다. 하지만 글래셔 부인은 현재 그녀의 처지에서 그 어느 집보다도 개즈미어가 마음에 들었다. 매력적이지 못한 지역이라서 자기의 집이 사람들과 완벽하게 격리될 수 있는 것도 그녀의 취향에 잘 맞았다. 아이들을 짐마차에 태우고 조랑말 두 마리를 몰고 갈 때, 사륜마차를 탄 유지와 마주치는 일도 없었고 고작해야 이륜마차를 모는 장사꾼과 마주칠 뿐이었다. 교회에 가더라도 피하고 싶은 눈길이 없었다. 부목사의 아내나 부목사도 그녀에게 불리한 사실을 알지 못했거나 관심을 두지 않았다. 그들에게 그녀는 그저 개즈미어를 임대한 미망인일 뿐이었다. 그 지역에서 그랜코트라는 이름은 탄갱을 임차한 플레처와 고컴이라는 이름에 비하면 거의 주목을 받지 못했다.

아일랜드인 장교의 아름다운 아내가 젊은 그랜코트와 달아나서 결과적으로 총알이 허공을 가로지를 뿐인 결투로 소음을 일으킨 지

이미 10년은 족히 흘렀다. 그 사건을 기억하는 사람들은 대부분 지금 글래셔 부인이 어떻게 되었을지 궁금해했다. 그녀가 젊은 그랜코트와 살고 있다고 알려진 외국의 몇몇 도시에서 그녀는 미모와 빛나는 재기로 다소 눈에 띄었다.

사람들은 그랜코트가 그 관계의 인연을 끊는 것이 당연하고 바람직하다고 여겼다. 그녀에 대해서는, 남편과 자식까지 버렸다고 알려진 여자는 더 타락한 인물일 거라고 생각했다. 물론 그랜코트는 그녀에게 싫증이 났고, 여자들의 꽁무니를 좇아다니는 데 탐닉했다. 하지만 그만한 지위의 남자라면 지금쯤은 어떤 귀족의 젊고 아름다운 딸과 적절한 혼사를 맺으려는 욕구를 느꼈을 것이다. 10년 전에 재판이 열린 살인 사건의 희생자에 대해서 아무도 언급하지 않듯이, 이제는 누구도 글래셔 부인에 대해 언급하지 않았다. 그녀는 길을 잃은 배나 다름없었고, 누구도 그 배를 찾고자 원정대를 보내지 않을 것이다. 그러나 그랜코트는 항구에 무사히 돌아와 깃발을 휘날리고 있었고, 예전처럼 항해에 적합하다는 판정을 받았다.

하지만 실은 그랜코트는 글래셔 부인과의 인연을 끊은 적이 없었다. 그녀에 대한 열정은 그때까지의 경험에서 가장 강렬하고 가장 오래 지속된 감정이었다. 비록 지금은 그 열정이 금 간 플루트 소리처럼 탁했지만 그래도 막연히 끌리는 무딘 감정이 남아 있었다. 그러므로 3년 전 그녀의 남편이 죽었을 때 그는 처음 열정을 느낀 시절에 두 사람이 종종 입에 올린 약속대로 그녀와 결혼할 것인지 생각하고 망설였다. 과거의 그 시절에 그랜코트는 자유를 얻으려 기꺼이 이혼의 대가를 치렀을 것이다. 그러나 글래셔 부인의 남편은 재혼할 생각이 없었고 집안에서의 습성이 문서화되어 이혼 증거로 제시되는 것을 원치 않았기에 그의 이혼 요구를 들어주지 않았다.

세월이 흐르면서 글래셔 부인의 마음은 정반대로 달라졌다. 처음에 그녀는 결혼에 대해 비교적 무심했다. 불쾌한 남편에게서 달아나서 더없이 매혹적인 애인과 천국 같은 행복을 얻은 것으로 충분했다. 젊고 잘생기고 호색적인 애인과 모든 것을 갖추고 최고 수준으로 생활했고 더군다나 세상을 두루 돌아본 부유한 젊은이에게 기대할 만한 대화를 나눌 수 있었다. 그녀는 정열적이고 쾌활한 여자였고 사랑받는 것을 좋아했으며 5년간의 야만적 결혼 생활에 몹시 분개했다. 그 결혼에서 벗어난 해방감이 너무 강렬했으므로 현재 누리는 것 이상을 바라는 열망은 잠잠했다. 당시에는 자신의 어정쩡한 사회적 지위가 조금도 중요하지 않았다. 무력하게 무시당하는 아내의 명예라는 것이 조금도 부럽지 않았다. 그녀가 새로 발견한 행복한 세계의 그림을 망쳐놓은 한 가지 얼룩이 있다면 세 살 먹은 사내애를 버렸다는 의식이었다. 2년 후에 죽은 그 아이가 처음으로 "엄마"라고 불렀을 때의 억양은 나중에 태어난 아이들의 억양과 달랐다. 그러나 이제 세월이 흐르면서 그녀의 뺨과 목의 곡선에 일어난 변화 외에도 많은 변화가 생겼다. 그랜코트와의 결혼이 가장 큰 욕망이 되었다. 자신과 관련해서는 개의치 않았던 어정쩡한 사회적 지위가 이제 아이들에게 영향을 미치고 있었다. 그녀는 격렬한 속죄의식이 더해진 헌신적 애정으로 아이들을 사랑했다. 이런 식으로

회개하는 것 말고는 달리 할 일이 없었다. 만일 그랜코트가 자신과 결혼한다면, 아이들의 처지는 과거에 일어난 일 때문에 열악해지지는 않을 것이다. 그들은 높은 지위의 품위 있는 어머니를 보게 될 테고, 세상에서 불이익을 당하지 않을 것이다. 그녀의 아들은 아버지의 상속자가 될 것이다. 이런 결과를 열망했기 때문에 자신에 대한 그랜코트의 감정이 대단히 중요해졌다. 그에 대한 그녀의 사랑은 그가 유일하고 영속적인 아내의 권리를 자기에게 부여해야 한다는 염원으로 바뀐 지 오래였다. 그녀가 그 결혼에서 기대하는 행복은 오로지 모성애와 자부심 — 아이들 앞에서 자신이 느낄 자부심을 포함해서 — 의 충족뿐이었다. 그런 결과를 위해서라면 결혼 생활의 어떤 고통이든 조용히 견디겠다고 비장하게 각오했다. 그녀는 영리한 구석이 있는 여자였으므로, 그랜코트에게 격렬하게 호소하거나 야단법석을 떨며 성가시게 굴지 않음으로써 흔들리는 그의 결심을 소극적으로나마 유지할 수 있었다. 그는 예측할 수 없이 변덕스러웠고 간청을 받으면 냉혹해지는 성향이 있었으므로, 그에게 무언가를 받고 싶은 다른 사람들처럼 그녀도 당연히 두려움을 느꼈다. 얼굴의 윤곽이 멋지고 매너가 더없이 부드러운 젊은 연인에게서 전혀 짐작할 수 없었던 그 성향을 시간이 흐르면서 차차 알게 된 것이다. 그러나 입을 조심하고 억제하려니 이 정열적인 여자는 어쩔 수 없이 대가를 치를 수밖에 없었고, 그래서 더욱 신랄해졌다. 기가 꺾여 움츠러들면 — 무력하고 상처를 입은 사람들이 어쩔 수 없이 풀이 죽어도 — 그 이면에 불온한 것이 생기지 않을 수 없다. 억제된 침에는 독이 고인다. 그녀는 생계를 그랜코트에게 전적으로 의지했다. 그는 늘 부족하지 않게 생활비를 대주었지만, 모든 일을 자기 의사에 따라 처리해왔다. 그리고 그녀는 결혼이라는 목적을 염두에 두었으므로 그보다 못한 것은 요구할 생각이 없었다. 그는 모든 재산을 유서를 통해 물려주겠다고 말했다. 그녀는 장래를 위한 대안을 생각하면서, 자신이 그랜코트의 아내가 되지 못하더라도 그에게 적법한 아들이 없을 수 있고 그러면 결국 자기 아들이 그의 재산을 대부분 물려받게 되리라고 종종 생각했다. 그렇게 어린 나이에 자기 아버지의 외모를 쏙 빼닮은 아이도 없을 것이다. 그러나 자신이 그랜코트의 아내가 되는 것이 순전히 불가능한 엉뚱한 생각은 아니었다. 러시도 그렇게 생각했고, 오랫동안 친숙하게 지내온 글래셔 부인과 관련해서 무엇보다도 그럴 가능성이 크다고 말했었다. 사실 러시는 그랜코트가 디플로에 머무는 기회를 이용해서 애로우포인트 양을 얻을 속셈일 거라고 짐작하면서 그 계획을 부채질하는 편이 좋겠다고 생각했다. 그러면 그랜코트가 오랫동안 망설이고 갈팡질팡하며 변덕을 부린 글래셔 부인과의 결혼을 암암리에 포기하는 것이라고 받아들였다. 그러나 그런 상황에 궨덜린이 갑자기 끼어들면서 두 가지 계획이 다 무산된 것이다. 그러므로 그랜코트가 신붓감으로 결정한 아가씨의 마음에 장벽을 설치함으로써 새로운 위험을 막으려는 러시의 계획에 글래셔 부인이 열성적으로 동참한 것은 당연했다. 그녀는 맹렬한 목적뿐 아니라 맹렬한 격정을 품고 그 계획에 동참했다. 그동안 쌓인 독이 그쪽으로 일부 흘러간 것이다.

그 후 그녀는 러시에게서 궨덜린이 떠났으며 그녀로 인한 위험이 전부 사라졌으리라는 말을 들었다. 그러나 그 위험요인이 돌아와서 확고한 사실이 되었음을 알려줄 편지는 아직 도착하지 않았다. 그녀는 늘 하던 대로 그랜코트에게 편지를 보냈고 그의 답장은 평소보다 더 긴 시간이 지났어도 오지 않았다. 그가 개즈미어에 직접 오려는 모양이라고 그녀가 짐작했을 때 그는 실제로 오고 있는 중이었다. 그녀는 그가 좌절된 청혼에 넌더리가 나서 오래전에 마음먹은 궤도로 더욱 쉽게 미끄러져 들어가리라는 일말의 희망 — 강렬한 소망을 품고 다른 사람의 마음을 그려볼 때 무엇인들 상상할 수 없으랴? — 을 품을 수밖에 없었다.

그랜코트가 개즈미어에 간 것은 두 가지 진지한 목적이 있어서였다. 임박한 결혼 소식을 직접 전함으로써 처음에 겪을 난국을 최종적인 것으로 끝내고, 오래전에 리디아에게 맡긴 자기 모친의 다이아몬드를 받아오려는 것이었다. 그녀의 자태는 다이아몬드가 잘 어울렸고, 그 다이아몬드를 사는 데 든 돈만큼의 가치가 있어 보이게 해주었다. 그 다이아몬드는 광채를 내뿜는 산더미처럼 큼직한 것이 아니라 귀에 꽂거나 목에 걸고 머리에 꽂을 완두콩이나 강낭콩처럼 자그마한 것에 불과했다. 그래도 수천 파운드에 달하는 가치가 있었으므로, 그랜코트는 당연히 그것을 자기 아내에게 줄 생각이었다. 예전에도 한 번 자신이 직접 보관하겠다고 리디아에게 달라고 한 적이 있었다. 그편이 더 안전할 테고 은행에 맡겨두겠다는 이유에서였다. 그때 그녀는 조용하지만 단호하게 거절하면서 더할 나위 없이 안전하다고 주장했다. 마지막에 그녀는 이렇게 말했다. "당신이 혹시라도 다른 여자와 결혼한다면 내가 그녀에게 넘겨주겠어요. 다른 여자와 결혼할 건가요?" 그 당시 그랜코트는 고집을 세우며 재촉할 이유가 없었다. 또한 그에게는 이런 미덕이 있었다. 즉 다른 사람을 위협하거나 실망시킴으로써 혹은 도저히 말로 할 수 없는 분노를 일으킴으로써 자신의 권력을 휘두르려는 성향 — 다른 것은 활력을 잃었어도 그의 내면에서 여전히 활발하게 작동한 성향 — 이 리디아 앞에서는 늘 잠잠해졌다는 것이다. 엄격하게 분석하는 사람들은, 그들의 서로의 관계 자체가, 그의 의지에 전적으로 의존하는 이 여자의 서글픈 처지가, 그에게는 지배의 기쁨을 계속 맛볼 수 있는 잔치가 되었다고 말할 것이다. 그러나 그녀에 대한 그의 자제심에는 이것 말고도 다른 요소가 있었다. 그녀가 그에게 미친 힘이 변질되기는 했지만 그 영향력은 남아 있었던 것이다. 지금은 자신의 삶에서 사라져버린 열정을 한때 일으킨 매혹에 발작적으로 무력하게 빠져들게 한 것은 바로 이 영향력이었고, 그것 때문에 그는 분발해서 새로움을 찾기보다는 친숙한 과거에 거듭 빠져들었다. 그러나 지금은 전혀 색다른 것이 그를 사로잡았고 그것을 최대한 맛보도록 그를 몰아갔다.

글래셔 부인은 늘 그렇듯이 아이들과 아침 시간을 보내는 쾌적한 방에 앉아 있었다. 그 방의 튀어나온 사각 창문으로 넓은 자갈길과 풀밭이 내다보였다. 연못으로 흘러들어가는 자그마한 시내 쪽으로 비탈진 풀밭이 있었다. 나지막한 검은색 캐비닛과 낡은 참나무 탁자, 황갈색 가죽 의자에는 아이들의 장난감과 책, 야외용 놀이옷이 흩어져 있고, 파스텔로 그려진 모성적인 부인의 초상화가 너그러운 미소를 띠고 벽에서 내려다보고 있었다. 아이들은 모두 그 방에 모여 있었다. 창가에 앉은 어머니를 둘러싼 세 여자아이는 어머니의 축소판 같았다. 검은 눈에 이목구비가 섬세하고 가무스름한 피부에 뺨이 발그레한 아이들이었다. 가장 큰 아이가 아홉 살이 되지 않았는데도 그들의 작은 콧구멍과 눈썹은 마치 작은 어른처럼 특이하게 우아했다. 사내아이는 조금 떨어진 카펫에 앉아서 금발 머리를 숙이고 노아의 방주에 나오는 동물을 보면서 위협적으로 명령하는 목소리로 동물을 하나씩 타일렀고 얼룩이 묻은 부분을 핥아보면서 색깔이 빠지지 않는지 살펴보기도 했다. 장녀인 조세핀은 프랑스어를 배우고 있었고, 다른 여자애들은 인형을 무릎에 올려놓고 성모의 이미지로도 손색없을 만큼 얌전하게 앉아 있었다. 글래셔 부인은 매우 공들여 화장했다. 근래에 그녀는 그랜코트가 올지 모른다고 날마다 속으로 중얼거렸다. 야위었는데도 섬세한 옆얼굴과 곱슬곱슬한 머리칼, 뚜렷한 눈썹에 지울 수 없는 아름다움이 남아 있는 그녀의 머리는 황갈색 실크와 벨벳 드레스, 그리고 그랜코트가 몇 년 전에 처음 목에 걸어준 금목걸이 위에서 눈에 띄게 돋보였다. 화장을 하면서 조금이라도 기쁨을 느낀 것은 아니었다. 거울에 비친 자신의 모습을 보며 대체로 '너무 변해버렸어!'라고 생각했을 뿐이었다. 그러나 그녀의 남은 인생에 좋은 것이 있다면 그것을 반드시 지킬 것이다. 자신의 큰 소망이 실현된다면, 나이 지긋한 부인으로

서 높은 신분에 어울리는 기품 어린 아름다움을 간직한 자신의 모습을 상상할 수 있었다. 그녀의 얼굴을 거의 그대로 축소해 놓은, 옆에 있는 작은 얼굴들은 지금은 푹 꺼진 창백한 볼이 한때 간직했던 앵둣빛 곡선을 보여주는 것 같았다. 그러나 아이들은 핏기 없는 그 뺨에 키스했고 그 뺨에 부족한 것이 있다고 생각하지 않았다. 아이들의 사랑은 이제 그녀의 삶의 유일한 목적이었다.

갑자기 글래셔 부인이 조세핀의 책에서 고개를 들고 귀를 기울였다. "쉿, 애들아! 누군가 오는 것 같구나."

사내아이 헨리가 펄쩍 뛰어 일어나며 말했다. "엄마, 물방앗간 주인이 내 당나귀를 데려왔어요?"

아이는 대답을 듣지 못하자 어머니의 무릎에 올라앉아 집요한 목소리로 질문을 되풀이했다. 그러나 문이 열리더니 그랜코트 씨가 찾아왔다고 하인이 전했다. 글래셔 부인은 약간 동요된 상태로 일어섰다. 헨리는 물방앗간 주인이 아니라서 반감을 드러내며 이마를 찌푸렸다. 어린 세 소녀는 소심하게 검은 눈을 들어 그를 바라보았다. 어느 아이도 어머니의 이 친구를 그리 좋아하지 않았다. 실은 그가 글래셔 부인의 손을 잡고 나서 몸을 돌려 다른 손을 헨리의 머리에 얹자, 그 어린애는 주먹으로 그 친구의 팔을 밀쳐내기 시작했다. 어린 소녀들은 그가 턱을 가볍게 어루만지며 키스하자 수줍어하며 가만히 있었다. 하지만 전반적으로 보아 아이들을 정원으로 내보내는 편이 더 나을 것 같았다. 그들은 곧 자갈길 위에서 개들과 함께 춤을 추고 떠들썩하게 놀았다.

"어디서 오셨어요?" 그랜코트가 모자와 코트를 벗어놓자 글래셔 부인이 물었다.

"디플로에서." 그는 천천히 대답하며 맞은편에 앉아서 그녀를 쳐다보았다. 그 시선이 아무것도 눈여겨보지 않는다는 것을 그녀는 알아차렸다.

"그럼 피곤하겠군요."

"아니, 갈아타는 곳에서 쉬었소. 끔찍한 소굴이었지. 기차 여행은 늘 지독히 따분하단 말이야. 하지만 커피를 마시고 담배를 피웠소."

그랜코트는 손수건을 꺼내 얼굴을 문지르고 손수건을 주머니에 다시 넣으면서 꼬인 무릎과 나무랄 데 없이 완벽한 구두를 보았다. 그의 말 한 마디에 표정 하나하나에 희망에 들뜨거나 공포의 나락에 빠져야 하는 긴장감에 떨고 있는 여자가 아니라, 전혀 낯선 사람이 앞에 앉아 있는 듯이 굴었다. 하지만 사실 그는 이 면담에 온 신경을 쏟고 있었고, 무엇을 포함할 것인지 골똘히 생각하고 있었다. 세월이 흐르면서 종속적 처지를 더욱 의식하며 더 예리한 열망을 갖게 된 이 여자와 세월에 따라 감정이 무뎌지고 점점 모호한 태도로 굳어져버린 이 남자 사이에 얼마나 상이한 감정이 존재할지 상상해보라.

"당신을 만나기를 고대했어요. 당신 소식을 들은 지 너무 오래되었으니까요. 개즈미어의 몇 주일은 디플로보다 더 길게 느껴질 거예요." 글래셔 부인이 말했다. 재빨리 말하는 날카로운 어조가 그녀의 외모와 잘 어울리는 것 같았다. 바이올린의 음조와 음색이 그 형태와 잘 어울리듯이.

“그렇소.” 그랜코트가 느릿느릿 말했다. “그렇지만 은행에 낸 돈을 받았겠지.”

“아, 그래요.” 글래셔 부인은 흥분해서 조급하고 퉁명스럽게 말했다. 그랜코트가 전에는 늘 — 적어도 그녀는 그렇게 생각했다 — 그녀와 아이들에게 오늘보다는 더 관심을 기울이고 눈여겨보았다.

“그렇소.” 그는 구레나룻을 쓰다듬으며 그녀를 바라보지 않고 말을 꺼냈다. “시간이 좀 빨리 지나갔소. 대개는 아주 천천히 가지만. 당신도 알다시피 많은 일이 일어났소.” 이 부분에서 그는 눈을 돌려 그녀를 바라보았다.

“내가 무엇을 알고 있는데요?” 그녀가 날카롭게 물었다.

그는 잠시 멈췄다가 조금도 달라지지 않은 어조로 말했다.

“내가 할레스 양과 결혼할 작정이라는 것 말이오. 당신이 할레스 양을 만났다지?”

“그녀가 당신에게 말하던가요?”

그러지 않아도 창백한 뺨이 더 새하얗게 보인 것은 아마 그 위의 눈이 맹렬하게 반짝였기 때문일 것이다.

“아니, 러시가 말하더군.” 대답이 천천히 흘러나왔다. 어떤 소름 끼치는 손이 대기해 있는 희생자의 눈앞에 손가락을 죄는 고문 도구와 쇠로 만든 구두를 올려놓는 것 같았다.

“맙소사! 그녀와 결혼할 거라고 당장 말해보세요!” 그녀가 격렬하게 소리쳤다. 무릎이 마구 떨렸고 움켜쥔 양손에 저절로 힘이 들어갔다.

“물론 이런 일은 언젠가 일어날 일이었소, 리디아.” 그가 말했다. 이제 손가락을 죄는 고문 기구를 끼워놓았으므로 사실 더 지독한 고통을 일으키고 싶지는 않았다.

“그것이 필요하다고 당신이 언제나 느낀 건 아니에요.”

“어쩌면 그랬겠지. 지금은 느끼고 있소.”

그랜코트의 나지막한 몇 마디 말에서 그녀는 가느다란 손가락으로 굳게 닫힌 철문을 밀었을 때처럼 절대적 저항을 느꼈다. 그녀는 자신의 무력함을 알고 있었고, 어떤 호소로도 그 무력함을 확인하기가 두려웠다. 듣지 못하는 귀에 소리를 지르고 무감각한 무릎에 매달려봐야 그저 냉담한 얼굴을 보고 뻣뻣한 팔다리를 느끼게 될까 두려웠다. 그녀는 눈물도 흘리지 않았고, 말도 하지 않았다. 별안간 등장한 확실성에 너무나 무섭게 짓눌렸고, 그것은 사고와 감정의 확실성처럼 오한과 메스꺼움을 일으켰다. 허우적거리며 희망을 움켜잡다가 실패한 첫 순간에 모골이 송연해지는 느낌이었다. 이윽고 그녀는 발작적으로 애써 자리에서 일어섰고, 자신의 비참한 심정 외에는 아무것도 의식하지 못한 채 차갑고 단단한 유리창에 이마를 댔다. 자갈길에서 놀던 아이들은 엄마가 부르는 줄 알고 그녀 앞으로 뛰어와서 기대에 찬 귀여운 얼굴을 쳐들었다. 그 모습을 보고 그녀는 정신을 차렸다. 고개를 흔들고 손을 저어 아이들을 다시 보냈고, 이러느라 애쓰다 보니 기진맥진해서 가장 가까이 있는 의자에 털썩 주저앉고 말았다.

그랜코트도 일어섰다. 그는 이런 장면 자체에, 그리고 자신의 전제적인 권위로도 이런 일을 모면할 수 없었기에 두 배로 화가 났다. 그러나 반드시 거쳐야 할 일이고, 앞으로 가급적 짜증스러운 일이 없도록 처리하고 관리할 필요가 있었다. 그는 벽난로 구석에 몸을 기댔다. 그녀는 그를 올려다보며 신랄하게 말했다.

"이 모든 것이 당신에게는 전혀 중요하지 않다는 거죠. 나와 아이들은 귀찮은 존재이고. 당신은 다시 떠나서 할레스 양과 함께 있기를 바라고요."

"문제를 필요 이상 불쾌하게 만들지 말아요, 리디아. 달라질 수 없는 일을 반복해서 말해봤자 전혀 소용없소. 물론 당신이 스스로를 비참하게 할 작정이라면 내게는 몹시 불쾌한 일이지. 내가 이번에 여기 온 것은 당신이 각오해야 할 일을 알려주기 위해서였소. 나는 당신과 아이들을 예전처럼 부양하겠소. 그리고 그것으로 끝이오."

침묵이 이어졌다. 그녀는 감히 대답하려 하지 않았다. 강렬하게 열망하는 표정의 이 여자의 영혼에는 강철처럼 단단한 어머니의 고뇌가 박혀 있었다. 그래서 그녀는 비명을 지르거나 몸부림을 치지 않고 더 굳세게 스스로를 억제할 수 있었다. 그러나 침묵 밑에서는 증오와 복수심이 밀려오고 있었다. 그 결혼으로 자기 말고 다른 두 사람도 비참해지기를 바랐다. 곧 그가 말을 이었다.

"그것이 당신에게 더 나을 거요. 당신은 여기서 계속 살아도 좋소. 하지만 차차 당신과 애들에게 큰 재산을 넘겨줄 생각이오. 그러면 당신이 원하는 곳에서 살 수 있소. 당신이 불평할 일은 전혀 없을 거요. 무슨 일이 일어나도 안전하다고 느낄 거요. 미리 그렇게 조치할 수는 없었소. 모든 일이 급히 진행되었으니까."

그랜코트는 천천히 한 문장씩 말하다가 말을 그쳤다. 그녀가 고마워하리라는 기대는 하지 않았지만 당연히 만족해하리라고 생각했다. 리디아가 만족할 수 있다면 말이다. 그녀의 얼굴은 조금도 달라지지 않았다. 잠시 후에 그가 말했다.

"내가 인색하게 굴 거라고 걱정할 이유는 지금껏 한 번도 없었을 거요. 나는 돈에 대해서는 신경 쓰지 않소."

"당신이 돈에 신경을 쓴다면 우리에게 주지 않겠죠." 리디아가 말했다. 빈정대려는 욕구를 참을 수 없었다.

"그건 악랄하게도 부당한 말이오." 그랜코트가 더 낮은 목소리로 말했다. "그런 말을 다시는 하지 말라고 권하겠소."

"아이들을 구걸하는 거지로 만들어서 나를 벌주려는 건가요?" 자기도 모르게 독이 한 번 새나오자 또다시 분출했다.

"애들을 거지로 만든다는 건 터무니없는 소리요." 그랜코트가 여전히 나지막하게 말했다. "후회할 말을 하지 말라고 충고하겠소."

"나는 후회하는 데 익숙해요." 그녀가 비통하게 말했다. "어쩌면 당신이 후회하겠죠. 당신은 나를 사랑한 것을 이미 후회했어요."

"이런 얘기 해봐야 다시 만나기 어려워질 뿐이오. 당신은 나 말고 친구가 없지 않소?"

"맞는 말이에요."

나지막한 신음처럼 흘러 나왔다. 동시에 마음속에서는, 그가 자신과 누린 행복보다 더 큰 행복을 기대하고 있지만 결국 비참하고 외로운 신세가 되어 젊고 즐겁고 희망에 부풀었던 시절의 기억을 일부나마 되찾으려고 자기에게 되돌아올 수밖에 없으면 좋겠다는 바람이 퍼뜩 지나갔다. 그러나 아니! 그는 상처받지 않을 것이다. 고통을 겪어야 할 사람은 그녀였다.

이런 생각과 더불어 신랄한 얘기가 중단되었다. 그랜코트는 저녁까지 머물 작정이었다. 그는 방문을 빨리 끝내고 싶었지만 돌아갈 때 타려고 예정한 것보다 더 일찍 출발하는 기차가 없었다. 그리고 방문의 두 번째 목적에 대해서는 아직 이야기를 꺼내지 못했는데, 그렇게 하려면 두 번째 수술처럼 중간 휴식이 필요한 것 같았다. 시간이 지나야 했고, 식사도 해야 했다. 아이들이 다시 집안으로 들어왔다. 집안에서 흔히 말다툼이 벌어질 때 종종 느끼는 씁쓸한 압박감을 느끼며 일상적인 일을 기계적으로 해나가야 했다. 아이들이 들어오자 리디아는 억눌린 분노가 약간 풀어지는 것 같았다. 아이들의 사랑스러운 모습에 맹렬한 기쁨을 느꼈다. 그 모습은 그녀와 아이에게 무관심한 그랜코트를 질책하는 것 같았다. 그녀는 매우 풍부한 상상력으로 은밀히 독을 쏘아댄 것이다. 그는 오랫동안 권태를 느끼며 다져진 세련된 몸가짐으로 편안하게 처신했다. 손을 포개고 앉아 관찰할 만한 대상으로 그의 대머리를 올려다보는 어린 안토니아를 얼러주었고, 헨리에게 멋진 말안장과 고삐를 선물하겠다는 약속으로 비위를 맞춰주었다. 큰 여자애 둘만 그를 자주 본 사람으로 기억하고 있었다. 여자애들은 어린 시절의 기억에 그간의 세월이 쌓여 수줍어했고 그랜코트의 세련된 태도에도 수줍음을 털어내지 못했다. 하인들이 옆에 있으면 그와 리디아는 판에 박힌 이야기를 나눴다. 그렇지 않으면 아무 말도 하지 않았다. 그동안 그랜코트는 그녀에게 다이아몬드를 준 것이 얼빠진 짓이었고 그래서 그 이야기를 꺼내야 하는 성가신 일이 생겼다고 생각했다. 그는 자기 신분에 부속된 것과 뽐내고 싶은 소유물을 대단히 존중했다. 한편으로는 요청해야 하는 처지가 되었기에 스스로에게 화가 났다. 그러나 자신이 글래셔 부인의 과거로부터 아무리 자유롭다고 주장하더라도, 그 스스로 만든 과거는 자신이 강요할 수 있는 그 어떤 굴레보다도 더 강한 굴레였다. 그는 궨덜린에게 주기로 약속한 다이아몬드를 달라고 요청해야 한다.

마침내 다시 단둘이 남아 위에서 비치는 촛불 빛에 서로의 얼굴을 마주보게 되었다. 그랜코트는 시계를 보고 무심하게 들리는 어조로 느릿느릿 말했다. “한 가지 말할 게 있소, 리디아. 내 다이아몬드를 당신이 갖고 있지.”

“그래요, 갖고 있어요.” 그녀는 즉시 대답하며 일어서서 두 팔을 툭 떨어뜨리고 손가락을 맞잡아 비틀었다. 그랜코트는 가만히 앉아 있었다. 그녀는 그 이야기를 예상했고 이미 마음을 굳혔다. 하지만 가능하면 그의 분노를 사지 않고 자기 결심을 행동에 옮기겠다고 작정했다. 침묵을 지키며 몇 시간을 보내는 동안 그녀는 자기들 사이의 갈라진 틈을 더 벌려놓은 말을 취소할 수 있다면 좋겠다고 생각했다.

"이 집에 있겠지?"

"아뇨, 여기 없어요."

"당신이 옆에 두고 간직하겠다고 말한 것으로 기억하는데."

"그렇게 말할 때는 그랬어요. 지금은 두들리의 은행에 있어요."

"그것을 찾아와요. 당신이 누군가에게 전달하도록 조치해놓겠소."

"그렇게 하지 마세요. 그 다이아몬드를 당신이 주려는 사람에게 전달하겠어요. 내가 그렇게 조치하겠어요."

"무슨 뜻이오?"

"말 그대로예요. 내가 당신의 아내에게 그 다이아몬드를 양도하겠다고 늘 말했죠. 내가 한 말을 지키겠어요. 그녀는 아직 당신 아내가 아니에요."

"바보 같은 짓이오." 그랜코트가 진저리를 치며 나지막하게 말했다. 자신이 리디아에게 너무나 너그럽게 대해준 나머지, 그녀가 의존적인 처지이면서도 자신에 대해 일종의 지배력을 갖게 되었다는 것은 너무나 짜증스러웠다.

그녀는 아무 말도 하지 않았다. 이제 그도 자리에서 일어섰고, 그녀 쪽으로 옆얼굴을 보이며 벽난로에 기대섰다.

"다이아몬드는 결혼 전에 내게 전달되어야 해요." 그가 다시 말을 꺼냈다.

"결혼식이 언제인가요?"

"10일이오. 쓸데없이 낭비할 시간이 없소."

"결혼 후에 어디로 갈 건가요?"

그는 대답하지 않았고 더 화가 난 듯이 보일 뿐이었다. 잠시 후 그가 대답했다. "그 이전에 당신은 은행에서 그것을 찾아와서 나를 만날 날을 잡아야 해요. 아니면 내가 위탁하는 다른 사람을 만나거나. 이건 몹시 성가신 일이오. 날을 잡아요."

"아뇨, 그렇게 하지 않겠어요. 다이아몬드를 안전하게 그녀에게 전달하겠어요. 내 약속을 지키겠어요."

"그러니까 당신의 말은," 그랜코트가 몸을 돌리고 그녀를 보며 들릴락 말락 하게 말했다. "내 말대로 하지 않겠다는 거요?"

"그래요, 그런 뜻이에요." 이런 대답이 튀어나왔고, 그녀의 눈빛이 그에게 가까운 곳에서 번뜩였다. 이 가엾은 여자는 자신의 말이 자기 운명에 영향을 미친다면 그 영향은 분명 해로운 것이고 오랫동안 한결 같은 인내를 통해 얻은 이득을 모두 없애버릴 거라고 그 순간 깨달았다. 그러나 이미 엎질러진 물이었다.

그는 짜증스러운 기분이 폭발할 상태였다. 그녀를 붙잡아 뒤흔들 수도 없고 적개심을 드러내며 그녀에게 손을 댈 수도 없었다. 그렇게 할 수 있더라도 그런 식으로는 다이아몬드를 받아낼 수 없을 것이다. 그는 그녀에게 겁을 줄 — 그녀가 그것을 믿는다면 — 유일한 협박을 하려다가 주춤했다. 대체로 그가 가장 싫어한 것은 말을 통해서라도 폭력 같은 것을 휘두르는 일이었다. 그는 소란을 떨지 않고 자기 의지를 관철해야 한다. 그녀를 잠시 바라본 후 그는 그녀 쪽으로 다시 옆얼굴을 향하고는 여전히 기대선 채 말했다.

“여자들은 지긋지긋한 백치야!”

“당신이 결혼하고 어디로 갈 예정인지 왜 말해주지 않으려는 거죠? 하고 싶으면 나는 결혼식에 참석해서 알아낼 수도 있어요.” 리디아는 자신이 할 수 있는 자멸적 위협을 과감하게 시도했다.

“물론 당신이 하고 싶으면 미친 여자처럼 굴 수도 있소.” 그랜코트가 낮은 목소리로 조용히 조롱하며 말했다. “그렇게 해서 어떤 이득이 있을지, 아니면 내게 얼마나 신세를 졌는지 당신이 차분히 생각할 것 같지 않군.”

그는 리디아와의 오랜 관계에서 한 번도 느껴보지 못한 혐오와 분노를 느끼고 있었다. 자신의 삶에 그토록 깊이 흡반을 내려 빨아먹고 살아가도록 허용해주었던 이 여자가 자기를 괴롭힐 무시무시한 힘이 있었던 것이다. 그리고 자신이 조급하게 서둘러 진척시키다 보니 그녀에게 기회를 열어준 것이다. 그는 자신의 자존심을 위협하는 극히 추악한 가능성을 보았고, 몇 분간 말없이 그 상황을 검토하면서 어떻게 행동할 것인지 생각해보았다. 그와 달리 그녀는 직선적인 성격이었고 소박하면서도 강렬한 성향을 갖고 있었다. 그는 종종 경험한 한 가지 효과적인 방법을 지금 상황에서 써먹을 수 있다고 생각했다. 휴고 경이 그에 대해 말했듯이, 그랜코트는 경우에 따라 수를 쓰는 법을 알고 있었다.

그는 다시 입을 열지 않았고, 시계를 본 다음 벨을 눌러 마차를 당장 대기시키라고 명령했다. 그런 다음 그녀에게서 더 멀리 떨어져서 호출을 기다리듯이 그녀에게 눈길을 주지 않고 말없이 가만히 있었다.

그녀는 스스로에 대한 비난과 강인한 고집 사이에서 지독한 갈등을 겪고 있었다. 자신을 다시 쳐다보지도 않고 떠나는 그랜코트의 모습을 떠올려보았다. 자신은 외롭고 불안한 상태로 남아 그에게서 아무 소식도 듣지 못하고 자신이 아이들에게 해를 끼치지나 않았는지 알지 못한 채 어쩌면 그가 자신을 미워하게 했다고 느낄 것이다. 목적을 망쳐버린 사람의 온갖 참담한 모습이 떠올랐다. 하지만 자신의 복수심에 달콤한 먹이가 될 목적을 포기하는 것은 참을 수 없었다. 만일 자식이 없었다면 그녀는 기꺼이 스스로를 희생해서 복수했을 것이다. 그것은 다른 사람이 의도적으로 자신을 비참한 상태에 빠뜨려서 행복을 가로채는 것을 가로막는 정의로운 일이라고 느꼈다. 이 두 가지 강력한 감정이 갈등을 벌이고 있었다. 그녀는 두 가지 모두 충족시켜야 한다.

"성난 채 헤어지지 말아요, 헨리." 그녀가 자리를 옮기지도 않고 자세도 바꾸지 않은 채 말을 꺼냈다. "내가 요청하는 것은 아주 사소한 일이에요. 당신이 당신의 소유물로 생각하는 것을 내가 내놓지 않겠다면, 그건 전혀 다른 문제겠죠. 그렇다면 당신이 나를 미워하듯 대할 이유가 되겠지요. 그렇지만 내가 요청하는 것은 지극히 사소한 거예요. 당신이 결혼식을 마치고 어디로 가는지 말해주면, 물의를 일으키지 않고 다이아몬드가 그녀에게 전달되도록 조치하겠어요. 물의를 일으키지 않고 말이에요." 그녀가 간청하듯이 되풀이했다.

"그런 어리석은 변덕 때문에 여자들이 밉살스러운 거요." 그랜코트는 표정이나 동작에 조금도 양보하는 기색 없이 말했다. "미친 사람에게 말해봐야 무슨 소용 있겠소?"

"그래요, 나는 어리석어요. 외로움 때문에 바보가 되었어요. 나를 너그럽게 봐주세요." 이렇게 말하면서 그녀는 목이 메었다. "당신이 이 한 가지 어리석은 일에서 나를 너그럽게 봐준다면, 앞으로 온순하게 굴겠어요. 당신을 다시는 괴롭히지 않겠어요." 그녀는 발작적으로 울음을 터뜨렸고 비명을 지르듯 되풀이했다. "이후로는 아주 온순해질 거예요."

이처럼 격렬한 감정의 토로에는 연기와 실제가 묘하게 뒤섞여 있었다. 그녀는 어린애가 훔친 물건을 손에 꼭 쥐고 울면서 계속 그 사실을 부정하듯이 자기 목적을 꼭 움켜쥐고 있었다. 그랜코트는 깜짝 놀라서 마음이 동하지 않을 수 없었다. 이 변덕스러운 소망과 어린애처럼 격렬한 태도는 리디아의 자태에 어울리지 않았듯이 그녀의 평소 처신과도 달랐다. 그녀의 자태와 몸가짐에는 늘 기품이 있었다. 하지만 그녀가 앞서 도전적인 태도를 취했을 때보다 이런 상태에 있을 때 더 다루기 쉬워 보였다. 그는 그녀에게 다시 가까이 가서 낮고 독단적인 어조로 말했다. "조용히 하고 내 말 들어요. 만일 당신이 다시 나타나서 울고불고 야단법석을 떨면 당신을 절대로 용서하지 않겠소."

그녀는 다시 손수건을 얼굴에 댔다. 그리고 울음기가 좀 가시자 잠긴 목소리로 확고하게 말했다. "그렇게 하지 않겠어요. 내 뜻대로 하도록 날 내버려둔다면. 다시는 주제넘게 나서지 않겠다고 약속해요. 난 당신과의 약속을 깨뜨린 적이 한 번도 없어요. 당신은 내게 한 약속을 무척 많이 어겼지요. 당신이 내게 다이아몬드를 달고 다니라고 줬을 때 다른 아내를 얻으리라고 생각하지 못했어요. 그런데 나는 지금 그것을 포기하고 있어요. 당신을 비난하지도 않고요. 다만 내 방식으로 넘겨주게 해달라고 요청하는 거예요. 내가 이 엄청난 일을 잘 견디지 않았어요? 나는 모든 것을 빼앗길 거예요. 그런데도 내가 지푸라기나 부스러기처럼 하찮은 것을 간청하는데도 당신은 그것조차 허락하지 않는 거예요." 그녀는 재빨리 말했다가 잠시 멈춘 후에 잠긴 목소리가 풀린 어조로 더욱 천천히 말했다. "그 요청이 거절되면 난 참을 수 없을 거예요."

그랜코트는 광기 같은 것을 다뤄야 하는 곤혹스러운 느낌이었다. 통제를 하려면 양보하는 수밖에 없었다. 하인이 들어와서 마차가 준비되었다고 말했다. 문이 다시 닫혔을 때 그랜코트가 무뚝뚝하게 말했다. "그렇다면, 라이랜즈로 갈 거요."

"다이아몬드를 그곳으로 그녀에게 보내겠어요." 리디아가 단호하게 말했다.

"좋소, 나는 가겠소." 그녀의 손을 잡을 생각도 들지 않았다. 그녀가 지독하게 자기를 괴롭힌 것이다. 그러나 이제 그녀는 목적을 이루었으므로 그의 기분을 달래려고 겸손하게 굴었다.

"날 용서해주세요. 다시는 당신을 성가시게 하지 않겠어요." 그녀는 간청하는 표정으로 말했다. 그러나 마음속에서 내면의 목소리가 또렷이 들려왔다. '용서를 해줄 사람은 바로 나야.' 하지만 그녀는 용서를 청해야 했다.

"당신은 반드시 약속을 지키는 게 좋을 거요. 당신이 어리석게 굴어서 내 심사가 몹시 고약해졌으니." 그랜코트는 분명 이 말을 더없이 강력한 표현으로 선택한 것 같았다.

"가엾어라!" 리디아는 희미한 미소를 지으며 말했다. 그는 자신이 오전에 그녀의 심사를 몹시 고약하게 만들었다는 그 사소한 사실을 알고 있을까?

그러나 그녀는 자연스럽게 태도를 재빨리 바꾸고 이제는, 그가 반발하지 않는다면, 어느 정도 화해하고 헤어질 수 있도록 그를 달래려 했다. 과감하게 그의 어깨에 손을 얹었고, 그는 그녀에게서 뒷걸음치지 않았다. 지금까지 그녀가 자신을 무척 놀라게 했으므로, 다시 순종적인 태도가 되었다는 증거가 보이자 유감이 사라진 기분이었다.

"시가에 불을 붙이세요." 그녀는 그의 가슴팍 호주머니에서 담뱃갑을 꺼내 열면서 달래듯이 말했다.

이처럼 서로의 두려움을 달래는 몸짓으로 그들은 헤어졌다. 그랜코트의 마음에는 자신이 완전히 지배하지 못했다는 느낌이 들러붙어 파고들었다.

제31장

> 무모하게 너 자신을 바치다니,
> 길 없는 바다에, 꿈꿔보지 않은 해안에.
>
> 셰익스피어[9]

궨덜린 할레스를 그랜코트 부인으로 만들어준 결혼식 날 아침은 맑고 화창했다. 해가 아직 높이 뜨지 않았을 때 나뭇잎은 얇게 덮인 서리에 얼어붙어 있었다. 신부 쪽 일행은 볼만한 장관이었고, 페티코트 주민 절반은 구경하러 나와서 교회로 가는 길에 늘어섰다. 목사의 오랜 친구가 결혼식을 거행했는데, 목사 자신은 신부의 아버지 역할을 맡아 진행에 도움을 주었다. 슬픈 기색을 드러낸 것은 단 두 사람뿐이었다. 데이빌로 부인과 앤의 얼굴이었다. 어머니의 섬세한 눈꺼풀은 간밤의 절반은 눈물로 지새운 듯이 붉게 물들어 있었다. 대단히 근사한 결혼이기는 했지만, 부인이 자식 중에서 그리고

9 『겨울 이야기』 4막 3장 571~572절.

자기 인생의 꽃이나 다름없는 딸과 헤어지면서 가슴이 아프리라는 것에는 누구도 놀라지 않았다. 신부 들러리로 차려입은 앤의 모습은 아주 돋보였는데 그녀가 왜 슬퍼했는지는 그리 분명하지 않았다. 그 밖의 사람들은 모두 그 화려한 혼사에 대해서, 특히 궨덜린에 대해 생각하는 것 같았다. 그녀의 몸매와 몸가짐으로 보자면 귀족 작위가 있는 레이디가 될 만하다고 사람들은 동의했다. 얼굴로 보면, 귀족 작위를 받으려면 장밋빛 혈색이 조금 더 필요하다고 여겨졌다. 그러나 신랑도 활기가 넘치는 얼굴은 아니었고 — 사실 방앗간 주인의 아내는 자기 남편의 낯빛과 아주 비슷하다고 말했다 — 그래서 신랑신부는 더 완벽하게 잘 어울렸다. 여하튼 신랑이 신부를 매우 좋아하는 것은 분명했다. 그러니 그녀는 가정교사로 일하러 갈 형편이었고 모친은 소이어의 오두막에서 살 처지 — 그 마을에서 빈번히 화제에 올랐던 변화 — 였다고 신랑이 신부를 타박하지 않으리라고 기대할 수 있었다. 열네 살 먹은 방앗간 주인의 딸은 지위가 높은 신사가 아내에게 못되게 군다는 말을 믿지 못했다. 그러자 그 어머니가 딸을 훈계했다. "얘야, 남자는 남자란다. 신사든 평민이든 거기가 다 거기야. 내 어머니가 얘기해주셨는데, 지주인 펠튼 나리는 채찍을 들고 개들을 몰고 아내의 방에 들어갔다는 거야. 아내를 겁주려고 그 방에서 개들을 채찍질하곤 했단다. 그 당시에 내 어머니가 그 숙녀의 하녀로 일하셨기 때문에 잘 알지."

"결혼식 날에 어울리지 않는 불길한 얘기군요, 거들 부인." 재봉사가 말했다. "말다툼이 채찍질로 끝날 수 있겠지만, 시작은 혀에서 나오는 겁니다. 여자들은 그걸 최대한 사용하거든요."

"하나님은 여자들에게 그걸 사용하라고 주셨을 거예요." 거들 부인이 말했다. "남자들이 모든 걸 다 자기들 마음대로 하라고 내버려두실 생각이 아니었던 거죠."

"신랑 들러리를 하려고 오펜딘에 온 신사들을 보고 내가 알아낸 것은," 재봉사가 말했다. "이 그랜코트 씨라는 사람은 놀랍게도 혀를 놀리지 않는다는 거예요. 그가 명령을 내리지 않아도 모두 벙어리처럼 조용히 일을 해야 하더군요."

"그렇다면 그는 더 채찍을 휘두르겠군요." 거들 부인이 말했다. "이 신부에게는 혀가 부족하지 않을 거예요. 장담할 수 있어요. 자, 신랑신부가 함께 나오네요."

"신부의 눈꼬리가 놀랍게도 길군요!" 재봉사가 말했다. "그녀가 쳐다보면 얄궂은 느낌이 들어요."

사실 궨덜린은 그 어느 때보다도 쾌활한 태도였고 기다란 갈색 눈은 더욱 반짝이고 있었다. 그녀는 강렬한 흥분으로 반짝이고 있었는데, 때로 그런 모습은 고통에서 비롯되기도 한다. 하지만 그녀가 고통을 느낀 것은 아니었다. 도박판에서 데론다가 쳐다보는 가운데 돈을 잃기 시작했을 때와 거의 비슷한 흥분상태였다. 그 안에는 즐거움도 있었다. 점점 커진 양심의 가책으로 어떤 불안감을 느꼈든 그것은 그녀의 야심적인 허영과 사치에 대한 욕구가 충족되면서 지나가버린 질병처럼 도외시되었다. 그런 욕구를 없애려면 꽤 많은 양의 독이 서서히 주입되어야 할 것이다. 이날 아침에 그녀는 그랜코트를 받아들인 것을 후회한다거나 아니면 장래에 대한 막연한 두려움 때문에 현재 자신이 주인공으로 주시되고 있는 광경의 찬란한 빛이 사라질 거라는 말을 진심으로 할 수 없었을 것이다. 자신이 뭔가 그릇된 일을 하고 있다는 것, 곧 벌이 닥쳐오리라는 것, 자신이 약속하고 나서 배반한 그 여자가 비통하고 참담한 마음으로 자신을 생각하며 정당하게 비난하고 있으리라는 것, 데론다가 자기 나름의 판단에 따라 자신의 도박을 경멸했듯이 그랜코트와의 결혼을 경멸하리라는 것, 특히 자신을 이 애인과 결합하고 지금까지 손을 붙잡았던 혈연의 끈이 이제 뒷전으로 떨어져나가고 있다는 것 — 이처럼 어렴풋이 이해한 사실과 모호하지만 깊이 박힌 인상, 얼마간의 사실과 얼마간의 환상적 이미지가 뒤섞여 발효되면서 이 몇 주 약혼기간 동안 그녀를 심란하게 했었다. 이처럼 마음을 뒤흔들어 뒤숭숭하게 한 것이 오늘 아침에는 다 사라져버렸을까? 아니, 그것은 많은 사람이 지켜보는 가운데 인생의 도박판에 서서 그녀가 느낀 의기양양한 도전의식에 압도되고 짓눌렸다. 많이 따기 위해 과감하게 모든 것을 걸고, 혹은 잃더라도 갈채를 받으며 자부심을 느끼겠다는 의식이었다. 그러나 이날 아침에 그녀가 실패할 운명에 대한 두려움에 휩싸인 것은 아니었다. 그녀는 자신이 상황을 잘 관리할 수 있도록 더욱 알찬 권력을 얻고 있다고 생각했다. 어떤 여자들은 너무나 한심하게 사용하지만, 자신은 결혼을 통해 공식적으로 부여받는 모든 권리를 잘 행사할 것이다. 고통과 굴욕감, 자기에게 과실이 있으리라는 새로운 의식을 통해서 떨쳐냈던 젊음의 이기주의적

도취가 다시 힘을 얻어 예전처럼 흥분상태에 빠진 그녀에게 되살아났다. 그녀는 눈물에 젖어 몸을 떠는 이상적인 신부의 모습을 전혀 보여주지 않았다. 어떤 사람들은 그녀가 너무 건방지고 세상 물정을 잘 알고 있다고 평가했지만, 가엾은 궨덜린은 머리를 꼿꼿이 들고 탄력 있는 걸음으로 환상 속을 걷고 있었다. 하지만 자신이 약간 흥분해있다는 의식은 밑바닥에 깔려 있었다.

"하나님께 감사하게도, 아주 잘 견디는구나, 얘야." 데이빌로 부인은 궨덜린이 새하얀 신부 드레스를 벗고 여행복으로 갈아입도록 도와주며 말했다. 몸을 떨고 있는 사람은 가엾은 엄마뿐이었다. 어머니가 흥분한 상태였으므로 궨덜린은 그날 아침에 승리의 개선식이라도 치른 듯이 갑절로 의기양양하게 행동했다.

"내가 몸퍼트 부인의 집에 가는 길이었어도 엄마는 그렇게 말했을 거예요, 사랑하는, 슬픔에 찬, 어쩔 도리 없는 엄마!" 궨덜린은 다정하게 웃으며 그저 손을 내밀어 엄마의 뺨을 어루만졌고 그런 다음에는 약간 물러서서 자기 모습을 과시하듯 양팔을 펼쳤다. "자, 이게 나예요. 그랜코트 부인이라고요! 내가 이렇게 되겠다고 작정하지 않았으면 엄마는 어떻게 했을까? 엄만 내가 그랜코트 부인이 되지 않을 거라고 생각했을 때 화가 나서 죽을 지경이었죠."

"쉿, 얘야, 제발 그런 말 말아라!" 데이빌로 부인이 속삭이듯이 말했다. "너와 헤어지는 마당에 어떻게 슬픈 마음이 들지 않겠니? 그렇지만 네가 행복하다면 나는 무엇이든 즐겁게 견딜 수 있어."

"즐겁게 견디는 건 아닐 거예요, 엄마!" 궨덜린이 화사한 미소를 띠고 머리를 흔들며 말했다. "기꺼이 견디려고 하겠지요. 하지만 늘 슬픔이 떠나지 않을 거예요. 엄마에게는 슬픔이 소스 같아요. 그것이 없으면 아무것도 먹을 수 없어요." 그러고는 엄마의 어깨를 꼭 잡고 두 뺨에 연거푸 키스를 퍼부으며 명랑하게 말했다. "그리고 엄마는 내가 마음대로 모든 것을 갖고 모든 것을 유쾌하게 누리는 걸 슬퍼할 거예요. 화려한 집과 말 그리고 다이아몬드. 나는 다이아몬드를 갖고, 궁정에 가고, 확실히 모 레이디가 되고, 어쩌면 모 레이디도 될 테고, 여기서는 품위를 지키고, 저기서는 사냥하며 질주하고, 그리고 언제나 세상의 누구보다도 엄마를 더 사랑할 거예요."

"사랑스러운 내 딸! 하지만 네가 네 남편을 더 사랑해도 나는 질투하지 않을 거란다. 그리고 네 남편은 자신이 첫 번째가 되기를 기대할 거야."

궨덜린은 귀엽게 얼굴을 찌푸리며 입술과 턱을 쑥 내밀었다. "그런 건 어리석은 기대예요. 하지만 그를 고약하게 대하지는 않을 작정이에요. 그가 그런 대접을 받을 만하지 않으면."

그러고 나서 두 사람은 꼭 끌어안았다. 궨덜린은 솟구치는 흐느낌을 억누르지 못하고 말했다. "엄마도 나와 같이 가면 좋겠어요, 엄마."

그러나 그녀를 마차로 데려가려는 그랜코트에게 손을 내밀었을 때 그녀의 긴 눈썹에 매달린 작은 눈물방울은 그녀를 더 매력적으로 보이게 했을 뿐이다.

목사는 마차에 탄 그녀를 들여다보며 마지막으로 "잘 가거라. 하나님의 축복이 있기를. 오래지 않아 다시 만나겠지."라고 말하고는 데이빌로 부인에게로 몸을 돌려 쾌활하고도 엄숙한 목소리로 말했다.

"고맙게 생각합시다, 처제. 궨덜린은 자기에게 잘 어울리는 지위를 얻었소. 감히 바랄 수 없었던 것이지. 그리고 그 애처럼 순전히 본인만으로 선택된 여자는 거의 없었소. 그러니 처제는 어머니로서 당연히 기뻐해야지."

신혼부부는 라이랜즈 근처의 기차역에 도착할 때까지 약 50마일을 기차로 여행했다. 오후가 되자 짙은 먹구름이 하늘을 덮었고, 라이랜즈 파크의 대문에 도착했을 때는 거의 어둑어둑했다. 그러나 궨덜린은 재빨리 달리는 마차에서 창밖을 내다보며 웅장한 전망과 더 가까운 곳의 아름다운 경치를 볼 수 있었다. 굽어진 긴 마찻길 양옆에 늘어선 상록수 뒤로 거대한 잿빛 나무들이 서 있었다. 그다음에 펼쳐진 넓은 잔디밭과 굽이치는 언덕에는 검은 나무들이 무리지어 점점이 박혀 있었다. 마침내 흰 저택이 보이는 넓은 평지에 이르렀다. 저택 뒤로 숲이 우거졌고 앞쪽에는 테라스의 난간이 오르내리며 이어졌다.

궨덜린은 여행하는 동안 더없이 발랄하게 끊임없이 재잘거렸고, 어제 이후로 그들의 지위가 달라졌다는 것을 아랑곳하지 않았다. 그랜코트는 황홀한 듯 말이 없었고, 반면에 그녀는 그가 자기 손을 부드럽게 잡자 양손으로 그의 손을 꼭 쥐었고, 가만히 애무를 받지 않으려는 새끼 고양이처럼 더욱 쾌활하게 굴었다. 사실 그녀는 흥분한 나머지 약간 열이 올라 있었다. 이제 마차가 라이랜즈 파크를 가로질러 달리자 그녀의 가슴은 빛과 풍경의 변화를 민감하게 받아들이는 평상시의 감수성으로 새롭게 두근거렸다. 그저 새로운 환경 때문이었을까 아니면 "대단한 인물"이 되겠다는 소녀시절의 꿈이 믿을 수 없을 정도로 완벽하게 실현되었기 때문일까? 그 꿈에서 그녀는 까마득히 높은 자기 집 천장 아래 아득하게 긴 복도를 따라 유유히 걸음을 옮기고, 머리 위 천장에서 자신이 직접 그린 봄의 여신이 꽃을 흩뿌려주고 자신이 원근법으로 그린 서풍이 나팔을 불어주며, 크고 당당한 체구를 갖고 있지만 그녀 앞에서는 하찮은 존재에 불과한 제복 입은 하인들이 으레 무례하게 대하는 자신을 공경했다. 간단히 말해서, 예술가가 되기 위한 노고는 전혀 들이지 않으면서 찬사받는 연극의 여주인공이 되는 것이었다. 그녀의 가슴이 팔딱팔딱 뛰었던 것은 오로지 이 꿈의 실현이 임박했기 때문이었을까? 아니면 어떤 막연한 예감이, 집요하게 파고드는 은밀한 경험이 승리의 기대를 위기의 공포와 뒤섞어놓은 것일까? 성격적으로 그녀가 환희를 느낄 때면 반드시 이어진 두려움이 스며들어 응결되고 선명히 드러났다.

현관문에 이르렀을 때 그녀는 자기도 모르게 침묵에 빠져들었다. 남편이 "자, 집에 왔소!"라고 말하고 처음으로 그녀의 입술에 키스했을 때도 거의 알아차리지 못했다. 구경거리에 마음이 홀린 채 수동적으로 인사를 받은 것에 지나지 않았다. 지난 세 달간 분주하게 돌아간 그녀의 삶도 전부 구경거리였고 그녀의 의식은 그 안에서 어리둥절해한 관객이 아니었을까? 어느 정도는 의도적으로 흥분한 상태에서 하루를 보낸 후 그녀는 무감각에 빠져들었다.

그러나 현관에는 휘황찬란하게 불이 밝혀져 있고 따스한 온기가 새어나오며 깔개와 카펫, 전신 크기의 초상화, 올림포스의 조각들, 부지런한 하인들이 있었다. 하지만 하인이 많지는 않았다. 이 저택에서 항시 일하는 하인들에다 디플로에서 온 몇 명이 더해졌을 뿐이었다. 궨덜린과 함께 온 그녀의 새로운 하녀는 하녀장에게 지침을 받았다. 궨덜린은 그랜코트에게 이끌려 은은한 향기가 감도는 복도를 지나 뒷방으로 들어가는 자신을 느꼈다. 열린 문에서 풍부히 타오르는 빛과 색채가 밖으로 새어나오고 있었다.

"여기가 우리의 소굴이오." 그랜코트가 말했다. "만찬 때까지 여기서 조용히 쉬는 게 좋겠지. 식사를 일찍 할 거요."

그는 그녀의 손을 자기 입술에 대고 눌렀고, 예상보다 더 사랑을 느끼며 물러났다.

궨덜린은 모자와 외투를 하녀에게 넘겨주고 활활 타오르는 난로 옆 의자에 몸을 파묻었다. 연녹색 공단으로 장식된 주위 가구와 함께 유리창에 비친 자신의 모습이 보였다. 하녀장은 옆에 있는 드레스 룸에서 내실로 들어왔고, 궨덜린이 생각하기로는 라이랜즈의 새 안주인을 살펴보려고 머뭇거리는 것 같았다. "허드슨에게 내 옷을 꺼내놓고 모든 것을 그대로 두라고 말해주겠어요? 도움이 필요하면 벨을 누르겠어요."

하녀장이 앞으로 나오며 말했다. "여기 꾸러미가 있어요, 마담. 혼자 계실 때 꼭 마담의 손에 전해드리라는 지시를 받았어요. 이것을 가져온 사람은 그랜코트 씨가 특별히 주문한 선물이라고 하더군요. 하지만 이것을 단 모습을 보실 때까지 선물이 도착한 것을 주인님이 아셔서는 안 된다고요. 죄송해요, 마담. 저는 그 명령을 따르는 것이 옳다고 생각했어요."

궨덜린은 꾸러미를 받고서 문이 닫히는 소리가 들릴 때까지 무릎 위에 올려놓았다. 그랜코트가 어딘가에 맡겨 두었다가 결혼하면 주겠다고 말한 다이아몬드가 들어있을 거라는 생각이 들었다. 이 순간 혼란스러운 감정에 사치스러운 노곤함이 밀려오고 있었기에 그녀는 이 기분전환 거리가 반가웠고, 자기의 다이아몬드를 달아보는 특별한 일이 즐거웠다.

봉인된 종이 포장지 안에 상자가 있었지만, 그 상자 안에 또 보석 상자가 있었다. 이제 그 안에 다이아몬드가 있으리라는 것은 의심의 여지가 없었다. 그러나 보석 상자를 열자 다이아몬드의 광채가 눈에 들어온 순간 그 위에 놓인 편지가 보였다. 겉봉에 쓰인 글씨체는 이미 그녀가 아는 것이었다. 다이아몬드 위에 독사 한 마리가 누워 있는 것 같았다. 심장이 펄쩍 뛰며 온 힘을 쏟아낸 듯 얇은 종이를 펼쳤을 때 그녀의 손이 떨리면서 편지가 마구 흔들렸다. 그러나 그 편지는 읽기 좋은 활자체로 쓰인 단어를 눈앞에 강제로 들이밀었다.

리디아 글래셔에게 한때 열렬한 사랑과 함께 선사되었던 이

다이아몬드를 당신에게 넘겨줍니다. 당신은 그녀의 것을 가지려고 그녀와의 약속을 깨뜨렸습니다. 당신은 그녀가 한때 그랬듯이 행복을 기대할 테고, 그녀의 아이들처럼 아름다운 아이를, 그녀의 아이들을 밀어낼 아이를 낳겠다고 생각하겠지요. 하나님은 너무나 정의로우신 분이므로 그렇게 될 수 없습니다. 당신이 결혼한 남자의 가슴은 시들어버렸어요. 그는 젊은 시절에 가능한 최고의 사랑을 내게 바쳤어요. 당신이 나머지를 다 갖더라도 그것만은 내게서 빼앗을 수 없습니다. 그 사랑은 죽어버렸어요. 하지만 내 행복의 가능성뿐 아니라 당신의 행복 가능성도 나의 파멸과 더불어 매장되어 버렸어요. 당신에게 이미 경고했지요. 하지만 당신은 나와 내 아이들에게 상처를 주는 길을 선택했어요. 그는 나와 결혼할 생각이었어요. 당신이 약속을 깨지 않았으면 결국에는 나와 결혼했을 겁니다. 당신은 천벌을 받을 거예요. 내 온 영혼으로 그렇게 되기를 빕니다.

당신은 이 편지를 그에게 보여주어 나에 대한 반감을 일으키고 나와 내 아이들을 더 몰락시킬 건가요? 내 말이 그와 당신의 머릿속에 맴도는데, 당신은 이 다이아몬드를 걸고 남편 앞에 서고 싶을까요? 그가 당신을 비참하게 할 때 당신에게 불평할 권리가 있다고 그가 생각할까요? 당신은 두 눈을 멀쩡히 뜨고 그를 선택했어요. 당신이 내게 저지른 고의적인 악행은 당신에게 저주가 될 겁니다.

처음에 궨덜린의 눈은 주문에 걸린 듯이 이 편지의 무시무시한 단어를 고행의 선고인 듯 거듭거듭 되풀이해 읽는 것 같았다. 그러나 갑자기 발작적으로 일어난 공포에 그녀는 몸을 앞으로 숙이고 팔을 뻗어 종이를 난롯불에 가까이 댔다. 자신에 대한 고발이자 증거인 그 편지를 아무도 볼 수 없게 하기 위해서였다. 그 편지는 떨리는 그녀의 손가락에서 깃털처럼 날아 활활 타오르는 불길에 사로잡혔다. 그녀가 몸을 숙이는 바람에 보석상자가 바닥에 떨어졌고 다이아몬드가 사방으로 굴러갔다. 그녀는 보석을 바라보지도 않고 다시 무기력하게 의자에 파묻혔다. 그때 그녀는 유리창에 비친 자신의 모습을 볼 수 없었지만 그 모습은 하얗게 돌처럼 굳어버린 많은 여자와 비슷했다. 그러나 가까이 다가서면 바들바들 떨리는 입술과 손이 보였을 것이다. 그녀는 그렇게 한참 앉아 있었고, 몸이 아프다는 것과 머릿속에서 계속 메아리치는 편지의 글귀 말고는 아무것도 의식하지 못했다.

진실로 그것은 독이 묻은 보석이었고, 그 독은 이 가엾은 아가씨의 몸속에 파고든 것이다.

한참 지난 후 문에서 노크 소리가 나더니 그랜코트가 정찬식사를 위해 옷을 갈아입고 들어왔다. 궨덜린은 그를 보자 갑자기 신경에 충격을 받은 듯 발작적으로 격렬하게 비명을 질러댔다. 그는 그녀가 옷을 갈아입고 미소를 지으며 그의 안내를 받아 식당으로 내려갈 준비가 되어 있으리라고 기대했다. 그러나 그녀는 핼쑥한 얼굴에 공포에 질린 듯 비명을 질렀고 보석이 주위의 바닥에 흩어져 있었다. 광기로 일으킨 발작일까?

이런저런 형태로 복수의 여신이 그의 문지방을 넘어선 것이다.

제32장

강력한 사랑은 고립된 숙명의 속성을 갖고 있어서 합리적인 견해와 일상적 결심이 그런 사랑에 전혀 용납되지 않는다는 것은 어느 시대에나 잘 알려진 격언이다. 가령 다프니스[10]가 열광적인 상태에 빠졌을 때 헤라클레이토스의 신조를 믿고 있었다는 것은 거의 도움이 되지 않았다. 혹은 사랑의 미약에서 태어난 트리스탄의 열정은, 비록 그가 둔스 스코투스처럼 심오한 사람이기는 했지만, 잔이 넘치도록 미약을 들이마셔 그의 이성적 추론을 망쳐 놓았을 것이다. 혹은 갑자기 줄리엣에게 반한 로미오는 프톨레마이오스에 대한 반론을 세웠더라도 그가 발코니 밑에서 속삭인 말은 거의 달라지지 않았을 것이다. 모든 사랑이 강력하다 하더라도 모두 다 그런 것은 아니다. 아니, 이 열정은 영혼의 어떤 작용과도 결합할 수 있는, 무엇보다도 광범위한 영역을 갖고 있다. 그래서 그것은 입증되지 않은 창공의 가상의 빛의 영향을 인정할 것이고, 과거에 존재한 것과 미래에 존재할 것을 포괄하는 더욱 장대한 궤도에 그 척도를 맞출 것이다.

---

10 여기 나오는 인물들은 이성적 철학에 상반되는 열정 때문에 파멸한 사람들이다. 다프니스는 만물이 끊임없는 변화를 겪는다는 그리스 철학자 헤라클레이토스의 주장에도 불구하고 공주에게 유혹되었고, 중세 로맨스에 나오는 인물 트리스탄은 절제를 포함한 모든 미덕은 의지에 의해 통제된다는 스코틀랜드의 신학자 둔스 스코투스의 신조와 관계없이 사랑의 묘약을 잘못 마시고 이졸데와 사랑에 빠졌다. 줄리엣을 태양에 비유한 로미오의 열렬한 사랑 고백은 그리스의 천문학자이자 수학자인 프톨레마이오스의 연구를 무시한 말이다.

런던으로 돌아왔을 때 데론다는 상속 가능성이 희박할 수도 있고 절대적으로 확실하지 않은 장래의 권리를 포기한다면 그 대가로 5만 파운드를 받을 수 있으리라는 생각을 그랜코트의 마음에 각인시켜주었다고 휴고 경에게 확언할 수 있었다. 그랜코트는 분명 우호적인 대화를 지속할 생각이 있었지만 그 문제에 관해 어떤 의도를 갖고 있는지는 드러내지 않았다.

"그런데 장래의 신부를 가까이서 보니 어떻던가?" 휴고 경이 말했다.

"레브론에서 보았을 때보다 훨씬 나아 보였습니다. 룰렛 게임은 그녀에게 좋은 배경이 아니었어요. 도박이 악마적 성향을 끌어낸 거지요. 디플로에서는 훨씬 더 여자답고 매력적으로 보였습니다. 그리 냉혹하거나 냉정하게 보이지 않았고요. 그녀의 입가와 눈가의 표정이 매우 달라진 것 같더군요."

"그녀와 지나친 불장난을 치지 말게, 다니엘." 휴고 경이 유쾌하게 농담 삼아 말했다. "그 부부가 크리스마스에 토핑 애비에 올 때 자네가 그랜코트의 심사를 사납게 만들면 내 일에 방해가 될 수 있어."

"저는 런던에 머물면 됩니다."

"아니, 그럼 안 되지. 레이디 맬링거와 아이들은 크리스마스에 자네가 없으면 안 될 거야. 다만 곤란한 일을 만들지 말게. 자네가 결투를 신청해서 그랜코트를 쏴버리지 않는다면 말이야. 그렇다면야 불편을 좀 감수할 가치가 있지만."

"제가 불장난을 치는 것을 한 번도 못 보셨을 텐데요." 데론다가 유쾌하지 않은 어조로 말했다.

"아, 못 봤을 거라고?" 휴고 경이 약을 올리듯이 말했다. "자네는 언제나 여자들을 다정한 눈길로 쳐다보며 예수회 신자처럼 말을 걸지. 자넨 위험한 젊은이야. 러브레이스처럼 클래리사[11] 같은 여자를 쫓아다니는 게 아니라, 여자들이 자네를 쫓아오게 만들 테니까."

몰취미한 농담에 화를 내봐야 무슨 소용이 있겠는가? 그렇지만 과연 소용이 있을지 생각하기 전에 우선 화가 치밀어 오른다. 아무리 친절한 말이라도, 정작 본인이 하려는 생각이 전혀 없는 일을 늘 하는 것 같다고 말할 때는 무엇보다도 짜증스럽다. 휴고 경이 생각하는 불장난이 일반적 의미에서가 아닌 좀 특별한 것이기를 바랄 수밖에 없다. 자신의 입장에서 볼 때 데론다는 불장난을 친 적이 없다고 믿었다. 하지만 궨덜린의 목걸이를 돌려준 사건을 준남작이 모르는 것이 다행이라고 생각했다. 그 사실을 알려줬다가는 이런 식으로 놀리는 준남작의 취미를 부채질했을 것이다.

그는 앞으로 조심할 생각이었다. 가령 레브론에서 돌아와서 처음 메이릭 부인의 집을 찾아갔을 때의 처신에서도 그랬다. 미라에게 표정이나 말로 다정한 관심을 보이지 않는 것은 꽤나 어려웠기 때문이다.

---

11 리처드슨의 소설 『클래리사』(1746~1748)에서 러브레이스는 주인공 클래리사를 약에 취하게 하고 유혹한다.

메이릭 부인은 미라가 자기 집에서 잘 지내고 있다는 소식을 데론다에게 빼놓지 않고 편지로 알려주었다. "우리는 매일매일 미라를 더더욱 좋아하게 되었어요." 부인은 이렇게 썼다. "아침식사 시간에는 들어오는 미라를 보려고 기대를 품고 문 쪽을 바라봐요. 그리고 그 애가 낯선 나라에서 온 원주민인 양 쳐다보고 귀를 기울이지요. 미라의 입에서 그 애에 관한 의혹을 일으킬 말은 한 마디도 들은 적이 없어요. 미라는 전적으로 만족하고 무척 고마워해요. 내 딸들은 미라에게서 음악을 배우고, 그 애에게 다른 학생을 구해주려 해요. 미라는 나태하게 얻어먹지 않고 내 딸들처럼 일하고 싶어 하니까요. 맵의 말로는 우리의 일상이 동화처럼 되었다는군요. 미라가 다시 나이팅게일로 변해서 우리에게서 날아가 버릴까봐 걱정이래요. 미라의 목소리는 정말이지 완벽해요. 크고 강한 목소리가 아니라, 과거에 대한 회상처럼 마음속 깊이 파고드는 매끄럽게 흐르는 목소리예요. 나처럼 나이 든 사람은 그런 목소리를 아름답게 느끼지요."

그런데 메이릭 부인이 모든 이야기를 시시콜콜 털어놓은 것은 아니었다. 그랬더라면 에이미와 맵이 미라를 따라 유대교 회당에 갔을 때 그녀의 유대교 신앙은 스콧의 레베카[12]의 믿음처럼 자신들의 소망과 조화를 이루지 않는다고 느꼈다는 말도 해야 했을 것이다. 그

[12] 스콧의 『아이반호』에 나오는 아름다운 유대인 여성.

들은 미라에 대한 섬세한 배려에서 입을 다물었다. 그녀에게 신앙은 너무나 민감한 문제라서 가볍게 건드릴 수 없었다. 하지만 얼마 후에 현실적 개혁가의 자질이 다분했던 에이미는 이렇게 묻지 않을 수 없었다.

"미안한데, 미라, 그런데 여자들이 난간 뒤에 따로 떨어진 특별석에 앉는 것이 옳다고 생각하니?"

"응, 다른 것은 생각해본 적이 없었어요." 미라가 약간 놀라서 말했다.

"그리고 남자들이 모자를 쓰는 것이 보기 좋아?" 맵이 조심스럽게 가장 사소한 차이점을 언급하며 물었다.

"응. 나는 그곳에서 늘 보던 것이 좋아요. 똑같은 감정을 일깨워주니까. 이 세상의 다른 무엇을 위해서도 내주고 싶지 않은 감정이에요."

이런 대화가 있은 후 마음씨가 너그러운 그 작은 여자들은 교리에 대해서나 예배에 대해서나 비판적으로 말하는 것은 불친절하고 잔인한 일이라고 여겼을 것이다. 미라에게 신앙심은 그녀의 애정과 같은 바탕에서 커온 것이었고, 일련의 교리로 배운 적이 없었다.

"미라는 자기가 아주 형편없는 유대인이고, 자기 민족의 종교를 절반도 모른다고 말하더라." 미라가 잠자리에 들었을 때 에이미가 말했다. "그녀가 우리를 무척 사랑하고 자기 어머니를 찾지 못하면 어쩌면 그 신앙심이 차차 녹아서 온 세상 사람처럼 기독교인이 될 수 있을 거야. 요즘에도 유대 종교를 믿는 건 너무 이상해."

"오, 오, 오!" 맵이 소리쳤다. "난 그런 가증스러운 기독교인이 되고 싶지 않아. 늘 자기 일감을 떨어뜨리는 못난 기독교인이 흠 없는 아름다운 유대인 처녀를 어떻게 개종시킬 수 있겠어?"

"이건 나쁜 생각이겠지만," 약삭빠른 케이트가 말했다. "그렇지만 미라의 어머니를 찾지 못하면 좋겠어. 불쾌한 일이 벌어질지도 몰라."

"나는 그렇게 생각하지 않는단다." 메이릭 부인이 말했다. "미라는 그 어머니를 바탕으로 태어난 아가씨라고 믿거든. 그 어머니가 그런 딸을 돌려받으면 얼마나 기쁘겠니! 하지만 어머니의 감정은 헤아릴 가치가 없겠지. (그녀는 딸들을 장난기 어린 눈으로 바라보았다.) 그리고 죽은 어머니는 살아있는 어머니보다 더 훌륭하겠지?"

"글쎄요, 그럴 거예요, 엄마." 케이트가 말했다. "하지만 우리는 엄마가 훌륭하지 않더라도 살아계신 편이 더 좋아요."

영리한 소녀들이 대개 그럴 수밖에 없듯이 어쩌다가 손에 닿는 책을 뒤적이며 다양한 지식을 얻는 메이릭 집안의 딸들뿐 아니라 남자에게 허용된 교육을 모두 받은 데론다도 이렇게 미라가 등장하게 되면서 자신들이 현대의 유대교나 유대인의 내적 역사에 대해 아는 바가 거의 없다는 것을 깨닫게 되었다. 그 선택받은 민족은 흔히 다른 누군가를 위해 선택된 민족으로 취급되었고, 그들의 사고방식은 완전히 달라졌어야 하는 것(정확히 무엇이든)으로 여겨졌다. 이웃들과 마찬가지로 데론다도 유대교를 교양 있는 사람이 연구하지 않고 전문가에게나 맡길 일종의 화석화된 괴이한 관습이라고 생각했다. 하지만 겁에 질려 한 부모에게서 달아나 다른 부모를 열망하는 미라를 보게 되자, 유대교가 아직도 인간의 삶에서 고동치고 있고 유대인에게는 그 종교가 여전히 세계를 감싼 유일한 옷이라서 다른 것은 생각조차 할 수 없다는, 지금까지 간과한 사실을 깨닫게 되었다. 얼마 후 휴고 경과 한가하게 답사여행을 떠났을 때 데론다는 유대교 회당을 둘러보고 유대인에 관한 책을 찾아보기 시작했다. 이처럼 일깨워진 새로운 흥미 — 무관심한 주제에 관해 올바른 의견을 갖고 있다고 생각하다가 그것에 대한 새로운 관심을 느끼고 기존의 의견이 무지의 소치였음을 자각하는 것 — 는 권태로움을 없애는 효과적인 치료약이었고, 의사의 처방으로는 얻을 수 없는 것이었다. 데론다는 그러한 흥미를 품고 있었기에 빈둥거리며 보낸 몇 주일을 더 잘 견뎌냈다. 이 여행길에서 그는 처음으로 유대교 회당에 들어가 보았다. 그의 일행이 프랑크푸르트에서 체류하던 어느 금요일이었다. 오래전에 본 유대인 지역을 답사하면서 그곳의 그림 같은 낡은 집들을 잘 기억해냈고, 이제는 대체로 그곳에 살고 있는 다양한 유형의 사람을 눈여겨보았다. 그들을 그 민족의 과거 역사의 여러 단계와 연결해 열심히 생각하다 보니 역사적 공감이 일어났고 그 덕분에, 그의 장래에 관심 있는 사람들을 위해 언급할 가치가 있을 어떤 특성이 확고해졌다. 사실 어떤 젊은이의 외모가 준수하고 매너가 특이하지 않으며 신사 교육을 받았고 현재 보장된 수입이 있을 때는, 그의 사고방식이나 특별한 취향에 대해 호기심을 갖고 꼬치꼬치 따지지 않는 것이 관례이다. 그는 이런 부분에서 특별한 시험에 통과하지 않아도 유쾌하고 영리한 젊은이로서 안정된 삶을 살아갈 수 있다. 나중에 그가 꾀죄죄해지고 살도 찌며 특이한 점을 더욱 명확히 드러낼 때, 그런 점이 몹시 못마땅하지만 않으면 다행이라고 여겨진다. 그러나 이후에 일어난 사건이 데론다에게 미칠 영향을 이해하려는 사람들은 그가 스물다섯의 나이에 어떤 인물이었는지 일상적 교류에서 드러나는 것보다 조금 더 많이 알아야 한다.

데론다는 극히 생생한 인상을 받곤 했기 때문에 친구들에게 더 수수께끼 같은 인물로 보였고 겉으로 볼 때 종종 그의 감정이 명확하게 드러나지 않았다. 어린 시절에 일깨워진 그의 감성과 사색적 성향은 다면적 공감으로 발전했고, 그렇기 때문에 어떤 행동이든 끈기 있게 밀어붙이는 데 방해받을 소지가 있었다. 혹시 머릿속에서라도 어떤 적대감을 갖게 되면, 유명한 이야기에 나오는 사비니[13]의 전사들처럼, 자신의 창을 오로지 자신의 육체와 자신이 사랑한 대상으로 받아야 할 것 같았다. 그의 상상력은 사물을 다른 사람들에게 보이는 대로 보려는 습관을 만들어갔다. 그래서 그가 보기에 강한 당파성이란, 당면한 억압에 저항하는 것이 아니라면, 불성실한 언행이었다. 풍부하고 유연한 그의 공감력은 결국 공감을 중화(中和)시

[13] 사비니는 고대 중부 이탈리아의 전투적인 부족이다. 전설에 따르면 사비니의 여자들은 로마인들에게 겁탈을 당하고 로마로 끌려갔을 때 그들에게 애정을 느꼈고, 그래서 복수하려는 사비니의 남자들을 가로막고 겁탈자들을 보호해주었다.

키는 성찰적 분석과 합쳐서 하나의 흐름으로 흘러들었다. 데론다는 누구보다도 악덕을 가까이 하지 않았다. 하지만 악덕을 추상적으로 생각하기보다는 인간의 복합적 본성의 한 부분으로서 개별적 역사가 있는 것으로 생각하곤 했기에 악덕을 그리 혐오하지 않았고, 이해심과 동정심으로 그 역사를 추적해보려 했다. 마찬가지로 타고난 균형 감각으로, 다수에 대한 열렬히 민주적인 감정을 갖고 있었지만 대단히 보수적인 애정과 상상력을 통해서 그런 감정을 조율했다. 그는 통치와 종교에 관해 지칠 줄 모르고 숙고했지만, 오랫동안 사회적으로 인정되어 온 형식을 떨쳐버리는 것을 좋아하지 않았다. 그에게 있어서 그 형식은 어떠한 논리적 주장으로도 잠재울 수 없는 기억과 감정이 생생히 살아 숨 쉬는 것이었다. 우리는 감정이 기우는 쪽에 빠져든다. 데론다는 자신이 세상에서 쇠퇴할 이념을 너무나 사랑하고 있지 않은지 의혹이 들었다. 어떤 이념에 헌신하면 입장이 달라지기 마련이고, 그는 그렇게 헌신하면서 달라질 위험에 처해 있었다. 세상 물정이 우리에게 받아들이기를 종용하고 우리가 거부할 때 공공복지에 대한 반역이라고 간주하는 성공의 실마리를 붙잡는 데 강한 혐오감을 느꼈기 때문이다. 하지만 그는 불합리하고 편협한 증오에 빠져드는 것을 두려워했기에 스스로를 억제했다. 그는 특권의 상속자를 변호했고, 실패자의 가차 없는 독설과 인정받지 못한 개혁가의 비난적 언사를 싫어하며 피했다. 너무나 사색적이고 넓은 공감을 갖고 있어서, 도덕적 힘의 바탕을 이루는 그릇된 일에 대한 분노와 선별적 우애심이 마비될 위험에 처해 있었다. 지난 몇 년 동안 성격이 형성되는 과정에서 이런 점을 아주 예리하게 의식했으므로, 명확한 행동 노선을 선택하고 산만하게 뻗어나가는 힘을 한군데로 모을 수 있도록 어떤 사건이 일어나거나 내면의 빛이 발생하기를 무엇보다도 갈망했다. 그는 지식에 대한 관심을 잃었고, 무언가를 실천하려는 야심도 없었다. 그 두 가지가 자신의 감정과 결합되어 하나의 흐름으로 흘러가지 않는다면 말이다. 그리고 그는 무생물처럼 해부된 문화를 파멸한 영혼이 머무는 곳인 양 두려워했다. 그것은 우주의 삼라만상을 의문에 대한 끝없는 답으로 바꿔버리고, 세상만사를 아는 것이 아니라 그 밖의 다른 것을 아는 것이었다. 마치 제비꽃의 향기에 대해서는 모르는 것이 없지만, 냄새를 맡을 콧구멍이 없어서 향기 자체를 모르는 것처럼. 하지만 그에게 그토록 필요한 외적 사건은 어떻게, 어디서 일어날 수 있을까? 그의 성향을 정당화해주고, 그가 갈망했지만 아직은 될 수 없었던 사회적 삶의 한 유기적 부분으로 만들어줄 영향력은 어떻게 생길 것인가? 막연한 사회적 열정은 일깨워졌어도 우애를 굳건한 실체로 만들어줄 확고한 거주지가 없어, 열망은 있지만 육신이 없는 정신처럼 사회 안에서 막막하게 떠돌지 않도록. 더 나은 무언가를 위해 변화가 조금 일어나지 않는다면 그는 만족하며 살아가지 못할 것이다. 그러나 어떻게 해야 변화가 일어날 수 있을까? 자신의 길을 찾아내는 것과 그 길을 헤치며 나아가는 것은 전혀 다른 문제이다. 그는 자신의 출생과 양육 과정에서 몇 가지 결함을 발견했다. 그 과정은 자신에게 특별한 무엇을 요구하지 않았고, 의심스러운 관계 말고는 확고한 관계를 제공하지 않았다. 하지만 그는 자신이 사색의 마비상태에 빠져들었고 현실적이고 활력적인 정조(情操)가 넘치는 삶에서 점점 더 멀어져 부유하고 있음을 스스로에게 감추려 하지 않았다. 그는 그런 삶이 최선이고 살아갈 만한 가치가 있는 유일한 삶이라고 (만일 무엇이든 선언할 마음이 들었으면) 선언했을 것이다. 그는 온갖 차이를 없애버릴 위험성이 있는 성찰적 사색에 직면해서 감정과 그 감정에서 태어난 정조 — 인생의 향기를 이루는 — 를 풍부하고 강하게 유지할 방법을 알고 싶었다. 정조의 대상을 부숴 작은 먼지로 만들면서도 정조를 생기롭고 활발하게 유지하려는 것은 대포를 만드는 유명한 방법, 즉 처음에 둥근 구멍을 파고 그것을 쇠로 막는 것과 같다. 둥근 구멍을 꽉 막아서 무엇을 하든 말이다. 하지만 우리의 의지가 현명하게 완벽한 상태로 지키려는 것과 미라가 된 고양이를 산더미처럼 쌓아놓고 많은 돈을 들여 안치된 부패물을 숭배하는 것을 어떻게 구별할 수 있을까?

법학 공부나 세련된 대화에 건성으로 관심을 기울일 때 데론다의 마음속 깊은 곳에서 흐르던 생각은 대개 이런 것이었다. 그동안 그는 특정한 한 가지 일에 열의를 품고 꾸준히 착수한 적이 없었다. 또한 이상으로 제시할 만한 감탄스러운 경험도 없었다. 다만 그는 가부장제가 시작된 이후 어떤 젊은이들이 불구가 되지는 않았어도 어느 정도 타박상을 입으며 겪어야 했던 동 트기 전의 몸부림 같은 것을 경험했을 뿐이다.

이미 말했듯이 그의 차분한 외모 아래 열정이 숨어 있었기에 그는 일상적인 사건에 내재된 시(詩)적 정취를 쉽게 느낄 수 있었다. 유대인 구역의 풍경은 멀리 있는 것과의 합일감을 일깨우면서 그로 하여금 그 느낌을 통해 동일한 시적 영역으로 승화된 역사적 삶의 두 가지 요소를 깊이 숙고하게 했다. 바로 신앙과 제도의 희미한 기원과, 그것이 좀처럼 사라지지 않으면서 희미하게 쇠퇴하는 과정이었다. 그것을 덮어버린 먼지와 시든 잡초는, 언젠가는 비바람을 피해줄 거목으로 자라날 연녹색 쌍떡잎에 스며드는 숭고한 생명력이나 혹은 온갖 위대함과 영광의 슬픈 기억이 되어버린 애처로운 유산의 감동적 인상을 일깨우고 한층 더 인지하게 해줄 뿐이었다.

데론다는 몸을 돌려 유대인 구역에서 벗어나 유대인 회당으로 가는 길을 찾으려고 따뜻한 저녁 공기 속에 어슬렁거리며 걸음을 옮겼다. 그러면서 이처럼 활발한 상상력 덕분에 도중에 일어난 사소하고 불쾌한 사건의 혐오감을 중화시킬 수 있었다. 유대인 회당의 예배 시간을 정확히 알아보려고 고서점에 들어서자 어떤 조숙한 유대인 청년이 시간을 친절하게 알려주었고, 데론다가 개조[14]된 멋지고 새로운 건물이 아니라 정통적인 옛 랍비 사원[15]을 찾는 것에 진심으

---

14 개혁 운동의 창시자는 데이비드 프리드랜더였다. 첫 번째 개혁 교회는 1810년에 설립되었고 전통적인 특징을 많이 배제하려는 시도를 보여주었다. 프랑크푸르트에서 다니엘이 처음 방문한 유대인 회당은 개혁에 대한 공격의 중심이었으며 그 중심인물 샘슨 라파엘 허쉬가 세운 새로운 정교 신앙은 아랍-스페인 시대의 유대주의를 부활시켰고 조지 엘리엇은 그의 사상에 이끌렸다. 엘리엇은 프랑크푸르트의 유대인 회당을 1873년에 둘러보았다.

15 전통적인 유대인 회당으로서 예배를 히브리어로 진행한다.

로 공감을 표했다. 그러고 나서 그 청년은 찾는 사람이 전혀 없을 책을 "손에 넣기 어려운" 책이라고 비싼 가격을 청구함으로써 더 상냥하기는 하지만 순수한 게르만 종족답게 그를 속였다. 그동안 건너편 카운터에서는 귀가 멀고 섬뜩하게 보이는 어떤 상인이 분명 사업상의 이득을 종교와 결부시키면서 돌처럼 냉혹한 눈으로 어떤 카드를 바라보고 있었고, 목에서 발꿈치까지 늘어진 긴 코트를 입고 콧등을 덮을 만큼 챙이 넓고 나지막한 모자를 눌러쓴 어떤 음침한 남자가 가방을 손에 든 채 유대어 사투리로 그에게 뭐라고 제안하며 소리 지르고 있었다. 그가 자리를 뜨자마자 똑같은 차림새의 또 다른 음침한 남자가 가게 뒤쪽의 어두운 곳에서 나와서 똑같은 사투리로 소리쳤다. 사실 데론다는 교활한 기색을 띤 기묘한 생김새의 이스라엘 사람을 많이 보았다. 똑같이 수상쩍은 기미를 풍기는 기묘한 얼굴의 기독교인과 구별하기 어려운 사람들이었다. 미라의 친척에 대해 걱정하다 보니 최근에 그는 천박한 유대인을 생각하며 오싹해지기도 했다. 그러나 비교해서 생각해보면, 자신의 생활을 통해 종교적 신조의 일관되거나 아름다운 패턴을 보여주지 못하는 유대인과 기타 비국교도[16]의 탈선에 대해 우리가 느끼는 놀람과 혐오감은 종종 줄어들 것이다. 그리고 이날 저녁 데론다는 자신이 공정하지 못하고 우스운 과장에 빠져들었음을 더 의식하게 되었으므로 다

16 영국 국교를 제외한 다른 종교를 신봉하는 사람. 가톨릭이나 신교, 유대교 등을 포함한다.

른 것과 비교함으로써 바로잡기 시작했다. 그러므로 은화를 너무 많이 낭비하기는 했지만, 유대인의 운명에 관한 관심이나 랍비의 사원을 찾으려는 소망은 줄지 않았다. 그는 해가 질 무렵 유대인 회당에 도착했고 꽤 많은 사람과 함께 안으로 들어갔다.

우연히도 그는 한 노인과 같은 줄에 앉게 되었는데, 좀 떨어진 곳에 있는 그 노인이 다소 눈에 띄는 인물이라서 여러 번 쳐다보았다. 노인이 입은 옷도 낡았지만, 기도할 때 걸치는 푸른 술이 달린 흰 모포처럼 보이는 탈리스도 상당히 낡은 것이었다. 유대인이라 볼 수도 있고 이탈리아인이라고도 볼 수 있을 멋진 윤곽의 옆얼굴이 무성한 흰 턱수염과 낡은 펠트 모자에 둘러싸여 있었다. 노인은 데론다의 시선을 의식하자 그와 눈이 마주칠 때까지 쳐다보았다. 낯선 사람과 우연치 않게 어색한 시선을 나누게 되자 데론다는 그쪽을 다시 바라보지 않았다. 하지만 노인이 펼쳐진 기도서를 그가 있는 쪽으로 즉시 내밀었기에 그는 고개를 숙여 고맙다고 인사해야 했다. 하지만 흰 기도 가운을 걸친 노인은 예배에 관심을 쏟았고, 기도서를 낭독하는 사람이 연단에 오르자 곧 예배가 시작되었다. 데론다는 앞에 펼쳐진 기도서에서 히브리어를 독일어로 번역한 부분을 다 읽었고 자기가 듣고 있는 구절이 구약성서의 시편과 다른 곳에 나오는 문단이라는 것을 알았지만 노래처럼 들리는 기도문에서 강렬한 인상을 받았다. 그 인상은 어휘의 개별적 의미와는 무관하고, 알레그리의 '주여 불쌍히 여기소서.'나 팔레스트리나[17]의 '성모 마리아 찬가'에서 받는 느낌과 비슷했다. 기도서에서 가장 큰 감동을 준 부분은 특별한 것을 간청하는 기도가 아니라 우리의 나약함의 한계에서 벗어나려는 열망과 모든 선한 것이 우리에게 들어와서 머물기를 바라는 기원이었다. 또한 그런 선이 존재한다는 기쁨이 자기도 모르게 솟아올라 '하늘 높은 곳에서 영광'으로 표현되었다. 그 염원과 환희는 오랜 세대에 걸쳐 몸부림쳐 온 인간을 위해 그 두 가지를 표현한 형식에서 영적 교감을 이끌어내며 최대한의 힘을 모았다. 유대인의 전례문은 다른 것들과 마찬가지로 탄원기도와 노래, 선언, 무미건조한 서술과 축복으로 이어진다. 그러나 이날 저녁에 데론다에게는 그 모든 것이 한 가지나 다름없었다. 독창자의 영창, 장엄하게 퍼지는 목소리로 단조롭게 울리다가 갑자기 크게 소리치는 낭독자의 낭송, 작은 성가대에서 터져 나오는 소년들의 감미로운 목소리, 앞뒤로 몸을 흔들며 기도하는 사람들, 세계 절반의 사고를 꿰뚫고 들어갔고 그 세계 종교의 찬란한 양식을 이룬 민족 신앙이 희미하고 모호한 메아리처럼 울려 퍼지는 평범한 건물과 초라한 풍경 — 이 모든 것이 뒤섞여 비극적이지만 영광스럽고, 모든 것을 엮는 역사의 한 표현으로 보였다. 데론다는 자신이 강렬한 감정을 느낀 것이 의아했다. 그 감정은 예배의식을 넘어서는 것 같았고, 의미를 설명해줄 환영이 나타나기 전에 어둠속에 흘러들어온

17 그레고리오 알레그리(1582~1652)와 지오반니 팔레스트리나(1525~1594)는 이탈리아의 종교 음악 작곡가. 팔레스트피나의 영향력으로 1860년대 중반에 종교 음악이 부활되었다.

성스러움으로 상상할 수 있을 정도였다. 모든 장면은 처음부터 일관된 곡조였고, 거기서 반복된 노래는 열정적 통한을 표현하는 것 같았다. 그가 '화해의 날'을 위한 기도문을 알았더라면 그는 정반대의 곡조에 감싸였을 것이다. '이 모든 것을 본 눈은 행복할지나, 그것만 들으면 우리 영혼이 참으로 괴로울지니. 우리의 사원과 신도의 기쁨을 본 눈은 행복할지나, 그것만 들으면 우리 영혼은 참으로 괴로울지니. 온갖 노래를 연주하는 손을 본 눈은 행복할지나, 그것만 들으면 우리 영혼은 참으로 괴로울지니.'

그러나 눈앞의 많은 무심한 얼굴과 비천한 형체들의 기도 소리와 동작이 멈추었을 때, 어쩌면 그렇게 느낀 사람은 자기 혼자뿐이었고 그 회중에서 예배를 판에 박힌 지루한 의식으로 여기지 않은 사람은 자기뿐이었으리라는 생각이 쏜살같이 마음을 스치며 얼어붙게 했다. 순간적으로 이 냉담한 생각을 떠올리고는 친절한 이웃에게 고개 숙여 인사하고 다른 이들과 걸어나오고 있을 때 누군가 자신의 왼팔을 붙잡는 것이 느껴졌다. 이처럼 갑작스러운 방해에 느끼기 마련인 다소 불쾌한 심정으로 돌아섰을 때 흰 수염이 무성한 이웃 노인의 얼굴이 바로 눈앞에 있었다. 노인은 독일어로 말을 걸었다. "실례하겠네, 젊은이. 좀 알려주게나. 자네 부모님이 누구신가? 자네 외가는, 결혼 전 자네 모친의 성은 무엇이었나?"

데론다는 강렬한 저항감을 느꼈다. 팔을 잡은 손을 당장 떨쳐내고 싶었다. 하지만 슬그머니 미끄러뜨리며 냉정하게 대답했다. "저는 영국인입니다."

질문을 한 노인은 의심스러운 표정으로 잠시 더 그를 바라보고는 그저 모자를 들어 인사하고 몸을 돌렸다. 착각했다고 느꼈을지 아니면 거부당했다고 느꼈을지 데론다는 확실히 알 수 없었다. 호텔로 돌아가면서 데론다는 자신이 다른 식으로 행동할 수 없었으리라고 생각하며 그 일이 일으킨 불편한 마음을 잠재우려 했다. 생판 모르는 낯선 사람에게 외가의 성을 모른다는 말을 어떻게 할 수 있겠는가? 노인이 갑자기 질문을 던진 것은 사실 지나치게 스스럼없는 행동이었다. 흔히 그럴 수 있듯이 노인은 실제로는 대수롭지 않지만 닮은 점이 있다고 보았기 때문에 물었을 것이다. 그 사건은 사소한 일이라고 그는 속으로 말했다. 그 사건에 어떤 의미가 있든 속으로 너무나 움츠러들었기에 그는 무뚝뚝하게 대화를 끝내버린 것이 유감스럽지 않았다. 하지만 그런 이유 때문에 그는 맬링거 가족에게 유대인 회당에 관해서 언급하지 않았다. 더욱이 그는 준남작이 돈키호테적 열광이라고 부를 만한 일은 대개 입에 올리지 않으려 했다. 휴고 경은 누구보다도 성격이 좋은 사람이었다. 특히 여자들에게 친절하게 대하고 남들이 낭만적이라고 부를 만한 행동을 실제로 하기도 했다. 그러나 휴고 경은 여자를 결코 낭만적인 관점에서 바라보지 않았고, 숭고한 차원의 동기나 대단히 요원한 이유가 언급될 때면 대개 아리송한 미소를 지었다. 이것이 준남작과 데론다의 가장 다른 점이었다. 데론다는 아침식사 때마다 동시대인의 관행에 따라 자신의 하루를 채워나갈 동기를 찾고자 말없이 분방한 생각에 잠기곤 했다.

영국으로 돌아가는 길에 잠시 들른 프랑크푸르트에서 그가 받은 인상은 미라의 행복을 위해 관심을 기울여야 할 의무 때문에 마음속에서 더욱 활발하게 고동쳤다. 마음속으로나 겉으로나 사소한 일이라고 떨쳐버렸기에 망정이지 그렇지 않았으면 새로운 사실이 밝혀질 기회라기보다는 위협으로 느껴졌을 자기 부모에 대한 질문 때문에, 미라의 친척을 찾아낼 때의 결과에 대한 걱정과 그 일을 신중하게 진행하겠다는 결심이 더욱 커졌다. 만일 불쾌한 사실을 알아내게 된다면, 그녀에게 새로운 고통의 그물을 던질 사실을 숨김없이 털어놓아야 할까?

그는 메이릭 부인에게 4시에 방문하겠다는 쪽지를 보냈다. 그가 찾아갔을 때 미라는 메이릭 부인과 맵과 함께 피아노가 열려 있고 훌륭한 판화가 걸린 응접실에 앉아 일하고 있었다. 말끔하고 우아한 그녀의 머리칼과 드레스, 어떤 화가가 파티에서 "땅 위에는 평화, 인간에게는 선의"를 부르는 얼굴을 그리고 싶었다면 조금도 바꿀 필요가 없었을 평온한 기쁨으로 빛나는 얼굴은 처음 보았을 때의 모습과 무척 대조적이라서 즐거웠다. 미라도 그것을 생각했는지, 인사를 하고 나서 즉시 말했다.

"제가 강가에 서 있던 그 비참한 여자와 얼마나 달라졌는지 보세요! 이건 모두 당신이 저를 발견하고 가장 좋은 곳에 데려다주신 덕분이에요."

"당신을 발견한 것은 운이 좋았기 때문이에요." 데론다가 말했다. "누구라도 기꺼이 나처럼 행동했을 겁니다."

"그렇지 않아요." 미라가 단호하고 엄숙하게 고개를 저으며 말했다. "저는 실제로 일어난 일을 생각하고 있어요. 저를 발견하고 친절하게 대해준 분은 다른 사람이 아니라 당신이었어요."

"나도 미라와 같은 생각이에요." 메이릭 부인이 말했다. "기도를 모든 성인에게 올리는 것은 좋은 방법이 아니거든요."

"게다가 누구나 저를 부인께 데려다줄 수 있는 건 아니에요." 미라가 메이릭 부인에게 미소를 지으며 말했다. "저는 어머니만 빼고 이 세상의 누구보다도 부인과 함께 있고 싶어요. 길을 잃고 날 수 없는 가엾은 어린 새가 어머니와 자매들이 있는 따뜻한 둥지에 넣어진 적이 있을까요? 어머니와 자매들은 그 새가 둥지에 늘 있었던 듯이 다 자연스럽게 느껴지도록 애정을 쏟아주고요. 세상이 지금 제게 그렇듯이 행복할 수 있고 무섭지 않은 곳일 수 있다는 걸 전에는 몰랐어요." 그녀는 잠시 생각에 잠긴 것 같더니 다시 말을 이었다. "때로 약간 두려워져요."

"무엇이 두렵습니까?" 데론다가 걱정스럽게 물었다.

"길모퉁이를 돌다가 아버지와 마주칠지 모른다는 거예요. 아버지를 만날까봐 두려워하다니 무서운 일이지요. 그것이 단 하나 슬픈 일이에요." 미라가 슬픈 듯이 말했다.

"확실히, 그럴 가능성은 거의 없습니다." 데론다는 그 가능성이 더 희박하기를 바라며 말했다. 그러고 나서는 이 기회를 놓치지 않으려고 덧붙였다. "만일 어머니를 다시 만날 수 없다면 몹시 슬픈 일일까요?"

그녀는 당장 대답하지 않고 맞은편 벽을 뚫어지게 바라보며 다시 생각에 잠겼다. 그러고 나서는 눈을 돌려 데론다를 쳐다보며 준엄한 진실에 도달한 듯 확고한 어조로 말했다. "저는 어머니를 늘 사랑했다는 것을 알려드리고 싶어요. 살아계시면 위로해드리고 싶고요. 어머니는 돌아가셨을지 몰라요. 하지만 돌아가셨으면 어디에 묻히셨는지 알고 싶어요. 그리고 오빠가 살아서 어머니를 추모하며 망자를 위한 기도를 올리는지 알고 싶고요. 하지만 저는 비탄에 젖지 않으려고 노력할 거예요. 여러 해 동안 어머니가 돌아가셨다고 생각해왔어요. 그리고 늘 그래왔듯이 어머니를 제 마음에 간직할 거예요. 우리는 실로 절대로 헤어질 수 없어요. 저는 어머니에게 잘못을 저지르지 않았다고 생각해요. 어머니의 마음을 상하게 할 일을 하지 않으려고 늘 노력해왔어요. 어머니는 다만 제가 좋은 유대인이 아니라는 것을 섭섭해 하실지 몰라요."

"어떤 점에서 좋은 유대인이 아니라는 겁니까?" 데론다가 물었다.

"저는 너무 무지하고, 저희는 율법을 지킨 적이 없었어요. 기독교인들 사이에서 그들과 똑같이 행동하며 살았고요. 하지만 유대인은 음식이나 여러 가지 관습에서 엄격한 계율을 지키고 기독교인을 좋아하지 않는다고 아버지께서 비웃으시는 것을 들은 적이 있어요. 어머니는 엄격하셨을 것 같아요. 하지만 제가 보아온 어떤 유대인보다도 제게 친절하게 대해주신 분들을 좋아하지 말라고 어머니께서 바라실 리는 없어요. 어머니가 원하시는 다른 것에서는 순종할 수 있지만 그것은 할 수 없다고 생각해요. 증오를 나누기보다 사랑을 나누는 것이 제게는 훨씬 더 쉬운 일이에요. 제가 읽은 독일 희곡이 생각나는데, 여기 온 후에 기억이 났어요. 여주인공이 비슷한 말을 했지요."

"『안티고네』[18]입니다." 데론다가 말했다.

"아, 아시는군요. 하지만 가장 좋은 벗들을 사랑하지 말라고 어머니께서 바라실 리는 없다고 믿어요. 어머니는 그 벗들에게 고마워하실 거예요." 이 부분에서 미라는 메이릭 부인을 바라보고 갑자기 얼굴을 환히 빛내며 말했다. "아, 우리가 지금처럼 만나서 서로를 알게 된다면, 그래서 어머니를 위로해드릴 말을 할 수 있다면, 제 마음은 너무 큰 기쁨에 충만할 테고 제 영혼은 어머니를 사랑하는 것 말고는 부족함이 없을 거예요."

"네게 하나님의 축복이 있기를!" 메이릭 부인의 모성적인 마음에서 자기도 모르는 사이에 이 말이 흘러나왔다. 그러나 부인은 고양된 감정을 풀어놓으려고 데론다를 보며 말했다. "미라가 어머니를 마치 두 눈으로 본 것처럼 잘 기억하면서 오빠에 대해서는 전혀 기억하지 못하다니 참 이상해요. 지쳤을 때 오빠가 안아서 데리고 갔

---

18 그리스 신화의 여주인공이자 소포클레스의 비극의 주인공인 안티고네는 오이디푸스와 이오카스테의 딸로서 국왕이자 숙부인 테베의 크레온 왕의 명령을 어기고 오빠의 시신을 매장한 일로 사형 선고를 받는다. 소포클레스의 희곡에서 그녀는 "내가 갈 길은 증오를 나누는 것이 아니라 사랑을 나누는 것입니다."라고 말한다.

다는 것과 어머니의 무릎에 앉아 있을 때 오빠가 가까이 있었다는 것만 기억하거든요. 그 오빠는 집에 거의 머물지 않았던 모양이에요. 이미 상당히 성장한 거죠. 미라가 오빠에 대해 알지 못해서 유감이에요."

"오빠는 좋은 사람이에요. 저는 에즈라가 좋은 사람이라고 믿어요." 미라가 열렬히 말했다. "오빠는 어머니를 사랑했어요. 어머니를 돌봐드리곤 했어요. 오빠에 대해서 더 많은 것을 기억하고 있어요. 한 번은 어머니가 '에즈라!'라고 부르시자 좀 떨어진 곳에서 오빠가 '어머니!'라고 대답한 것을 기억해요." 미라는 이 말을 각각 조금 다른 목소리로 애정을 담아 발음했다. "그러고 나서 오빠가 가까이 다가왔어요. 저는 오빠가 착한 사람이라고 믿어요. 그것에서 늘 위안을 얻어왔어요."

이 말에 대해 동의를 할 수도, 의혹을 제기할 수도 없었다. 메이릭 부인과 데론다는 재빨리 시선을 나누었다. 이 오빠라는 사람에 대해 부인은 데론다와 마찬가지로 안쓰럽지만 미심쩍게 생각했다. 하지만 미라는 추억에 잠겨 말을 이었다.

"제가 다른 것보다 목소리를 잘 기억하는 것이 신기하지 않으세요? 목소리는 무엇보다도 더 깊이 마음을 파고드는 것 같아요. 저는 천국이 목소리로 이루어졌을 거라고 상상하곤 했어요."

"그래, 네 노랫소리처럼 말이지." 지금까지 겸손하게 말없이 앉아 있던 맵이 이제 카마랄자만 왕자 앞에서 늘 그렇듯 수줍어하며 말했다. "엄마, 미라에게 노래를 불러달라고 청해주세요. 데론다 씨는 아직 미라의 노래를 듣지 못했잖아요."

"지금 노래를 부르면 불쾌하지 않겠어요?" 데론다가 예전보다 더 정중하고 부드러운 태도로 말했다.

"아뇨, 기분 좋을 거예요." 미라가 말했다. "쉬고 나니까 목소리가 조금 돌아왔어요."

어쩌면 그녀의 느긋한 태도는 소박한 성격에서 비롯된 것만은 아니었을 것이다. 지금껏 살아온 환경으로 인해서 그녀는 모든 일을 자신에 대한 요구로 생각했고, 그런 요구에는 가식적인 꾸밈 같은 것이 끼어들 여지가 없었다. 그리고 그녀는 자의식이 생기기도 전에 일을 시작한 것이다.

그녀는 즉시 일어서서 피아노에 다가갔다. 꽤 낡은 그 악기는 그녀가 작은 손가락으로 건반을 확고하게 두드리며 전주곡을 연주하자 결점을 극복하는 것 같았다. 데론다는 노래를 부르는 그녀를 바라볼 수 있을 만한 곳에 자리를 잡았다. 그녀는 아침 먹으러 가는 아이처럼 모든 것을 차분히 받아들였다.

그녀를 상상해보라. 우리가 바다에서 발견하는 놀랍도록 투명하고 둥근 생명체의 아름다운 몸처럼, 육신의 아름다움이 온 존재와 적절히 일치하는 듯이 보이는 인간을 상상하면 언제나 즐겁다. 검은 머리칼을 관자놀이 뒤로 빗어 넘겼지만 둥글게 말린 곱슬머리가 귀엽게 되돌아오고 그 뒤의 작은 목덜미에 흘러내린 풍성한 머리칼이 물에 젖은 물풀처럼 똑바로 묶어놓아도 자기들 마음대로 모양새를 바꿔버려 구불구불한 모습을 상상해보라. 그런 다음에 가무스름한 조개껍데기에 새긴 완벽한 카메오처럼 흠잡을 데 없는 옆얼굴을 보라. 다행히도 그 눈과 눈썹에서 보석처럼 새까만 빛이 새어나왔다. 섬세한 콧구멍은 민감한 움직임에 적합하도록 윤곽이 뚜렷했고, 귀는 더할 나위 없이 완벽하며, 턱과 목의 확고한 곡선은 연약하지 않은 세련미를 표현하는 데 기여했다.

그녀는 잔잔하면서도 가슴을 파고드는 비애감으로 베토벤의 "제발 내게 작별 인사를 하지 말아요."[19]를 노래했다. 완벽한 노래의 불가결한 요소, 즉 사람들로 하여금 기교나 매너를 잊게 하고 오로지 노래 자체로 사로잡는 매력이 있는 노래였다. 그녀의 목소리는 새들이 구애하는 지저귐처럼 가까이 있는 사랑하는 청중에게 들려주기에 적합하다는 느낌을 주었다. 데론다는 처음에 그녀를 바라보았지만 이내 노랫소리만 따로 떼어내어 어둠속에서 듣고 싶어서 손으로 눈을 가렸다. 그러다가 자기 태도가 이상하게 보일까봐 그만두었으므로 노래를 끝내고 그녀가 말없이 호소하며 자기를 바라보는 시선과 마주할 수 있었다.

"노래를 들으며 이보다 더 즐거운 적은 없었습니다." 그가 고마워하며 말했다.

"제 노래가 마음에 드셨어요? 무척 기뻐요." 그녀는 즐겁게 미소를 지으며 말했다. "노래를 부르는 것이 제겐 큰 고통이었어요. 필

---

[19] 독일 작곡가 루드비히 반 베토벤(1770~1827)의 작품번호 65, "아 페르피디오".

요한 부분이 부족했기 때문에요. 하지만 이제 우리는 제가 노래를 통해서 밥벌이를 할 수 있다고 생각해요. 저는 정말 교육을 잘 받았거든요. 메이릭 양이 저를 위해서 두 명의 학생을 찾아주었어요. 그 학생들이 두 번 레슨을 받았는데 교습비로 은화 두 개를 주었어요."

"크리스마스 후에 학생을 구해줄 부인들을 몇 분 알고 있어요." 데론다가 말했다. "당신의 노래를 듣고 싶어 할 사람들 앞에서 노래하는 것을 개의치 않으시겠지요?"

"아, 그럼요. 저는 돈을 벌기 위해 일하고 싶어요. 메이릭 부인께서는 제가 읽기와 말하기를 가르칠 수 있다고 생각하세요. 하지만 제게 배우려는 사람이 없으면, 그건 어렵겠죠." 미라는 그가 보지 못한 명랑한 기색으로 미소를 지었다. "아마 가난하실 거예요. 어머니 말이에요. 어머니를 위해 돈을 벌고 싶어요. 그리고 저도 늘 자선에 기대서 살아갈 수는 없지요." 이 부분에서 그녀는 세 명의 벗을 한 번에 둘러보려고 얼굴을 돌렸다. "세상에서 가장 달콤한 자선이지만요."

"당신은 부자가 되겠군요." 데론다가 미소를 지으며 말했다. "상류층 부인들이 딸들을 당신에게 맡겨서 가르치고 싶어 할 겁니다. 차차 알아보도록 하지요. 이제 다시 노래를 들려주세요."

그녀는 기꺼이 노래를 들려주었고, 늘 준비된 기억을 되살려 고르디지아니[20]와 슈베르트의 여러 곡을 불렀다. 그러고 나서 그녀가 피아노에서 일어서자 맵이 간청했다. "아, 미라, 괜찮으면 그 짧은 성가를 불러줘."

“그건 너무 유치해요.” 미라가 말했다. “어린애가 내는 옹알이소리 같으니까.”

“어떤 곡인데요?” 데론다가 말했다.

“미라가 흔들침대에 누워 있을 때 어머니가 불러주셨다고 기억하는 히브리어 성가예요.” 메이릭 부인이 말했다.

“무척 듣고 싶군요.” 데론다가 말했다. “내게 그렇게 성스러운 노래를 들려줄 가치가 있다고 생각한다면.”

“원하신다면 불러드리겠어요.” 미라가 말했다. “하지만 진짜 단어로 노래하는 게 아니라 어머니가 내신 소리와 비슷한 음절을 여기저기 낼 뿐이에요. 나머지는 옹알이소리이고요. 히브리어를 아세요? 만일 아신다면 제 노래가 유치하고 허튼 소리로 들릴 거예요.”

데론다는 고개를 저었다. “내게는 매우 훌륭한 히브리어로 들릴 겁니다.”

미라는 더없이 편안한 자세로 작은 발과 손을 엇갈리게 놓고 자기에게 몸을 굽히고 있는 보이지 않는 얼굴을 향하듯이 고개를 들었다. 그러고는 기묘하게 구슬픈 멜로디의 짧은 성가를 불렀다. 정말로 그 음절은 어린애의 옹알이소리처럼 들렸다. 그러나 그 목소리는 다른 노래를 부를 때보다 더 감미로웠고, 정답게 주고받는 말처

---

[20] 고르디지아니 가족은 모데나 출신으로 음악가와 작곡가들을 배출했으며 여기서 언급된 사람은 지오반니 바티스타(11795~1871)이거나 그의 동생 루이지 고르디지아니(1806~1860)일 것이다. 고르디지아니의 작품은 때로 슈베르트의 작품과 비교되었다.

럼 더욱 다정한 애정을 일깨웠다.

“진짜 가사를 알게 되어도 예전처럼 부를 거예요.” 미라가 그 성가를 여러 번 반복한 다음에 말했다.

“그것이 좋겠어요.” 데론다가 말했다. “옹알이소리로 낸 음절에 의미가 가득하니까요.”

“정말 그래요.” 메이릭 부인이 말했다. “엄마들은 죽는 날까지 자식의 말에서 옹알이소리 같은 것을 들으니까요. 자식이 하는 말은 철자가 같더라도 다른 사람의 말과 달라요. 우리 한스가 노인이 될 때까지 산다 해도, 난 그 애에게서 어린 소년을 볼 거예요. 엄마의 사랑은 처음 그 사랑이 생긴 순간부터 그 안에 큰 숲이 담긴 나무 같다고 나는 종종 말하죠.”

“우정을 맺는 것도 그렇지 않습니까?” 데론다가 미소를 지으며 말했다. “어머니들이 너무 거드럭거리시지 않게 해야겠네요.”

명랑하고 자그만 부인은 꿰매고 있던 일감 너머로 고개를 저었다.

“늙은 친구를 찾는 것보다 늙은 어머니를 찾는 편이 더 쉽죠. 우정은 호감이나 고마운 마음에서 시작하는데 그 뿌리는 뽑아낼 수 있거든요. 어머니의 사랑은 더 깊이 내려간 곳에서 시작하지요.”

“당신이 목소리의 영향력에 대해 말한 것과 같군요.” 데론다가 미라를 보며 말했다. “당신이 부른 성가의 가사를 알게 되어도 그 표현을 더 풍부하게 느낄 수는 없을 거예요. 영국으로 돌아오기 전에 프랑크푸르트에 있는 유대인 회당에 갔었어요. 그런데 그곳에서 본 예배에서 마치 그 말을 다 알아들은 듯이, 아니 그 이상으로 깊은 인상을 받았어요.”

“아, 심오한 느낌이 드셨어요? 마음을 파고들었나요?” 미라가 열성적으로 말했다. “저는 오로지 우리 민족만 그런 감정을 느낄 거라고 생각했어요. 그것은 깊은 계곡의 바닥에 있는 강처럼 완전히 차단되어 있다고 생각했어요. 오직 하늘만 보이는 곳에서 — 제 말은 —” 그녀는 자신의 생각을 그 이미지에서 떼어내지 못해 머뭇거렸다.

“알겠어요.” 데론다가 말했다. “하지만 실제로 그런 괴리는 없습니다. 메이릭 부인께서 말씀하셨듯이, 더 깊이 내려간 곳에서는 말이지요. 우리가 믿는 종교는 대체로 유대인의 종교와 비슷합니다. 유대인도 인간이므로, 그들의 종교적 감정은 다른 민족의 감정과 공통점이 많을 수밖에 없지요. 그들의 시가 어떤 의미에서는 특이하지만 다른 나라의 시와 공통점이 대단히 많은 것처럼. 하지만 유대인은 자기 종족의 종교 예식을 다른 종족의 것보다 더 깊이 느낄 거라고 예상할 수 있겠지요. 그렇지만,” 이 부분에서 데론다 역시 머뭇거렸다. “늘 그런 건 아닐 겁니다.”

“아, 네,” 미라가 슬프게 말했다. “저도 그런 것을 보았어요. 사람들이 조롱하는 것을 보았어요. 그건 자기 부모님을 조롱하는 것과 같지 않나요? 부모님의 치욕을 즐거워하는 것과 같지 않을까요?”

“어떤 사람은 자신이 양육된 환경에 대해 자연스럽게 반발하고 정반대의 것을 좋아합니다. 자기에게 가장 가까이 있는 것에서 결점을 보지요.” 데론다가 변명하듯이 말했다.

“그렇지만 당신은 그렇지 않잖아요.” 미라는 무의식적으로 그를 뚫어지게 보면서 말했다.

“네, 그렇지 않다고 생각합니다.” 데론다가 말했다. “하지만 아시다시피 나는 유대인으로 양육되지 않았어요.”

“아, 제가 자꾸 잊어버리네요.” 미라는 정신을 차리고 실망하는 표정으로 약간 얼굴을 붉히며 말했다.

데론다도 약간 당혹스러운 기분이었다. 그는 장난기 어린 말로 어색하게 이어진 침묵을 깨뜨렸다.

“우리는 어느 쪽을 선택하든 서로를 너그럽게 받아들여야 합니다. 우리 모두가 받아온 가르침과 정반대로 나아간다면, 결국에는 똑같이 불화를 일으킬 테니까요.”

“맞아요. 영원히 지그재그로 나아갈 거예요.” 메이릭 부인이 말했다. “반대를 원칙으로 삼아 자기 신조를 만들어가는 것은 매우 나약한 일이라고 생각해요. 그렇지만 부모님이 의복을 재단한 방식을 그대로 따르지 않듯이 부모님의 생각을 엄밀하게 따르지 않으면서도 부모님을 공경할 수 있어요. 내 아버님은 스코틀랜드의 칼뱅파[21]셨고, 어머니는 프랑스 칼뱅파셨어요. 나는 스코틀랜드 칼뱅파도 아니고, 프랑스 칼뱅파도 아니고, 그 두 가지를 합쳐놓은 칼뱅파도 아니에요. 하지만 나는 부모님을 공경하며 추모하고 있어요.”

---

21 프랑스 신학자 장 칼뱅(1509~1564)의 추종자. 그의 교리는 극단적 신교로서 절대적 예정설과 선택된 소수의 구원을 설파했다.

“그렇지만 제가 유대인이 아닐 수는 없어요.” 미라가 끈덕지게 말했다. “제 신앙을 바꾸더라도 말이지요.”

“물론 그렇지. 하지만 유대인들이 계속 개종하고 자기들과 기독교인을 구분하지 않는다면, 언젠가는 유대인을 찾아볼 수 없을 때가 올 거야.” 메이릭 부인이 그런 궁극적 미래를 매우 유쾌하게 여기면서 말했다.

“아, 제발 그런 말씀은 하지 마세요.” 미라가 눈물을 글썽이며 말했다. “부인에게서 처음 듣는 무정한 말씀이에요. 저는 그런 일을 시작하지 않겠어요. 제 자신을 절대로 어머니의 종족에서 떼어내지 않겠어요. 저는 어쩔 수 없이 아버지에게서 달아났어요. 하지만 아버지께서 늙고 병약하고 궁핍한 몸으로 찾아오셔서 저를 필요로 하신다면 ‘이분은 내 아버지가 아니에요.’라고 말해야 할까요? 아버지에게 수치스러운 일이 있다면 저는 함께 짊어져야 해요. 제게 아버지로 주어진 사람은 그분이고, 다른 사람이 아니니까요. 제 민족에 대해서도 마찬가지예요. 저는 끝까지 유대인으로 남을 거예요. 여러분처럼 선량한 기독교인을 사랑하겠지만 제 민족에게 언제나 애착을 느낄 거예요. 늘 그들과 함께 예배를 드릴 거예요.”

미라는 말을 이어가면서 서글픈 격정에 사로잡힌 것 같았다. 맹렬하지는 않지만 불타는 듯이 열렬한 격정이었다. 작은 손을 움켜쥐고 간청하듯이 메이릭 부인을 바라보는 그녀는 데론다의 눈에, 오랫동안 대대로 가톨릭교를 신봉한다고 고백하고는 자기 민족에 합류해서 “나는 유대인이다.”라고 말하려고 재산과 높은 지위를 버리고 목숨마저 걸고 달아나도록 사람들을 몰아간 정신의 화신처럼 보였다.

"미라, 미라, 귀여운 아가씨, 내 말을 오해한 거야!" 메이릭 부인이 깜짝 놀라서 말했다. "나는 네가 네 양심에 어긋나는 일을 하는 건 결코 바라지 않아. 다만 세상에 앞으로 어떤 일이 일어날지 얘기하고 있었을 뿐이야. 하지만 세상 문제는 내버려두고 너무 아는 척하지 않는 편이 나았겠어. 자, 날 용서해주렴! 나는 네가 너에 대한 더 많은 권리를 갖고 있다고 느끼는 그 어떤 사람에게서도 너를 떼어내려 하지 않을 거야."

"부인을 위해서 다른 일은 뭐든 하겠어요. 부인 덕분에 생명을 구했으니까요." 미라가 아직 완전히 가라앉지 않은 감정으로 말했다.

"자, 쉿, 쉿," 메이릭 부인이 말했다. "어리석게 혀를 놀린 것은 충분히 벌을 받았어. 내 남편이 말하곤 했듯이 천년왕국의 달력을 만들고 있었으니."

"하지만 세상의 모든 것은 언젠가 끝이 날 거예요. 우리는 그것을 생각하지 않으면 안 돼요." 맵이 그 문제에 관해 잠자코 있을 수 없어 거들었다. 이미 오랫동안 입을 다물고 있느라 고통스러웠고, 미라가 그리 해롭지 않은 말을 이토록 불편하게도 과민하게 받아들인다면 그 고통이 더욱 견디기 어려울 것 같았다.

데론다는 미라 옆에서 기이하게 대조되는 희고 매끄럽지 않은 얼굴을 바라보며 미소를 지었다. 그가 말을 꺼내며 지은 미소가 다소 냉소적이라고 맵은 생각했다. “모든 것이 끝나리라는 전망은 실제로는 우리에게 큰 도움이 되지 않을 겁니다. 미라의 감정은, 그녀가 말하듯이, 현재 존재하는 것과 관련되어 있으니까요.”

맵은 자신이 미라을 헐뜯었다고 데론다 씨가 생각하는 것 같아 당황했고, 차라리 말을 하지 않았으면 좋았을 것 같았다. 하지만 이미 말을 꺼냈기 때문에 다시 말해야 할 불가피한 이유가 생긴 것이다. 그래서 그녀는 입을 열었다.

“제 말은 그저 우리가 다른 이야기를 들을 용기가 있어야 한다는 뜻이었어요. 그렇지 않으면 우리에게 얘깃거리가 거의 없을 테니까요.” 이 부분에서 맵은 자신의 말이 소크라테스[22]의 견해와 가까운 것이므로 반박을 받을 수 없다고 느꼈다. “사람이 대화의 기쁨을 위해서가 아니라면 무슨 목적으로 살아가겠어요?”

데론다는 이후 곧 작별인사를 했다. 메이릭 부인이 미라에 대해 몇 마디 얘기를 나누려고 함께 밖으로 나왔을 때 그가 말했다. “한스가 크리스마스에 집에 돌아와서 제 하숙집에서 함께 지내기로 했습니다.”

“로마에 편지를 보내 그 얘기를 했어요?” 메이릭 부인의 얼굴이 밝아졌다. “정말로 친절하고 사려 깊군요! 그럼 미라에 대해서도 얘기했어요?”

---

22 아테네의 고대 그리스 철학자(기원전 470~399)로서 미덕은 변증법적 토론을 통해 얻은 지식에서 비롯된다고 주장했다.

"네, 그녀에 대해 언급했습니다. 부인께서 한스에게 모든 소식을 들려주셨을 거라고 생각했어요."

"내가 얼마나 어리석은지 고백해야겠네요. 미라에 대해서 아직 한 마디도 못 썼거든요. 얘기할 작정이었는데 아직 못하고 편지를 끝냈어요. 그런데 그 얘기는 내게 맡기라고 딸들에게 말했고요. 아무튼 무척 고마워요."

데론다는 그 어머니가 속으로 어떤 생각을 했을지 짐작했고, 그 짐작 때문에 이미 그의 마음에 도사리던 걱정이 더 커졌다. 속으로 논란을 벌여봤자 진정되지 않았다. 어떤 남자든 이 섬세한 아가씨를 보면 그녀와 사랑에 빠질 수 있다고 느낄 것 같았다. 하지만 그 자신의 열정은 조심스럽게 경계하는 쪽에 서 있었다. 어떤 사람은 뻔히 보이는 늪지로 걸어가며 다른 사람을 끌고 들어가고 온갖 신에 대해 큰 소리로 저주하면서 스스로를 비극적 인물로 느낀다. 데론다는 그런 사람을 모방하는 데 강한 반감을 느꼈다.

'난 지금 고삐를 쥐고 있어.' 그가 생각했다. '그리고 고삐를 절대로 놓치지 않을 거야. 가급적 그곳에 가지 말아야겠어.'

그래야 할 이유가 눈앞에 저절로 드러났다. 만일 그가 스스로를 애인 — 미라가 사랑하지 않고, 절대로 결혼하지 않을 — 으로 자처한다면, 어떻게 미라의 보호자가 될 수 있고, 그녀를 돌봐달라고 맡긴 메이릭 부인과 협력한다고 주장할 수 있겠는가? 만일 자신의 내면에서 사랑의 감정을 키울 싹을 고무한다면 그런 결과에 이를 것이다. 미라는 내면의 분열을 견디지 못할 성격이었다. 만일 그녀가 자기 민족이 아니고 자신의 종교를 믿지 않는 남자의 사랑을 받게 되어 결혼하기로 동의하더라도, 그녀는 타고난 강한 성향에 어긋난 행동 때문에 결코 행복하지 않을 것이며 양심에 남은 회한으로 계속 괴로워할 것이다.

데론다는 이런 결과를 처음에 잘 시작한 일을 망쳐놓을 위험처럼 보았다. 슬픔에 빠진 아이를 구해주고 그녀의 작은 발을 안전한 길에 올려놓은 것은 즐거운 일이다. 우리가 도와준 생물이 상처를 입고 길가에 버려진 다 크지 못한 홍방울새에 불과하더라도, 우리는 그 새를 열심히 지켜보고 울타리를 쳐주며 그것이 회복되는 징후에 큰 희열을 느낀다! 은밀히 한 생명체를 비참한 상태에서 회복시켜 주려 하고 '이것이 내 덕분에 나아졌다.'고 흐뭇해하며 몰래 기쁨을 느낄 때, 우리의 자부심에는 애정이 깃들고 우리의 자아는 우리가 고결한 행위를 통해 이루려는 비아(非我)가 된다.

'그녀의 평화로운 마음에 혼란을 일으키느니 차라리 내 손가락을 물어뜯으라고 내미는 편이 낫겠어.' 데론다는 생각했다. '메이릭 가족처럼 좋은 벗이 있어서 그녀를 맡길 수 있었던 것은 매우 희귀한 행운이었어. 너그럽고 자상한 데다 거만한 구석이 전혀 없는 사람들이라서, 그녀는 그들에게 의존하며 안전하고 행복하게 지낼 수 있지. 그 관계가 깨진다면 그것을 대신할 은신처를 찾을 수 없을 거야. 하지만 계획을 망쳐놓기 잘하는 한스가 와서 모든 일을 엉망으로 만든다면, 내가 모든 일을 바람직하게 처리하려고 맹세해봐야 무슨 소용이겠어?'

그럴 가능성은 거의 확실했다. 한스는 불운을 타고난 사람이었다. 그의 팔다리는 다른 사람들보다 더 잘 부러지는 것 같았다. 그의 눈에는 원치 않는 파리나 다른 귀찮은 손님들이 더 잘 꼬이는 것 같았다. 하지만 한스가 런던에 오지 못하게 막을 수는 없었다. 그는 런던에 스튜디오를 얻어서 살 생각이었다. 미라의 처지가 더 확고해져서 독립할 수 있을 때까지 시간을 벌기 위해 진짜 목적을 숨기고 그럴듯한 이유를 대면서 한스에게 런던에 오는 것을 연기하라고 제안할 수는 없었다. 다른 방법이 없기 때문에 데론다는 자신과 메이릭 부인이 가능성이라 불리는 무수한 변수 — 실제로는 결코 일어나지 않지만 — 중 하나에 대해 어리석게도 사서 고민하는 거라고 믿으려 했다. 하지만 애를 써보아도 전적으로 믿을 수는 없었다. 오히려 그는 한스가 미라를 좋아한다고 처음으로 밝힐 때 자신이 매우 강력한 어조로 경고하는 장면을 떠올리고 있었다. 그 경고의 격한 어조 때문에 한스가 자신의 개인적 감정을 의심하리라는 생각이 들어 갑자기 말을 멈출 것 같았다. 데론다는 어떤 결론도 내리지 못했다. 다만 이 상황이 매우 특이하고, 위험이 닥칠 때까지 아무런 대비책도 마련할 수 없으리라는 생각이 들었을 뿐이다. 물에 빠져 죽으려는 불행한 유대인 여자를 구한 사건은 경찰 보고서에서 놀랍고 기이한 사건으로 간주되지 않을 것이다. 그러나 그 여자에게서 미라처럼 진귀한 아가씨를 발견할 때 그것은 이례적인 결과를 가져올 이례적 사건이 된다. 데론다는 그 결과가 자신의 삶에 깊이 파고들리라는 가정에 대해 한 순간도 깊이 생각하지 않으려 했다. 미라의 이미지는 만일 그녀가 그를 사랑한다고 생각하면 온몸에서 퍼져 나왔을 광채를 아직 띠지 않았다. 이런 식으로 발산되는 빛이 상상(사실에서 비롯된 것이든 아니든) 속에 존재하지 않을 때, 사람은 헌신적인 애정을 깊이 간직하면서도 혼란을 느끼지 않을 수 있다.

미라의 어머니와 오빠를 찾는 것에 대해서는 그날 그녀가 한 말을 구실삼아서 당장 조처를 취하지 않고 연기하기로 했다. 이렇게 미뤄지기를 바라면서 그의 마음이 편한 것은 아니었다. 자기 어머니에 대한 진실을 알아내려고 시도하지 않으면서 마음이 편치 않았던 것과 마찬가지였다. 두 가지 경우 모두 부모에 대한 의무를 다하지 않은 면이 있다고 느꼈지만, 사실로 드러날지 모를 것에 대한 반감이 너무나 컸고 그 반감의 압박 때문에 그가 혼자 벌인 논란의 범위가 달라질 수밖에 없었다.

'적어도 주위를 돌아보기는 해야겠어.' 그는 최종적으로 이렇게 결정했다. '특별한 유대인 조직을 알게 될지도 모르지. 크리스마스 이후까지 기다리겠어.'

불쾌한 의무를 미루고 싶을 때 달력이 없다면 우리는 어떻게 해야 할까? 시간을 측정해주는 태양계의 감탄스러운 조정 덕분에 우리에게는 늘 기간이 정해지고, 그때가 되기 전까지는 내키지 않는 일을 착수할 가치가 없는 것이다.

제33장

> 어떤 랍비는 논박의 여지가 없는 예를 들려고 "어떤 사람도 자기 부모님의 뼈로 숟가락을 만들지는 않을 것이다."라고 말하면서 그 말을 들은 사람들이 그런 식의 절약을 억제해야 한다고 느꼈을 거라고 확신했다. 누군가 "그러면 왜 안 되는데?"라고 반문하면서 인간의 진보는 그처럼 재료를 잘 이용하는 데 달려 있다고 주장할 정도로 숟가락 시장이 확대된 적은 없었다. 우리가 내세워야 할 유일한 억제책은, 정조(情操)가 세계 자산의 더 나은 부분이라고 여기지 않는 사람들을 강요하지 않을 정조이다.

그동안에 데론다는 로튼 로우[23]의 승마처럼 인기가 많지는 않은 운동에 습관을 들이게 되었다. 런던에서 평범한 유대인이 가장 많이 사는 구역을 종종 걸어 다니곤 했던 것이다. 예배시간에 유대인 회당에 들어가 보기도 하고, 가게를 들여다보기도 했으며, 얼굴을 유

23 하이드 파크에 있는 길. 18세기와 19세기에 상류층의 승마와 마차 드라이브에 많이 이용되었다.

심히 관찰하기도 했다. 이것이 특정 대상을 찾아내는 데 유효한 방법은 아니었다. 그는 왜 유대인 공동체의 영향력 있는 랍비나 다른 인물에게 직접 얘기를 건네서 에즈라라는 아들이 있고 미라라는 딸을 잃었으며 코헨이라는 성을 가진 어머니를 찾을 가능성에 대해 의논하지 않았을까? 그는 그렇게 할 생각이었다. 다만 크리스마스가 지난 후에. 실은, 평범한 사물에서 시를 찾아내는 감수성이 있으면서도 데론다는 예리한 관심이 일깨워진 부분에서, 녹록치 않고 냉혹한 현실의 압박으로 인한 고통을 다른 사람들보다 더 잘 피할 수는 없었다. 현실은 우리의 취향을 전혀 배려하지 않고, 전적으로 무작위적이다. 알다시피 열정은 관념 속에서 편안하게 머물고, 중세에 들이마신 마늘 냄새를 잘 견디며, 고전적 행렬의 공식 의상에서 남루함을 보지 못한다. 열정은 이상이 압박을 가하면 따뜻한 육신을 가진 존재처럼 신경질을 부리고, 이상이 직시하면 거의 언제나 기절해버린다. 보트에 누워 공상에 잠겨서 이븐 게비롤[24]의 시대에 유대인들이 길에 넘쳐나는 코르도바[25]에서 아름다운 처녀의 친척을 찾으러 다니는 자신의 모습을 상상하노라면 온갖 물리적인 사건에서 충격을 받지 않고 견뎌낼 수 있다. 혹은 상상의 나래를 펼쳐서 세인트 메리 액스와 화이트채플[26]의 풍경을 11세기 말의 라인 강변으로

---

[24] 솔로몬 이븐-게비롤(?1021~1070)은 스페인의 유대인 시인.

[25] 스페인 남부의 도시로 과거 무어인들이 점령했을 때 중심지였다.

[26] 런던의 두 지역.

바꾸어 놓는다면. 강변에서 메시아의 신호를 들으려고 바짝 곤두세운 귀에 십자군의 헵! 헵! 헵![27] 고함소리가 블러드하운드의 컹컹 소리처럼 들려올 것이다. 또한 칼과 횃불을 든 극악무도한 선교사들 앞에서 욕설을 들으며 웅크리고 있던 유대인이 몸을 돌려 똑바로 용감하게, 고문과 죽음에 직면하여 숭고한 지조를 번뜩이며 일어선다면. 이런 장면을 숙고할 때 일어나는 전율적 감정이 어둠침침한 가게나 못생긴 얼굴들과 무슨 관계가 있겠는가? 그러나 우리가 장엄한 순교에 대해 숙고하며 느끼는 열렬한 공감은, 위험도 없고 도전도 없는 곳, 평범하기만 하고 어쩌면 불쾌하기도 한 (실제로는 사랑스러운 관념이 물화된) 사물에 대낮의 햇볕이 공평하게 내리쬐는 곳에서도 느슨해지지 않는 열정과 비교하면 나약하기 그지없는 것이다. 최고의 시적 활력은 의심할 바 없이 바로 여기에 존재한다. 뜬구름 같은 환영들 사이에서 떠도는 것이 아니라, 확실한 사실을 꿰뚫거나 고양시키는 상상력의 힘에 존재하는 것이다. 온 세계를 망라하는 지식의 예언적 비전에 기뻐하는 것은, 밀밭 너머 교각에 붙어 당신을 응시하는 신문 벽보에서 그 비전의 발단을 찾아내는 것보다, 믿음에 찬 상상력을 더 쉽게 발휘하는 일이다. 그리고 우리처럼 고상한 사람들 대부분은 아마겟돈 전쟁[28]의 가장 치열한 회오

---

27 십자군의 전투 구호인 헵은 "이스라엘은 망했다"는 뜻의 'Hierosolyma est perdica'를 줄인 말.

28 성서의 계시록에 나오는 세계 종말의 최후 대전.

리에 휘말려들었어도 바로 옆에서 짜증스럽게 무언가 폭발해서 연기가 조금 나고 싸움질이 조금 벌어진 것 말고는 아무것도 모를 수 있다.

데론다는 인류의 천박한 삶에서 뒷걸음질 치는 나약하고 까다로운 공감을 대체로 경멸하는 성향을 갖고 있었다. 그런데 이제 자신이 돌봐줘야 할, 경험을 지닌 살아있는 실체로서 미라가 눈앞에 등장하자 평범한 유대인 남녀와 그녀를 비교하며 보게 되었고, 자신이 발견한 사실이 미지의 어머니와 오빠에 대한 그녀의 생각과 일치하지 않으리라고 예감했다. 그 예감은 자신의 운명에도 동일한 불일치가 있으리라는 감춰진 의식 때문에 더 예리해졌다. 유흥을 즐기는데 있어 필리스틴[29]의 군주를 능가할 부유한 유대인이라면 더 편안한 기대감을 갖고 보았으리라는 것은 아니다. 그러나 미라의 친척이 부유한 계층에서 발견될 것 같지는 않았으므로, 그들의 습관은 그에게 직접적인 감흥을 주지 않았다. 이런 기분으로 그는 이리저리 돌아다녔다. 앞으로의 행동을 위해 그리고 자기 나름의 지론을 세우기 위해 마음을 준비하는 것 말고는 더 의미심장한 결과를 기대하지 않았다. 미라의 친척이 웨일즈의 광부라면, 광부들의 생활방식을 보다 면밀히 살펴보면서 동시에 파업 역사에 관한 세부사항을 조금 알아내려고 마음먹는 것과 마찬가지였다.

---

29 옛날 팔레스타인 남부에 살던 민족으로서 유대인의 강적.

사실 그는 특별히 누군가를 찾아내려 하지 않았다. 습관적으로 가게 문에 붙은 주인의 이름을 눈여겨보면서 에즈라 코헨이 아니라는 것을 확인할 때마다 안도감을 느꼈다. 솔직히 고백하자면, 그는 특히 에즈라 코헨이 장사를 하지 않기를 바랐다. 소망이란 불길한 것이라고 여겨지기도 한다. 그런 미신에 따르면, 당신이 불순하게도 사팔뜨기에 대한 반감을 갖고 있으면 당신의 자식이 사팔뜨기로 태어날 가능성이 높도록 세상 이치가 정해져 있다는 것이다. 또한 당신이 어쩌다 사팔뜨기가 되기를 바란다면 절대로 그렇게 되지 않으리라는 것이다. 낙관적인 사람들은 이처럼 가능성을 비관적으로 보는 시각을 거부하고, 소망을 품으면 모든 것이 효과적으로 충분히 이루어질 거라고 생각한다. 순전히 중립적인 입장을 취할 사람이 어디 있을까? 어느 날 아침에 홀번의 시끄러운 소음과 장애물을 피해서 작은 옆 골목으로 우연히 들어섰을 때 데론다는 그 입장이 비관적인 쪽으로 기울어졌다고 느꼈다.

그는 거리를 돌아다니느라 피곤해서 걸음을 멈추었고, 자기 쪽으로 다가오는 2인승 승합마차를 보고 소리를 질러 마차를 불렀다. 바로 그때 오른쪽 가게 창문에 진열된, 양각한 은으로 만든 섬세한 옛 교구(教具)가 눈길을 끌었다. 그러자 이런 가톨릭 유물에 대해 엄격한 신교도적 취향을 갖고 있는 레이디 맬링거가 기도문이 새겨진 이 교구를 팔찌로 만들고 싶어 하리라는 생각이 퍼뜩 떠올랐다. 그러고 나서 창문에 걸린 다른 물건들로 시선을 옮겼고, 이 가게가 보석류와 레이스, 골동품이라고 소개되는 온갖 의심스러운 물건을 주로 취급하는 전당포라는 것을 알았다. 한쪽 구석에 걸린 간판에는 "시계와 보석류 교환 및 수리"라고 적혀있었다. 그런데 가게를 들여다보는 그를 안에서 알아차리고는 어떤 사람이 문에 나와서 그를 보며 상냥하게 권유하는 어조로 말했다. "안녕하세요, 선생님." 그 순간 데론다는 유대인이 분명한 그 얼굴의 주인이 서른 살가량의 젊은이라는 것을 알 수 있었다. 곧 이어질 가게주인의 설득을 피하기 위해서 그는 "안녕하시오."라고 대답하고는 곧장 거리를 가로질러서 마부에게 그곳에 정차하도록 손짓했다. 맞은편에 섰을 때 그 가게 창문에 걸린 이름, '에즈라 코헨'이 눈에 들어왔다.

가게 창문에 에즈라 코헨이라는 글자가 적힌 곳이 수백 군데나 있을지 모르지만 데론다는 한 번도 본 적이 없었다. 잠재적 고객에게 관심을 보인 그 젊은이가 아마 에즈라일 것이다. 그는 미라가 아직 어린애였을 때 이미 성장한 오빠로 추측할 만한 연령이었다. 그러나 마차를 타고 집에 가면서 데론다는 우선 이 에즈라가 미라의 오빠라고 가정할 이유가 전혀 없다고 스스로를 설득하려고 애썼다. 그런 다음에, 자신의 타당한 추론에도 불구하고 그 남자가 미라의 오빠라는 사실이 밝혀진다면, 자세히 알아보고 어머니가 사망했음을 알게 된다면 그렇게 밝혀진 사실을 미라에게 알려주는 것은 자신의 의무가 아니라고 설득했다. 불편하게도 혼란스러운 이 결론에 그가 최근에 알게 된 사실이 끼어들었다. 미라는 어머니의 죽음 여부를 알고 싶어 하고 또한 오빠가 살아있는지도 알고자 하는 경건한 욕구를 갖고 있다는 사실이었다. 그가 자기 생각에 따라서 다른 사람의 삶을 좌지우지한다면 어느 정도나 정당화될 수 있을까? 자신의 가족 관계가 백일하에 드러나지 않았고 그래서 자신이 여느 사람들처럼 기본적 의무의 인도를 충실히 받지 못했다는 것은, 다른 사람들이 자신의 삶을 결정해온 방식에 대해 은밀히 느낀 불만이 아니었던가?

데론다는 이처럼 속으로 논란을 벌이다가 아직 실제로 알아낸 것이 없고, 사실을 더 면밀히 들여다보면 자신이 결정을 내릴 필요가 전혀 없음을 확인하게 되리라고 생각하며 곧 마음을 달랬다. 시간 나는 대로 가급적 빨리 그 가게에 가서 레이디 맬링거를 위해 그 교구를 살 생각이었다. 하지만 그는 며칠 지체될 수밖에 없었다. 휴고 경이 당시 뜨거운 논쟁을 일으킨 문제에 대해 정찬 후 연설을 하기로 되어 있어서 데론다에게 그 문제의 법적 부분을 찾아봐주기를 바랐다. 게다가 늘 무승부의 설전으로 끝나는 논쟁을 벌이면서 매일 시간을 보냈다. 많은 문제에서 그렇듯이 그들은 서로 다른 입장을 갖고 있었지만 휴고 경은 개의치 않았다. 데론다가 자기 주장을 잘 표현하면 만족스러우면서도 유감스러운 마음으로 이렇게 말했다.

"제기랄, 다니엘! 이런 의견을 대중 앞에서 밝힐 기회를 만드는 게 어떻겠나? 알다시피 자네 의견은 틀렸어. 지지를 받지 못할 거야. 자네는 거창한 생각을 갖고 있어서, 온 나라의 중포병(重砲兵)이 자네에게 반대할 걸세. 하지만 그런 바탕 위에서 청년이 스스로를 더 잘 드러낼 수 있다네. 내가 자네 나이라면 그걸 붙잡았을 걸세.

그리고 자네가 여기저기에서 내 의견에 반대하는 입장에 서는 것도 꽤 괜찮을 거야. 자네를 더 눈에 띄게 해줄 테니까. 자네가 이런 기회를 잡아서 깊은 인상을 주면, 눈 깜짝할 사이에 국회의원이 될 걸세. 그러면 내가 기뻐하리라는 것을 알고 있겠지."

"백부님을 기쁘게 해드릴 일을 하지 못해 유감입니다." 데론다가 말했다. "하지만 저는 정치를 직업으로 생각할 수 없어요."

"왜 안 된다는 건가? 이 나라에서 공인 신분으로 태어난 사람이 아니라면, 공직 생활에 들어가기 위해 스스로 노력할 수밖에 없네. 그 늙은 공작[30]이 말했듯이, 국사를 처리하고, 여왕 폐하의 정부를 계속 꾸려가야지. 그런데 모두들 정치를 예언이나 하는 일처럼 생각하면서 숭고한 소명감을 요구한다면, 그런 일을 해나갈 수 없어. 자네가 의회에 들어가려면, 가만히 앉아서 하늘이나 유권자들이 불러주기를 기다려선 안 돼."

"저는 의견으로 밥벌이를 하고 싶지는 않습니다." 데론다가 말했다. "특히 빌려온 의견을 통해서는. 다른 사람을 비난할 의도가 있는 것은 아닙니다. 저보다 훌륭한 많은 분이 연단에 올라가서 자화자찬하고 당을 위해 명예를 걸고 약속하는 것을 개의치 않겠지요."

"실은 말이지, 다니엘," 휴고 경이 말했다. "온갖 헛소리에 단호하

---

30 워털루 전쟁의 승자로서 후에 수상이 된 웰링턴 공작(1769~1852)은 "국가를 위해 해야 할 최선이 무엇인가? 정부를 어떻게 계속 운영해야 하는가?"라고 말했다.

게 반대하는 사람은 심술궂은 고집불통일 뿐이야. 고약한 헛소리가 있지만, 좋은 것도 있거든. 바퀴에 기름칠을 해서 잘 굴러가게 해주는, 그런 것 말일세. 자네가 사람을 다스리려면, 그들의 생각을 통해 그들을 다스려야 하네. 나는 페스트에 대항하기 위해 성 야누아리우스[31] 행진을 주도한 나폴리 대주교의 생각에 동의한다네. 대중의 천박한 생각에 맞서서 내각의 법령을 공포해봐야 소용없는 일이야. 연기(演技)를 좀 하지 않으면 어떤 행동도 할 수 없어."

"경우에 따라 필요한 일에 양보해야겠지요." 데론다가 말했다. "하지만 '이 특별한 경우에는 어쩔 수 없이 어릿광대 모자를 쓰고 싱글거려야 한다.'고 말하는 것과 호주머니에 넣을 어릿광대 모자를 사고 싱글거리는 연습을 하는 것은 전혀 다릅니다. 진정한 공적 방편이라면 그 앞에 이상을 세워서, 곧은길에서 벗어나지 않도록 이탈을 제한해야 한다고 생각합니다. 하지만 제가 혹시라도 공인이라고 자처하게 된다면, 제 일신상의 성공을 공적 편의로 착각할 거예요."

다소 거슬린 이 대화를 끝낸 후에 데론다는 계획한 대로 에즈라 코헨을 다시 찾아가려고 나섰다. 그는 홀번 입구의 반대쪽 끝에서 그 거리에 들어섰고, 내키지 않는 기분이었기에 최대한 천천히 걸음을 옮겼다. 그동안 그의 머릿속은 조금 전의 공적 방편에 대한 주장

---

31 305년 사망. 이탈리아의 주교로서 추종자 여섯 명과 함께 순교했으며 그의 피가 담긴 유리병이 나폴리의 성당에 보관되어 있다.

에서 벗어나 매력적이지 않은 이 거리를 다시 찾게 한 단순히 사적인 문제로 옮아가고 있었다. 만일 그가 가까운 친척에 관한 사실을 숨긴다면 그것을 어느 정도나 현명한 방편으로 생각할 수 있는가 하는 실제적 문제에 곧 당면할지 모른다. 인생에 끊임없이 등장하는 그런 문제는 대체로 대충 신속하게 결정된다. 많은 사람은 데론다가 혼자서만 알 수 있을 문제를 그토록 중요시하는 것은 그가 지나치게 예민한 사람이기 때문이라고 생각할 것이다. 그러나 우리는 그가 왜 은폐를 삶의 독으로 간주하게 되었고, 은폐의 필요성이 피해야 할 행동 노선을 알려주는 징후라고 간주하게 되었는지를 알고 있다. 앞으로 자기 마음의 확고한 습성에 어긋나게 추진해야 하리라는 생각이 들자 그는 당연히 초조해졌다. 그는 신사들이 관심 있게 들여다 볼 이런저런 상점 앞에서 걸음을 멈추기도 했고, 분명 자기 민족의 지도자가 아닌 그 현대의 에즈라에 대해 더는 알아보지 않으려는 마음이 들기도 했다. 이런 망설임을 보면, 합리적 추론에 익숙한 사람에게 희박한 가능성은 가장 확실한 가능성보다 더 부담스러울 수 있음을 알 수 있다. 이미 합리적 추론을 통해 데론다는 이 남자가 미라의 오빠일 가능성이 없다고 단정한 것이다.

그가 걸음을 멈추고 들여다 본 곳 중 하나는 중고서점이었다. 가게 밖의 좁은 탁자에 호메로스의 불멸의 시에서부터 기차간에서 읽는 필멸의 산문소설에 이르기까지 여러 시대의 작품이 적절히 뒤섞여 널려 있었다. 데론다가 그 가운데서 원하던 책을 찾아낸 것을 보면 책들이 적절히 혼합되어 있음이 분명했다. 그 책은 폴란드계 유대인 살로몬 마이몬[32]의 생애를 기록한 훌륭한 자서전이었다. 호주머니에 쉽게 들어갈 책이었으므로 그는 책을 뽑아들고 값을 내려 가게 안으로 들어갔다. 그러고는 중고서점 어디서나 볼 수 있는 냉담한 태도로 책을 파는 지저분한 사람이 카운터 뒤에 있으리라고 예상했다. 대부분의 장사꾼은 여러분의 행복한 삶을 위해 자기들의 물건을 팔고 싶어 하는 아량 있는 사람들이다. 하지만 설사 유대인이더라도 여러분에게 심슨의 『유클리드』[33]를 읽으면 즐거울 것이고 그 책을 구하려는 사람이 아주 많아서 스무 권 더 갖고 있으면 좋겠다고 상냥하게 장담하면서 그 책을 열심히 권하지는 않을 것이다. 중고서적 상인은 자신의 생계 수단의 효용성을 전혀 믿지 않는다. 그렇지만 양심은 있어서 넉살을 떨며 장사하기보다는 침울해하는 불행한 사람이 아닐지 그는 걱정했다.

그러나 길고 좁은 가게의 책이 잔뜩 쌓인 어두운 뒤편에서 모습을 드러낸 사람은 평범한 상인이 아니라 깜짝 놀랄 정도로 특이한 인물이었다. 남루한 옷을 입은 그 사람의 나이는 오래 묵은 상아 조각처럼 온통 누리끼리한 피부 때문에 짐작하기 어려웠다. 그는 나지막한 카운터 뒤쪽의 돌출한 서가에 등을 기대고 낮은 의자에 앉아서 별스러울 것 없이 전날 자 신문 《타임스》를 읽고 있었다.

---

32 1754~1800. 유대인 철학자이며 형이상학 비판가. 그의 자서전(1792)은 유대인 문학에서 가장 생생한 작품 중 하나로 평가된다.

33 철학자이며 수학자인 로버트 심슨은 『유클리드 기하학의 요소』를 1756년에 저술했다.

그러나 그가 신문을 무릎에 내려놓고 들어온 손님을 바라보았을 때, 바로 그 남자와 같은 얼굴을 바빌론 유수(幽囚)의 예언자나 중세의 새로운 유대 시인에게서 볼 수 있었으리라는 생각이 데론다의 머리에 스쳤다. 정교하게 전형적인 유대인의 얼굴이었다. 그 얼굴은 힘겨운 열성적 경험을 통해 만족감을 간접적으로, 멀리서 느껴왔고 현재에도 안락함을 누리지 못하고 신체적 고통을 받으면서 강렬한 표정을 띠게 되었음이 분명했다. 이목구비는 큼직하지 않았지만 윤곽이 뚜렷했고, 높지 않지만 넓은 이마가 곱슬곱슬한 검은 머리칼과 선명하게 대비되었다. 특별히 잘생긴 것은 아니지만 틀림없이 언제나 강렬했을 얼굴이었다. 이제 먼 곳을 응시하는 검은 눈과 가게 뒤편의 어둑한 곳에서 선명하게 드러난 창백하고 누런 얼굴을 보면, 과거 종교 재판소의 감옥에 갑자기 난입해서 문을 열어젖힌 폭도들이 우연히 그 얼굴과 마주치는 장면을 상상할 수 있을 것이다. 우연히 들어온 손님을 골똘히 바라보는 그의 시선은 석방이나 사형을 알리러 온 전령을 바라보듯이 열렬한 물음을 담고 있는 것 같았다. 이 거리의 주민들은 그에게 친숙해서 흥미를 느끼지 않았을 것이다. 그러나 그 얼굴이 데론다에게는 너무나 기이하게 뒤섞인 비범함과 평범함을 느끼게 했기에 한참 쳐다본 후에 물어보았다. "이 책은 얼마입니까?"

서점 주인일 거라고 여겨진 그 남자는 일어나지 않은 채 책을 받아 표지 뒷면을 보면서 말했다. "표시가 없군요. 램 씨는 지금 안에 없어요. 그가 식사하러 간 동안 내가 가게를 봐주고 있소. 책값으로 얼마를 내고 싶으시오?" 그는 책갈피에 손가락을 끼운 채 덮어 무릎에 올려놓고 자세히 살피듯이 데론다를 바라보았다. 어쩌면 이 인상적인 인물은 가격을 모르는 손님에게서 얼마나 많이 받아낼 수 있을지 알아볼 심산이라는 불쾌한 생각이 데론다의 머리를 퍼뜩 스쳤다. 그러나 더 생각하지 않고 그는 말했다. "값이 얼마인지 모르십니까?"

"정가는 모릅니다. 그 책을 읽으셨는지 물어봐도 되겠소?"

"아뇨, 이 책에 관한 설명을 읽은 적이 있어서 사고 싶었습니다."

"학식 있는 분이군요. 유대인의 역사에 관심이 있소?" 그는 나지막하게 열렬한 어조로 물었다.

"확실히 관심이 있습니다." 데론다는 조용히 말했다. 질문을 받을 뿐 아니라 일종의 조사를 받고 있다는 불쾌감보다 호기심이 더 강하게 일었다.

그러자 그 이상한 유대인은 당장 앉아 있던 몸을 일으켜세웠다. 데론다는 자기 팔을 꾹 누르는 여윈 손을 느꼈고, 흥분으로 목이 잠긴 소리가 큰 속삭임처럼 들려왔다.

"혹시 우리 동족이시오?"

데론다는 얼굴이 벌겋게 달아올랐고, 팔을 움켜쥔 손이 불쾌하게 느껴졌다. 그는 고개를 약간 저으며 대답했다. "아닙니다." 그러자 그를 움켜쥔 손이 느슨해지며 떨어져나갔고, 열렬한 표정은 활기를 잃고 무관심한 침울함으로 바뀌었다. 마치 인간의 마음을 홀리는 유령이 눈과 몸짓에 뛰어들어갔다가 다시 몸 가장 깊숙한 곳으로 물러난 것 같았다. 그 낯선 사람은 작은 책을 내밀고 뒤로 물러서며 냉담하고 정중한 어조로 말했다. “램 씨가 반 크라운을 받으면 만족할 거라고 생각합니다, 선생님.”

데론다는 이러한 변화 — 나중에 그는 그 장면을 회상할 때마다 미소를 짓곤 했다 — 에서 기이하게도 당혹스럽고 굴욕적인 느낌을 받았다. 마치 어떤 고관이 그에게 결함이 있다는 것을 알아내고는 물러나라고 명령한 것 같았다. 그렇지만 뭐라고 할 말이 없었다. 그래서 그는 반 크라운을 내고 그저 “안녕히 계십시오.”라고 말하고는 살로몬 마이몬의 자서전을 들고 서점을 나왔다.

대화가 갑자기 끊어져서 그 남자를 더 잘 알지 못한 것이 좀 속이 상했다. 그 남자는 확실히 평범하지 않은 면모를 갖고 있었고, 누구보다도 에즈라 코헨과는 판이하게 다른 유대인이었다. 데론다는 곧 에즈라의 가게에 들어섰는데, 원기왕성하고 통통하며 번들거리는 에즈라의 얼굴은 카운터 너머에서 칸막이 뒤편의 누군가와 흥정을 벌이고 있었다. 카운터 위에 있는 도금된 병마개 두 개와 찻숟가락 세 개를 놓고 벌이는 흥정이었다. 안으로 들어서는 데론다를 보더니 그는 “어머니! 어머니!”라고 소리쳤고 친근하게 고개를 끄덕이고 미소를 지으며 “곧 가겠습니다. 금방 갑니다.”라고 말했다.

데론다는 좀 불안한 눈으로 뒤쪽 문을 바라보지 않을 수 없었다. 쉰 살이 넘은 원기 왕성한 여자가 그의 시중을 들려고 다가오는 것을 보았을 때 그 불안감은 가시지 않았다. 그녀의 모습이 아주 불쾌한 것은 아니었다. 그 부인에 대한 가장 지독한 비난이라면 고작해야 그녀가 물을 거의 쓰지 않으며, 게다가 어둑어둑할 때 세수한 것 같다는 것 정도였다. 그런 차림새는 그녀와 같은 계층의 나이 든 사람에게서, 그리고 반지와 목걸이까지는 아니라도 큰 귀걸이를 걸고 잠을 잤을 사람에게서 흔히 볼 수 있는 것이었다. 사실 데론다의 가슴이 덜컥 내려앉았던 것은, 그녀가 절대로 미라의 어머니가 아니라고 확신할 만큼 천박하고 추한 여자가 아니기 때문이었다. 어떤 얼굴을 보면서 자신이 아는 모습과 비슷한 면을 그 얼굴에서 찾아보려고 애쓴 사람이라면 데론다의 추측이 어떤 과정을 거쳤을지 이해할 것이다. 그는 젊은 시절의 얼굴 윤곽을 서서히 바꾼 비계를 걷어내서 생각해보려 했고 기본적인 표정으로 여길 만한 것을 찾아내려 했다. 하지만 자신의 우려를 완전히 불식할 만한 점을 찾아낼 수 없어 유감이었다. 장사꾼으로 키워진 이 에즈라라는 사람이 지식과 재간을 제외한 모든 점에서 밥벌레인 아버지를 충분히 닮을 수 있듯이, 이 어머니가 미라 같은 얼굴과 표정의 사랑스럽고 섬세한 딸을 두는 것도 불가능하지는 않았다. 곤혹스럽게도 눈썹의 곡선이 비슷했다. 그리고 젊음과 연륜이 하루하루 새롭게 쌓이면서 무정한 세월이 인간의 얼굴을 멀리 밀고 나아갈 때 본래의 얼굴이 얼마나 가려질지 누가 단정할 수 있겠는가? 그녀는 명랑한 눈을 반짝이며 데론다를 모성적으로 바라보고 목구멍에서 울리는 부드러운 목소리로 말했다.

"무엇을 도와드릴까요, 선생님?"

"진열창에 있는 은제 교구를 보고 싶습니다." 데론다가 말했다.

"저기 구석에 있는 큰 것으로요."

부인이 서 있는 곳에서는 그것을 꺼내기 쉽지 않았다. 그러자 그 광경을 보던 아들이 소리쳤다. "내가 꺼낼게요, 엄마. 내가 꺼내겠어요." 그는 신속하게 달려와서 교구를 건네주며 미소를 지었다.

"저희 어머니는 자부심이 너무 강하세요. 모든 일을 직접 하시려 들거든요. 그래서 선생님의 시중을 들도록 어머니를 부른 겁니다. 특히 신사분이 오시면, 어머니를 부르는 것 말고는 달리 엄두도 내지 못합니다. 하지만 어머니가 팔을 내밀다 다치시게 할 수는 없지요."

이렇게 말하며 코헨 씨는 어머니를 위해 물러났고, 그녀는 약간 쉰 소리로 상냥하게 웃으며 데론다를 바라보았다. 마치 '이 애는 농담하는 거예요. 하지만 보시다시피 세상에서 가장 착한 아들이에요.'라고 말하는 것 같았다. 분명 그 아들은 어머니를 즐겁게 해주기를 좋아했지만, 자기가 전적으로 시중 들지 못한 것에 대해 훌륭한 손님에게 사과의 뜻을 전하고 싶어 하기도 했다.

데론다는 결정을 내리기 전에 여러 가지를 잘 살펴봐야 하는 듯이 교구를 바라보기 시작했다.

"3기니밖에 안 합니다, 선생님." 어머니가 권하듯이 말했다.

"최고 솜씨예요. 그 값의 두 배의 가치가 있습니다만, 제가 쾰른에서 싸게 샀어요." 아들이 약간 떨어진 곳에서 덧붙여 말했다.

그동안 새로운 손님이 두 명 들어왔고, "애디!"라고 여러 번 부르는 소리에 가게 뒤쪽에서 한 무리가 들어왔다. 데론다는 몸을 돌려 똑바로 그 무리를 바라보았고, 자신의 시선이 찬사로 여겨질 거라고 믿었다. 그중 검은 눈의 젊은 여자는 까만 눈에 까만 곱슬머리로 뒤덮인 아기를 안고 있었다. 그녀가 아기를 카운터에 올려놓자 그 아이는 여느 아기보다 더 영리해 보이는 눈으로 두리번거렸다. 또한 여섯 살의 튼튼한 사내애와 더 어린 여자애가 들어왔는데 둘 다 검은 눈에 까만 곱슬머리였고, 먼 옛날 조상의 반점을 갖고 태어난 새끼사자처럼, 부모보다 더 과거의 셈족답게 보였다. "애디"라는 소리에 응답한 젊은 여자 — 화사한 푸른색 드레스를 입고 산호 목걸이와 귀걸이를 달고 머리를 북슬하게 위로 올려 잉꼬처럼 보였는데 — 는 남편과 마찬가지로 흡족한 표정에 활기차고 촌스럽게 보였다. 그녀가 그 어머니와는 확실히 달랐기 때문에 데론다의 마음속에는 그 어머니가 미라의 어머니일 리 없을 정도로 그저 평범한 유대인 여자는 아니라는 달갑지 않은 인상이 깊어졌다. 이런 생각이 스치고 있을 때 한 소년이 힘차게 쿵쿵거리며 가게 안으로 뛰어 들어왔고 데론다에게서 1미터쯤 떨어진 곳에 서서 짧은 반바지의 호주머니에 손을 집어넣고 조숙하게도 샅샅이 훑어보듯이 그를 쳐다보았다. 데론다가 소년의 머리를 쓰다듬으며 말을 걸었던 것은 그곳에 더 오래 있으면서 환심을 사려는 전략적 의도가 있었기 때문일 것이다.

"어이, 이름이 뭐지?"

"제이콥 알렉산더 코헨이에요." 그 어린 남자아이는 아주 느긋하게 똑똑히 말했다.

"그러면 아버님의 이름을 이어받지 않았구나?"

"네, 할아버지의 이름을 땄어요. 할아버지는 칼과 면도칼, 가위를 팔아요. 정말이에요." 제이콥은 낯선 사람에게 감명을 주려고 그렇게나 높은 친척을 언급했다. "할아버지가 이 칼을 주셨어요." 이렇게 말하며 아이는 주머니칼을 꺼냈다. 원래 그렇기도 하고 후천적으로도 새까만 작은 손가락이 칼날 두 개와 타래송곳을 재빨리 열었다.

"저건 장난감으로 위험하지 않을까요?" 데론다가 할머니에게 물었다.

"저 아이는 절대로 다치지 않을 거예요, 고맙게도!" 그녀가 손자를 흐뭇하고 기쁨에 넘치는 눈으로 찬찬히 살펴보며 말했다.

"혹시 칼 갖고 계세요?" 제이콥이 가까이 다가와서 물었다. 아이의 작은 목소리는 입심 좋고 거칠게 들렸는데, 마치 여러 세대에 걸쳐 흥정하느라 지친 나이 든 장사꾼의 목소리 같았다.

"그래, 보고 싶니?" 데론다는 조끼 주머니에서 작은 주머니칼을 꺼냈다.

제이콥은 당장 그 칼을 움켜잡고 뒤로 물러서더니 두 칼을 손바닥에 올려놓고 고개를 숙여 찬찬히 비교했다. 이때쯤 다른 손님이 가게를 나갔기에 가족 모두가 그곳으로 몰려와서 놀라운 소년 제이콥에게 관심을 쏟았다. 아버지와 어머니, 할머니는 카운터 뒤에 서 있고 아기는 그 위에서 비틀거리며 걸음마를 하고 있었고, 앞에 있던 어린 소녀는 오빠의 팔꿈치에 기대서서 칼을 살펴보는 오빠를 거들었다.

“제 칼이 가장 좋아요.” 제이콥은 칼을 맞바꿀까 생각하다가 그만 둔 듯이 데론다의 칼을 돌려주며 말했다.

부모는 재미있어 하며 큰 소리로 웃었다. “제이콥이 나쁜 것을 선택하는 일은 없을 겁니다.” 코헨 씨가 손님이 찬탄하리라고 믿는 듯이 윙크하며 말했다. 속으로 말없이 웃고 있는 할머니를 바라보며 데론다가 말했다.

“손자는 이 아이들뿐인가요?”

“네. 외아들을 두었거든요.” 할머니가 수다스러운 어조로 말했다. 평소처럼 동정 어린 관심을 드러내는 듯한 데론다의 눈빛과 태도는 여기서 그의 목적에 적합했다. 그의 다음 말은 아주 자연스럽게 들렸다.

“그럼 따님이 없으신가요?”

그러자 당장 할머니의 얼굴빛이 달라졌다. 그녀는 입술을 꽉 다물고는 눈을 내리깔았고 손을 내밀어 카운터를 쓸어보고는 마침내 데론다에게 등을 돌리고 뒤에 걸린 저당 잡은 인도산 손수건을 살펴보았다. 그 아들은 의미심장한 눈으로 데론다를 쳐다보며 어깨를 한 번 으쓱하더니 그저 손가락을 입에 댔다. 그러더니 재빨리 말했다. “손님께서는 재계의 첫째가는 신사이시겠지요. 제가 감히 그런 추측을 해도 된다면.”

“아뇨,” 데론다는 다른 데 정신이 팔린 듯이 말했다. “재계와 아무 관련도 없어요.”

"유감이군요. 손님께서 일류 회사의 젊은 사장이실 거라고 생각했습니다." 코헨 씨는 그와 그의 가족에 대해 알고 싶어 하는 손님의 자연스러운 욕구가 억눌린 데 보상하려는 마음에 이렇게 말했다. "하지만 은제품에 대해서는 잘 아시지요."

"조금 압니다." 데론다가 교구를 잠시 집어 들었다가 다시 내려놓았다. 반갑지 않은 정황 증거 때문에 그의 마음은 계획을 짜느라 분주했다. 그 계획은 확실히 과거에 경험하지 못한 연기(演技)를 하는 것이었다. 그러나 이제 사실을 조금만 더 알게 되면 그 증거를 무가치하게 만들 수 있으리라는 희박한 가능성이 불확실성에 안주하려는 마음을 압도했다.

"솔직히 말하면," 그가 말을 이었다. "내 용무는 물건을 사려는 것이라기보다 돈을 빌리려는 겁니다. 아마 이따금 굵직한 거래를 하시겠지요."

"글쎄, 저는 훌륭한 신사의 편의를 도모해드렸다고 자랑스럽게 말할 수 있습니다. 제가 하는 일을 이 세상의 무엇과도 바꾸지 않을 겁니다. 이보다 더 명예롭고, 더 자선적이고, 어느 계층에나 더 필요한 일은 없으니까요. 빵집에 줄 현금이 조금 필요하신 훌륭한 숙녀분에서부터 손님처럼 오락을 위해 급전이 필요하신 신사분에 이르기까지 누구에게나 필요하지요. 저는 제 일이 좋습니다. 제가 살고 있는 거리를 좋아하고, 제 가게를 좋아합니다. 문 한 짝도 더 아래로 내려달지 않을 겁니다. 시장이 되더라도 제 전당포를 그만두지 않을 거예요. 이 가게는 사람을 넓은 세상과 연결해주니까요. 저는 전당포가 정부 세입과 같다고 말합니다. 온 나라의 금뿐 아니라 청동도 기꺼이 받아주지요. 돈을 벌지 못하는 사람이라면 편의를 제공할 수 없습니다. 그럼 제가 손님을 어떻게 도와드릴까요?"

만일 기분 좋은 자기 만족감이 지상의 축복을 누리고 있음을 알려주는 증거라면, 온갖 영광을 누린 솔로몬도 코헨 씨와 비교하면 가련한 인간에 불과했을 것이다. 확실히 그는 자신에게 대단히 만족했기 때문에 낯선 사람에게도 그 사실을 알려줘서 그들의 기분을 북돋워주려 했다. 활기차게 재빨리 말하면서 그는 아내에게서 아기를 받아 안고 그 작은 주먹이 더듬도록 얼굴을 대주었다. 데론다는 유쾌한 기분이 아니었으므로, 책이나 실제 현실에서 본 유대인 중에서 이 에즈라 코헨이라는 사람이 가장 시적(詩的)이지 못한 사람이라고 성급하게 단정하고 있었다. 그의 말투는 구약성서에 적힌 표현과 닮은 곳이 전혀 없었다. 그리고 그의 천박한 영혼을 순수한 영국 혈통의 부유하고 혈색 좋은 소상인의 영혼과 구별할 수 있게 해줄 고통받는 민족의 슬픔 같은 것도 없었다. 유대인이 우쭐하면 안 된다고 느끼는 것은 물론 기독교인의 감정이다. 아무튼, 그것 때문에 자신의 계획을 밀고 나가지 않을 수는 없으므로 그는 절차상의 문제를 과감하게 무시하고 즉시 대답했다.

"내게 담보로 제공할 멋진 다이아몬드 반지가 있습니다. 불행히 지금 그걸 갖고 있지 않군요. 그 반지를 끼지 않으니까요. 하지만 오늘 저녁에 그 반지를 갖고 다시 오기로 하지요. 50파운드를 목돈으로 받을 수 있으면 좋겠군요."

"그런데 아시다시피 오늘 저녁은 안식일입니다, 신사 나리." 코헨이 말했다. "저는 회당에 가야 합니다. 가게 문을 닫을 테고요. 하지만 편의를 봐드리는 것은 자선을 베푸는 것과 같지요. 그 이전에 여기 오실 수 없으면, 그런데 아무튼 급하시다면 — 그 다이아몬드를 보도록 하겠습니다. 선생님께서는 아마 웨스트엔드에서 오셨겠지요. 꽤 오래 마차를 타시고?"

"그렇소. 이 계절에 안식일 예배가 일찍 시작하는군요. 여기 5시까지 올 수 있어요. 그러면 되겠소?" 데론다는 금요일 저녁에 오겠다고 함으로써 그 가족의 여러 면모를 관찰할 좋은 기회를 얻을 수 있고 결정적인 질문을 던질 수도 있으리라는 희망을 품었다.

코헨이 동의했다. 그런데 이 부분에서 놀라운 꼬마 제이콥이 (그 아이의 체격은 같은 또래의 기독교도를 제압할 조숙함을 뒷받침해 주었다) 대화를 잘 들었고 많은 것을 이해했음을 이런 말로 알려주었다. "다시 오신다고요. 집에 칼이 더 많이 있나요?"

"한 개 있는 것 같구나." 데론다가 미소를 띤 얼굴로 아이를 내려다보며 말했다.

"칼날이 둘이고 갈고리가 달린 칼이에요? 그것처럼 흰색 손잡이가 있어요?" 제이콥이 데론다의 조끼를 가리키며 말했다.

"아마 그런 것 같다."

"타래송곳을 좋아하세요?" 제이콥은 자기 칼의 타래송곳을 다시 보여주며 올려다보고 진지하게 물었다.

"그래." 데론다가 시험 삼아 말했다.

"그럼 칼을 가져오세요. 서로 맞바꿔요." 칼을 호주머니에 다시 넣은 제이곱은 거래를 멋지게 성사시켰다고 느끼고 쿵쿵거리며 방 안을 돌아다녔다.

할머니는 이제 아까와 같은 태도를 되찾았다. 데론다가 지금까지 관심을 보이지 않았던 어린 여자애를 귀여운 듯 들어 카운터에 앉히고 이름도 물어보자, 그 가족은 환한 얼굴로 데론다를 지켜보았다. 여자애는 말없이 데론다를 바라보았고, 데론다가 자기의 금귀걸이를 보지 못했을까봐 귀걸이에 손가락을 댔다.

"이름은 아델라이데 레베카예요." 어머니가 자랑스럽게 말했다. "신사분께 말씀드려야지, 아가."

"나 안식 프록 입어." 아델라이데 레베카가 말했다.

"안식일에 입는 옷을 말하는 겁니다." 아버지가 설명했다. "오늘 저녁에 입을 거예요."

"그 옷을 입은 네 모습을 보여 주겠니, 아델라이데?" 데론다가 아주 부드러운 어투로 말했다. 그는 그런 말투를 쉽게 낼 수 있었다.

"네 하고 말씀드려야지, 아가. 그럼요, 손님, 원하신다면." 어머니는 감탄스러운 아이를 알아보는 잘생기고 젊은 신사에게 매료되었다.

"그러면 오늘 저녁에 내게 키스해줄래?" 데론다가 아이의 작은 갈색 어깨에 손을 얹고 말했다.

아델라이데 레베카는 (작은 버팀대가 들어간 드레스와 눈에 띄는 얼굴은 그 아이의 이름으로 결합된 이름들[34]과 잘 어울렸다) 입술을 내밀고 미리 키스해주었다. 그러자 아이의 아버지는 전체적으로 찬사를 받을 만한 자기 가정과 그것을 감탄하며 목격한 낯선 사람에게 더 만족스러운 기분으로 얼굴을 빛내며 상냥하게 말했다.

“보시다시피 오늘 저녁에 손님께서 오시지 않으면 실망할 사람이 있습니다. 손님께서 오셨을 때 제가 없으면 저희 집에서 잠깐 앉아 기다리셔도 괜찮으시겠지요? 손님과 같은 신사분의 편의를 봐드리기 위해서라면 파격적으로 대접해드리겠습니다. 다이아몬드를 가져오십시오. 그러면 제가 어떻게 할 수 있을지 생각해보겠습니다.”

이렇게 해서 데론다는 앞으로 더 수월하게 교류할 수 있도록 더없이 호의적인 인상을 남겼다. 이처럼 상냥한 태도를 보여주기는 했지만 그로서는 더없이 침울한 기분에 짓눌려 있었다. 만일 이들이 정말로 미라의 친척이라면, 그녀가 효심이 지극하기는 하지만 재회한 가족에게 괴로운 의무를 다할 때의 다정함 이상의 감정을 보여줄 수 있으리라고 생각하기 어려웠다. 자랑을 일삼는 이 오빠에게 부족한 것이 있을까? 그리고 그 가상의 어머니에 대해서 아주 호의적으로 생각하더라도, 데론다는 그녀와 미라가 처음 만나는 장면을 상상하고 싶지 않았고 미라가 이 가족과 함께 사는 것은 더더욱 생각하고 싶지 않았다. 그는 불신에서 위안을 얻었다. 에즈라 코헨이라는 이름이 머리에 맴돌고 있을 때 우연히 그 이름을 발견한 것은,

---

[34] 아델라이데는 윌리엄 4세의 아내이고 레베카는 창세기에 등장하는 이삭의 아내이다.

같은 상황에서 조시아 스미스라는 이름을 찾아내는 것처럼 특별하지 않은 일이다. 그리고 딸에 관해서 우연히 일치하는 듯한 정황은 아마도 다른 사정이 있음이 밝혀질 것이다. 하지만 더 자세히 알게 되어 더 바람직하지 않은 결론을 사실로 확인하게 된다면, 그때는 어떻게 하는 것이 현명한 방법일까? 은폐함으로써 최선의 결과를 시도하고 결정할 것인가 아니면 우리 정신생활의 달콤하고 신선한 공기와 같은 정직함을 지키기 위해 다른 결과에 용감하게 맞설 것인가?

제34장

그의 이름은 이스라엘
어떤 마녀의 주문에 걸려
개가 되었지.
. . . .
그러나 금요일 저녁마다
어스름이 깔릴 때
주문이 갑자기 풀리고
그 개는 다시 인간이 된다네.

하이네 「안식일의 공주」[35]

데론다가 5시에 도착했을 때 가게는 이미 닫혀 있었다. 기독교인 하녀가 문을 열어주고 가게 뒤편의 방으로 안내했을 때, 그는 방의 아담한 풍경에 놀라지 않을 수 없었다. 꽤 낡았지만 뒤쪽으로 꽤

---

[35] 하이네의 '히브리 멜로디'에 나오는 부분. 이 시는 소외된 독일계 유대인이 안식일의 소박하지만 정신적인 의식에 의해 자존심을 회복하는 과정을 묘사한다.

널찍한 그 집에서 그가 지금 들어선 큰 방은, 낮에는 침침하지만, 지금은 눈처럼 새하얀 식탁보가 깔린 중앙 탁자가 있고 그 위에 매달린 멋지고 고색창연한 등 7개짜리 놋쇠 램프에서 쾌적한 불빛이 비치고 있었다. 천장과 벽은 거무칙칙했고 주위가 어둑했기에 베네치아 풍의 색채를 발하는 인간의 형체가 선명하게 두드러졌다. 할머니는 황갈색 옷을 입고 목걸이 대신 큰 금 사슬을 걸고 있었고, 불빛을 받아 검은 눈썹이 뚜렷하게 부각되고 잿빛 고수머리에 둘러싸인 누리끼리한 얼굴은 그림 같은 효과를 내는 데 부족함이 없을 만큼 멋져 보였다. 젊은 코헨 부인은 검고 붉은 색의 얼룩덜룩한 옷을 입고 있었고 커다란 인조 진주가 달린 목걸이로 목을 둘둘 감고 있었다. 아기는 진홍빛 침대 덮개 밑 요람에서 자고 있었다. 아델라이데 레베카는 뜨개질한 호박색 옷을 입었고, 제이콥 알렉산더는 검은 면 비로드 바지에 진홍빛 양말을 신고 있었다. 네 쌍의 검은 눈이 얼굴을 빛내며 데론다를 반갑게 맞았을 때 그는 낮에 이 행복해 보이는 사람들에게 오만한 혐오감을 느낀 것이 부끄러웠다. 환영 인사는 더없이 따뜻했고, 자기 집에서 손님을 환대하는 어머니와 할머니의 모습은 더욱 품위 있게 보였다. 그는 좀 놀라운 심정으로 오래된 가구를 돌아보았다. 서랍 달린 참나무 책상과 높은 사이드테이블은 그 가족의 취향에 맞아서가 아니라 그저 절약하기 위해 우연히 들여놓았음이 분명했다. 사이드테이블에는 푸른색과 노란색이 어우러진 큰 자기 접시가 올려져 있고 은제 그릇 두 개가 옆에 붙어있었다. 그 앞에는 책등에 깊은 골이 지고 거뭇한 가죽 피지에 싸인 큰 책이 있었다. 저 구석 끝에는 내실로 들어가는 문이 열려 있고 그곳에도 불이 켜져 있었다.

데론다는 칼을 보여 달라고 졸라대는 제이콥을 상대하면서도 사이사이에 방안을 돌아보면서 세세한 부분을 눈여겨보았다. 그는 일부러 사온 고리와 흰 손잡이가 달린 칼을 요구에 따라 내놓으며 말했다.

"네가 원하는 칼이 이런 것이니, 제이콥?"

소년은 엄격한 눈으로 칼을 살펴보며 갈고리와 칼날을 열어보고는 타래송곳과 맞바꿀 물건을 꺼내놓고 비교해보았다.

"왜 타래송곳보다 갈고리를 더 좋아하니?" 데론다가 말했다.

"갈고리로 물건을 집을 수 있으니까요. 타래송곳은 코르크마개에만 들어가요. 하지만 신사님은 그편이 더 좋아요. 코르크마개를 뽑을 수 있으니까요."

"그럼 맞바꾸는 데 동의하는 거니?" 이렇게 말하면서 데론다는 즐거운 표정으로 듣고 있는 할머니를 보았다.

"이것 말고 주머니에 또 뭐가 있어요?" 제이콥이 신중하고 진지하게 말했다.

"조용, 조용히, 제이콥." 할머니가 말했다. 데론다는 가정교육을 생각하며 대답했다.

"그것은 말해주지 말아야겠구나. 우리 용건은 칼이니까."

제이콥은 고개를 들고 한순간 그의 얼굴을 자세히 쳐다보았고 분명 결론에 도달한 듯이 진지하게 말했다.

"맞바꾸겠어요." 아이는 타래송곳이 달린 칼을 데론다에게 넘겨주었고, 데론다는 비슷하게 엄숙한 태도로 그것을 주머니에 넣었다.

셈[36]의 어린 아들은 즉시 옆방으로 달려갔고, 그곳에서 급히 재잘대는 목소리가 들리더니 다시 뛰어나왔다. 그때 아버지가 들어오자 의자 위에 있던 작은 면 비로드 모자를 재빨리 쓰고 아버지에게 갔다. 코헨은 두 아이가 다가와서 무릎에 매달리는 동안 모자를 벗지 않은 채 손님을 알아차리지 못하고 가만히 서 있었다. 그러고는 아이의 머리에 차례로 손을 올려놓고 히브리어로 축복했다. 그러자 조금 전에 요람에서 아기를 꺼내 안은 아내는 남편에게 가서 잠자는 아기를 축복해주도록 남편의 펼친 손아래 아기를 쳐들었다. 이 순간 데론다는 자기 직업을 뽐내는 이 전당포 주인이 순전히 무미건조한 사람은 아니라고 생각했다.

"자, 손님, 제 가족의 환영을 받으셨겠지요." 코헨은 모자를 내려놓고 이전의 자기 모습으로 되돌아가며 말했다. "시간을 잘 맞춰 오셨군요. 금전적인 부분에서 좀 압박을 받는 것은 무엇보다도 괴로운 일입니다." 그는 옆주머니를 톡톡 두드리며 앉았다. "누구나 차례로 겪는 일이지요. 저는 지불할 돈을 정산해야 했을 때 그런 것을 경험했답니다. 어린 나이에 일찍 일을 시작했거든요. 이런저런 일을 바꿔가며 해야 했고, 어떤 상자에나 딱 들어맞게 제 모양새를 맞춰

---

36 노아의 맏아들로 셈족의 시조.

야 했지요. 그러다 보면 분발하게 됩니다. 자, 그럼, 그것을 보여주시지요."

"이게 내가 말한 반지입니다." 데론다가 손가락에서 반지를 빼며 말했다. "값이 100파운드였을 거예요. 이 반지면 50파운드를 빌리는 데 충분한 담보가 되겠지요. 아마 한 달쯤 후에 찾을 겁니다."

코헨의 반짝이는 두 눈은 경험 없는 젊은 신사의 솔직한 눈과 마주쳤을 때 미간이 좁아지는 것 같았다. 이 신사는 물건을 되찾는 것이 전당포상에게 만족스러운 일이라고 생각하고 있음이 분명했다. 그는 반지를 들고 자세히 살펴보더니 돌려주면서 무심하게 말했다. "좋습니다. 식사가 끝난 후에 얘기하시지요. 괜찮으시면 저희와 함께 식사를 하시지요. 저와 아내는 영광으로 생각할 겁니다. 어머니도 그러실 테고요. 그렇지 않아요, 어머니?"

그들은 두 번이나 거듭 권유했고, 데론다는 즐겁게 받아들였다. 이제 모두 식탁 주위에 둘러섰다. 지금으로는 냅킨으로 덮인 접시 말고는 다른 접시가 보이지 않았다. 코헨 부인이 남편이 손을 씻도록 놓아둔 도자기 사발이 남편 옆에 있었다. 그런데 모자를 다시 쓴 후 그는 잠시 멈추었다가 큰 소리로 불렀다. "모르디카이!"

이렇게 소리치는 것이 종교의식의 일부일까? 데론다는 고대의 영웅에게서 무엇을 기대할 수 있을지 몰라 어리둥절했다. 그러나 옆방에서 "네." 소리가 들려오는 바람에 열린 문 쪽으로 눈을 돌렸다. 거기서 놀랍게도 그날 아침에 서점에서 만났던 수수께끼 같은 유대인의 모습을 보았다. 서로 눈이 마주쳤을 때 모르디카이도 데론다

못지않게 놀란 표정이었다. 놀란 와중에도 두 사람은 서로를 알아보았다는 표시를 하지 않았다. 모르디카이는 식탁 끝에 자리 잡고 앉으면서 그저 차갑고 냉담한 태도로 손님에게 고개 숙여 인사했다. 그날 아침의 실망이 이 낯선 사람에 대한 불쾌한 인상으로 남아 있는 것 같았다.

코헨은 이제 손을 씻으면서 내내 히브리어로 무언가를 읊었다. 그러고 나서 접시의 냅킨을 벗기고 씨앗이 뿌려진 길고 납작한 빵 두 덩어리를 드러냈다. 방랑하던 조상을 먹여 살린 만나를 기념하는 빵이었다. 그는 빵을 작게 잘라 아델라이데 레베카를 포함한 온 가족에게 하나씩 나눠주었다. 아이는 의자 위에 올라서서 호박색 옷을 입은 모습을 과시하고 그 자리에 어울리게 보이려고 애쓰며 입술을 오므렸기에 유대인답게 생긴 작은 코가 더 길어졌다. 이 의식이 끝난 후 모두 모자를 벗고 자리에 앉았고, 데론다가 흥미롭게 여길 만한 특별한 일 없이 식사가 계속되었다. 그는 몇 가지 중요한 질문을 할 수 있도록 대화의 방향을 돌리려는 생각과 모르디카이에 대한 생각에 집중하고 있어서 어떤 음식을 먹고 있는지도 잘 알지 못했다. 그는 모르디카이와 매료된 시선을 은밀히 주고받았다. 모르디카이는 멋진 안식일 옷을 입지는 않았지만 아침에 입었던 실밥이 풀어지고 색 바랜 검은 코트 대신 밝은 갈색 옷을 입고 있었다. 한때 멋지고 낙낙한 겉옷이었지만 지금은 여러 번의 세탁으로 줄어든 것 같았다. 이 옷으로 갈아입자 예언자 에스겔[37]에게 어울릴 법한 검은 눈썹에 열망하는 표정이 역력한 그의 얼굴은 한결 두드러졌다. 어쩌면 동시대인의 눈에는 당대에 어울리는 풍의 얼굴이 아니었을 것이다. 모르디카이에게 튀긴 생선의 가느다란 꼬리 부분을 주었다는 것을 알 수 있었다. 대체로 가난한 친척에게 나눠주는 몫이었다. 그것은 아직 미신이라고 대체로 인정되지 않는, 선사시대부터 이어진 관행의 '유물'임이 분명했다.

코헨 씨는 매우 활기차게 대화를 이어갔고, 늘 취미로 삼는 화제인 (유대인은 자신의 충성심을 자랑스러워한다) 여왕과 왕족, 프랑스 황제 부부 이야기를 꺼냈다. 그의 어머니와 아내는 열성적으로 이야기에 끼어들었다. 그의 아내는 유명한 탄신일을 정확하게 기억하고 있었다. 할머니는 아들을 도와서 10년 전에 황제 부부가 영국에 와서 런던을 방문[38]했을 때 어떤 일이 있었는지 손님에게 알려주었다.

"아마도 손님께서는 그런 일을 저희보다 더 잘 아시겠지요." 이어서 코헨은 새로운 정보를 알려주려는 서두로 이렇게 덧붙였고, 그 흥미로운 이야기는 삼중창으로 이어졌다.

"제 아기 이름은 외제니 에스더[39]예요." 젊은 코헨 부인이 쾌활하게 말했다.

---

[37] 6세기의 유대인 예언자.

[38] 1855년 4월 16~21일.

[39] 외제니는 프랑스 나폴레옹 3세의 황후. 아름다운 유대인 여자인 에스더는 자기 민족을 억압하는 자와 결혼하여 그들이 대량학살을 당하지 않도록 구했다.

"놀랍게도 황제의 얼굴이 제 사촌과 닮았더군요." 할머니가 말했다. "황제의 얼굴을 보았을 때 벼락 맞은 듯이 깜짝 놀랐어요. 생각도 할 수 없는 일이었으니까."

"어머니를 모시고 수정궁[40]으로 황제 내외를 구경하러 갔었답니다." 코헨이 말했다. "어머니를 돌봐드리느라 꽤 고생했지요. 인파에 짓눌려 납작해질 수 있었으니까요. 어머니가 그때도 지금처럼 원기왕성하시기는 했지만요. 저는 이렇게 말했어요. 어머니가 100분이 있더라도 다시는 그중 한 분도 황제 부부를 보러 수정궁에 모시고 가지 않겠다고요. 그러니 어머니가 한 분밖에 없을 때는 절대로 안 갈 거라고 짐작하실 겁니다. 어머니를 위해 큰 보험을 들었어도 그렇게는 할 수 없어요." 그는 어머니의 어깨를 다정하게 어루만졌고, 자신의 유머에 혼자서 낄낄거리며 웃었다.

"어머니께서 아마 오래전에 혼자 되셨겠지요." 데론다가 기회를 포착하고 말했다. "그래서 어머니를 돌봐드려야 했겠지요."

"네, 네, 저 자신과 어머니를 부양하기 시작한 후 선친의 기일(忌日)을 꽤 많이 보냈습니다." 코헨이 재빨리 말했다. "저는 일찌감치 생업에 뛰어들었어요. 그러다 보면 사람은 날 선 칼처럼 되기 마련이지요."

"뭐요? 뭐가 날 선 칼이 된다고요, 아빠?" 제이콥이 달콤한 케이

---

[40] 1851년 영국 대박람회를 유치하려고 하이드 파크에 세운 건물로서 대개 유리로 지어졌다.

크를 가득 물고 뺨이 부풀어 오른 채 말했다.

아버지는 손님에게 윙크를 하고는 말했다. “네 코를 숫돌 위에 올려놓으면 그렇다는 말이야.”

제이콥은 케이크를 들고 의자에서 미끄러져 내려와서 지금까지 한 마디도 없었던 모르디카이에게 다가가서 말했다. “그게 무슨 뜻이에요? 내 코를 숫돌에 올려놓는다는 게?”

“그건 네가 상처를 입어도 소리 내지 않고 견딘다는 뜻이야.” 모르디카이는 가까이 있는 작은 얼굴을 다정한 눈길로 바라보며 말했다. 제이콥은 케이크의 귀퉁이를 베어 먹으라는 뜻으로 모르디카이의 입에 케이크를 밀어넣으며 말했다. “하지만 난 그렇게 안 할 거예요.” 그러고는 자신의 너그러운 행동으로 케이크가 얼마나 작아졌는지 살펴보았다. 모르디카이는 분명 소년을 즐겁게 해줄 생각으로 한 입 베어 물고 미소를 지었다. 이 사소한 사건으로 두 사람은 더 사랑스럽게 보였다. 하지만 데론다는 질문을 하고 얻은 것이 거의 없어서 약간 애가 탔다.

“그곳은 학식을 얻기에 적절한 곳 같습니다.” 데론다는 모르디카이에게 말을 걸 구실이 될 화제를 이어가며 그에게로 몸을 돌리고 말했다. “아마 많은 학식을 쌓으셨겠지요.”

“공부를 해왔소.” 조용한 대답이었다. “그런데 당신은? 당신이 산 책을 보니 독일어를 아시겠군요.”

“네, 독일에서 공부했습니다. 대체로 서점에서 일하십니까?” 데론다가 말했다.

"아니, 램 씨가 식사하는 동안만 가게를 봐주러 매일 갑니다." 모르디카이가 처음에 느낀 관심이 이제 되살아난 듯이 데론다를 바라보며 말했다. 데론다의 얼굴이 어딘지 매력적인 점을 보여주어 앞서 느낀 실망이 중화된 것 같았다. 잠시 말을 멈추었다가 그가 말했다. "히브리어를 아실지 모르겠군요?"

"유감스럽지만 전혀 모릅니다."

모르디카이의 얼굴에 실망한 빛이 역력했다. 그는 눈을 내리깔고 앞에 엇갈리게 놓은 자신의 손을 바라보았다. 데론다는 그가 앞서 만났을 때보다 더 분명하게 숨쉬기 힘들어하는 것을 알아차렸고, 그것은 틀림없이 결핵의 증상이라고 생각했다.

"저는 책에서 학식을 얻는 것 말고 다른 일을 해야 했어요." 코헨 씨가 말했다. "유용한 일에 대해서 잘 알아야 했지요. 저는 보석을 잘 알고 있습니다." 이 부분에서 그는 데론다의 반지를 가리켰다. "주저 없이 손님의 반지를 제가 평가한 가치로 살 수 있습니다. 그런데," 그는 목소리를 약간 더 낮추고 더 친근하게 콧소리를 내며 덧붙였다. "손님께서는 그 반지에 대해 얼마를 원하십니까?"

"50~60파운드요." 데론다는 좀 너무 태평하게 말했다.

코헨은 잠시 입을 다물고 손을 호주머니에 밀어넣고는 놀랍게도 기니피그를 연상시키는 반짝이는 눈으로 데론다를 뚫어지게 바라보더니 말했다. "그렇게는 해드릴 수 없겠습니다. 기쁘게 해드리고 싶지만 그 정도는 곤란합니다. 40파운드, 자, 40파운드, 그 반지에 40파운드를 드리겠습니다."

데론다는 금전적인 문제에 대한 언급에 모르디카이가 다시 고개를 들고 자기를 살펴보는 것을 의식하면서 말했다. "좋습니다. 한 달쯤 후에 찾을 겁니다."

"좋습니다. 곧 지금 전표를 만들어드리지요." 코헨이 무심한 듯이 말했다. 그러고 나서 그는 대화를 미뤄야 한다는 표시로 손가락을 쳐들었다. 그와 모르디카이, 제이콥은 모자를 썼고 코헨이 감사의 기도를 시작했다. 기도에 대한 응답이 이어졌고 이윽고 모르디카이가 턱을 약간 치켜들고 여윈 손을 편안하게 깍지 낀 채 혼자서 엄숙하게 읊조리는 목소리로 기도를 한참 이어갔다. 그의 억양과 목소리에서뿐 아니라 타인의 인정을 받으려는 자의식이 전혀 없다는 점에서 그는 식탁의 다른 쪽에 앉아 있는 유대인들과 확연히 대조적이었다. 그들이 함께 있는 모습은 기이하게 보였다. 장사로 성공한 평범한 유대인 가운데, 데론다에게 경외감과 기대에 부응하지 못한 당혹감을 느끼게 한 존재가 쇠약하고 초라한 모습으로 끼어 있었던 것이다.

모르디카이는 기도의 노래를 끝내자마자 일어섰고 낯선 이에게 약간 고개를 숙이고는 다시 자기 방으로 가서 문을 닫았다.

"꽤 특별한 분인 것 같군요." 데론다가 코헨에게 고개를 돌리며 말했다. 코헨은 즉시 어깨를 으쓱하고는 혀를 날름 내밀고 자기 이마를 톡톡 두드렸다. 인간과 사물에 대한 코헨 씨의 관점으로는 모르디카이가 정상적인 기준에 미치지 못하는 인간임을 알려주려는 것이 분명했다.

“친척입니까?” 데론다가 말했다.

코헨뿐 아니라 부인들도 이 말이 다소 우스웠는지 재미있어 하는 시선을 주고받았다.

“아뇨, 아닙니다.” 코헨이 말했다. “자선, 자선을 베푸는 겁니다! 제 밑에서 일하던 사람인데, 몸이 점점 쇠약해져서 받아준 거지요. 거추장스러운 사람이기는 하지만 축복을 내려주고, 저 꼬마를 가르칩니다. 게다가 시계와 보석을 수리하고요.”

데론다는 그의 친절한 마음과 그것을 타산적으로 정당화하려는 욕구가 결합된 심리에 미소를 짓지 않을 수 없었다. 그러나 이 새로운 사실로 인해 더 정체를 알 수 없고 인상적으로 보인 모르디카이 이야기를 계속 나누고 싶은 욕구는 좌절되고 말았다. 코헨 씨는 즉시 이야기를 끝내고 “편의”를 제공하는 얘기로 되돌아갔다. 그것도 그에게는 자선행위였다. 그는 지급 전표를 만들고 40파운드를 꺼내고는 다이아몬드 반지와 교환하며 그 두 가지를 내밀었다. 데론다는 방문 구실이었던 거래가 끝난 다음에도 계속 앉아있는 것은 신중하지 못한 일이라고 느끼며 작별해야 했다. 크리스마스 후 런던에 올라와서 그 가게를 다시 찾아갈 구실로 선금 40파운드와 전당표를 가슴팍 호주머니에 넣은 것 말고는 확실한 소득이 없었다. 그때 모르디카이의 성격과 과거의 삶에 대해 조금 더 알아내고 또한 그에게서 코헨 가족에 대한 결정적인 사실을 알아내야겠다고 결심했다. 가령 연로한 코헨 부인에게 딸이 있었는지 왜 물어봐서는 안 되는지 그 이유를 알아낼 것이다.

▌작품 소개▐

조지 엘리엇(George Eliot, 1819~1880)은 영국 소설사의 탁월한 거봉이자 빅토리아 시대를 대표하는 심리적 사실주의 소설의 대가로 평가된다. 빅토리아 시대의 현인으로 불리기도 하는 엘리엇은 탁월한 지성과 예리한 사회의식으로 당대의 사회상을 세밀히 관찰하고 그려냈으며, 폭넓은 역사적 안목과 인간의 심리에 대한 깊은 통찰력, 인간의 삶에 대한 진지한 탐구로 영국 소설의 영역을 한층 확대했다.

엘리엇의 마지막 작품 『다니엘 데론다』(1876)는 엘리엇 당대의 영국사회를 다룬 유일한 소설이며, 또한 유대인들의 시오니즘과 신비주의를 공감적으로 그려냄으로써 많은 논란을 일으킨 소설이기도 하다. 엘리엇의 걸작으로 일컬어지는 『미들마치』가 부부 관계의 복잡하고 미묘한 심리를 실감 나게 묘사하고 지방사회의 다층적인 인간관계망을 생생하게 그려냄으로써 강한 호소력을 지닌 반면, 이 소설은 영국인들에게 유대주의와 같은 이질적이고 추상적인 관념을 도입함으로써 출간 당시부터 독자들을 곤혹스럽게 했다. 이 소설의 여주인공 궨덜린을 중심으로 한 플롯과 유대인인 다니엘을 중심으로 한 플롯이 두 개의 흐름으로 병행하거나 서로 교차하는 것에 주목하면서 대개의 평자는 궨덜린의 심리묘사나 그랜코트와 같은 사디스트적 인물의 형상화 및 그가 대변하는 영국 상류사회에 대한 풍자에 대해서 극찬을 아끼지 않았던 반면, 다니엘 데론다와 모르디카이, 미라 등 유대인을 다룬 부분에 대해서는 부정적으로 평가했다. 가령 헨리 제임스는 유대인 문제를 다룬 부분이 "차가운 반쪽"으로서 "그림(picture)"이 아니라 "도표(diagram)"를 제시하고 있다고 말했고, F. R. 리비스는 두 부분으로 나뉘어 있는 이 소설에서 유대인 부분을 떼어내야 한다고 주장했으며, 에드워드 사이드는 이 소설이 시오니즘의 선전물에 불과하다고 혹평하기도 했다.

이처럼 『다니엘 데론다』의 성취에 대한 다양한 평가가 가능하지만 무엇보다 주목해야 할 점은 이 소설이 엘리엇의 다른 작품들보다 실험적이며 현대적이라는 것이다. 우선 여주인공 궨덜린은 엘리엇의 다른 여주인공보다 독특하고 강한 개성을 지닌 인물이고, 그녀가 성장하고 고통을 겪으며 변화하는 과정은 『미들마치』의 도로시아 브룩이나 『플로스 강의 물방앗간』의 매기 털리버와도 다른 차원에서 다면적으로 제시된다. 그녀는 자기만족과 권력을 추구하며 주위의 인간들을 지배하고 싶어 한다. 자신의 협소한 세계에서 자기의 욕망을 가차 없이 추구한다는 점에서 『미들마치』의 로자몬드 빈시와 비슷하지만, 궨덜린의 활력은 로자몬드와 비교할 수 없이 강력하다. 이 소설은 독일 레브론의 카지노에서 도박을 하고 있는 궨덜린을 묘사하는 유명한 장면으로 시작하는데, 여기서 심리적 좌절 상태에서 돈을 잃을수록 판돈을 더 많이 걸면서 맹목적인 분노와 자기파괴적인 도전성을 드러내는, 빅토리아 시대의 소설로서는 범상치 않은 여주인공이 드러난다. 그녀가 그랜코트와 결혼하는 동기에도 지배 욕구와 모든 것을 걸고 도전해보려는 도박 심리가 깔려 있다. 하지만 그녀를 물건처럼 소유하고 그녀의 의지를 굴복시키는 것에서 만족감을 찾는 남편과의 관계에서 궨덜린은 자신감과 활기를 잃어버리고 두려움에 질린 피동적인 인물로 변모하면서 정신적 멘토인 데론다를 통해 '구원'을 얻고자 한다. 이 작품의 결말은 결혼을 통해 문제를 해결하는 빅토리아 시대 소설의 관습적인 패턴을 따르지 않고 홀로 남아서 불확실한 미래를 응시하는 궨덜린을 보여준다. 자신의 좁은 자아를 벗어나 이타적 삶의 첫발을 내딛으려는 그녀의 불안정하고 무기력한 의식이 여운으로 남을 뿐이다.

숱한 논란을 일으킨 유대인 문제도 엘리엇의 실험적이고 예언적이기도 한 작가 정신의 소산이라고 볼 수 있다. 엘리엇 스스로도 유대인을 다룬 부분이 독자의 혐오감과 저항감을 불러일으킬 것을 예상했지만, 그녀가 한 편지에서 밝힌 바에 의하면, 유대인에 대한 기독교인들의 전반적인 태도가 불경하고 어리석기 때문에 자신의 의도는 유대인들을 공감적으로 이해하며 제시하려는 것이고, 더 나아가 반유대주의는 모든 동양인에 대한 영국인들의 전형적 우월감의 한 지류이며 그처럼 오만무례한 전제적 태도는 국가적 수치라는 것이다. 엘리엇은 소설의 결말 부분에서 표제 인물인 다니엘이 유대인 국가를 건설하기 위해 팔레스타인 지방으로 떠나는 것을 그린다. 이 부분은 특히 오늘날의 관점에서 정치적, 도덕적으로 비판을 받을 가능성이 크지만, 빅토리아 시대 영국 지식인으로는 흔치 않은 자기 비판과 통찰력으로 영국인들의 집단 심리에서 어둡고 비합리적인 부분을 드러내고 더불어 개인적 자아를 초월하여 도덕적이고 사회적, 국가적 이념에 헌신하는 인간상을 제시하려는 엘리엇의 태도는 존중되어야 할 것이다.

이 소설이 귄덜린 할레스의 이야기와 다니엘 데론다의 이야기를 이중 플롯으로 엮은 방식은 대단히 실험적이다. 제1장에서 귄덜린과 다니엘의 조우를 대단히 강렬하고 인상적인 장면으로 제시한 후에 마지막 70장에서 그들의 결별에 이르기까지 이 소설은 두 사람 각자의 과거 삶을 되돌려서 그려내고 그들의 행로가 간간이 마주치고 엇갈리는 과정을 통해 관계의 진전을 묘사하는 복잡한 구조를 이루고 있다. 귄덜린의 이야기가 생생하고 극적으로 형상화된 개인의 드라마인 반면에 다니엘의 이야기는 다양한 설명이나 토론 등 도식적인 요소가 포함되어 있지만, 이 두 가지 플롯은 좁은 자아에 갇힌 인물과 이타적인 자아를 구축해가는 인물을 대조하면서 두 세계를 서로 조명하게 한다. 또한 영국 상류층의 피상적이고 위선적이며 파괴적인 문화와 박해받는 소수인종의 삶과 문화를 극명하게 대조시킨다.

요컨대 『다니엘 데론다』는 제국주의의 절정기에 달한 빅토리아 사회에 대한 지식인의 철저한 비판이라고 볼 수 있다. 빅토리아 시대 최고의 지성인 가운데 한 명이 1870년대 영국 사회에 대해 깊이 있는 반성적 성찰을 제공했다는 점에는 의문의 여지가 없다. 또한 영국 사회 내부에 시선을 국한하지 않고 소수집단인 유대인의 디아

스포라와 박해의 역사에 관심을 기울임으로써 이른바 "국제문제"를 파악하고 세계적인 맥락에서 영국의 문제를 고찰하려는 인식의 확대를 보여준다. 이 주제에 관한 작가의 성취에 대해서는 논란의 여지가 있지만, 이 작품이 헨리 제임스의 국제적 주제의 소설이나 20세기 초반의 이데올로기 소설, 팔레스타인과 이스라엘 문제를 다룬 소설의 시초로도 볼 수 있다는 점에서 그 의의를 높이 평가할 수 있다.

지은이 조지 엘리엇(George Eliot, 1819~1880)

영국 19세기 빅토리아 시대의 대표적인 작가이자 심리적 사실주의 소설의 대가로 꼽힌다. 농장 관리인의 딸로 태어났으며 본명은 메리 앤 에번스이고 21세 이후 자유주의 사상가 및 사회개혁가들과 교류하면서 『웨스트민스터 리뷰』의 부편집장으로서 에세이와 평론을 기고했다. 『아담 비드』(1859), 『플로스 강의 물방앗간』(1860), 『사일러스 마너』(1861), 『로몰라』(1862~1863), 『급진주의자 펠릭스 홀트』(1866), 『미들마치』(1871~1872), 『다니엘 데론다』(1876) 등의 소설에서 넓은 역사적 안목과 인간 심리에 대한 깊은 통찰로 당대 사회상을 그려냈다.

옮긴이 정상준

서울대학교 영어영문학과 졸업하고, 텍사스주립대학교(오스틴)에서 미국학 석사학위, 하와이주립대학교에서 미국학 박사학위를 받았다. 현재 서울대학교 영어영문학과 교수로 재직하고 있다.
저서로 『Representing the Rosenberg Case: Coover, Doctorow, and the Consequences of Postmodernism』, 역서로 『다니엘서』, 『여인의 초상』, 『나사의 회전』, 『아들과 연인』, 『미국역사의 순환』(공역) 등이 있다.